KNAUR

Von Wolf Serno sind bereits folgende Titel erschienen:
Der Wanderchirurg
Der Chirurg von Campodios
Die Mission des Wanderchirurgen
Die Liebe des Wanderchirurgen
Hexenkammer
Tod im Apothekenhaus
Der Balsamträger
Der Puppenkönig
Das Spiel des Puppenkönigs
Das Lied der Klagefrau
Die Medica von Bologna
Der Medicus von Heidelberg

Über den Autor:
Wolf Serno arbeitete 30 Jahre als Texter und Creative Director in der Werbung. Mit seinem Debüt-Roman »Der Wanderchirurg« gelang ihm auf Anhieb ein Bestseller, dem viele weitere folgten, unter anderem: »Der Balsamträger«, »Hexenkammer«, »Der Puppenkönig« sowie »Das Spiel des Puppenkönigs«, »Die Medica von Bologna«, »Das Lied der Klagefrau« und »Der Medicus von Heidelberg«.
Wolf Serno, der zu seinen Hobbys »viel lesen, weit reisen, gut essen« zählt, lebt mit seiner Frau und seinen Hunden in Hamburg.

WOLF
SERNO

HEXENSARG

ROMAN

KNAUR

Die religiösen Zitate des Romans stammen aus:

DIE BIBEL
Die ganze Heilige Schrift des Alten und Neuen Testaments
Siebenundzwanzigster Abdruck.
Gedruckt und verlegt von B. G. Teubner in Leipzig, 1877.

Besuchen Sie uns im Internet:
www.knaur.de

FSC
www.fsc.org
MIX
Papier aus verantwortungsvollen Quellen
FSC® C083411

Originalausgabe Februar 2016
Knaur Taschenbuch

Ein Imprint der Verlagsgruppe
Droemer Knaur GmbH & Co. KG, München

Redaktion: Ilse Wagner
Covergestaltung: ZERO Werbeagentur, München
Coverabbildung: AKG Images / André Held
Satz: Adobe InDesign im Verlag
Druck und Bindung: CPI books GmbH, Leck
ISBN 978-3-426-50524-3

2 4 5 3 1

Und [er] trat hinzu und rührete den Sarg an,
und die Träger stunden. Und er sprach:
Jüngling, ich sage dir, stehe auf.
Und der Todte richtete sich auf und fing an zu reden …

Evangelium Lucae 7, 14 f.

Und siehe, ein Aussätziger kam
und betete ihn an und sprach: Herr, so du willst,
kannst du mich wohl reinigen.
Und Jesus streckte seine Hand aus, rührete ihn an
und sprach: Ich wills thun; sei gereiniget.
Und alsbald ward er von seinem Aussatz rein.

Evangelium Matthaei 8, 2 u. 3

Für mein Rudel:
Micky, Eddi und Olli

Und für Fiedler, Buschmann und Sumo,
die schon auf der anderen Seite
der Straße gehen.

Die wichtigsten Personen in der Reihenfolge ihres Auftritts

Yanardan – ein alter indischer Arzt aus der obersten Kaste der Brahmanen.

Irit – eine junge, kluge Jüdin, die der Aussatz geschlagen hat. Yanardans Schutzbefohlene.

Cornelis Beenakker – Bürgermeister von Zwaanshoven, einer Stadt in der Provinz Holland.

Mickels – Ratssekretär und bei jedermann unbeliebt.

Rinus Houtman, Bas van Vliet, Adrian Schoot – Mitglieder des Ehrenwerten Rates von Zwaanshoven.

Lapidius – ein ehemaliger Alchemist, der als Schellenknecht die Aussätzigen auf der Insel Zwaanwaard versorgt. Und sich dabei in Irit verliebt.

Frans – ein ehemaliger Schiffssoldat, Wirt des *Tien Flesje* und Lapidius' Freund aus alten Zeiten.

Doktor Smit – der Stadtmedicus von Zwaanshoven. Ein Anhänger der Zergliederungskunst und des Schachspiels.

Pater Angelo – der Priester auf Zwaanwaard. In früheren Zeiten ein gefürchteter Inquisitor und Folterer.

Jörk – ein ehemaliger Landsknecht, der auf Zwaanwaard lebt und stets vor guter Laune sprüht.

Logan – ein schottischer Seemann, der seine Liebste verloren hat und seinen Schmerz im Dudelsackspiel vergessen will.

Théo Fruchard – ein Jünger Calvins, dessen Lehre er eifernd vertritt.

Niklot – ein mürrischer flämischer Fuhrmann.

Cordt Laurenssen, Simon Utenhove – zwei Kaufleute, von denen niemand genau weiß, ob sie verrückt sind oder nur so tun.

Floor – eine junge Aussätzige, die ihren Lebensunterhalt einst mit dem Verkauf von Glücksbringern bestritt.

Pfarrer de Kok – Seelsorger von St. Vitus in Zwaanshoven. Zuständig für die Speise der Aussätzigen auf Zwaanwaard.

Henk Crassman – der Scharfrichter von Zwaanshoven, mit überraschend menschlichen Zügen.

Willem – ein Badergehilfe von großer Sturheit. Doktor Smits Assistent.

Friggen – eine Hure aus *Tillas Hoerenhuis* in Zwaanshoven, die an Aussatz erkrankt.

Prolog

Stunde um Stunde hatte der alte Mann mit gekreuzten Beinen auf dem Boden gesessen, tief in sich gekehrt, in seiner Mitte ruhend. Wie Wasser, so schien es, war die Zeit an ihm vorbeigeströmt. Doch nun, da das erste Tageslicht durch die schmalen Fenster des Hauses fiel, öffnete er die Augen. Sein Blick klärte sich, sein Geist kehrte langsam in die Gegenwart zurück. »Guten Morgen, Irit«, sagte er und wandte den Kopf zur Tür.

Die Tür öffnete sich. Ein Mädchen trat ein. Es war von sanfter Schönheit, vielleicht elf oder zwölf Jahre alt. *»Schalom,* Yanardan«, antwortete es. »Woher wusstest du, dass ich zu dir wollte? Hattest du wieder Gesichte?«

Ein flüchtiges Lächeln umspielte die Lippen des Alten. »Ich habe deine Nähe gespürt. Tritt näher, meine Kleine, sag mir, was bewegt dich?«

»Ich ...« Das Mädchen zögerte und schlug die seidigen Wimpern nieder.

»Sag mir, was du sagen willst.«

»Früher oder später wirst du es ja doch erfahren.«

»Da hast du wohl recht.«

»Ich ... ich komme gerade aus der Muiderstraat, ich war in der *Mikwe.*«

Yanardan zog die schlohweißen Brauen hoch. »Dann hast du also das reinigende Judenbad genommen?«

»Das habe ich.«

»So früh am Morgen?«

»Es musste sein. Es war wichtig, sehr wichtig. Aber das verstehst du als Mann nicht.«

Yanardan lächelte abermals. »Natürlich. Ich bin ja nur ein alter indischer Arzt.«

»Du bist nicht alt. Das weißt du genau. Du siehst aus wie immer.« Irit betrachtete das vertraute Antlitz. Es hatte jenen leichten Braunton, wie er für die vornehme Kaste der Brahmanen bezeichnend ist, und war durchzogen von einem Netz aus unzähligen feinen Fältchen – Fältchen, die von Alterung zeugten, ohne das wahre Alter zu verraten. Yanardan hätte ebenso gut fünfzig, sechzig oder siebzig Jahre zählen können. Irit hatte ihn nie nach seinem Alter gefragt, es war für sie unwichtig. Er war immer für sie da gewesen, solange sie denken konnte. Er hatte für sie gesorgt wie ein Vater und sie behandelt wie ein Bruder. Er war immer an ihrer Seite gewesen, damals genauso wie heute, wo sie im *Joodse Buurt*, dem Judenviertel der reichen Handelsstadt Amsterdam, ein bescheidenes Dasein fristeten.

»Ich möchte nicht weiter über meinen Aufenthalt in der *Mikwe* sprechen«, sagte Irit. »Ich möchte dir etwas zeigen, das ich beim Reinigungsritual bemerkt habe.« Sie streckte ihre rechte Hand aus. Auf der Rückseite zeichnete sich ein bohnengroßer heller Fleck ab.

»Ich fürchte, ich bin doch alt.« Yanardan seufzte mit gespielter Verzweiflung. »Die Augen wollen nicht mehr so bei dem Dämmerlicht.« Er zog Irits Rechte näher heran. Dann sagte er eine Weile nichts. Er senkte die Lider, wie Irit es kannte, und schien mit den Gedanken in einer anderen Welt zu sein. Irit wusste, dass sie ihn in dieser Situation nicht stören durfte. Deshalb schwieg sie und verhielt sich ruhig, auch wenn es ihr schwerfiel. Endlich öffnete Yanardan die Augen wieder.

Sie sah es sofort. Der Ausdruck in seinen Augen hatte sich verändert. Wehmut lag darin, Schmerz, sogar ein Anflug von Verzweiflung. »Was hat der Fleck zu bedeuten?«, fragte sie ängstlich.

Yanardan schwieg. Die Bilder der Vergangenheit waren vor ihm aufgetaucht und hatten ihn an die Zeit erinnert, als Irits Eltern noch lebten. Ihr Vater, Solomon da Silva, war ein portugiesischer Gewürzhändler gewesen, aus strenggläubigem jüdischem Geschlecht, ebenso wie die Mutter, deren Familie aus Frankreich stammte. Beide hatten in der indischen Enklave Goa gelebt, wo sie Yanardan bei einem Empfang des Gouverneurs Nuno da Cunha zum ersten Mal begegnet waren. Im Monat *Siwan* des Jahres 5292 war das gewesen, wie die Juden gesagt hätten, oder, nach Christenzählung, im Mai des Jahres 1531.

Trotz aller weltlichen und religiösen Unterschiede hatten Irits Eltern rasch mit ihm Freundschaft geschlossen, und Yanardan war kurz darauf ihr Leibarzt geworden.

Doch dann war die Krankheit über Irits Eltern gekommen. Schleichend zunächst, dann immer stärker werdend, eine Geißel, die Yanardan trotz all seiner Kenntnisse um die jahrtausendealte indische Heilkunst nicht besiegen konnte. Er hatte sich geschämt für seine Unfähigkeit, hundert Mal, tausend Mal, und den Kampf immer wieder aufgenommen – bis der Tod seinen armseligen Bemühungen ein Ende setzte. Als Buße für seine Unfähigkeit hatte er den sterbenden Eltern geschworen, sich fortan um Irit zu kümmern, hatte ihnen in die Hand versprochen, das Kind um jeden Preis vor der Krankheit zu bewahren. Und bis heute war ihm das gelungen.

Doch nun hatte er neuerlich versagt.

Yanardan schwieg noch immer. Er bemühte sich, Zuversicht auszustrahlen, denn er hatte nicht nur in die Vergangenheit geblickt, sondern auch in die Zukunft. Dort hatte er gesehen, dass vieles, aber nicht alles verloren war. Vorausgesetzt, er handelte schnell.

Er küsste Irits Hand und gab sie zurück. »Wir müssen fort von hier«, sagte er fest.

»Fort? Wie meinst du das?«

»Fort aus diesem Haus, aus dieser Straße, aus dieser Stadt.«

»Aber warum denn?«

»Fort, fort, fort …«

»Yanardan, warum?«

Der Alte zitterte. Und wie aus weiter Ferne erklang seine Stimme: »Der Aussatz, kleine Irit, der verfluchte Aussatz! Er hat dich eingeholt.«

Der Tag davor

Samstag, 10. Oktober

Der Legende nach war es ein weißes Schwanenpaar, das der Stadt ihren Namen gegeben hatte, stolze Vögel, die aus dem Delta der Rheinmündung herbeigeflogen waren, um im dichtbewachsenen Ufersaum der Merwe zu brüten und ihre Jungen aufzuziehen. Über viele Jahre hinweg kamen sie immer wieder, denn im Schilf fanden sie Wasserpflanzen, Insekten, Mollusken und andere Nahrung in überreichem Maße vor. So wuchs die Zahl der Schwäne in der Umgebung stetig an, und als irgendwann die ersten Fischer am Fluss ihre Anleger bauten, Handwerker hinzukamen, Kaufleute sich niederließen und auf diese Weise eine Stadt entstand, nannte man sie Zwaanshoven.

Wie lange das zurücklag, vermochte im Jahre 1556 niemand mehr genau zu sagen, doch war es für jedermann ersichtlich, dass statt der stolzen Schwäne nur noch kreischende Möwen über die Kais am Hafen flogen. Das Einzige, was an die stattlichen Wasservögel von damals erinnerte, war die Fahne von Zwaanshoven, deren blauen Grund sie zierten. Die Fahne mit dem Schwanenwappen wurde stets dann vor dem Rathaus gehisst, wenn Bürgermeister Cornelis Beenakker darin seines Amtes waltete.

So war es auch an diesem frischen, herbstlichen Oktobertag. Beenakker saß mit dreien seiner Ehrenwerten Ratsherren an einem wuchtigen Eichentisch, um die kleinen und großen Geschicke der Stadt zu lenken. Ergänzt wurde die

Runde von Mickels, dem Ratssekretär und Sitzungsprotokollanten, einem dürren Mann, der mit wichtiger Miene hinter seinem Tintenfass kauerte.

Normalerweise war Beenakker gern Bürgermeister, denn das Amt war mit Ansehen und Einfluss verbunden, aber heute kam ihn die Pflicht eher sauer an, denn ein alter Mann war unverhofft gestorben. Nichts Außergewöhnliches für eine Stadt mit mehr als dreitausend Einwohnern, sollte man meinen, da es bei so vielen Menschen täglich einige gab, die dahinschieden. Doch bei dem alten Janszoon lagen die Dinge anders. Er war der Mann gewesen, der einen ganz besonderen Dienst verrichtet hatte: Er war regelmäßig zur Flussinsel Zwaanwaard hinübergerudert und hatte dort den Aussätzigen ihr Essen gebracht.

Und nun war Janszoon tot und guter Rat teuer, denn wegen der tödlichen Ansteckungsgefahr würde sich niemand bereit erklären, die Aufgabe des Alten zu übernehmen. Das war so sicher, wie nach jeder Ebbe die Flut kam.

»Warum hat Gott so einen schönen Tag gemacht, wenn er ihn mir durch schlechte Nachrichten vergällen will?«, polterte Beenakker, ein beleibter, rotgesichtiger Mann, und schielte nach dem Krug mit altem Genever, der in der Mitte des Tisches stand. Es war guter Brauch, sich nach erfolgreicher Sitzung einen anständigen Schluck zu genehmigen, doch ob es heute dazu kommen würde, war angesichts des aufgetretenen Problems mehr als fraglich. »Diese verdammte Insel mit ihren verdammten Bewohnern ist noch ein Nagel zu meinem Sarg!«

Er hielt inne und blaffte zu Mickels hinüber: »Das braucht Ihr nicht mitzuschreiben! Wann werdet Ihr endlich lernen, was in ein Protokoll gehört und was nicht? Steckt die Feder erst einmal weg.«

»Jawohl, Mijnheer Bürgermeister.« Mickels duckte sich, als hätte Beenakker ihm Schläge angedroht.

»Der Herrgott mag wissen, warum Zwaanwaard ausgerechnet zu unserem Stadtgebiet gehört. Warum nehmen wir nicht einfach sämtliche Siechen und verfrachten sie nach Breda ins dortige Leprosorium? Wie man hört, wurde das Gebäude vor ein paar Jahren wieder instand gesetzt, gewiss hätten die Kranken dort das Paradies auf Erden.«

Rinus Houtman, der rechts neben Beenakker saß, kratzte sich an der mächtigen Nase. »Das wäre sicher die beste Lösung, aber ich gebe zu bedenken, dass der Stadtmedicus mir erzählte, Breda sei bereits voll belegt.«

»Jaja«, Beenakker grunzte gereizt. »So etwas habe ich mir schon gedacht. Dabei wäre es für die Aussätzigen mehr als wichtig, in einer klosterähnlichen Ordnung zu leben. Sie hätten ihre eigene Zelle, würden die vorgeschriebene Tracht aus Hut, Mantel und Beinkleid tragen, überdies regelmäßig den Herrgott loben und mit der Klapper auf sich aufmerksam machen, wenn sie an den vorgeschriebenen Ausfallstraßen um Almosen bettelten. Außerdem könnte man sie besser kontrollieren, damit sie in ihrer geschlechtlichen Besessenheit nicht dauernd den unehelichen Beischlaf ausüben. Aber auf Zwaanwaard kann von alledem keine Rede sein. Dort scheint jeder zu machen, was er will. Das reinste Tohuwabohu. Ich sage Euch, Zwaanwaard ist eine Schande für die gesamte Stadt.«

Die Herren in der Runde nickten mit düsterer Miene. Dann ergriff Bas van Vliet das Wort. Er war der Älteste der Ratsherren und für die Stadtschatulle zuständig. »Ob im *Domus leprosorum* von Breda noch Platz ist oder nicht, spielt ohnehin keine Rolle«, sagte er mit erhobenem Zeigefinger. »Wir müssten für jeden Aussätzigen eine Aufnahmegebühr entrichten, und das kann sich die Stadt nicht leisten. Im Übrigen: Von den Kranken selbst ist auch nichts zu erwarten. Die scheinen alle arm zu sein wie die Kirchenmäuse. Ich kann mich nicht entsinnen, dass unsere Kasse jemals in einem ihrer Testamente bedacht worden wäre, von einer Schenkung gar nicht zu reden. Wenn wir wenigstens Teile von Zwaanwaard an ein paar Bauern verpachten könnten, aber dort wächst ja nichts! Sumpf, Sand, Schilf und ein paar windschiefe Bäume, aus nichts anderem besteht dieses armselige Eiland.«

Adriaan Schoot, der Jüngste der Stadtväter, widersprach. »Aber, aber, Mijnheer! Die Insel hat ihre eigene Schönheit, sie ist nicht besser und nicht schlechter als jeder andere Waard in der Provinz Holland, ob Ihr nun den Nierwaard nehmt, den Strijenwaard, den Swindrechtwaard …«

»Schon gut, Schoot.« Van Vliet winkte ab. »Ihr liebt das Karge, ich die Berge. Belassen wir es dabei.«

»Ganz recht«, stimmte Beenakker zu, »belassen wir es dabei. Wir haben Besseres zu tun, als uns über die Beschaffenheit von Zwaanwaard zu streiten.«

Schoot, der van Vliet nicht sonderlich mochte, sagte: »Immerhin führt der Stadtmedicus bei jedem Kranken die Aussatzschau durch, bevor er ihn auf die Insel schickt. Diese Untersuchung ist bekanntlich gebührenpflichtig. Schon allein deshalb kommt durch die Aussätzigen etwas Münze in unsere Kasse.«

»Ach, wirklich?«, entgegnete van Vliet mit kaum verhohlenem Spott. »Könnt Ihr mir mal sagen, wann das zuletzt der Fall war?«

»Woher soll ich das wissen?« Schoot ärgerte sich und blickte zu Houtman, der nach wie vor seine Nase knetete. »Sagt doch auch mal was.«

Houtman ließ von seiner Nase ab. »Was soll ich?«

»Ihr sollt auch mal was sagen. Vorausgesetzt, die Bearbeitung Eures Riechzinkens duldet einen Aufschub.«

Houtman blickte beleidigt. »Wenn Ihr mir so kommt, sage ich gar nichts.«

»Na, na, es war ja nicht so gemeint.«

»Leiden«, sagte Houtman halbwegs versöhnt. »Womöglich Leiden. Das dortige Leprosorium ist eine Stiftung – eine sehr reiche Stiftung.«

»Was Ihr nicht sagt!« Beenakker wurde hellhörig. »Und weiter?«

Houtman zuckte bedauernd mit den Schultern. »Mehr weiß ich auch nicht.«

Beenakker grunzte gereizt.

»Dordrecht«, überlegte van Vliet laut. »In meinem Haus arbeitet eine Küchenhilfe, die ist um drei Ecken mit einem der beiden Siechenmeister im Dordrechter Leprosorium verwandt. Vielleicht könnte ich da …«

»Zwecklos«, unterbrach Schoot ihn. »Der eine Siechenmeister ist gestorben. Schon im März. Angeblich Schlagfluss. Verkerk war sein Name. Die in Dordrecht haben genug eigene Sorgen, das kann ich Euch versichern. Da brauchen wir gar nicht erst anzufragen.«

»Und Kampen?« Van Vliet gab noch nicht auf.

»Kampen ist im letzten Jahr halb abgesoffen«, sagte Schoot. »Der Herbststurm Ende November, falls Ihr Euch erinnert.« Es schien ihm Freude zu machen, die Bemühungen seines Ratskollegen zu durchkreuzen. »Und Zwolle braucht Ihr gar nicht erst zu erwähnen. Das Wohnhaus neben der Kapelle zum Heiligen Georg wurde zwar vergrößert, wäre aber immer noch zu klein.«

Beenakker seufzte schwer. Sein Blick galt dem Krug mit

dem alten Genever. »Wir gleiten ab, meine Herren. Janszoon ist tot, und wir brauchen Ersatz für ihn. Da beißt die Maus keinen Faden ab. Woran ist er eigentlich gestorben? Etwa auch an Aussatz?«

Schoot schüttelte den Kopf. »Das hätte der Stadtmedicus wohl bemerkt. Er sagt, es habe am Erlöschen des *Spiritus vitalis* gelegen. Janszoon war schon einundsechzig, und er ist in letzter Zeit ein paar Mal umgefallen.«

»Ein paar Mal umgefallen sind wir alle schon.« Houtman lachte meckernd. »Auf dem Nachhauseweg vom *Tien Flesje*, oder?«

»Das gehört nicht hierher«, wies Beenakker ihn zurecht. Je länger das Gespräch dauerte, desto mehr sank seine Laune. »Und was soll nun werden? Soll ich es etwa sein, der von nun an zur ›Insel der Todgeweihten‹, wie die Bewohner ihr Eiland zu nennen belieben, hinüberrudert und ihnen ihr Essen und weiß der Himmel, was sonst noch alles, zu Füßen legt?«

»Nein, nein, natürlich nicht«, beeilte van Vliet sich zu versichern. Er war der Stellvertreter Beenakkers und machte sich trotz seines fortgeschrittenen Alters Hoffnungen, ihn bei der nächsten Wahl abzulösen. »Vielleicht gibt es ja doch einen, der, äh, in Janszoons Fußstapfen treten könnte.«

»Und wer soll das sein?« Beenakker beugte sich vor.

»Ich fürchte, der Vorschlag wird Euch nicht gefallen. Vergesst meine Worte.«

»Nun macht aber mal einen Punkt! Wer die Lippen spitzt, muss auch pfeifen. Wer also ist es? Heraus mit der Sprache!«

»Er ist der Einzige, den man dazu bringen könnte, es zu tun. Ihr werdet mich für verrückt erklären.«

»Und wenn schon. Den Namen, bitte!«

»Nun gut, Ihr habt es nicht anders gewollt. Der Name ist Stein.«

»Stein?« Beenakker blickte verständnislos. »Was für ein Stein?«

»Ludolf Stein. Er ist Deutscher, hat seinen Namen aber latinisiert in Lapidius.«

»Ach, dieser …?«

»Genau der. Lapidius kam vor neun oder zehn Jahren nach Zwaanshoven, erwarb das Bürgerrecht und ließ sich hier nieder. Er kaufte ein Haus am Oudendijk, das er mit tausend alchemistischen Glasgefäßen vollstopfte, um sich auf die Suche nach der Ursubstanz der Welt zu machen. Er sei, wie er sagte, ›der Wissenschaft ergeben‹.« Van Vliet lächelte schief. »Aber die einzige Sache, der er sich ergab, war der Trunk.«

»Das ist wohl reichlich untertrieben. Ein Sklave des Alkohols ist der! Ein Leibeigener des Destillats! Und gottlos ist er obendrein. Die Stadt hätte ihn schon längst davonjagen sollen.« Aus jedem Wort Beenakkers sprach heiliger Zorn.

»Er war einmal ein unbescholtener Mann.«

»Und ist heute nur noch eine Schnapsleiche. Bei aller Wertschätzung für Euch, van Vliet, aber Euer Vorschlag ist tatsächlich verrückt.«

»Tut mir leid.« Van Vliet blickte säuerlich. »Lapidius ist der Einzige, der mir einfällt.«

Eine Pause entstand. Jeder der Herren schützte scharfes Nachdenken vor, doch in Wahrheit sehnten sie das Ende der Sitzung herbei. Schließlich hatte Houtman eine Idee, auf die sich alle einigen konnten. »Wir sollten in dieser Angelegenheit auf Gott vertrauen«, sagte er und blickte zum Geneverkrug. »Gott in seiner allumfassenden Güte wird uns die richtige Lösung wissen lassen.«

Beenakkers Miene hellte sich auf. »Und weil das so ist, wollen wir auf ihn trinken. Alles Weitere wird sich finden.«

Er wies Mickels an, die Becher mit Genever zu füllen, und erhob sein Trinkgefäß. »Auf Gott den Allmächtigen, dessen Name gepriesen sei, amen!«

»Amen«, wiederholten die Herren.

»Na, dann: *Proost en gezondheid!*«

Niemand, der sich die Mühe gemacht hätte, den lallenden, in einer Ecke liegenden Betrunkenen genauer zu betrachten, wäre auf den Gedanken gekommen, einen Mann vor sich zu haben, der ehemals hochgeschätzt war. Denn nichts an ihm deutete mehr darauf hin. Seine Blöße bedeckte eine vielfach geflickte Hose, und sein hagerer, vom Alkohol ausgezehrter Oberkörper steckte in einer vor Schmutz starrenden Joppe, aus deren Ärmel seine Hände lächerlich weit hervorragten.

Tag für Tag erschien dieser Mann im *Tien Flesje,* ließ sich an immer demselben Tisch nieder und begann ohne weitere Worte zu trinken. Er trank seinen Becher leer und bestellte erneut, trank ihn leer und bestellte abermals, Mal um Mal, mit der Mechanik eines Schöpfrades, nur dass das, was er trank, kein Wasser war, sondern scharf gebrannter Wacholderschnaps. Er trank mit einer Hartnäckigkeit, als gelte es, sich selbst zu zerstören, und er hörte erst auf, wenn er den Halt verlor und auf dem mit Sägemehl bestreuten Boden aufschlug.

Wer den Mann in seinem Dreck liegen sah, hätte keinen Pfifferling dafür gegeben, dass es ihm jemals gelingen könnte, sich aus der todbringenden Umklammerung aus Alkohol und Abhängigkeit zu befreien. Doch das Leben geht manchmal seltsame Wege, und so war es auch an diesem Tag.

Wie üblich hatten die anderen Zecher damit begonnen, sich über den Mann und seine Hilflosigkeit lustig zu machen, wobei sich einer von ihnen besonders hervortat: Er goss dem Hilflosen den Inhalt seines Bechers ins Gesicht. Der arme Kerl wehrte sich mit matten Bewegungen, was den Spaßvogel nur noch mehr anspornte, weiterzumachen und mit höhnischer Stimme zu rufen: »Tut mir leid, Lappi! Sollte ich dich gestört haben? Ich dachte, du hättest noch Durst. *Proost!*«

»*Proost,* Lappi!«, grölten auch die anderen Zecher und schlugen sich dabei vor Lachen auf die Schenkel.

Um die Mundwinkel des armen Kerls zuckte es. Er blickte aus rotgeränderten Augen auf, und etwas wie Trotz trat in sein Gesicht. »Ich ... heiße Lapidius«, krächzte er.

»Natürlich, Lappi, natürlich.« Der Spaßvogel grinste. »Das hast du schon öfter gesagt. Aber wer kann sich so einen verrückten Namen merken? Keiner, Lappi, glaub mir's, keiner.«

»Lass den Mann in Ruhe.« Frans, der dickbäuchige Wirt, näherte sich mit einer Terrine Suppe.

»Sag bloß, du nimmst Lappi auch noch in Schutz?« Der Spaßvogel spielte den Beleidigten.

»Tu ich nicht. Ich sagte bloß, lass den Mann in Ruhe. Der hat seine eigenen Sorgen. Willst du noch einen Schnaps?«

»Nein, will ich nicht. Lappi hat mir alles weggesoffen.«

Wieder lachten die Männer roh.

Frans, der Wirt, setzte die Terrine Kohlsuppe auf dem Nachbartisch ab. »Treib's nicht zu arg, Thees, oder ich schmeiß dich raus.«

»Du scheinst wirklich einen Narren an Lappi gefressen zu haben. War er es vielleicht, dem deine Spelunke ihren Namen verdankt?«

Das Wirtshaus, so lautete ein altes Gerücht, gab es seit dem Schreckensjahr 1421, als die Heilige-Elisabeth-Flut riesige Flächen der Provinz Holland mit ihren Wassern überschwemmt hatte. In jenem Jahr war ein junger Matrose aus Papendrecht nach Zwaanshoven gekommen, hatte die Überreste einer Schankwirtschaft vorgefunden und sie mit viel Mühe neu aufgebaut – nur um sie kurz danach um ein Haar wieder zu verlieren, denn der alte Wirt kehrte zurück und erhob Ansprüche auf seinen Besitz. In dem sich daraus entwickelnden Zwist hatte es lange keine Einigung gegeben, bis man sich endlich auf einen Wettkampf verständigen konnte. Wer von den beiden Kontrahenten in der Lage wäre, als Erster zehn Fläschchen Schnaps hintereinander auszutrinken – die Zahl Zehn entsprach dem Alter, in dem die heilige Elisabeth ihre Gottesvisionen hatte –, sollte die Schankwirtschaft behalten dürfen. Tatsächlich gelang es dem jungen Matrosen, die ungeheure Menge schneller als sein Widersacher hinunterzustürzen, und als bleibende Erinnerung an seinen Sieg nannte er sein Wirtshaus fortan *De Tien Flesje*.

In späteren Jahren hatte die Schenke häufig ihren Besitzer gewechselt, doch es stand außerhalb jeden Zweifels, dass der Säufer Lapidius nicht ihr Namensgeber gewesen sein konnte. Umso überflüssiger fand der Wirt die Frage des Spaßvogels. »Lass die Scherze, Thees. Und lass dein blödes Grinsen. Wie wäre es, wenn du zur Abwechslung mal deine Zeche bezahlen würdest? Siehst du, schon grinst du nicht mehr.«

Thees blickte betreten drein. Aber nur für einen Augenblick, dann hatte er sich wieder gefangen. »Du kriegst schon dein Geld, Frans. Hast du's bisher nicht immer bekommen? Und wo wir gerade davon reden: Was ist eigentlich mit Lappi? Zahlt der seine Zeche immer?«

»Das geht dich nichts an.«

»Ich seh den manchmal im Loodskwartier am Hafen betteln. Was da zusammenkommt, reicht höchstens für einen Fingerhut Fusel, aber lange nicht für die Mengen, die er täglich bei dir säuft.«

»Ich sagte schon, das geht dich nichts an!« Frans wurde, ganz gegen seine sonstige Art, ziemlich ungemütlich. Er stemmte die Fäuste in die Hüften und funkelte den Spaßvogel an. »Was ist? Zahlst du nun deine Zeche, oder soll ich dich rausschmeißen?«

Bevor Thees antworten konnte, schob sich ein kräftiger Mann zwischen die Streithähne. Es war einer der Stadtbüttel. »Der da am Boden, ist das dieser Lappisus?«, fragte er.

»Genau der«, antwortete Thees. Er schien für die Ablenkung dankbar.

»Was ist mit ihm?«, fragte Frans.

»Der soll zum Stadtmedicus. Auf Befehl des Rats.« Der Büttel kratzte sich hinterm Ohr. »Aber wie's scheint, kann er nicht mehr selber gehen. Na ja, mir bleibt auch nichts erspart.« Er bückte sich, hob den Bezechten auf und warf ihn sich wie einen Sack über die Schulter.

Dann steuerte er den Ausgang an, begleitet von über einem Dutzend Augenpaaren.

Doktor Smit, der Stadtmedicus, stand in seinem Behandlungsraum und blickte missbilligend auf die Gestalt, die vor ihm auf dem Operationstisch lag. Der Tisch maß ungefähr sieben Fuß in der Länge und zweieinhalb Fuß in der Breite. An seinen Seiten befanden sich mehrere kräftige Gurte, mit denen der Patient bei Eingriffen festgeschnallt werden konnte. »Es fehlte nicht viel, und ich hätte dich fixieren müssen«, sagte Smit, nicht ohne Vorwurf. »Du hast über drei Stunden geschlafen und zeitweise um dich geschlagen, als gelte es, den Teufel persönlich in die Flucht zu schlagen.«

Da der Angesprochene nicht antwortete, redete Smit weiter: »Dabei sitzt der Teufel direkt in dir. Ich meine den Teufel Alkohol. Bist du nüchtern genug, um von mir untersucht zu werden? Ich meine, kannst du wieder allein stehen?«

Die Lippen des Patienten bewegten sich tonlos.

»Was sagst du?« Smit beugte sich vor.

»Unter ... sucht?«

»Richtig, ich habe den Auftrag, eine Aussatzschau an dir vorzunehmen. Eine lästige Angelegenheit für uns beide. Für dich, weil ich deinen Körper nackt begutachten muss – für mich, weil ich denke, dass die Untersuchung entbehrlich ist. Du leidest aller Wahrscheinlichkeit nach nicht an Aussatz. Aber der Ehrenwerte Rat will eine Kontrolle, und ich werde mich dem nicht widersetzen. Ich werde von der Stadt bezahlt. Wes Brot ich ess, des Lied ich sing. Doch das braucht dich nicht weiter zu interessieren. Also: Kannst du aufstehen und dich dort auf den Stuhl setzen?«

»Wasser ... bitte.«

Smit, der im Grunde von freundlicher Natur war, reichte dem Mann einen Zinnbecher. »Trink das, es wird dir guttun. Der Alkohol hat deinen Körper dehydriert.« Nachdem der Mann getrunken hatte, wiederholte er seine Frage.

»Ich will nicht aufstehen.« Die Stimme des Mannes erinnerte an das Krächzen eines Uhus. »Will gar nichts mehr. Lasst mich in Ruhe.«

Eine ähnliche Antwort hatte Smit fast erwartet, denn er kannte sich mit Alkoholsüchtigen aus und wusste um deren Verstocktheit. Deshalb sagte er eine Weile nichts, hantierte in seinem Instrumentenschrank, reinigte ein klarsichtiges Kolbenglas, *matula* genannt, ordnete einige Papiere auf seinem Schreibtisch, summte eine Melodie – und war sich die ganze Zeit darüber im Klaren, dass er beobachtet wurde.

»Ich … brauche einen Schnaps.«

Smit wandte sich dem Mann zu. »Das dachte ich mir. Kaum geht es dir besser, verlangt es dich wieder nach etwas Scharfem. Aber das bekommst du nicht.«

Der Mann schwieg und atmete rasselnd. Dann räusperte er sich. »Soll das ein Junktim sein?«

»Ganz recht.« Smit nickte entschlossen. »Das eine bedingt das andere. Wenn du aufstehst, bekommst du einen Schnaps, sonst nicht.« Dann hielt Smit inne. Der Ausdruck »Junktim« aus dem Mund eines so abgerissenen Säufers war ungewöhnlich. Doch sein Gedankengang wurde unterbrochen, denn in diesem Augenblick erhob sich der Mann. Es kostete ihn sichtlich Mühe, aber er schaffte es. Auf unsicheren Beinen stakste er zu dem Stuhl hinüber und ließ sich ächzend darauf nieder.

Smit nahm einen kleinen, bronzenen Mörser, in dem er gewöhnlich Alaunsalz zur Blutstillung zerstieß, und goss ihn mit einer wasserklaren Flüssigkeit voll. »Hier, nimm.«

Der Mann griff hastig nach dem Gefäß und stürzte den Inhalt hinunter. Dann verzog er das Gesicht.

Smit konnte sich ein Grinsen nicht verkneifen. »Das ist Kirschwasser aus dem Schwarzwald. Mein Lieblingsgetränk. Etwas anderes habe ich nicht. Doch jetzt zur Sache.« Er nahm hinter seinem Schreibtisch Platz und griff zur Feder, tauchte sie in das Tintenfass, streifte sie sorgfältig ab und stellte seine erste Frage. »Dein Name ist Stein, wie mir Mickels, der Ratssekretär, mitteilte. Wie schreibt sich Stein, mit e-i, mit a-i oder auf holländische Art mit i-j? Weißt du das?«

»Ich nenne mich nicht Stein. Ich bin Lapidius.«

»Lapidius?« Smit schürzte die Lippen.

Der Befragte straffte sich. »Ganz recht. Lapidius leitet sich ab von *lapis,* lateinisch Stein.«

Smit war erstaunt, um nicht zu sagen verblüfft. Handelte es sich bei dem Mann um jemanden von Stand? Um jemanden, der wie er die Sprache der Wissenschaft beherrschte? Nein, das konnte nicht sein. Immerhin, als er weitersprach, wählte er unwillkürlich die respektvolle Ihr-Form für die Anrede. »Habt Ihr einen Passbrief, der den Namen bestätigen kann?«

»Nein.«

Das hatte Smit schon fast erwartet. »Und wie ist der Vorname?«

»Ludolf. Ludolf Lapidius. Habt Ihr noch etwas von diesem … Kirschwasser?«

»Tut mir leid.« Smit schrieb beide Namen sorgfältig auf und wünschte sich dabei, ein Ratsmitglied zu sein. Dann hätte Mickels ihm die Arbeit abnehmen müssen. Andererseits hatte Mickels trotz seines Amtes eine ziemliche Klaue, und Smit legte Wert auf ein untadeliges Schriftbild. Er blickte auf. »Verheiratet? Kinder?«

»Nein.« Die Antwort kam knapp.

»Nein?« Dass ein Mann in Lapidius' Alter nicht verheiratet war und keine Kinder hatte, war ungewöhnlich. Sehr ungewöhnlich sogar. »Geburtsdatum?«

»Dreizehnter Mai 1507.«

»Aha. Dann seid Ihr« – Smit rechnete kurz – »neunundvierzig Jahre alt, richtig?«

»Mein Alter ist mir einerlei.«

Smit beließ es bei der Antwort und fragte weiter nach dem Geburtsort seines Patienten, den bisherigen Krankheiten, dem Umgang, den er pflegte, und so weiter, denn alles das gehörte in die Unterlagen für die Aussatzschau. Doch er bekam nur einsilbige oder gar keine Antworten. Schließlich befahl er: »Erhebt Euch und zieht Eure, äh, Kleider aus. Und dann dreht Euch langsam um die eigene Achse, damit ich sämtliche Hautflächen Eures Körpers in Augenschein nehmen kann.«

»Nein.«

»Nein?«

»Ganz recht. Bevor ich nicht ein weiteres Kirschwasser bekomme, rühre ich mich nicht vom Fleck.«

»Aha, daher also weht der Wind! Mijnheer belieben, den Spieß umzudrehen und mir seinerseits ein Junktim zu stellen.« Smit dachte, dass Lapidius ein ziemlich eigenwilliger Mensch war, dessen Forderungen man nicht nachgeben dürfe. Er dachte aber auch, dass er am Abend noch zum Schachspiel bei einem befreundeten Apotheker eingeladen war, und deshalb füllte er den bronzenen Mörser noch einmal.

Lapidius kippte den Obstbrand hinunter, als wäre er Wasser. »Ganz so schlecht schmeckt das Zeug doch nicht.«

»Wie recht Ihr habt. Aber es gibt keinen dritten Schnaps, jedenfalls nicht, bevor Ihr getan habt, was ich sagte.«

Lapidius zögerte.

»Nun macht schon. Ich bin Arzt. Ein nackter Mann ist mir nicht fremd.«

»Warum wollt Ihr die Aussatzschau ausgerechnet an mir vornehmen? Ihr habt selbst gesagt, Ihr seid sicher, dass ich die Krankheit nicht habe.«

»Ich sagte, Ihr habt sie aller Wahrscheinlichkeit nach nicht.«

»Trotzdem ist die Untersuchung überflüssig.«

»Das ist sie nicht.«

»Warum nicht?«

»Weil der Rat sie will.«

»Und warum will sie der Rat?«

»Das, äh, tut nichts zur Sache. Aber bedenkt, dass Euer Anblick in der Stadt, nun, sagen wir mal, von manchen Bürgern als Ärgernis empfunden wird und dass der Rat Euch trotzdem nicht vor die Tore hat werfen lassen. Bislang jedenfalls nicht. Also, zieht Ihr Euch nun aus?«

Lapidius murmelte etwas Unverständliches und begann langsam, sich seiner Kleider zu entledigen. Er blickte dabei angestrengt zu Boden, und Smit erkannte, dass er noch einen Rest von Schamgefühl besaß. »Und nun dreht Euch langsam um Euch selbst.«

Während Lapidius gehorchte, nahm Smit eine Operationslaterne und leuchtete den Körper seines Patienten von oben bis unten ab. Was er sah, war ein hagerer, vom Alkohol gezeichneter Mann, knapp sechs Fuß in der Länge, mit einem Kopf, in dem die schmalen Lippen und die ernsten Augen das bestimmende Merkmal waren. Zwei tiefe Falten, die links und rechts der Nase bis zu den Mundwinkeln hinabliefen, mochten ein Zeichen für Seelenkummer oder Magenprobleme sein. Vielleicht auch für beides. Und noch eines fiel Smit auf: Dem Mann fehlte jegliche Behaarung, was durchaus ein Indiz für Aussatz sein konnte. »Ich kann weder Brauen noch Wimpern noch Bartwuchs bei Euch erkennen. Habt Ihr eine Erklärung dafür?«

Lapidius schwieg.

»Habt Ihr eine Erklärung dafür?«

»Syphilis.«

»Wollt Ihr damit sagen, dass Ihr einst Opfer der Lustseuche wart?«

»Das will ich.«

»Wie wurde sie behandelt?«

»Auf die übliche Weise. In der Hitzkammer.«

Smit nickte verstehend. Die Syphilis, die auch *Scabies*

grossa, Mal franzoso, Lues oder *Pöse Platern* genannt wurde, galt ebenso wie der Aussatz als eine der schlimmsten Geißeln Gottes. Sie zu kurieren, bedurfte es massivster Maßnahmen: Der Kranke wurde nackt ausgezogen, am ganzen Körper mit Quecksilbersalbe eingeschmiert und für drei Wochen in eine hölzerne Kammer gesperrt. Unter ihm wurde zu alledem ein Feuer entfacht, damit er gehörig ins Schwitzen kam und die kranken Säfte den Körper verlassen konnten. Die Hitzkammer, von manchen auch Hexenkammer genannt, war fast so gefürchtet wie die Syphilis selbst, und wer die Gewaltkur, bei der nicht nur die Haare, sondern auch die meisten Zähne ausfielen, als geheilt überlebte, war zuvor tausend Tode gestorben.

»Ihr scheint einiges mitgemacht zu haben«, sagte Smit nicht ohne Respekt. »Lasst mich einen Blick in Euren Mund werfen.« Wie erwartet fehlten dem Patienten fast alle Beißwerkzeuge. Nur die oberen Schneidezähne, zwei Eckzähne im Unterkiefer und drei Backenzähne waren ihm geblieben. Smit nahm einen Spatel und schob damit die Zunge hin und her. Sie wies, außer einem pelzigen Belag, der vom Trinken herrühren mochte, keine verräterischen Spuren auf. »Schön, und nun lasst mich hinter Eure Ohren sehen.«

»Was wollt Ihr da entdecken?«

»Ich hoffe, nichts. Rote Flecken oder Lepraknötchen treten immer zunächst hinter den Ohren auf. Später dann an Nase, Kinn und Wangen.« Smit bog Lapidius' Ohrmuscheln nach vorn und betrachtete eingehend die Haut dahinter. Zufrieden konstatierte er keine Auffälligkeiten.

»Dauert die Prozedur noch lange?« In Lapidius' Stimme schwang Ungeduld mit.

»Wir sind erst am Anfang.« Smit nahm einen Spreizer,

drückte damit die Nasenlöcher auseinander und betrachtete eingehend das *septum*. Die Scheidewand sah völlig normal aus – keinerlei Auflösungserscheinungen. Ebenfalls ein gutes Zeichen. »Sehr schön«, sagte Smit. »Ich glaube, draußen fängt es an zu regnen.«

»Was?« Lapidius blickte überrascht zum Fenster, und genau das hatte Smit beabsichtigt. Er nutzte den Augenblick der Ablenkung und stach seinem Patienten mit einer Lanzette in den Fußrücken.

»Autsch!« Lapidius zuckte zusammen. »Was soll das nun wieder?«

»Ich sammle Beweise gegen Eure Aussätzigkeit. Oder anders gesagt: Aussätzige leiden ab einem bestimmten Stadium unter Gefühllosigkeit der Extremitäten, was bei Euch aber offensichtlich nicht zutrifft. Wisst Ihr, was das ist?« Smit hielt Lapidius die geöffnete Hand hin, in der ein erbsengroßes rotes Kügelchen lag.

»Ihr werdet es mir gleich sagen.«

»Es ist eine Vogelbeere. Sie findet sich zurzeit hundertfach im Gezweig der Eberesche. Aber darum geht es nicht. Ich will sehen, ob Ihr in der Lage seid, die Beere mit Daumen und Zeigefinger zu greifen.«

Kopfschüttelnd nahm Lapidius das Kügelchen auf.

»Die Greiffähigkeit der Hand ist ebenfalls Teil der Aussatzschau.« Smit ließ sich die Vogelbeere zurückgeben und sagte: »Lasst mich Euren Puls prüfen.« Er tat es mehrmals und sehr sorgfältig. »Nun, in Anbetracht Eures Lasters habt Ihr einen bemerkenswert starken und ruhigen Herzschlag. Wie lange trinkt Ihr schon so unmäßig?«

»Ich möchte mich wieder anziehen.«

»Das könnt Ihr, nur zieht die Hose noch nicht ganz hoch, ich brauche Euren Harn für die Uroskopie.«

»Was hat die Harnschau mit dem Aussatz zu tun?«

Smit musste zugeben, dass sein Gegenüber tatsächlich einige Bildung zu haben schien, denn die Bedeutung des Wortes Uroskopie war einem Normalsterblichen kaum geläufig. Gern hätte er mehr über den Mann gewusst, aber er verkniff sich die Frage und griff zur gläsernen *matula*. »Uriniert da hinein. Dann bin ich in der Lage, Euch zu sagen, wie es um Eure Körpersäfte bestellt ist.«

»Meine Körpersäfte sind mir gleich, und von der Harnschau halte ich nichts.«

»Das mag sein. Ich muss Euch trotzdem bitten, meinen Anweisungen zu folgen.«

Lapidius zuckte mit den Schultern, nahm die *matula* und wandte sich um. Alsbald war ein kräftiges Plätschern zu vernehmen. Dann gab er das Glas zurück und sagte: »Da habt Ihr's: gelber Urin, wie nicht anders zu erwarten.«

Smit fand, es sei an der Zeit, sein Gegenüber in die Schranken zu weisen. Während er das Kolbenglas ins Licht hielt, um seinen Inhalt genau studieren zu können, sagte er: »Aus Euren Worten spricht Unwissen, um nicht zu sagen Ignoranz. Nicht jeder Urin ist von Natur aus gelb. Die Lehrmeinung unterscheidet nicht weniger als zwanzig Farben, von Kristallklar über Hellgelb, Taubengrau, Himbeerrot, Tiefgrün bis hin zu Schwarz.« Er schüttelte das Glas und betrachtete es eingehend. »Wir teilen die Flüssigkeitssäule der *matula* in drei Zonen ein: die obere, die mittlere und die untere. Je nachdem, wo sich bestimmte Substanzen wie Tröpfchen, Wölkchen, Flöckchen et cetera absetzen, sind sie Anzeichen dafür, was im Körper des Patienten vorgeht. Der kundige Uroskopist kann eine Magenkrankheit ebenso aufspüren wie ein Steinleiden, eine Wassersucht ebenso wie ein Karzinom. Ja, er vermag sogar eine Empfängnis zu erkennen, noch bevor die Glückliche etwas von ihrem Zustand ahnt.«

»Ich glaube an so etwas nicht. Wer roten Urin ausscheidet, muss noch lange nicht krank sein. Vielleicht hat er nur Rote Bete gegessen.«

Smit sprach ungerührt weiter: »Bei Eurem Urin handelt es sich zwar nicht um den vorgeschriebenen Morgenurin, doch ist die Beschaffenheit aussagekräftig genug, um festzustellen, dass Ihr eine insuffiziente Leber habt, also eine Leber, die nicht ausreichend arbeitet. Nun ja, bei Eurer ausgeprägten Vorliebe für geistige Getränke verwundert das wenig.« Er gestattete sich ein Lächeln. »Ansonsten ist festzustellen, dass Ihr nicht schwanger seid.«

»Da bin ich aber froh.« Für einen kurzen Augenblick lächelte Lapidius zurück.

Smit setzte sich wieder hinter seinen Schreibtisch und hielt seine Beobachtungen fest.

»Seid Ihr nun fertig?«

»Fast. Die Aussatzschau verlangt noch eine Gesangsprobe von Euch …«

»Eine was?«

»Eine Gesangsprobe, da der Aussatz die Stimme verändert. Welches Lied gesungen werden muss, ist in den Vorschriften nicht festgelegt. Aber ich denke, darauf kann ich verzichten. Ebenso auf die Geschmacksprobe Eures Urins und die Frage, ob Ihr unter häufigem Aufstoßen oder Atem- und Schweißgeruch leidet. Beides muss bei Euch als Freund eines starken Tropfens bejaht werden, hat jedoch auf das Gesamtergebnis der Aussatzschau keinen Einfluss mehr.« Smit schrieb wieder und blickte schließlich auf, nachdem er Streusand auf das Papier gegeben hatte. »Damit ist es amtlich. Mit diesem Schaubrief bescheinige ich Euch Eure Reinheit.«

»Wie schön. Und nun? Kann ich endlich gehen?« Lapidius nahm den Schaubrief entgegen.

Smit erhob sich. »So ist es. Aber Euer Weg wird Euch nicht ins nächste Wirtshaus führen, sondern direkt ins Rathaus der Stadt.«

»Wie?«

»Ins Rathaus zum Ratssekretär Mickels. Der wird Euch sagen, wie die Ehrenwerten Stadtoberen mit Euch weiter verfahren wollen.«

»Die Ehrenwerten Stadtoberen können mich mal.«

»Das will ich nicht gehört haben!« Smit dachte an den befreundeten Apotheker, der sicher nicht nur schon die Schachfiguren aufgebaut, sondern auch eine gute Karaffe Rotwein bereitgestellt hatte, und wollte sich nicht länger aufhalten lassen. »Seid vernünftig, Lapidius«, sagte er. »Verscherzt Euch nicht die letzten Sympathien, die Ihr noch habt, und tut einfach, was ich Euch sage. Noch einen guten Tag.«

Sprach's und schob seinen Patienten zur Tür hinaus.

»Ich bin nur gekommen, um bei Euch den Schaubrief abzugeben.« Lapidius stand in Mickels' Amtsstube und überreichte das Schriftstück. »Ich will gleich wieder gehen.«

»Warte.« Mickels, der wie eine Spinne im Netz hinter seinen Büchern und Papieren saß, streifte umständlich ein Metallband über seinen kahlen Schädel. Es war ein Band, an dem vorn zwei Augengläser befestigt waren, die seine Lesefähigkeit verbessern sollten. Die seltsame Sehhilfe, Stirnreifenbrille genannt, verstärkte noch sein insektenhaftes Aussehen, während er sich ohne jede Eile in den Schaubrief vertiefte.

Lapidius kam sich vor, als sei er Luft. »Wenn ich schon warten soll, sagt mir wenigstens, was die Posse mit der Aussatzschau zu bedeuten hatte.«

»Alles zu seiner Zeit.« Mickels gedachte nicht, sich aus der Ruhe bringen zu lassen. Schon gar nicht von einem dahergelaufenen Trunkenbold. Es war schon schlimm genug, dass er, der bewährte Sekretär, ohne dessen Tatkraft im Rathaus alles drunter und drüber gegangen wäre, ständig vom Rat herumkommandiert wurde, da musste dieser Saufkopf es nicht auch noch tun.

Als er das Papier durchgelesen hatte, räusperte er sich umständlich und las es gleich noch einmal durch, nur um Lapidius weiter zappeln zu lassen. Endlich legte er den Schaubrief beiseite und nahm die Brille wieder ab. »Das scheint so weit seine Richtigkeit zu haben.«

»Ich will wissen, warum ich untersucht wurde.«

»Das erfährst du gleich.«

»Nicht gleich, jetzt.«

»Nein.«

»Dann gehe ich.«

»So warte doch.« Mickels' Gesicht nahm einen lauernden Ausdruck an. »Willst du einen Genever?«

Lapidius schluckte.

»Ob du einen Genever willst, fragte ich.«

»Nein.« Das zu sagen, kostete Lapidius fast übermenschliche Kraft.

»Wie du meinst. Aber du erlaubst doch, dass ich mir selbst einen gönne?«

Wie gebannt verfolgte Lapidius, wie Mickels einen bleigläsernen Becher mit Schnaps füllte. Das Geräusch des Einschenkens kam ihm vor wie Engelsgesang. Mickels trank langsam, mit kleinen Schlucken, und als er den Becher geleert hatte, leckte er sich die Lippen und sagte: »Ah, das tat gut. Ich glaube, ich nehme noch einen. War es nicht so, dass du gerade gehen wolltest?«

»Ja«, stammelte Lapidius, dessen Hände vor Verlangen zitterten. »Ich meine, nein. Ich, ich …«

»Nun?«

»Ich glaube, ich nehme doch einen.«

»Sehr vernünftig.« Mickels stellte einen zweiten Becher bereit und füllte ihn. *»Proost en gezondheid.«*

Lapidius nahm sich nicht die Zeit, zu antworten, sondern stürzte das Getränk hinunter. Dann atmete er tief durch. Der Augenblick der Schwäche war vorüber. Die Spinne konnte ihm nichts mehr anhaben. »Ich gehe jetzt.«

»Du bleibst!«

»Ich bleibe nicht, und wenn Ihr mich duzt, schon gar nicht.«

»Soll ich dich vielleicht mit ›Majestät‹ anreden? Lass die Faxen, und hör mir zu: Der Rat der Stadt will dir ein Angebot machen. Ich bin beauftragt, es dir zu unterbreiten.« Mickels musste an die Vormittagssitzung denken, in der vergeblich ein Nachfolger für den alten Janszoon gesucht worden war. Zunächst jedenfalls. Denn mit jedem Glas, das die hohen Herren geleert hatten, waren ihre Bedenken gegen Lapidius geringer geworden. Zuletzt hatte man sich sogar gegenseitig lautstark versichert, dass es für die Aufgabe keinen Besseren gebe. Und wie üblich war es an ihm, Mickels, hängengeblieben, die weiteren Schritte einzuleiten. »Kennst du den alten Janszoon?«

»Den alten Janszoon?« Lapidius runzelte die Stirn. »Ja, ich habe von ihm gehört.«

»Er ist tot. Gestern oder vorgestern gestorben. Er versorgte die Aussätzigen auf der Insel Zwaanwaard mit Essen und allerlei Notwendigem. Die Stadt sucht einen Nachfolger. Du sollst es werden.«

»Nein.«

»Ich verstehe, dass du dir Sorgen wegen der Ansteckungsgefahr machst, aber …«

»Die Ansteckungsgefahr interessiert mich nicht. Ich habe keine Angst vor dem Tod. Schon lange nicht mehr. Ich will nur noch meine Ruhe haben. Deshalb gehe ich jetzt.«

»Willst du noch einen Genever?«

Lapidius, schon halb an der Tür, blieb stehen. Man musste kein großer Menschenkenner sein, um zu sehen, wie er mit sich rang. »Nein«, sagte er heiser.

»Es könnten auch zwei sein.«

»Nein, habe ich gesagt!«

»Gut, gut. Es war nur eine Frage. Wahrscheinlich hast du dein Quantum für heute schon intus. Ach, wo ich gerade von Quantum rede: Die Stadt würde sich dir gegenüber erkenntlich zeigen und dir täglich ein gutes Quantum Schnaps garantieren« – Mickels machte eine vielsagende Pause –, »vorausgesetzt, du übernimmst die Aufgabe der Krankenversorgung.«

Lapidius schwieg.

»Wie ist es, willst du noch einen?«

»Ja, aber dann gehe ich.«

»Natürlich.« Mickels schenkte erneut ein, und Lapidius kippte den Schnaps hinunter.

»Na, komm, noch einen.« Der Vorgang wiederholte sich. Lapidius fühlte, wie der Alkohol ihn von innen wärmte. Es ging ihm besser. Das Leben war doch nicht so schlecht.

»Wenn du die Aufgabe übernehmen würdest, hättest du wieder ein Dach über dem Kopf. Du könntest drüben auf der Insel wohnen und alle paar Tage mit dem Boot herüberkommen, um das Essen für die Kranken zu empfangen. Das ist schon alles. Eine ganz leichte Arbeit.«

Lapidius zögerte, das Angebot klang verlockend. Aber er

wollte sich nicht einwickeln lassen. »Ich gehe jetzt. Nur noch eines: Was sollte die Aussatzschau?«

»Die musste sein.«

»Wieso? Wozu muss jemand, der unter Aussätzigen lebt, gesund sein? Das Gegenteil wäre doch logisch. Wer krank ist, kann sich nicht mehr anstecken.«

Mickels musste zugeben, dass der Trunkenbold nicht ganz so dumm war, wie er gedacht hatte. »Nun, es ist so: Du würdest zwar auf der Insel der Aussätzigen wohnen, aber du wärest gleichzeitig Beauftragter der Stadt. Die Stadt wiederum kann für ihre Bediensteten nur Gesunde auswählen, denn Aussätzigen ist es verboten, zu arbeiten. Das ist Gesetz.«

»Kann ich noch einen Schnaps haben?«

»Sicher.« Mickels schenkte ein und sagte: »Die Arbeit wäre wirklich leicht. Und du hättest deine Ruhe, denn du würdest in der Hütte vom alten Janszoon leben, abgeschieden von den Kranken. Alle paar Tage würdest du über den Fluss rudern, um das Essen zu holen, und bei deiner Rückkehr würden die Kranken dich schon erwarten. Sie würden dir bis zu der Trennmauer entgegenkommen, dabei ›Aussatz, Aussatz!‹ rufen und dich mit ihren Klappern vor weiterer Annäherung warnen. Dann würden sie sich das bereitgestellte Essen nehmen, ein frommes Dankeslied singen und verschwinden. Wie gesagt, eine ganz leichte Tätigkeit, die dir als Schellenknecht sicher Freude machen würde.«

»Schellenknecht?«

»Du müsstest, wenn du zum Essenholen in die Stadt kämst, vor deiner Person warnen, denn du könntest Krankheitskeime in dir tragen. Das geschähe mit einem Glöcklein oder einer Schelle. Daher der Name. Aber« – Mickels goss rasch noch einmal nach – »vor der Ansteckungsgefahr hast du ja keine Angst, nicht wahr?«

»Nein«, sagte Lapidius. »Und die Bezahlung?«

»Bestünde, wie schon gesagt, in einem regelmäßigen Quantum Schnaps.« Mickels musterte den Trunkenbold, und da dieser nicht gleich antwortete, fügte er schnell hinzu: »Einem großen, regelmäßigen Quantum Schnaps! Nun, wie ist es? Da wirst du doch nicht nein sagen?«

»Vielleicht sage ich nicht nein, aber ich sage auch nicht ja.«

»Was heißt das?«

»Dass ich es mir überlegen will.«

Zur gleichen Zeit, als Mickels versuchte, Lapidius die Nachfolge für den alten Janszoon schmackhaft zu machen, wurde ein Nachen auf der Merwe nach Norden gerudert. Das Ziel des Nachens war Crimpen op de Merwede, ein eher unbedeutender Ort, der an der Einmündung der Leek lag. Die stolzen Zwaanshovener pflegten spöttisch zu behaupten, in Crimpen würden sich Fuchs und Hase gute Nacht sagen, doch der Spott wäre ihnen im Halse steckengeblieben, wenn sie gesehen hätten, welche Ladung der Nachen an diesem Abend mit sich führte.

Als die Dunkelheit hereingebrochen war, wurde der Nachen mit kaum hörbaren Ruderschlägen an eine verlassene Pier des alten Hafens herangesteuert, und eine tief vermummte Gestalt sprang an Land. Die Gestalt nannte sich »Onbekend«, denn unbekannt musste sie für das, was sie betrieb, unter allen Umständen sein. Sie blickte sich um, horchte in jede Richtung und stellte erleichtert fest, dass keine Menschenseele in der Nähe war. Dann schlich sie zurück zum Boot und hob ein schweres Bündel heraus. Mit dem Bündel über der Schulter strebte sie vorsichtig zu den verfallenen Schuppen, die am Rande der Pier standen, prüfte noch einmal, ob keine Gefahr im Verzuge war, umrundete ein windschiefes Gebäude und klopfte schließlich in einer bestimmten Abfolge an die Hintertür.

»Wer ist da?«, erklang eine Stimme von drinnen.

»Onbekend«, antwortete die Gestalt.

Die Tür öffnete sich. Im schwachen Lichtschein stand ein Mensch, der genauso verhüllt war wie Onbekend. »Du kommst spät«, sagte der Verhüllte, der sich »Naamloos« rufen ließ.

»Ich komme, sobald die Ebbe einsetzt, das weißt du so gut wie ich.«

Mit diesem Dialog, der immer derselbe war, hatten beide sichergestellt, dass sie der richtigen Person gegenüberstanden. Über die Jahre hatten sie ein gewisses Vertrauen zueinander gefasst, obwohl jeder nur die Stimme des anderen kannte. Das Aussehen, der Name, die Herkunft des anderen – alles das mussten sie voreinander geheim halten, denn bei dem Bündel, das Onbekend über der Schulter trug, handelte es sich um eine höchst seltene Ware, mit der zu handeln streng verboten war.

»Ich hoffe, dass die Qualität diesmal besser ist als beim letzten Mal«, sagte Naamloos.

»Du wirst zufrieden sein«, antwortete Onbekend.

»Dann zeig her.«

Onbekend warf das Bündel nicht eben sanft auf einen großen Ballen Stroh und begann, es auszupacken. Eine weibliche Leiche wurde sichtbar.

»Ist sie auch frisch?«, fragte Naamloos noch immer misstrauisch.

»So frisch, wie eine Leiche nur sein kann. Überzeuge dich

selbst, die Totenstarre hat sich noch nicht gelöst. Das heißt, die Ware ist noch keine vierundzwanzig Stunden alt.«

»Hm, hm«, machte Naamloos. Er strich mit seiner behandschuhten Rechten über die Gliedmaßen der Leiche und versuchte, die Knie zu beugen, was nicht gelang. »Du hast recht. Gut, dass diesmal die Füße noch ganz sind. Beim letzten Mal waren sie ziemlich zerfressen.«

»Es ist gute Ware«, versicherte Onbekend noch einmal. »Festes Fleisch, überall, bis aufs Gesicht.«

»Das sehe ich. Von der Nase sind ja nur noch die Löcher übrig. Und der Mund ist weggefault.«

»Du brauchst ihn ja nicht zu küssen.«

»Ein bisschen alt ist die Dame auch.«

»Eine Jüngere habe ich nicht.«

»Und riechen tut sie.«

»Bist du eine Mimose?«

Naamloos sparte sich eine Erwiderung. Stattdessen strich er abermals über die steifen Gliedmaßen. »Wo ist die Frau gestorben?«

Darauf hätte Onbekend eine Antwort geben können, aber er wollte sich nicht in die Karten sehen lassen. Außerdem war Vorsicht geboten. Jede weitere Information konnte ein Hinweis auf die Herkunft der Leiche sein und damit ein Hinweis auf seinen wirklichen Namen. Das musste unbedingt vermieden werden. »Wo sie gestorben ist? Das werde ich dir nicht auf die Nase binden. Und auch nicht, woran sie krepiert ist. Jedenfalls nicht an Aussatz. Finde es selbst heraus bei dem, was du mit ihr vorhast.«

»Weißt du denn, was ich mit ihr vorhabe?«

»Ich weiß es nicht, aber ich ahne es vielleicht.«

»Ahne es besser nicht.« Naamloos drehte die Tote mit einiger Anstrengung um, so dass er ihre Rückseite betrachten konnte. Er schien nicht unzufrieden mit dem, was er sah, jedenfalls nickte er und blickte auf. Seine Augen begegneten Onbekends Augen. »Wird die Leiche auch nicht vermisst werden?«

»Welche Frage! Natürlich nicht.«

»Das sagst du immer.«

»Und es stimmt auch immer.«

Naamloos kramte in seinen Kleidern nach Münzen. »Weil ich beim letzten Mal zu viel bezahlt habe, werde ich dir dieses Mal weniger geben. Das ist nur gerecht. Ich gebe dir zehn schöne, runde Pfennige.«

»Bist du verrückt?« Onbekend war ehrlich entrüstet. »Ich habe die Ware unter größten Risiken hierhergebracht, ich habe Zeit gebraucht, um sie zu besorgen, ich habe mich an den Rudern abgeschuftet wie ein Galeerensklave, und du willst mich mit Pfennigen abspeisen? Fehlt nur noch, dass du mir Rechenpfennige andrehst.«

»Beim letzten Mal habe ich zu viel bezahlt.«

»Wie du meinst. Dann nehme ich die Ware wieder mit und schmeiße sie in den Fluss.« Onbekend schien drauf und dran, seine Drohung in die Tat umzusetzen, doch Naamloos hielt ihn zurück. Sein erstes Angebot war nur ein Abklopfen der Möglichkeiten gewesen, denn der Preis zwischen ihnen wurde jedes Mal aufs Neue ausgehandelt. »Es sind gute Pfennige aus Groningen, aber du kannst auch welche aus Nimwegen haben.«

»Ich will überhaupt keine Pfennige! Und ich will auch keine Utrechter Duit oder flandrische Groschen. Und wo ich gerade davon rede: Nicht jeder kennt sich in dem Münzwirrwarr hierzulande aus, und wenn du mich übers Ohr hauen willst, dann sag es lieber gleich.«

»Hast du denn das Gefühl, ich würde das tun?«

Das Gefühl hatte Onbekend allerdings, aber er wollte die Situation nicht auf die Spitze treiben, deshalb sagte er: »Du gibst mir einen Vlieger. Die Münze kenne ich, die kommt aus Holland. Ist gutes Geld.«

»Bist du von Sinnen! Ein Vlieger entspricht einem fünftel Gulden!«

»Und wenn schon. Ich will einen Vlieger.«

»Ich habe keinen Vlieger.«

»Dann gib mir den Preis in anderer Münze, aber der Gegenwert muss gleich sein …«

So feilschten Onbekend und Naamloos noch eine ganze Weile um die Leiche, und als sie sich schließlich geeinigt hatten, sagte Onbekend: »Nun ist sie dein. Du kannst mit ihr machen, was du willst.«

»Das werde ich.«

Onbekend beugte sich neugierig vor. »Und was wird das sein?«

»Du fragst zu viel.«

Onbekend kicherte und sagte mit verschwörerischem Unterton: »Ich kann mir schon denken, was du vorhast. Ich versichere dir, was auch immer es ist, es wird der Dame nicht mehr weh tun.«

»Verschwinde«, sagte Naamloos.

Erster Tag

Sonntag, 11. Oktober

In der Mitte des Flusses, zwischen Zwaanshoven und Zwaanwaard, trieb im milden Morgenlicht ein kleiner Nachen. Er schien herrenlos und nur von einer leichten Brise bewegt, doch wer näher hinsah, erkannte darin eine zusammengesunkene Gestalt. Es war Lapidius, der röchelnd nach Luft rang. Das Rudern hatte ihn die letzten Kräfte gekostet.

Es dauerte geraume Weile, bis sein Puls sich halbwegs beruhigt hatte und er sich mühsam wieder aufrichten konnte. Im Osten grüßten die Häuser und Kirchen der Stadt herüber. Sie schienen noch immer zum Greifen nah. War die Entfernung, die er zurückgelegt hatte, tatsächlich erst so gering? Bei Hermes, dem Gott der Alchemisten, er war kein Seemann! Und er würde auch nie einer werden.

Sein Blick schweifte hinüber zur Mole des Kleinen Bootshafens, von der er abgelegt hatte, bevor die Tortur begann. Begafft worden war er dabei, verhöhnt und verlacht, weil er sich so ungeschickt angestellt hatte. Er hatte die Zähne zusammengebissen und irgendwie Abstand zwischen sich und die Lästermäuler gebracht. Und seine eigene Dummheit verflucht.

Doch auch zuvor, als er das Essen und die anderen Dinge für die Aussätzigen in Empfang genommen hatte, war seine Laune kaum besser gewesen. Drei sehr fromm aussehende, alte Jungfern hatten einen Kessel mit Linsensuppe die Kerkstraat heruntergekarrt und auf der Mole zum Stehen gebracht. Auf seine Frage hin hatten sie erklärt, sie seien von der Gemeinde der St. Vituskirche, und die Speise sei von Hochwürden de Kok persönlich gesegnet worden, damit sie den armen Seelen auf der Insel umso besser munde. Wenn er der Neue sei, den der Rat für den Transport ausersehen habe – Gott sei Janszoons armer Seele gnädig –, möge er nur recht sorgsam mit der Suppe umgehen und nichts verschütten. Jeder Tropfen sei kostbar.

Dann hatten sie ihm noch drei Dutzend braungelbe Brotlaibe und ein Fässchen mit eingelegten Heringen anvertraut, und Lapidius war beinahe schlecht geworden, weil der Fisch so stank und weil er in seinem Zustand kein Essen sehen konnte. Schließlich hatte er gefragt, was denn die Kirche mit der Versorgung der Kranken zu tun habe, woraufhin ihm mit vielen Worten erklärt worden war, dass die Kirche von jeher für die Speisung von Aussätzigen sorge, das habe Jesus, Gottes eingeborener Sohn, ebenso gehalten und die Kranken darüber hinaus geheilt, wie im Evangelium Matthaei, Kapitel acht, Vers zwei und drei, nachzulesen sei. Da hieße es: *Und siehe, ein Aussätziger kam und betete ihn an und sprach: Herr, so du willst, kannst du mich wohl reinigen. Und Jesus streckte seine Hand aus, rührete ihn an und sprach: Ich wills thun; sei gereiniget. Und alsbald ward er von seinem Aussatz rein.*

Anschließend hatten sie wissen wollen, wie er es mit dem Buch der Bücher halte und ob er am Gottesdienst teilnehmen würde, schließlich sei Sonntag, und es gelte, den siebten Tag der Woche zu feiern. Lapidius hatte irgendetwas gemurmelt und statt einer Antwort einen bauchigen Tonkrug mit Genever an Bord genommen.

Und ebendiesem Krug galt jetzt seine Aufmerksamkeit. Er brauchte unbedingt einen Schluck, damit seine Lebensgeister wieder erwachten. Hastig brach er die Versiegelung auf und trank wie ein Verdurstender. Das Zeug lief ihm wie Feuer die Kehle hinunter und weckte neue Kräfte. Weil ihm der Schnaps so guttat, nahm er gleich noch einen zweiten Schluck und stellte den Krug fast bedauernd wieder zurück an seinen Platz am Boden des Nachens. Er wandte sich um und warf einen Blick voraus. Sein Ziel schien doch nicht mehr so entfernt wie befürchtet. Da lag es, das Eiland Zwaanwaard, und bot ein Bild des Friedens. Die Vormittagssonne tauchte die Dünenlandschaft in ein frisches Licht, und das Grün des Grases hob sich leuchtend von dem silberhellen Wasser des Flusses ab. Ein schwacher Wind ließ die dunklen Schilfwälder am Ufersaum rauschen.

Lapidius begann, wieder zu rudern. Es gab, wie ihm erklärt worden war, einen hakenartigen Inselvorsprung, Hoek van Zwaanwaard genannt, in dessen Schutz sich ein Holzsteg befand. Dort sollte er den Nachen festmachen und an Land gehen. Nach einer Weile blickte er abermals in Fahrtrichtung, um zu prüfen, wie weit der Abstand sich verringert hatte. Und wirklich, die Insel schien näher gekommen zu sein. Nur lag sie plötzlich mehr zu seiner Linken. Das musste an der Abdrift liegen!

Lapidius verstärkte seine Bemühungen, ruderte mehr schlecht als recht und versuchte, den Nachen in die alte Richtung zu zwingen. Alsbald drohten die Kräfte ihn erneut zu verlassen. Sollte er einen stärkenden Schluck nehmen? Nein, dafür war keine Zeit. Alles an seinem Körper begann zu schmerzen, die Hände, die Armmuskeln, der Rücken. Dennoch, er musste es schaffen!

Wie er es am Ende geschafft hatte, wusste er später selbst nicht mehr, doch irgendwann stieß der Nachen unsanft gegen den Steg. Der Aufprall war so hart, dass er den Halt verlor und über Bord fiel. Er landete im hohen Schilf, schwer atmend, völlig ausgepumpt. Nur langsam beruhigte sich sein Herzschlag. Er lag im Wasser, und das Wasser war kalt. Das brachte ihn wieder auf die Beine. Er stapfte durch den Sumpf und konnte an nichts anderes denken als an den Tonkrug mit dem Genever. Hoffentlich hatte das Gefäß den Stoß heil überstanden.

Er wollte auf den Steg klettern – und verharrte mitten in der Bewegung. Er hatte eine Hand gesehen, die darunter hervorragte. Eine kleine Hand. Sie gehörte zu einem Arm, und der Arm gehörte zu einer Schulter und die Schulter wiederum zu einem Kopf. Ein Gesichtchen mit aufgerissenen Augen, den Mund geöffnet wie zum Schrei. Lapidius erschauerte.

Er hatte ein nacktes, totes Kind entdeckt, einen Knaben, wie ihm ein Blick zwischen die Beine verriet. Das einzige Bekleidungsstück des Knaben, so schien es, war eine Halskette aus Leder mit einem geschnitzten Holzkreuz daran.

Ein rumpelndes Geräusch lenkte ihn ab. Der Nachen hatte sich vom Steg gelöst und trieb davon! Lapidius hastete hinterher, um ihn aufzuhalten. Mit einigem Glück erwischte er die im Wasser treibende Bugleine und zog das Gefährt zu sich heran. Das hatte gerade noch geklappt! Sein nächster Blick galt der Ladung. Alles war noch an seinem Platz. Sogar die Riemen hingen noch in ihren Dollen. Nur der Geneverkrug war umgefallen und nahezu ausgelaufen. Lapidius hatte das Gefühl, ihm würde der Boden unter den Füßen weggerissen. Welch gottverdammtes Pech! Am liebsten wäre er sofort nach Zwaanshoven zurückgerudert, aber das war unmöglich. Dafür reichten seine Kräfte nicht aus. Trotzdem: Er brauchte den Alkohol wie die Luft zum Atmen. Ohne ihn war er so gut wie tot. So tot wie das Kind.

Lapidius zwang sich zur Ruhe. Er beschloss, den Aussätzigen von seinem Fund zu berichten. Sie würden wissen, was zu tun war.

Wo steckten sie eigentlich?

Mickels hatte versichert, sie würden sich ihm »geordnet« nähern, dabei »Aussatz, Aussatz!« rufen und ihre Klappern betätigen. Von alledem war nichts zu bemerken.

Mickels, die miese, kleine Spinne.

Lapidius verknotete die Bugleine an einem Pfahl und machte sich daran, den Nachen zu entladen, wobei er es vermied, das tote Kind anzusehen. Die Laibe Brot und das Fässchen mit Heringen trug er an Land und setzte alles auf einer kniehohen Steinmauer ab. Die Mauer, so hatte man ihm erklärt, bilde die Grenze zwischen ihm und den Kranken. Er dürfe sie auf keinen Fall passieren. Die Aussätzigen wiederum hätten ebenso strikte Anweisung, auf ihrer Seite zu bleiben. So würde jegliche Ansteckungsgefahr von vornherein vermieden.

Blieb noch der Kessel mit der Suppe. Er versuchte, ihn anzuheben, aber es war ihm nicht möglich. Die Suppe musste vorerst an ihrem Platz bleiben. Er schaute in den Tonkrug und fand noch einen kümmerlichen Rest Genever darin. Er schlürfte ihn gierig heraus und warf das Behältnis voller Verzweiflung ins Schilf.

Die Insel, die von weitem so friedlich ausgesehen hatte, wirkte plötzlich fremd und bedrohlich auf ihn. Ein schmaler Weg führte ins Innere, links und rechts flankiert von niedrigem Gesträuch und verkrüppelten Bäumen. Dahinter stiegen sandige Dünen empor. Mehrere Brandgänse flogen in der Luft und stießen ihr kräftiges *Gagagaga* aus. Weit und breit war kein Mensch zu sehen.

Gab es überhaupt Aussätzige auf der Insel?

»Gelobt sei Jesus Christus!«

Lapidius fuhr herum. Hinter der Trennmauer stand ein rundlicher Mann von spanischem Aussehen, der mit einem fleckigen schwarzen Übermantel bekleidet war. Der Mantel schloss sich wie eine Krause um seinen Hals und fiel in weichen Wellen herab bis zu den Füßen, die vollständig verhüllt waren. Ein breitkrempiger Hut, der an die Kopfbedeckung eines Hirten erinnerte, und ein silbernes Kreuz, das ihm vor der Brust hing, vervollständigten den Aufzug des Mannes. »Gelobt sei Jesus Christus«, sagte er abermals mit volltönender Stimme.

»Gehört Ihr zur Insel?«, fragte Lapidius.

»Ich gehöre zu Gott, mein Sohn, und deine Antwort hätte ›In Ewigkeit. Amen‹ lauten müssen. Ich bin Pater Angelo, den des Herrn Wille auf dieses Eiland befohlen hat, auf dass ich mit meinen bescheidenen Kräften helfe, die verlorenen Seelen einzufangen und Seiner Gnade teilhaftig werden zu lassen. Und wer bist du?«

»Ich bin Lapidius. Nachfolger des alten Janszoon.«

»Ich ahnte es fast. Was ist mit dem Alten?«

»Er starb vor ein paar Tagen.«

Pater Angelo senkte den Kopf und sprach: »Der Herr in seinem unergründlichen Ratschluss hat ihn zu sich genommen. Er ruhe in Frieden. *In nomine patris et filii et spiritus sancti …*« Dann zeichneten sich unter seinem Mantel zwei Bewegungen ab, eine längs, eine quer, und Lapidius vermutete, dass der Pater das Kreuz schlug. »Um deiner Frage zuvorzukommen, mein Sohn«, fuhr der Pater fort, »ja, auch ich bin aussätzig. Meine Hände sind nur noch Stümpfe, so unansehnlich, dass ihr Anblick niemandem zuzumuten ist. Aber solange sie noch einer armen Seele den Segen spenden können, werden sie es tun.«

Lapidius schwieg, weil ihm darauf nichts einfiel.

»Ich werde eine Messe für den alten Janszoon lesen, denn er war ein gläubiger Katholik« – Pater Angelos Miene verfinsterte sich –, »was man leider nicht von allen Inselbewohnern behaupten kann. Es gibt zu viele Heiden und Fehlgeleitete unter ihnen. Du, mein Sohn, hast eben den Gottesgruß nicht vorschriftsgemäß ergänzt. Wie hältst du es mit dem Glauben?«

»Wo sind denn die anderen Kranken?« Lapidius hatte nicht die besten Erfahrungen mit Priestern gemacht und ließ sich ungern von ihnen ausfragen.

»Sie werden sich schon zeigen. Was sind das für leckere Brotlaibe?«

»Es ist Dinkelbrot, glaube ich. Genau kann ich es Euch nicht sagen.«

»Und was ist in dem Fässchen? Lass mich raten: Es sind Heringe, stimmt's? Ob du mir einen herausholst? Ich würde für mein Leben gern kosten, was de Kok und seine Gemeinde uns Schönes bescheren.«

Der Wunsch brachte Lapidius in Verlegenheit, denn er ekelte sich vor den stinkenden Fischen. Doch zum Glück erschien in diesem Augenblick ein hünenhafter Mann, der mit einem ledernen Wams bekleidet war, unter dem er ein Leinenhemd mit weiten, geschlitzten Ärmeln trug. Die Ärmel waren rot, und die Schlitze, die sie durchzogen, safrangelb. Lapidius hatte Ähnliches vor langer Zeit bei deutschen Landsknechten gesehen.

»Ich bin Jörk«, sagte der Hüne und lachte Lapidius ins Gesicht. »Ich sehe, du bringst Essen, dann sei willkommen.« Er streckte die Rechte über die Trennmauer, und Lapidius schlug, ohne nachzudenken, ein. »Ich bin Lapidius.«

»Komischer Name, aber mir soll's recht sein.«

»Ich brauche ein paar starke Hände für den Suppenkessel im Nachen«, sagte Lapidius. »Ich wäre Euch dankbar …« Doch dann verstummte er. Ihm war eingefallen, dass er Jörk die Hand nicht hätte geben dürfen und dass es dem Hünen verboten war, auf seine Seite herüberzukommen.

Jörk schien Lapidius' Zögern nicht bemerkt zu haben. Er meinte fröhlich: »Nun sei mal nicht so steif. Wir teilen hier alle dasselbe Schicksal und sagen du zueinander.« Es folgte ein schiefes Grinsen in Richtung Gottesmann. »Natürlich nicht zum Pater. Sag, bist du auch aussätzig?«

»Nein«, antwortete Lapidius und beobachtete staunend, wie Jörk die Mauer übersprang und mit der größten Selbstverständlichkeit zum Nachen ging. Scheinbar mühelos hob er den Kessel heraus.

»Weißt du nicht, dass es dir verboten ist …«, begann er, doch Jörk winkte ab. »Jaja, das weiß ich. Aber der alte Janszoon hat uns über zwanzig Jahre lang das Essen gebracht, und trotzdem ist er nicht an Aussatz gestorben. Du brauchst also keine Angst zu haben.« Er stellte den Behälter zu den anderen Nahrungsmitteln. »Was ist denn für Suppe drin?«

»Linsensuppe.«

»Nicht gerade mein Leibgericht, aber Hauptsache, es reicht.«

Inzwischen hatte sich ein dritter Mann dazugesellt. Er war klein und von unbestimmbarem Alter. Sein Gesicht durchzog ein Netz aus feinen Fältchen. Ebenso wie der Pater und Jörk trug auch er nicht die vorgeschriebene Tracht der Aussätzigen, denn ein langes weißes Wollgewand, das in seiner Form an eine Tunika erinnerte, bedeckte seinen hageren Körper. Jörk klopfte ihm kräftig auf die Schulter und rief: »Sieh an, unser Yanardan hat auch schon die Suppe gerochen! Hast du Angst, dass Irit verhungert?«

Yanardan lächelte mühsam. »Sei unbesorgt, Irit geht es gut, obwohl es schon ein paar Tage her ist, dass Essen vom Festland herüberkam.« Er wandte sich Lapidius zu. »Hast du die Arbeit von Janszoon übernommen?«

Lapidius bejahte und erklärte, warum.

»Er war ein guter Mensch. Irit mochte ihn sehr. Ich hoffe, Janszoon findet den Frieden, den er verdient hat.« Yanardans schlohweiße Brauen hoben sich. »Ist er nach hiesiger Sitte in der Erde vergraben worden?«

»Das möchte ich annehmen«, sagte Lapidius.

Pater Angelo mischte sich ein. »Was du ›vergraben‹ nennst, mein lieber Yanardan, ist eine feierliche Beerdigung unter Glockengeläut, nachdem der Tote die Sterbesakramente mit der heiligen Salbung empfangen hat und ein trostspendender Aussegnungsgottesdienst abgehalten wurde.«

Yanardan verbeugte sich höflich. »Ich bitte um Entschuldigung, ich wollte Eurer Religion nicht zu nahetreten. Sie ist mir immer noch ein wenig fremd.«

»Ich bin jederzeit bereit, dich im Namen der allein seligmachenden Kirche zu taufen. Natürlich nach einer Zeit gemeinsamer Einkehr. Das Gleiche gilt übrigens auch für Irit.«

Yanardan räusperte sich. »Linsensuppe ist eine sehr gesunde Speise. Wir hatten schon lange keine mehr. Bitte, Jörk, schöpf mir davon in meinen Eimer.« Er hielt das hölzerne Gefäß hoch, und Jörk füllte es mit gekonntem Schwung. »Ich übernehme das Austeilen, wenn du nichts dagegen hast«, sagte er zu Lapidius. »Das mache ich schon immer, und bis jetzt hat sich noch niemand beschwert.«

»Das ist richtig«, stimmte Pater Angelo zu. »Jörk ist ein

schönes Beispiel christlicher Nächstenliebe. Ohne ihn wüssten wir manchmal nicht, wie wir zurechtkämen.«

Weitere Kranke näherten sich, den meisten von ihnen standen die Auswirkungen ihrer Krankheit ins Gesicht geschrieben: hervorquellende Augen, starrer Blick, Haarlosigkeit, grobkörnige Haut und eine abgeflachte, von innen zersetzte Nase. Das Fleisch ihrer Lippen war oftmals angefault, so dass sie, ohne es zu wollen, dauerhaft die Zähne bleckten. Jeder erhielt seine Portion Suppe in das mitgebrachte Gefäß. Dazu gab es einen Laib Brot und einen oder zwei der eingelegten Heringe.

Einer dieser bedauernswerten Männer, ein untersetzter rothaariger Kerl, fragte nach Verbandsmaterial, und als Lapidius nur mit den Schultern zuckte, schimpfte er: »Als wär's nicht genug, dass unsere Wunden dauernd schmerzen, jetzt können wir sie nicht mal mehr schützen. Bist du schon mal mit offenen Füßen über eine Salzwiese gegangen? Da hörst du die Englein im Himmel singen, das sage ich dir. Bring nächstes Mal Verbandszeug mit, oder lass dich hier nicht mehr blicken.« Dann ging er mit vorsichtigen Schritten davon.

Lapidius fragte, wer das gewesen sei, und Pater Angelo antwortete: »Das war Logan, ein irischer Seemann. Höflichkeit ist nicht gerade seine Stärke. Aber er hat recht. Verbände sind für uns ebenso wichtig wie die tägliche Speise.«

Neue Essenholer erschienen. Lapidius fiel auf, dass es wiederum nur Männer waren, und auf seine erneute Frage antwortete der Pater: »Männer können mehr tragen, mein Sohn, so einfach ist das.«

»Wie viele Kranke leben eigentlich auf der Insel?«

»Um die dreißig. Genau vermag ich es nicht zu sagen,

weil es eine Reihe Ungläubiger gibt, die nicht zu meinem Gottesdienst kommen.«

»Aber sie müssten doch zum Essensempfang erscheinen?«, hakte Lapidius nach.

»Wo denkst du hin?«, antwortete Jörk für den Pater. »Manche von uns sind nicht mehr in der Lage zu gehen. Denen bringe ich die Speise.«

Lapidius dachte, dass unter diesen Umständen Jörk die Zahl kennen müsse, aber er ließ die Sache auf sich beruhen. Stattdessen beobachtete er die Kranken, wie sie kamen und gingen, und als alle verschwunden waren, stieß Jörk ihn an und sagte: Nimm dir von dem Essen ruhig, so viel du brauchst, Lap… äh?«

»Lapidius.«

»Ja, richtig, Lapidius.« Jörk lachte. »Lustiger Name, klingt so nach Lappen, na, nichts für ungut. Also, nimm dir, so viel du brauchst. Den Rest übernehme ich. Arme Teufel sind's, zu denen ich jetzt gehe.«

»So ist es«, bestätigte Pater Angelo. »Ich schließe sie in meine Gebete ein, sofern sie rechten Glaubens sind. Und für Jörk bete ich natürlich auch. Er ist ein guter Kerl, der es sich nicht nehmen lässt, mich in meiner bescheidenen Unterkunft zu füttern.«

»Das tue ich doch gern, Pater. Macht nicht so ein Aufhebens um mich. So, wenn es Euch recht ist, verteile ich jetzt die restlichen Portionen.« Jörk lud sich den Kessel auf den Buckel und klemmte sich das Fässchen und die übriggebliebenen Brote unter den Arm. Fröhlich pfeifend verschwand er.

Lapidius betrachtete sein Essen, das nur aus einem Laib Brot bestand, weil er den Fisch nicht gewollt hatte und für die Suppe kein Gefäß vorhanden war, und sagte: »Da ist noch etwas, das ich Euch anvertrauen muss, Pater.«

»Du machst es spannend, aber ich höre, mein Sohn.«

»Zunächst« – Lapidius blickte dem Gottesmann direkt in die Augen – »wäre ich Euch dankbar, wenn Ihr mich nicht ›mein Sohn‹ nennen würdet. Ich bin fast fünfzig Jahre alt und Ihr, so scheint es, noch keine vierzig.«

»Wie du wünschst.« Lapidius glaubte, einen Funken Verärgerung in den Augen seines Gegenübers aufblitzen zu sehen, aber vielleicht hatte er sich auch geirrt. »Ich danke Euch, Pater. Nun, was ich sagen wollte: Ich habe vorhin ein totes Kind entdeckt. Einen Knaben. Er lag unter dem Holzsteg im Sumpf des Schilfs.«

»Was sagst du da?«

»Ein Zweifel ist ausgeschlossen. Ihr als Seelsorger wisst sicher, wie mit der kleinen Leiche zu verfahren ist.«

Pater Angelo war blass geworden und musste sich auf die Mauer setzen. Unter seinem Mantel schlug er mehrmals das Kreuz, dazu murmelte er unverständliche Worte. »Das ist furchtbar, ganz furchtbar!«, sagte er aufblickend. »Wenn du es nicht selbst gesehen hättest, würde ich es nicht glauben. Wir hatten zwei oder drei Fälle auf der Insel, bei denen der Aussatz von der Mutter auf die Kinder gekommen sein mag. Genau weiß das keiner. Aber dass eines von ihnen an der Krankheit gestorben sein soll ... Überhaupt: Wie kommt so ein Erdenkind ins Schilf? Hältst du es für möglich, dass der Kleine vom Festland herübergetrieben wurde?«

»Das weiß ich nicht. Ich will die Sache nicht komplizierter machen, als sie ist, aber ich bin ziemlich sicher, dass der Knabe nicht an Aussatz gestorben ist.«

»Aber woran denn sonst?«

»Der Knabe, Pater, hatte Verletzungen am Hinterkopf und Würgemale am Hals.«

Noch am selben Tag bezog Lapidius mit seiner wenigen Habe die Hütte des alten Janszoon, eine armselige Behausung, die fast verborgen am Rand des Schilfgürtels lag. Der Einrichtung nach musste der Alte ein anspruchsloser Mann gewesen sein, denn außer einem Strohlager, einem wackligen Tisch und einer grob zusammengezimmerten Bank befand sich nichts in dem kleinen Raum – nur noch eine Kochstelle, gebildet aus quadratisch aufgeschichteten Ziegeln. Dazu einige Holzscheite und nicht zuletzt Stahl und Stein, um das Brennmaterial zu entzünden.

Mit den kundigen Händen des Alchemisten, der den täglichen Umgang mit Flammen gewohnt ist, entfachte Lapidius eine erste Glut. Die Hitze, die sich entwickelte, entsprach zwar nur dem Feuergrad der Mistwärme, aber sie war groß genug, um seine Glieder angenehm zu entspannen.

Und mit der Entspannung kam die Erschöpfung. Er legte die letzten Scheite nach, beschloss, für heute sein Tagewerk zu beenden, und warf sich, so wie er war, auf das Strohlager. Wenige Augenblicke später war er eingeschlafen.

Er wachte auf, weil ihn fror. Das Feuer war erloschen. Er hatte Durst. Die Unruhe des Trinkers, der seine Sucht befriedigen muss, trieb ihn vor die Hütte. Vielleicht befand sich noch ein letzter, armseliger Tropfen in dem Geneverkrug? Kaum hatte er den Gedanken zu Ende gedacht, machte er sich schon auf den Weg zum Holzsteg. Irgendwo in der Nähe musste der Krug liegen. In welche Richtung hatte er ihn geworfen? Wo hatte er gestanden, als er das Gefäß fortschleuderte? Lapidius konnte sich nicht erinnern.

Als er den Steg erreicht hatte, sprang er ins Schilf und begann, fieberhaft zu suchen. Er stakste wie ein Reiher durch das Röhricht, ohne darauf zu achten, dass er mit jedem Schritt knöcheltief im Sumpf versank. Wo war nur der vermaledeite Krug? Das Gefäß konnte sich doch nicht in Luft aufgelöst haben! Endlich hatte er den Krug aufgespürt. Er lag fast versunken im Modder und war halb gefüllt – mit Brackwasser.

Lapidius fluchte. Bei Hermes, womit hatte er das verdient! Der Schnaps war der einzige Grund, warum er sich auf das Abenteuer eingelassen hatte. Wütend trat er nach dem Krug und empfand Genugtuung, als er zersprang und die Scherben glucksend im Modder versanken. Dann machte er sich auf den Weg zurück zum Steg, wobei er sich vornahm, nicht über das tote Kind zu stolpern.

Aber der Knabe war nirgendwo zu entdecken. Er fragte sich, wo er geblieben sein mochte. Dann fiel ihm die Antwort ein: Pater Angelo musste sich seiner angenommen haben. Gewiss hatte er den kleinen Körper zur letzten Ruhe betten lassen. Andererseits fragte er sich, ob es inmitten von Dünen, Watt und Treibsand überhaupt einen Platz gab, der sich als letzte Ruhestätte eignete. Und wenn ja, wer hatte das Grab ausgehoben, den Sarg gezimmert, das Holzkreuz errichtet?

Er grübelte hin und her, und irgendwann bemerkte er, dass seine Überlegungen sich im Kreise drehten. Er war zu müde, um einen klaren Gedanken fassen zu können. Morgen würde er die Begegnung mit dem Gottesmann suchen. Der würde auf alle Fragen eine Antwort wissen.

Als Lapidius bei einbrechender Dunkelheit wieder Janszoons Hütte betrat, fiel ihm auf, wie hungrig er war. Er entzündete eine Kerze und brach ein Stück von dem Brotlaib ab. Während er sich auf sein Strohlager niederließ, biss er hinein. Er kaute lange und sorgfältig, aber das Schlucken fiel ihm schwer. Es fehlte die Flüssigkeit. Er hatte keinen

Schnaps, ja, nicht einmal Wasser. Wasser! Wo gab es auf der Insel Wasser? Je mehr er an das durststillende Nass dachte, desto stärker wurde sein Verlangen danach.

Warum hatte Mickels, die miese, kleine Spinne, ihm nicht gesagt, er müsse Wasser auf die Insel mitnehmen? Lapidius stieß eine Verwünschung aus. Doch es half nichts, er hatte nichts zu trinken, und für heute war es zu spät, etwas dagegen zu unternehmen. Er konnte nur darauf hoffen, bald einzuschlafen. Er legte sich auf sein Strohlager und schloss die Augen. Doch der Schlaf wollte nicht kommen, da er erbärmlich fror. Durch die Ritzen und Fugen der Hütte pfiff der Wind. Die altersschwache Tür knarrte und klapperte. Nicht einmal Feuer konnte er mehr machen, denn sämtliche Holzscheite waren aufgebraucht. Wie hatte der alte Janszoon es hier nur aushalten können?

Lapidius wälzte sich von einer Seite auf die andere, und je mehr er sich den Schlaf herbeiwünschte, desto wacher wurde er.

Die Bilder des Tages wollten ihn nicht loslassen.

Zweiter Tag

Montag, 12. Oktober

Als der Morgen graute, hatte Lapidius das Gefühl, er hätte kein Auge zugetan. Seine Glieder waren bleischwer, und seine Zunge kam ihm vor, als sei sie verdorrt. Er trat vor die Hütte und stellte fest, dass die Sonne schien. Wenigstens das Wetter versprach gut zu werden.

Das änderte aber nichts daran, dass er etwas Trinkbares brauchte, und wenn es auch nur Wasser war. Dazu musste er Kontakt zu den Aussätzigen aufnehmen, das schien klar. Am besten mit Pater Angelo, der zwar einen recht frömmlerischen Eindruck auf ihn gemacht hatte, aber sicher helfen würde.

Lapidius machte sich auf den Weg. Er hielt sich nah an den Ufersaum, bis er die steinerne Trennmauer erreicht hatte. Dann blieb er stehen. Sein Blick glitt suchend über den schmalen Weg, der ins Inselinnere führte, aber nirgendwo war ein Mensch zu sehen. Was sollte er tun? Warten? Nein, dafür fehlte ihm die Geduld. Er musste sich bemerkbar machen. Also hielt er die Hände trichterförmig vor den Mund und rief: »Pater Angelo!« Und noch einmal: »Pater Angelo!«

Nichts.

Lapidius kam sich ziemlich lächerlich vor. Er sah aus wie eine Vogelscheuche, die nichts anderes im Sinn zu haben schien, als frühmorgens über eine Trennmauer hinwegzurufen, in der Hoffnung, irgendwo auf der anderen Seite möge sie jemand hören. Wirklich albern. Aber was sollte er machen? Wieder rief er. Und noch einmal. Dann wartete er.

Nein, nichts.

Er konnte doch nicht den ganzen Tag hier stehen! Lapidius machte ein paar Schritte, um sich aufzuwärmen. Dann spürte er eine Berührung am Hosenbein. Er blickte hinab und sah – einen Hasen.

Das Tier schnupperte und mümmelte an dem ausgefransten Stoff. »Nanu, woher kommst du denn?«, fragte Lapidius und beugte sich hinab. Das Tier ließ sich streicheln, als sei es die selbstverständlichste Sache von der Welt. Dann richtete es sich auf und hoppelte langsam bis zum Mauerende, hielt dort inne, als wolle es Lapidius auffordern, ihm zu folgen, und verschwand mit einem Satz auf die andere Seite.

Lapidius überlegte. Das Tier war offensichtlich zahm. Es musste jemandem auf der Insel gehören, und dieser Jemand konnte ihm vielleicht helfen. Andererseits durfte er das Innere nicht betreten, denn dort wohnten die Aussätzigen mit ihrer todbringenden Krankheit. Aber hatte Jörk sich gestern nicht auch über die Vorschriften hinweggesetzt, als er den Suppenkessel von der Uferseite holte? Und hatte er nicht gesagt, der alte Janszoon habe sich in zwanzig Jahren nicht angesteckt?

Lapidius zögerte. Doch dann gab er sich einen Ruck und folgte Meister Lampe, der vor ihm herhoppelte, dabei ab und zu haltmachte, sich aufrichtete, mit den Löffeln spielte und dann weiterhoppelte. Lapidius schritt erwartungsvoll hinter ihm her. Der Hase führte ihn über einen großen, rechteckigen Platz, der eine Art Versammlungsplatz sein mochte, und weiter in den Westteil der Insel, bis er an einen kreisrunden kleinen Teich gelangte. An seinem rechten Rand saßen zwei Männer, der eine angelnd, der andere vor sich hin dösend. Der mit der Angel trug einen indigoblauen Kosakenkittel mit Goldborten und hatte eine Gesichtsfarbe, die der eines gekochten Hummers gleichkam, der andere war ganz in Schwarz gekleidet und trug ein samtenes Barett mit Reiherfeder auf dem Kopf.

Konnten Männer, die so gekleidet waren, überhaupt Aussätzige sein?

Während Lapidius sich noch mit diesem Gedanken beschäftigte, hoppelte der Hase auf das seltsame Paar zu und sprang dem Angler auf den Schoß.

»Na, mein Schnucki«, hörte Lapidius ihn sagen, »wen hast du denn da mitgebracht?«

Bei seinen Worten hob der Schwarzgekleidete den Kopf. Sein Gesicht war blass wie Marmor, und der Ausdruck darin voller Überheblichkeit. »Wenn mich nicht alles täuscht«, näselte er, »dürfte das Janszoons Nachfolger sein. Wie ist dein Name, mein Freund?«

Lapidius antwortete höflich und wollte seine Bitte nach etwas Wasser äußern, aber der Schwarzgekleidete kam ihm zuvor. »Mein Name ist Simon Utenhove, ich stamme aus Gent. Meine Familie ist eine der reichsten und erfolgreichsten der Stadt, aber du darfst ruhig Simon zu mir sagen.«

»Vielen Dank, das ist überaus freundlich.«

Utenhove schien die Ironie in Lapidius' Worten nicht zu bemerken, sondern wies auf den rotgesichtigen Angler, der nach wie vor den Hasen streichelte und ihn dabei mit einer Pastinake fütterte. »Das ist Cordt Laurenssen, ein lübischer Kaufmann, ebenfalls sehr erfolgreich, wenn auch nicht so erfolgreich wie meine Familie in Gent. Er handelt mit Waren, die er aus dem russischen Raum über die Ostsee nach Lübeck einführen lässt, von wo aus sie ihren Weg zu uns in die Niederlande finden.«

Laurenssen steckte sich den Rest der Pastinake in den Mund, mümmelte ähnlich wie sein Hase und lächelte behäbig. »Das stimmt. Und wenn die Waren hier eingetroffen sind, fange ich sie mit der Angel ein. Sie müssen ja frisch sein, verstehst du? Du würdest staunen, was ich hier alles raushole: Wachs für Kirchenkerzen, Bernstein, Bärenfett, Birkenstämme, Kaviar vom Stör, vielerlei Pelze, wie Marder, Fuchs und Zobel. Sag, brauchst du zufällig einen schönen Zobel? «

»Ich brauche etwas Trinkwasser.«

»Einen Hasenpelz kriegst du jedenfalls nicht.« Laurenssen schaute spitzbübisch auf sein Streicheltier. »Dagegen hätten wir was, nicht wahr, mein Schnucki?«

»Der Hase heißt Schnucki«, erklärte Utenhove. »Er ist ebenfalls sehr erfolgreich.«

Lapidius gelangte zu der Auffassung, dass er es mit Geistesschwachen zu tun hatte. Dann kam ihm eine Idee. »Könnte es sich bei diesem Teich um eine Zisterne handeln?«

»Natürlich«, näselte Utenhove. »Das ist eine Zisterne. Aber sie hat keinen Namen. Ich kann sie dir deshalb nicht vorstellen. Schöpf dir nur Wasser heraus.«

»Aber sei vorsichtig«, ergänzte Laurenssen, »verjag mir nicht die Fische.«

»Fische? In einer Zisterne?«

»Kabeljau. Er steht dahinten.« Laurenssen wies auf die gegenüberliegende Seite des Speichersees. »Da, wo das Wasser sich kräuselt. Da schnappt er nach Luft.«

»Schon recht.« Lapidius blickte auf die spiegelglatte Oberfläche der Zisterne, kniete nieder und trank einige Schlucke aus der hohlen Hand. Das Wasser schmeckte etwas abgestanden, aber es war Süßwasser. Nachdem er seinen

Durst gestillt hatte, erhob er sich und fragte: »Habt Ihr ein Gefäß, in dem ich etwas Wasser mitnehmen könnte?«

»Jetzt hast du mir die Fische verscheucht«, maulte Laurenssen. »Das war nicht nett von dir.«

»Geh zum Wrack«, näselte Utenhove.

»Was soll ich?« Lapidius verstand überhaupt nichts mehr.

»Du kannst auch zu Logan gehen oder zum Pater. Meinetwegen auch zu Jörk oder zu Yanardan mit seiner Irit, aber sie sind alle ein wenig merkwürdig im Kopf, wenn du verstehst, was ich meine. Logan ist sogar ein Mörder. Eigentlich sind alle Mörder.« Utenhoves Gesicht verlor seinen überheblichen Ausdruck, und er knirschte mit den Zähnen. »Alle, alle, alle. Aber Logan ist der Schlimmste.«

Laurenssen nickte eifrig. »Der ist der schlimmste Mörder.«

Lapidius winkte ab. »Ja, ja, natürlich.«

»Geh zum Wrack«, wiederholte Utenhove.

»Glaubst du, dass ich dort ein Gefäß finde?«

»Du musst nur danach angeln!«, rief Laurenssen.

»Geh immer geradeaus, zwischen der großen Norddüne und der kleineren Süddüne hindurch«, näselte Utenhove.

»Danke.« Lapidius machte, dass er weiterkam. Er ging in die beschriebene Richtung, voller Zweifel, ob Utenhoves Worte ernst genommen werden konnten. Doch nach kurzer Zeit erblickte er zwei große Sanderhebungen. Rund hundert Schritte davor befand sich ein gemauerter Brunnen. Ein Seil lief über eine Winde hinab. Ob der Brunnen Wasser führte? Lapidius zog an dem Seil und hatte für kurze Zeit die Hoffnung, ein gefüllter Eimer möge daran hängen. Aber dann spürte er kaum Widerstand und war nicht überrascht, als nur das andere Ende des Seils zum Vorschein kam. War der Brunnen versiegt?

Er beugte sich über den Rand und blickte hinab. Das Einzige, was er sah, war ein gähnendes schwarzes Loch. Er nahm einen Stein und ließ ihn hinunterfallen. Dann lauschte er. Ein leises »Pitsch« drang aus der Tiefe herauf und verriet ihm am Klang, dass der Stein auf eine feste Oberfläche gefallen war. Der Brunnen war ausgetrocknet. Lapidius sagte sich, dass es dafür keines weiteren Beweises bedurfte und er sich die Mühe sparen konnte, über die an der Innenmauer eingelassenen Stufen hinabzusteigen.

Er ging weiter, knirschenden Sand unter seinen Füßen, und als er den Scheitelpunkt des Weges erreicht hatte, blieb er staunend stehen. Am Horizont tat sich das Meer wie ein glitzerndes smaragdfarbenes Band auf, und davor, im lehmdunklen Watt, lag ein Gerippe, von dem Lapidius zunächst annahm, es handele sich um das Skelett eines Wals. Bei näherem Hinschauen aber erkannte er die Spanten eines Wracks. Simon Utenhove hatte also recht gehabt. Es gab tatsächlich ein gestrandetes Schiff.

Lapidius wollte die Dünen verlassen und ins Watt hinausgehen, zuckte aber im gleichen Augenblick zusammen. Ein Geräusch, so aufrüttelnd wie das Sirren einer Stechmücke, war ihm ins Ohr gedrungen. Er blickte sich suchend um und entdeckte einen Mann, der halb verborgen im Dünengras saß und auf einem Dudelsack spielte.

Lapidius hielt sich die Ohren zu und wollte davoneilen, doch die Martertöne erstarben plötzlich, und der Sackbläser rief: »Hast du Verbandsmaterial dabei?«

Lapidius erkannte erst jetzt, dass er es mit Logan, dem irischen Seemann, zu tun hatte. »Nein, ich fahre erst in zwei oder drei Tagen wieder aufs Festland«, rief er zurück.

Statt zu antworten, begann Logan abermals zu spielen, und wie zuvor erfüllten kaum erträgliche Missklänge die

Luft. Lapidius hielt sich die Ohren zu. »Aufhören!«, schrie er. »Hör, um Gottes willen, auf!«

Tatsächlich unterbrach Logan sein Spiel. »Du hast kein Verbandsmaterial mitgebracht«, knurrte er. »Was willst du noch? Scher dich weg.«

Lapidius schwoll der Kamm. Er wollte die Unhöflichkeit mit gleicher Münze heimzahlen und sagte: »Allmählich begreife ich, warum man dich als Mörder bezeichnet.«

»Was sagst du da?«

»Wer so spielt wie du, mordet mit jedem einzelnen Ton!«

»Und wenn schon. *Póg mo thoin!*«

»Was?«

»Leck mich am Arsch, hab ich gesagt.« Lapidius hatte das Gefühl, sich schon viel zu lange mit diesem ungehobelten Klotz unterhalten zu haben, und wollte weitergehen, aber Logan hielt ihn zurück. »Wer bezeichnet mich als Mörder?«

»Simon Utenhove und Cordt Laurenssen.«

»Pah, das hab ich mir fast gedacht. Der Laurenssen hat's gerade nötig!«

»Wie meinst du das?«

»So, wie ich es sage. Es ist immer noch besser, ein anständiges Musikinstrument zu spielen, als bei der Aussatzschau zu bescheißen.«

»Hat er das?« Lapidius' Neugier war geweckt.

»Zumindest hat er's versucht.« Über Logans sommersprossiges Gesicht glitt ein schadenfrohes Grinsen. »Aber nicht geschafft. In Amsterdam war's, vor ein paar Jahren, da hat er seinen russischen Krimskrams verkauft, und irgendjemandem ist 'ne weiße Stelle an seiner Nase aufgefallen.«

Logan machte eine Pause, um sein Instrument behutsam beiseitezulegen, dann erzählte er weiter: »Na ja, ist ja auch kein Wunder, dass 'ne weiße Stelle in so einer roten Fratze auffällt. Jedenfalls musste er ins Leprosorium zur Aussatzschau. Das Leprosorium liegt querab vom Bentwijker Hafen, und der Doktor heißt Leonhart Bauhin, aber das nur nebenbei. Weiß es auch nur, weil sie mich dort genauso in die Mangel genommen haben. Und was hör ich da am Rande? Laurenssen, dieser Pfeffersack, hat versucht, den Doktor mit einem hübschen Sümmchen von seiner Reinheit zu überzeugen!«

»Er wollte den Arzt bestechen?«

Logan nickte vielsagend. »Klappte aber nicht, weil der Doktor nicht drauf eingegangen ist. Der hat den Schaubrief trotzdem ausgestellt, und auf dem Brief stand mit roter Tinte *immundus*, das heißt so viel wie ›unrein‹.«

Lapidius lag die Frage auf der Zunge, warum der Ire ihm das alles erzählte, aber der sprach schon weiter: »Laurenssen hat das nicht gepasst und das Urteil angefochten, aber genützt hat's ihm nichts. Im Gegenteil, da gab's erst richtig Wind von vorn: Er musste die Prozedur ein zweites Mal über sich ergehen lassen, und weißt du, was er vorher noch versucht hat?«

»Nein, weiß ich nicht.«

»Er ist zu einem anderen Arzt gegangen, hat wohl gedacht, den könnte er besser schmieren. Klappte aber nicht. Nur der Stadtarzt, also der Doktor Bauhin, darf die Reinheitsuntersuchung machen, und der hat beim zweiten Mal natürlich dasselbe gesagt. Na, ich mach's kurz: Laurenssen sollte ins Leprosorium von Amsterdam gesteckt werden, aber weil das aus allen Nähten platzt, haben sie ihn hierher nach Zwaanwaard geschafft, wo ihm seine vielen Kröten auch nichts mehr nützen und er wie jeder andere die Armenspeise von der Kirche fressen muss.«

»Was hast du eigentlich gegen Laurenssen?«

»Was hättest du gegen einen, der dich Mörder nennt?«

»Und wie steht es mit Simon Utenhove?«

»Den mag ich genauso gern. Ist ein richtiger Lackaffe, der Kerl. Beide haben mich Mörder genannt, und das nicht zum ersten Mal.«

»Hatten sie einen besonderen Grund dazu? Ich meine, abgesehen von deinem, äh, ohrenzerreißenden Spiel?«

»Nichts gegen mein Spiel!«

»Schon gut.« Lapidius klopfte Logan beschwichtigend auf die Schulter und setzte sich neben ihm ins Gras.

»Also dann. Ich will's dir sagen.« Der Ire begann, Mundstück und Ventil des Anblasrohrs zu reinigen, und Lapidius sah, dass seine Hände untrügliche Zeichen von Aussatz aufwiesen.

»Der Grund, warum die mich Mörder nennen, wär zum Lachen, wenn's nicht so traurig wär. Vor ein paar Tagen war's, nicht weit von hier am Strand. Die Sonne sank gerade unter die Kimm, und ich bin ein bisschen hin- und hergewandert und hab dabei gespielt. Das mach ich sonst nicht, weil das Gehen mir schwerfällt, aber an dem Abend war mir so danach. Na, und dann kam plötzlich dieser dämliche Hase und lief mir genau zwischen die Beine. Der Hase, musst du wissen, ist der Liebling vom Laurenssen, rein närrisch ist der mit dem. Dass ich nicht der Länge nach hingeschlagen bin und dass mein Dudelsack dabei nicht kaputtging, ist das reinste Wunder.« Logan pustete probehalber in das Anblasrohr und beendete seine Putzarbeit.

»Ja, und?«

»Nichts und. Höchstens, dass ich dem Biest noch ›*Téigh i dtigh diabhail!*‹ hinterhergerufen hab.«

»Was heißt denn das nun wieder?«

»Geh zum Teufel, heißt's. Jedenfalls hatten Laurenssen

und Utenhove alles mit angesehen, und seitdem behaupten sie, ich hätte ihren Hasen tottreten wollen. Ich wär ein Mörder.«

»Das kann doch nicht sein.«

»Ist aber so.«

»So sind die beiden tatsächlich geistesschwach?«

»Vielleicht, vielleicht auch nicht. Wer kann schon in einen Menschen reingucken? Nicht alles im Leben ergibt immer einen Sinn, sagen wir in Irland.«

»Da hast du wohl recht.« Lapidius hätte das Gespräch an dieser Stelle beenden können, denn eigentlich gab es nichts mehr zu bereden, aber er überlegte es sich anders. »Warum bist du an dem Abend an den Strand gegangen, um zu spielen?«, fragte er. »Du sagtest, du würdest das sonst nicht machen.«

»Das … geht dich nichts an.«

»Sicher. Es war ja nur eine Frage.«

Lapidius wollte sich erheben, aber Logan hielt ihn auf. »*Ag Dia*, warum soll ich es dir nicht sagen. Ich hab ein Abschiedslied gespielt.«

»Ein Abschiedslied?«

»So ist es. Hab's mir selber ausgedacht.« Logan blickte zu Boden und seufzte. Er wirkte auf einmal sehr verzweifelt. Lapidius sagte: »Du brauchst nicht darüber zu sprechen, wenn es dir schwerfällt. Aber womöglich würde es dir helfen?«

»Nein.«

»Na, dann …«

»Warte.« Eine Träne lief über Logans Wange. Lapidius tat, als bemerke er die Gemütsregung nicht.

»Ich … habe wegen Lieke gespielt.«

»Wer ist Lieke?«

»Ich hab sie sehr geliebt, mehr als alles auf der Welt, aber sie ist wie vom Erdboden verschwunden.« Eine weitere Träne floss. Und dann brach es aus Logan hervor: »Sie war schon etwas älter, und sie war im Gesicht nicht mehr schön, aber sie war wunderbar, das musst du mir glauben. Sie ging gern nackt am Strand spazieren, so wie Gott sie erschaffen hat, ohne Scheu, als wär sie Eva aus dem Paradies. So hab ich sie auch kennengelernt. Wir haben geredet und geredet, und es hat gutgetan. Bei jedem Schritt haben wir uns gegenseitig gestützt, und nachts am Feuer haben wir uns gegenseitig gewärmt, und das Essen haben wir geteilt. Und wenn wir fertig mit essen waren, haben wir zusammen was gesungen, oft, sehr oft. Irische Lieder, holländische Lieder. Und gelacht haben wir, trotz allem, trotz dem ganzen Elend um uns herum. Ja, sie hat mich verstanden. Wie keine vorher hat sie mich verstanden. Ich hab ihr von der Donegal-Bucht erzählt, der schönsten Bucht in Irland, von wo ich herkomm, und von der See, von den Schiffen und von den fremden Ländern, und alles, was ich erzählt hab, hat sie verstanden, und als ich zu ihr gesagt hab ›*Is breá liom tú*‹, hat sie's auch gleich verstanden, dabei konnte sie gar kein Irisch, und sie hat gesagt ›Ich liebe dich auch, Logan‹.« Logan weinte jetzt bitterlich.

Seltsam, dachte Lapidius, da glaubt man, man ist selber der ärmste und bedauernswerteste Mensch auf Erden, und doch gibt es immer noch einen, dem es noch schlechter geht. Er legte tröstend seinen Arm um Logans Schultern. Nach einer Weile, Logan hatte sich wieder ein wenig beruhigt, fragte er: »Kann ich wirklich nichts für dich tun?«

»Nein.« Logan schneuzte sich. »Sie ist verschwunden.«

»Aber sie wird doch irgendwo auf der Insel sein? Sicher vermisst sie dich. Wenn du willst, helfe ich dir, sie zu suchen.

Nichts ist so schlimm, dass man es nicht wieder einrenken könnte. Vielleicht war alles nur ein Missverständnis?«

»Nein, nein, sie war einfach fort. Ich will nicht mehr darüber reden.«

»Wie du meinst.« Lapidius stand auf. »Ich muss weiter zum Wrack, vielleicht finde ich dort einen Eimer, in dem ich Trinkwasser transportieren kann.«

»Da kannst du morgen auch noch hinlaufen. Die Flut kommt bald. Nimm erst mal meinen Eimer.« Logan griff hinter sich und drückte Lapidius ein verrostetes Behältnis in die Hand. »Ist nicht schön, das Ding, aber dicht.«

»Das ist sehr freundlich von dir, aber dann hast du doch keinen Eimer?«

»Bring ihn mir morgen wieder. Stell ihn an diesen Platz, dann finde ich ihn. Ich sitze hier öfter.«

»Ich danke dir, Logan.«

»Ich danke dir auch – für deine Worte. Mach's gut. *Is minic a bhì fear maith ì seanbhrìste.*«

»Was war das nun wieder?«

»Ein irisches Sprichwort.« Logan rang sich ein Grinsen ab. »Es heißt: Oft steckt ein guter Mann in zerrissenen Hosen.«

Dritter Tag

Dienstag, 13. Oktober

Der erste Schritt hinaus ins Watt wäre Lapidius fast zum Verhängnis geworden, denn er glitt aus, machte unfreiwillig einen halben Spagat und ruderte heftig mit den Armen. Nur mühsam erlangte er das Gleichgewicht wieder und ging, den Blick auf den Boden gerichtet, vorsichtig weiter. Er hoffte, dass niemand ihn beobachtet hatte. Das wäre zu peinlich gewesen.

Eine Ansammlung von Silbermöwen, die sich in ihrer Ruhe gestört fühlten, flog vor ihm auf, dabei ein lautes, empört klingendes *Kijuh-Kijuh* ausstoßend. Lapidius beachtete sie nicht, sondern setzte beharrlich einen Fuß vor den anderen, vorbei an Algen, Tang und den seltsamen, ringelförmigen Haufen des Sandwurms. Trotz des klaren Himmels und der frischen Seeluft fand er die Umgebung befremdlich, denn nie zuvor war er im Watt gewesen. Er begegnete Dingen, die er nicht kannte und die ihn staunen ließen – seltsamen Gebilden wie der schwarzen Eikapsel des Rochens, dem weißen Kalkschulp der Sepia und mancherlei Arten von Schnecken wie dem Pelikanfuß oder der Nabelschnecke. Ab und zu bückte er sich, hob eines der absonderlichen Stücke auf, betrachtete es mit dem Interesse des ehemaligen Wissenschaftlers und gab es wieder in sein Element zurück.

Schräg vor ihm, in einiger Entfernung, wanderten zwei Austernfischer emsig hin und her, stießen ihre roten Schnäbel in den Schlick auf der Suche nach Herz- und Miesmuscheln und schienen sich an seiner Anwesenheit nicht zu stören. Lapidius gefielen die munteren Vögel. Er schirmte mit der Hand die Augen ab, um sie besser beobachten zu können, und stellte bei der Gelegenheit fest, dass er seinem Ziel bereits sehr nahe gekommen war.

Das gestrandete Schiff war größer, als er vermutet hatte. Er verstand nicht viel von der Seefahrt, aber er nahm an, dass es sich um einen Küstensegler handelte, obwohl weder vom Mast noch von der Takelung etwas übrig geblieben war.

Das Schiff mochte in seiner Gesamtlänge einmal stattliche fünfzig Fuß gemessen und viel Raum für Ladung geboten haben, doch nun lag es da wie ein erlegtes Tier. Zwei Männer standen darin, die trotz des kühlen Vormittags nur mit Hosen bekleidet waren. Ihre Oberkörper glänzten vor Schweiß, während sie eine blinkende Säge durch die hölzernen Reste des Rumpfes zogen. Lapidius trat auf sie zu und wartete, bis sie eine Verschnaufpause einlegten. Dann entbot er die Tageszeit und nannte seinen Namen.

»Wir kennen dich. Du bist der neue Schellenknecht«, antwortete der Schmalere der beiden mit französischem Akzent. »Ich heiße Théo Fruchard.«

»Niklot«, brummte der andere.

»Das Wetter ist recht schön heute, ich glaube, wir haben Westwind«, sagte Lapidius, um die Unterhaltung in Gang zu bringen.

»Schon möglich«, erwiderte Théo.

Niklot sagte nichts.

Lapidius fand, dass die beiden nicht sehr gesprächig waren, aber vielleicht lag das daran, dass sie erst einmal Luft schöpfen mussten. Er beschloss, gleich zur Sache zu kommen. »Ich bin auf der Suche nach einem Gefäß für Trinkwasser.«

»Das wirst du hier nicht finden.«

»Warum nicht?«

»Sieh dich doch um. Außer Spanten und geborstenen Decksplanken gibt es nichts mehr. Das Wrack liegt hier schon im dritten Jahr. Alles, was nicht niet- und nagelfest war, ist längst mitgenommen worden.«

Lapidius fühlte Enttäuschung. »Nun, dann will ich nicht länger stören. Logan war gestern so freundlich, mir sein Trinkgefäß auszuleihen, doch heute musste ich es ihm wiederbringen. Leider war er nicht da. Ich stellte es an dem Platz ab, wo er öfter zu spielen pflegt.«

Niklot brummte: »Redest ganz schön geschwollen daher, wie? Kannst mal zeigen, ob du dir für Arbeit nicht zu schade bist. Kannst meinen Part übernehmen. Ich hab genug.« Er bückte sich und schnürte ein dickes Bündel aus gesägtem Holz zusammen. Dann zog er seine Jacke an, warf sich das Bündel über die Schulter und stapfte davon.

Théo grinste. »Niklot ist immer ein wenig patzig. Vielleicht, weil er früher einmal Fuhrmann war.« Dann wischte er sich mit einem Tuch den Schweiß aus Gesicht und Nacken und deutete auf das andere Ende der Holzfällersäge. »Was ist, mein Freund? Fass mit an.«

Lapidius blieb nichts anderes übrig, als mitzumachen. Auf Théos Kommando hin packte er den Griff und zog und drückte die Säge, so gut er konnte, doch schon nach wenigen Augenblicken saß das Blatt fest. Théo schüttelte den Kopf. »So geht das nicht. Hast du noch nie in deinem Leben gesägt?«

»Sagen wir, ich bin nicht sehr geübt.«

»Das merkt man. Es ist auf dieser Insel wichtig, mit einer

Säge umgehen zu können, denn wenn du es kannst, hast du Holz, und wenn du Holz hast, hast du Feuer und musst nachts nicht frieren. Bevor das Wrack hier lag, sind manche von uns im Winter erfroren. Aber auch jetzt sterben immer noch zu viele.«

»Wie meinst du das?«

»Wie ich es sage. Beim Sägen sind zwei Dinge wichtig: Erstens darfst du immer nur ziehen, niemals drücken, denn die Gegenbewegung besorge ich, indem ich ebenfalls ziehe. Und zweitens musst du richtig atmen, das heißt: beim Ziehen ausatmen, immer nur ausatmen. Das ist schon alles.«

Aber so einfach, wie Théo es dargestellt hatte, war es nicht, und schon nach kurzer Zeit geriet Lapidius gehörig ins Schwitzen. Er bat um eine Pause und fragte: »Du hast nicht zufällig einen kräftigenden Schluck dabei?«

»Doch, habe ich.« Théo machte einen gefüllten Trinkbeutel von seinem Gürtel los. »Hier, nimm.«

Lapidius' Augen leuchteten, als er das Mundstück an die Lippen setzte und einen großen Schluck trank. Doch der erhoffte Schnapsgeschmack blieb aus. Théo hatte ihm nur Wasser gegeben. Lapidius versuchte, sich seine Enttäuschung nicht anmerken zu lassen. Etwas anderes als Wasser hatte er auf dieser Insel kaum erwarten können. Halbherzig trank er einen weiteren Schluck und reichte den ledernen Beutel zurück. »Danke.«

Schweigend arbeiteten sie weiter. Unablässig fraßen sich die Zähne der Säge in das Holz, und mit jedem Ziehen schmerzten Lapidius die Muskeln mehr. Er hatte sich gestern beim Rudern völlig verausgabt, danach kaum etwas gegessen, wenig geschlafen und zu allem Übel sein Quantum Alkohol nicht gehabt. Nun verlangte er seinem Körper schon wieder das Äußerste ab. »Ich brauche eine Pause«, ächzte er.

»Schon wieder? Na, meinetwegen.« Théo holte ein Stück Brot hervor und biss hinein. Lapidius sah, dass es Dinkel war, die Sorte, die er vor zwei Tagen herübergebracht hatte.

»Hast du Hunger?«, fragte Théo.

»Nun ja …«

Théo brach sein Brot in zwei Teile. »Da, iss.«

»Das kann ich nicht annehmen.«

»Doch, das kannst du. Du kriegst auch noch ein paar Schlucke Wasser von mir. Zahlst es dann mit Holz zurück.«

»Wie meinst du das?« Lapidius biss in sein Brot.

»Normalerweise würden wir die Menge, die wir sägen, je zur Hälfte teilen. Diesmal aber bekomme ich zwei Drittel des Holzes, also ein Sechstel mehr als die Hälfte. Das soll deine Bezahlung sein. Einverstanden?«

»Ja, einverstanden.«

Als sie gegessen und getrunken hatten, arbeiteten sie weiter, und nach einer Weile sagte Théo: »Holz ist auf dieser Insel genauso wichtig wie Nahrung und Wasser, man kann damit vieles eintauschen. Nimm nachher alles mit, lass nichts liegen. Hier wird manchmal gestohlen.«

»Gestohlen?« Lapidius wunderte sich. »Unter Todkranken?«

»Es gibt unter uns einige, die noch sehr kräftig sind und sich nehmen, was sie brauchen. Womit ich niemanden verdächtigt haben will. Aber das Siebte Gebot wird auf Zwaanwaard keineswegs immer befolgt, da mag Pater Angelo noch so viel salbadern.«

»So wie du das sagst, scheinst du ihn nicht sehr zu mögen.«

»Stimmt. Wenn ich jemanden nicht mag, mache ich daraus keinen Hehl.«

»Du bist sehr offen. Aber die frömmelnde Art des Paters ist mir auch schon aufgefallen.«

Théo unterbrach die Arbeit abermals, wofür Lapidius ihm dankbar war, und sagte ernst: »*Du sollst nicht falsch Zeugnis reden wider deinen Nächsten,* so heißt es im Achten Gebot, aber das, was ich über Pater Angelo weiß, ist wahr: Er heißt mit vollem Namen Angelo de Albacete y Cuenca. Ein Name, unter dem er einst gefürchtet war, denn im Namen des Großinquisitors von Karl dem Fünften leitete er eine Reihe von Inquisitionsprozessen in Holland und Flandern, zusammen mit dem tausend Mal verfluchten Peter Titelmans, einem Menschenschlächter, der sich noch heute *Inquisitor heretice pravitatis* nennt, also ›Verfolger ketzerischer Verderbtheit‹.«

»Du kannst Latein, Théo?«

»Ich war mal Lehrer an einer Lateinschule in Amiens, der schönsten Stadt der Picardie, aber um auf den Pater zurückzukommen: Es wird gesagt, dass Gott ihn mit Aussatz bestrafte, weil er bei einer Folterung zu ungeduldig war und selbst mit Hand anlegte, als es galt, den Delinquenten auf die Streckbank zu zwingen. Du siehst also, der Name ›Angelo‹ passt zu unserem Pater ungefähr so gut wie zum Leibhaftigen selbst.«

Théo wollte weiterarbeiten, aber Lapidius fühlte sich noch nicht in der Lage dazu und suchte nach einem Grund, den Beginn hinauszuzögern. »Du sagtest, du kämst aus der Picardie? Dort sollen viele Anhänger des Schweizer Reformers Calvin leben. Könnte es sein, dass du einer von ihnen bist und nicht zuletzt deshalb den Pater verachtest?«

Théo schwieg. Dann antwortete er: »Das war sehr scharfsinnig von dir, Lapidius. Könnte es sein, dass du mehr als ein einfacher Schellenknecht bist? Einer, der früher der Wissenschaft verbunden war, genau wie ich?«

»Das kann schon sein.«

»Und was hast du so getrieben?«

»Ich war einst auf der Suche nach dem Stein der Weisen, der unter Eingeweihten auch der ›Rote Löwe‹ genannt wird. Aber das ist lange her.« Die letzten Worte Lapidius' klangen endgültig. Er wollte nicht näher auf das Thema eingehen.

Théo verstand und gab das Zeichen zum Weitermachen. Schweigend zogen sie wieder abwechselnd an der schweren, zwei Ellen langen Säge, und nach einiger Zeit begann Théo, erneut zu sprechen. »Das ganze Spektakel der katholischen Kirche widert uns an: Die nicht enden wollenden Liturgien, die protzigen Gewänder, die juwelenbesetzten Monstranzen, die mit Gold überladenen Altäre – ich frage dich, was hat das alles mit dem Glauben zu tun? Oder mit dem Gelübde, in Demut und Armut zu leben?«

Da Lapidius nicht antwortete, sondern nur zustimmend nickte, setzte er seine Rede fort: »Wir Jünger Calvins halten nichts von alledem und schon gar nichts vom Ablass, der nur dazu dient, die Taschen der Kirche zu füllen. Wir verdammen jegliche Art von Reliquie. Nimm nur das Blut Jesu, das er bei der Passion vergossen hat. Es wird an etlichen Orten zur Verehrung durch die Gläubigen ausgestellt. Es ist so viel, wie ein einzelner Körper gar nicht enthalten kann! Da fragt man sich, welches Blut ist echt, welches falsch? Welches ist göttlicher Natur, welches nicht? Und überhaupt: Wo in der Bibel steht, dass der Körper Jesu göttlich ist? Ich will es dir sagen: nirgendwo. Dennoch wird allem Leiblichen von Jesus immer wieder gehuldigt – Barthaaren, Stirnlocken, Rippen, abgeschnittenen Finger- und Zehennägeln bis hin zu seiner Vorhaut.«

»Seiner Vorhaut?« Lapidius war unangenehm berührt.

»Du hast richtig gehört. Sie wird als heilig angebetet, sowohl im Lateran in Rom als auch in der königlichen Kapelle von Frankreich.« Théo lächelte verächtlich. »Offenbar hatte Jesus gleich zwei davon.«

»›Alles, was auf dieser Welt vorkommt, unterliegt dem Willen Gottes‹, würden die Priester dir darauf antworten.«

»Ich weiß, ich weiß! ›Gott will es!‹ ist die ewig gleiche, selbstgerechte Behauptung der Kirchenvertreter! *›Deus lo vult!‹*, unter diesem Ruf forderte schon Urban der Zweite die Gläubigen auf, nach Jerusalem zu ziehen und die Stadt zu zerstören! Das war anno 1099. Seitdem sind Hunderttausende während der Kreuzzüge jämmerlich gestorben. Verdurstet, verhungert, erschlagen, gekreuzigt, an Seuchen verreckt. Hätte Jesus, der stets ›Liebe deinen Nächsten wie dich selbst‹ predigte, das gewollt? Hätte er ihnen dafür den Ablass ihrer Sünden versprochen, den ›nie verwelkenden Ruhm im Himmelreich‹? Nein, nein und abermals nein! Ich sage dir: Die hohe Geistlichkeit biegt sich ihren Gott so zurecht, wie er ihr gerade passt – und der Frommherzige, das unwissende Schaf in der Gemeinde, muss es glauben.« Théo klang sehr verbittert.

»Ich denke in vielem so wie du.«

»Wirklich?« Théos Miene hellte sich auf. »Weißt du, wir sind für die Gleichheit aller Menschen, für Fleiß, Bescheidenheit und Askese. So, wie Gottes Sohn es vorgelebt hat. Unser Kredo heißt: ›nur Christus‹, ›nur die Bibel‹, ›nur die Gnade‹ und ›nur der Glaube‹. Dafür werden wir angefeindet und verfolgt. Dass einer wie ich erst tödlich krank werden muss, um auf einer Insel wie dieser in leidlicher Sicherheit leben zu können, ist der reine Hohn.«

»Ich weiß, wie es ist, am Rande der Gesellschaft zu leben. Sag, an welcher Stelle hat die Krankheit dich gepackt? Du wirkst so stark wie ein Gesunder.«

Théo strich sein schwarzes halblanges Haar zurück und entblößte ein Ohr und den Hals, wo die unverkennbaren Flecken und Knötchen saßen. »Da, wo sie gern als Erstes zuschlägt. Aber ich habe noch Glück. Das Krankheitsbild ist seit ein paar Monaten nahezu unverändert. Doch irgendwann wird es weitergehen, wann, weiß nur Gott.«

»Meinst du nicht, wir hätten für heute genug gesägt?« Lapidius war nicht in der Lage, sich länger zu unterhalten. Er war einfach zu ausgepumpt.

»Ich glaube schon.« Théo hielt inne und besah sich das Ergebnis ihrer Arbeit. »Das wird für die nächsten Tage reichen. Dann wollen wir mal deinen Anteil festlegen.« Er trennte die Holzstücke wie angekündigt in zwei Haufen und sagte: »Du hast dich gut gehalten. Nimm noch einen Schluck zur Stärkung. Auf dem Rückweg wirst du merken, wie schwer Holz sein kann.«

»Danke.« Lapidius trank durstig und sah zu, wie Théo die Holzhaufen zu zwei Bündeln schnürte. Abermals bedankte er sich und gab den Trinkbeutel zurück. »So ein Behältnis werde ich mir auch besorgen, wenn ich wieder in Zwaanshoven bin.«

Théo grinste. »Das wird dir kaum gelingen. Einen solchen Beutel erhältst du nur auf unserer Insel.«

»Wie meinst du das?«

»Eine *bota,* wie die Iberer diese Art Trinkbehältnis nennen, kriegst du nur bei Irit. Sie fertigt sie selbst. Geh zu ihr, vielleicht macht sie dir eine.«

»Das will ich tun. Aber ich weiß nicht, wo sie wohnt.«

»Das zeige ich dir. Wir haben ein Stück Wegs gemeinsam.« Théo schulterte sein Bündel, hieß Lapidius, dasselbe zu tun, und stapfte los.

»Und was ist mit der Säge?«

»Die bleibt hier für den Nächsten. Allerdings könntest du bei Gelegenheit für eine neue sorgen. Diese taugt nicht mehr allzu viel.«

»Ich werde daran denken.«

»Gut, nun komm.«

Wenig später standen beide auf dem Scheitelpunkt des Weges zwischen den großen Dünen, und Théo sagte: »Hier trennen sich unsere Wege. Ich muss weiter geradeaus, geh du nach Norden, bis du nach ein paar hundert Schritten zu einer Baumgruppe aus Krüppelkiefern kommst. In deren Schutz findest du die Behausung von Irit und Yanardan. *Adieu*, mein Freund.«

»Adieu.« Lapidius ging in die beschriebene Richtung und war froh, nach wenigen Schritten einen großen Stein am Wegrand zu entdecken. Er nahm das Holzbündel vom Rücken und setzte sich aufatmend hin. Er war es nicht gewohnt, schwer zu tragen. Das Schwerste, was er in früheren Zeiten hatte bewegen müssen, waren seine Destillationsgeräte gewesen. Seltsame Namen hatten diese Glasbehälter gehabt, denn ihre Form orientierte sich an der Natur. Man unterschied Bär, Schildkröte, Wildgans, Hydra, Strauß und andere. Besonders der Strauß, ein Figierglas mit langem Hals, war für die Herstellung des Steins der Weisen wichtig gewesen …

Wie lange lag das zurück.

Lapidius wischte die unnützen Gedanken beiseite und erhob sich wieder. Er dachte an Théo und versuchte, auch beim Gehen richtig zu atmen. Es klappte besser als erwartet. Nach einer Weile tauchten vor ihm die erwähnten Krüppelkiefern auf. Sie mussten es sein, denn sie waren die einzigen Bäume weit und breit. Lapidius wusste nicht genau, nach was er suchen sollte, denn er kannte nur Janszoons windschiefe Hütte, und war deshalb überrascht, als er inmitten mehrerer dichter Büsche ein kleines, ansehnliches Häuschen erblickte. Es hatte sauber gezimmerte Holzwände, eine Tür mit Klinke und ein Dach aus dichtem Schilf. Er klopfte an die Tür.

Ein Mann trat heraus. Es war Yanardan. Er schien nicht überrascht, Lapidius zu sehen, sondern neigte höflich den Kopf und sagte: »Ich grüße dich, Lapidius. Komm herein.«

»Ich möchte nicht …«

»Du störst nicht. Wir haben uns schon gedacht, dass du uns einen Besuch abstatten würdest. Nicht wahr, Irit?«

Eine junge Frau erhob sich neben der Feuerstelle. Bis auf die Augen war sie am ganzen Körper verhüllt, doch die Anmut, mit der sie sich aufrichtete, sprach für einen gertenschlanken Wuchs. »Ja, sei willkommen, Lapidius«, sagte sie und blickte zu ihm auf.

Lapidius wollte antworten und irgendeine Höflichkeit vorbringen, doch er stand da wie vom Donner gerührt. Denn die Augen, die ihn anblickten, hatte er schon einmal gesehen. Es waren Freyjas Augen. Sie besaßen jenes unverwechselbare Blaugrün, das ihn stets an die Farbe von Kupfervitriol erinnert hatte. Für einen winzigen, bittersüßen Augenblick glaubte er tatsächlich, Freyja vor sich zu haben. Freyja, die seine Frau gewesen war und deren Tod seinen Untergang begründet hatte.

»Lapidius?«

Er war immer noch wie erstarrt. Hatte ein gnädiger Gott Freyja für ihn auferstehen lassen? Unsinn, die Stimme Irits klang anders. Wärmer, melodiöser, von fremdartigem Reiz. Und doch …

»Geht es dir nicht gut?«

Yanardan nahm Lapidius beim Arm und antwortete für ihn. »Natürlich geht es ihm gut. Er hat nur gerade etwas gesehen, das ihn bis ins Innerste berührte. Ist es nicht so?«

»N… nein. Ich meine, ja. Ich dachte, ich hätte …«

Irit sagte ruhig: »Leg erst einmal dein Bündel ab und komm herein. Ich habe die Linsensuppe, die du vorgestern gebracht hast, aufgewärmt und mit Stockfisch angereichert. Sie ist jetzt gut. Ich muss sie nur noch in die große Schüssel umfüllen, damit wir alle davon nehmen können. Brot ist auch noch da. Setz dich nur schon an den Tisch.«

Lapidius gehorchte. Er nahm die Mütze ab und murmelte etwas, das sich anhörte wie »Ich möchte euch nichts wegessen«, aber weder Irit noch Yanardan gingen darauf ein. Irit drückte ihm einen Löffel in die Hand und sagte: »Lass es dir schmecken.«

»Danke.« Unwillkürlich suchte Lapidius wieder ihren Blick, und als sie ihn ansah, ruhig, freundlich, mit einem winzigen Lächeln in den Augenwinkeln, drehte er rasch den Kopf zur Seite. »Ich, äh, bin hergekommen, weil ich …«

»Das hat Zeit bis später. Iss erst einmal«, sagte Yanardan väterlich. »Ein gutes Essen soll durch keine Rede unterbrochen werden. Und dies ist ein gutes Essen. Es ist lange her, dass wir so schmackhafte Suppe hatten, nicht wahr, Irit?«

»Das stimmt. Aber wir wollen nicht klagen.«

»Nein, das wollen wir nicht. Solange wir zusammen sind, geht es uns gut.«

Gemeinsam aßen sie die Suppe, und als sie fertig waren,

eröffnete Yanardan das Gespräch, indem er fragte: »Hast du dich schon ein wenig eingelebt auf unserer Insel?«

Lapidius zögerte. Er wollte etwas über die schöne Natur und das prächtige Wetter sagen, dachte aber viel mehr an die sonderbaren Menschen, die ihm bisher begegnet waren, an Pater Angelo, der angeblich ein erbarmungsloser Inquisitor gewesen war, an den geistesschwachen Cordt Laurenssen, der Handelswaren aus der Zisterne angelte, an Simon Utenhove, seinen Freund, der vor Überheblichkeit barst, an den Dudelsack spielenden Logan, der die Trennung von seiner Liebsten beklagte, an Théo Fruchard, den eifernden Anhänger des Reformators Calvin, an den mürrischen Niklot und nicht zuletzt an den toten Knaben, den er am Holzsteg gefunden hatte. »Nun«, sagte er, »ich bin sehr unterschiedlichen Menschen begegnet.«

Yanardan, der nur wenig gegessen hatte, nickte. »Das ist kein Wunder. Die Krankheit hat sie aus allen Himmelsrichtungen auf die Insel verschlagen. Irit und ich leben schon lange hier. Anfangs war es sehr schwer, aber mit den Jahren haben wir uns eingerichtet.«

»Ihr habt ein schönes Häuschen.«

Irit stand auf, um die Schüssel und die Löffel wegzuräumen, und Yanardan sagte: »Es ist wie eine Zwiebel entstanden. Schicht für Schicht, aus vielen Lagen Holz, bis der Wind nicht mehr durch die Wände blies. Mit den Frühlings- und Herbststürmen gelangt immer wieder Treibholz an unsere Strände. Wer geschickt ist, weiß das für den Hausbau zu nutzen. Irit ist sehr geschickt.«

Lapidius blickte zu Irit hinüber, die mit umwickelten Händen in der anderen Ecke des Hauses arbeitete. Er vermutete, dass sie das Lob gehört hatte, aber aus Bescheidenheit nicht antwortete. »Du gibst mir ein gutes Stichwort,

Yanardan«, sagte er leise. »Théo Fruchard, der Franzose, hat mir berichtet, dass Irit Trinkbeutel anfertigt. Nun, um es freiheraus zu sagen: Hältst du es für möglich, dass sie auch für mich einen nähen würde?«

»Frag sie doch einfach.«

»Ja, äh, natürlich.« Lapidius zögerte. Dann nahm er all seinen Mut zusammen und ging hinüber zu Irit, wo er sich umständlich räusperte und sein Anliegen vortrug. »Weißt du, ich brauche ein solches Behältnis wirklich dringend«, schloss er.

»Warte«, sagte Irit und verschwand in einem Nebenraum. Wenige Augenblicke später kam sie zurück und überreichte ihm eine perfekt gearbeitete *bota*. »Die hatte ich noch. Wenn du willst, ist sie dein.«

»Nein, wirklich?« Lapidius wusste kaum, wie ihm geschah. So einfach hatte er sich die Sache nicht vorgestellt. Statt auf das Naheliegendste zu kommen und sich zu bedanken, sagte er: »Äh, das ist sehr feines Material, ich meine, so etwas gibt es auf der Insel doch gar nicht?«

Irit blickte ihn an. »Nein, normalerweise nicht. Aber du warst ja selbst schon beim Wrack, wie dein Holzbündel beweist. Das Wrack sah nicht immer so aus wie jetzt. Am Anfang war es eine wahre Schatztruhe. Neben anderen nützlichen Dingen fanden wir in seinem Rumpf auch englische Kohle und viele Ziegenfelle.«

»Ah, ich verstehe, und die Ziegenfelle …«

»Genau.« Irit lachte leise. »Zuerst habe ich versucht, Schuhe aus ihnen zu machen, aber es gelang mir nicht. Das Leder war zu dünn, um darauf gehen zu können. Dann bin ich auf die Idee mit den Trinkbeuteln gekommen. Sie sind recht begehrt auf der Insel.«

»Ja, das kann ich mir vorstellen.« Lapidius nahm die *bota*

und untersuchte das praktische, aus Kork und Lack gefertigte Mundstück, dazu die Schlaufe, mittels derer der Trinkbeutel am Gürtel befestigt wurde. Allmählich ließ seine Verlegenheit nach, und er konnte Irits Blick unbefangener begegnen. »Das ist gute Arbeit.«

»Ach, nicht der Rede wert.«

»Oh, doch, es ist wirklich gute Arbeit.«

»Hauptsache, sie gefällt dir.«

»Das tut sie! Mit dem Inhalt könnte ich wohl zwei Tage auskommen.«

»Bestimmt …«

Da die Unterhaltung zu versiegen drohte, mischte Yanardan sich ein. »Die *bota* ist nicht nur sehr schön«, sagte er mit feinem Lächeln, »sondern auch nicht umsonst.«

»Aber Yanardan!«

Der Alte ließ sich nicht beirren. »So klug meine Irit sonst ist, geschäftstüchtig wird sie niemals werden. Wenn es nach ihr ginge, würde sie immer alles verschenken.«

»Yanardan!«

Lapidius wollte die kleine Hakelei schlichten und sagte zu Irit: »Dein Vater hat völlig recht, natürlich werde ich die *bota* bezahlen.«

»Er ist nicht mein Vater.«

Yanardans Miene war unverändert heiter. »Doch, das bin ich. In gewisser Weise bin ich das.« Er strich Irit sacht über die Wange, und sie ließ es geschehen. Leise sagte sie: »Wenn ich etwas gern gebe, will ich es ohne jede Bedingung geben.«

Lapidius schüttelte den Kopf. »Aber ich käme mir vor wie ein Dieb, wenn ich etwas so Schönes, Nützliches ohne Gegenleistung annehmen würde. Erlaube mir, das ich dir von meinem Sägeholz etwas dalasse.«

Ehe Irit antworten konnte, sagte Yanardan: »Das nehmen wir gern an. Die Menge bestimmst du selbst.«

Lapidius ging vor die Tür, schnürte sein Bündel auf und entnahm ihm ein Dutzend Scheite. Er war nicht sicher, ob die Menge ausreichte, aber Yanardan, der ihm gefolgt war, sagte: »Das ist mehr als genug.«

»Dann ist es gut.« Lapidius fühlte, es war Zeit, sich zu verabschieden, und ertappte sich bei dem Gedanken, dass er gern noch geblieben wäre.

»Du musst jetzt gehen«, sagte Yanardan sanft.

»Ja ... ja, natürlich.« Lapidius schulterte sein Holz.

»Wirst du wiederkommen«, fragte Irit und blickte ihn an.

»Ja«, sagte er heiser, »ja, das werde ich.«

Den Kopf voller Gedanken, schlug Lapidius den Heimweg ein, und während er voranschritt, berührte seine Hand immer wieder den Trinkbeutel an seinem Gürtel. Fürwahr, die *bota* war ein kleines Kunstwerk, und Irit hatte es geschaffen. Irit ... ihre Augen glichen Freyjas Augen wirklich verblüffend. Darüber hinaus wusste er nichts von ihr. Er kannte weder ihr Alter noch ihre Herkunft noch ihre Wesensart. Doch halt, das stimmte nicht ganz. Ein Beispiel ihrer Gutherzigkeit hatte sie ihm gegeben. Sie hatte ihm die *bota* umsonst überlassen wollen. Das hätte nicht jede Frau getan, zumal er ihr völlig unbekannt war.

Wer war Irit? Sie sprach mit leichtem Akzent, als käme sie aus Spanien oder Portugal. Hatte sie dort gelernt, eine *bota* zu fertigen? Wenn es sich so verhielt, war sie sicher das Kind eines armen Handwerkers. Aber konnte Yanardan, der keinesfalls wie ein einfacher Mann aussah, unter diesen Umständen ihr Vater sein? Sie hatte es verneint, er hingegen bejaht. Nein, er war nicht ihr Vater, das spürte man.

Ein seltsames Gespann waren die beiden. Wie krank sie wohl waren? An Yanardan waren keine Anzeichen des Aussatzes erkennbar gewesen, nicht an den Händen und auch nicht im Gesicht. Bei Irit waren die Hände bis auf die Fingerspitzen umwickelt gewesen, was dafür sprach, dass die Seuche sie dort befallen hatte, wenn auch nicht heftig. Anderenfalls hätte sie die *bota* nicht mit so feinen Stichen nähen können. Ihre blaugrünen Augen mit den langen, seidigen Wimpern dagegen schienen völlig gesund zu sein. Sie blickten nicht starr, sondern lebhaft und klug – es waren die Augen einer schönen jungen Frau.

Aber Irit konnte nicht gesund sein, denn sie lebte auf der Insel der Todgeweihten. Warum wünschte er sich plötzlich, er hätte sie woanders kennengelernt?

Verwirrt blieb Lapidius stehen. Vor ihm ragte ein Holzkreuz aus einem flachen Erdwall heraus. Es war frisch zusammengezimmert, und im Querbalken stand ein Name: *Derkje.*

Ihm wurde klar, dass er vor dem Grab des Knaben stand, den er im Schilf tot aufgefunden hatte. Pater Angelo hatte also dafür gesorgt, dass das Kind mit dem Segen der Kirche begraben worden war. Insgeheim leistete Lapidius dem Geistlichen Abbitte. Der Mann konnte doch nicht so abgrundtief schlecht sein, wie Théo Fruchard behauptet hatte.

Ein kleiner Blumenstrauß lag vor dem Kreuz. Er bestand aus hellblauen Glockenblumen, gelbem Hornklee und zierlichen lila-weißen Strandstiefmütterchen. Die Blumen wirkten noch frisch. Sicher hatte die Mutter sie dort hingelegt.

»Derkje.« Langsam sprach Lapidius den Namen aus. »So heißt du also. Ich war es, der dich im Schilf gefunden hat, und ich war es auch, der dich anschließend vermisste. Aber nun bist du hier.« Er fühlte, es war angebracht, ein Gebet zu verrichten, aber er hatte so lange nicht mehr zu Gott gesprochen, dass er fürchtete, er würde nicht die richtigen Worte finden.

»Ruhe in Frieden, kleiner Derkje«, sagte er deshalb nur. »Ich weiß nicht, wer dich umgebracht hat, aber ich will demnächst deine Mutter besuchen. So klein ihr Blumenstrauß ist, so ist er doch ein Zeichen großer Trauer.«

Er ging weiter und stieß auf eine ganze Reihe anderer Kreuze. Sie schmückten über ein Dutzend Gräber. Er hatte den Friedhof von Zwaanwaard entdeckt, den Friedhof der Todgeweihten. Jeder Tote hatte sein eigenes Schicksal gehabt, und Lapidius überlegte, ob dieser oder jener womöglich nicht an der Seuche gestorben war, genau wie der kleine Derkje.

Er pfiff seine ausufernden Gedanken zurück und wollte den düsteren Ort verlassen, konnte aber nicht umhin, seiner Neugier nachzugeben und noch die Ruine einer kleinen Kapelle, die sich in unmittelbarer Nähe befand, zu untersuchen. Die Grundfläche war quadratisch und mit Pflaster- und Schmucksteinen ausgelegt. Letztere waren heller als die übrigen Steine und stellten in ihrer Anordnung drei eucharistische Fische dar. Sie waren noch gut erkennbar.

Anders als die Fische hatten die Ziegelmauern stark unter Wind und Wetter gelitten und waren bis auf wenige Überreste abgetragen. Auch der Mensch schien das Seine zum Verfall beigesteuert zu haben, denn die Ziegel glichen genau jenen, die zum Errichten der Feuerstelle in Janszoons Hütte benutzt worden waren. Aber was bedeutete das schon. Nichts weiter, als dass man auf Zwaanwaard erfinderisch sein musste, wenn man überleben wollte.

Während er noch über die Vergänglichkeit alles Irdischen nachdachte, wurde Lapidius von einem unangenehmen

Schwindel erfasst. Das Unwohlsein kam wie aus heiterem Himmel, und es gelang ihm gerade noch, das schwere Bündel abzuwerfen und sich auf einen Mauerrest zu setzen, bevor ihm schwarz vor Augen wurde.

Als er wieder zu sich kam, brauchte er eine Weile, um zu begreifen, wo er sich befand und was geschehen war. Richtig, er hatte die Besinnung verloren und war auf den Boden der Kapelle niedergesunken. Sicherlich nur, weil er so lange auf sein Lebenselixier, den geliebten Genever, hatte verzichten müssen. Die Zeit der Enthaltsamkeit kam ihm vor wie eine Ewigkeit. Wenn er wenigstens einen Schluck Wasser gehabt hätte. Doch halt, er hatte ja Wasser! Irit hatte ihm die *bota* noch gefüllt, bevor er gegangen war. Irit, ich danke dir!

Lapidius öffnete den Verschluss und trank mit gierigen Schlucken, und während er trank, fiel sein Blick auf eine Mauerecke der Kapelle. Es war ein geschützter Winkel, weshalb dort nicht nur Dünengras, sondern sogar Strandblumen gediehen. Teils schon verblüht, weil man bereits Oktober schrieb, doch immerhin: ein wenig Leben inmitten des Verfalls.

Er trank einen letzten, stärkenden Schluck und stand auf. Ja, es ging wieder. Vielleicht hatte sein Schwächeanfall auch nur mit der ungewohnten Schlepperei zu tun. Abermals fiel sein Blick auf die Blumen, und er betrachtete sie näher. Kein Zweifel, es waren einmal mehr gewesen, das bewiesen die Stengelstümpfe. Alles sprach dafür, dass Derkjes Mutter sich hier aufgehalten hatte, um für ihren verstorbenen Kleinen einen Strauß zu pflücken. Sicher gehörte ihr auch der runde, mit rotem Stoff überzogene Knopf, der gleich daneben lag. Der Knopf war schön, kein gewöhnliches Stück.

Lapidius steckte ihn ein und schulterte wieder sein Bündel. Es wurde höchste Zeit, dass er nach Hause kam, oder besser: zu Janszoons Hütte, denn ein Zuhause konnte man den armseligen Bretterverschlag nicht nennen. Er musste rasch dafür sorgen, dass die Hütte trocken und winddicht wurde. Und vor allem warm …

Lapidius hielt inne. Er hatte sich schon wieder verlaufen. Vor ihm stand ein weiteres verfallenes Gebäude. Es war eine alte Bockwindmühle. Ihre Konturen wirkten seltsam anklagend wie ein schwarzes Insekt, dem man die Flügel ausgerupft hatte. Die Mühle stand in einer Sandverwehung, die sich im Hintergrund zu einer der mächtigsten Dünen der gesamten Insel emportürmte. Er nahm an, dass er es mit einer Wanderdüne zu tun hatte, denn sicher hatte die Mühle dereinst auf ebenem Grund gestanden.

Sollte er ins Innere vordringen und sich dort ein wenig umsehen? Nein, dafür war keine Zeit mehr. Wenn er sein Lager noch vor dem Dunkelwerden erreichen wollte, musste er sofort aufbrechen, genau auf den Weg achten und sich strikt südlich halten.

Morgen war auch noch ein Tag.

Vierter Tag

Mittwoch, 14. Oktober

Lapidius erwachte im ersten Dämmerlicht. Ihm taten alle Glieder weh, aber insgesamt fühlte er sich besser. Sicher lag das daran, dass die ganze Nacht eine wohlige Wärme in seiner Hütte geherrscht hatte. Das Holz vom Wrack war wirklich segensreich.

Er stand auf und überprüfte als Erstes die Glut. Es war eine alte Gewohnheit von ihm, denn der Alchemist benötigte für seine Arbeit ein ununterbrochenes Feuer im Athanor – dem speziellen Ofen für das große Werk.

Lapidius legte zwei Scheite nach und beobachtete zufrieden, wie die Flammen sich nahezu zeitgleich in das abgelagerte Holz fraßen. Das Feuer würde für die nächsten Stunden brennen.

Seine nächste Tätigkeit bestand in einer flüchtigen Gesichtswäsche, für die ein paar Tropfen aus Irits *bota* herhalten mussten. Ein wenig erfrischt, überlegte er, was er an diesem Tag unternehmen sollte. Zum Festland hinüberrudern musste er erst morgen, denn erst für morgen hatten die drei alten Jungfern aus Pfarrer de Koks Gemeinde einen neuen Kessel Suppe versprochen. Lapidius seufzte erleichtert. So hatte sein gemarterter Körper einen weiteren Tag Gelegenheit, sich zu erholen. Wenn er die Suppe holte, durfte er nicht vergessen, an eine neue Säge zu denken, ebenso an Verbandsmaterial. Logan brauchte es und sicher auch viele andere Kranke. Und Irit. Ihre Leinenbinden um die Hände waren nicht sehr ansehnlich gewesen. Er dachte an ihre Augen und ihre Stimme und stellte nicht ohne Erleichterung fest, dass der Aufruhr seiner Gefühle für sie sich ein wenig gelegt hatte. Er wusste, er würde sie wiedersehen, und hoffte nur, dabei nicht so unbeholfen zu wirken wie beim ersten Mal.

Mittlerweile war es draußen etwas heller geworden. Lapidius trat vor die Tür – eine Öffnung, die diesen Ausdruck kaum verdiente – und tat ein paar tiefe Atemzüge. Die Luft schmeckte wie immer nach Salz und See, auch wenn der erste Herbstnebel sich heute wie ein weißes Tuch über die Insel gelegt hatte.

Er dachte, es wäre für seine steifen Muskeln gut, sich ein wenig die Beine zu vertreten, und begann, am Ufer entlangzuspazieren, vorbei am Schilf, das an diesem Morgen wie ein verwunschener Wald aussah – ein Wald, in dem Abertausende von Wassertröpfchen hingen.

Doch schon nach wenigen Schritten blieb er stehen. Irgendetwas war anders als sonst. Und dann wusste er es: Das Rauschen des Röhrichts fehlte, es herrschte Windstille. Das Gleiche galt für den Steg, wie er gleich darauf feststellte. Kein Lüftchen regte sich. Der Nachen schwamm festgeleint auf spiegelglattem Wasser. Gottlob, er war also noch da.

Lapidius wollte den Rückweg antreten, doch ein Geräusch ließ ihn zusammenfahren: näher kommende, im Nebel überlaut vernehmbare Schritte. Wer mochte das sein?

Augenblicke später erschien Jörk auf dem Steg, den Suppenkessel auf der Schulter und das Heringsfässchen unter dem Arm. »Guten Morgen, Lapidius!«, rief er munter. »Wie du siehst, kommt auf dieser Insel nichts weg. Hier, deine Behälter, ausgewaschen und sauber wie neu.«

»Danke, stell sie in den Nachen. Ich werde morgen zur Stadt rudern.«

»Wird auch höchste Zeit. Wenn du nur alle drei oder vier Tage fährst, wird's knapp mit dem Essen. Dann ist Schmalhans Küchenmeister auf der Insel.«

»Hat es denn nicht gereicht?«

»Es reicht nie.« Jörk sprang in den Nachen und setzte Kessel und Fass so ab, dass sie beim Rudern nicht hinderlich waren. Dann sprang er leichtfüßig wieder auf den Steg zurück.

»Wie viele Kranke leben denn auf der Insel?« Lapidius erinnerte sich, dass er die Frage schon einmal gestellt, aber keine ausreichende Antwort bekommen hatte.

»Warte mal.« Jörk zog die Stirn kraus und zählte an den Fingern ab. »Also da bin zuerst ich, dann der Pater, dann Logan, Laurenssen, Utenhove, Fruchard, Niklot, Irit, Yanardan …« Seine Stimme ging in ein Murmeln über, und schließlich bewegte er nur noch die Lippen, während er Finger für Finger hochstellte. Dann, plötzlich, warf er die Hände in die Luft und rief: »Ich schaff's nicht! Bei der heiligen Jungfrau Maria, ich schaff's einfach nicht. Zählen war noch nie meine Stärke, immer vergess ich am Ende, wen ich am Anfang schon genannt hab. Ich bin nun mal kein Mathematikus.«

Lapidius ließ es dabei bewenden, denn die Frage, ob Jörk die Namen nicht aufschreiben könne, erübrigte sich wohl. Stattdessen fragte er: »Hättest du die Behälter nicht auf der Trennmauer abstellen müssen?«

Jörk stutzte. Dann lachte er und schlug Lapidius freundschaftlich auf die Schulter. »Du meinst, wegen der verbotenen Zonen? Ich kann dich beruhigen, an die hält sich hier keiner, auch wenn das gestern der Fall war. Aber da wussten wir ja noch nicht, wen die Stadt zum neuen Schellenknecht gemacht hat. Nein, nein, mach dir nur keine Sorgen, da passiert schon nichts, hüben wie drüben.« Er lachte nochmals und ergänzte: »Oder drüben wie hüben, je nachdem, von welcher Seite aus man es betrachtet.«

»Aber die Ansteckungsgefahr …«

»Wen es erwischen soll, den erwischt es, und wen nicht, den erwischt es nicht. So einfach ist das. Im Übrigen« – Jörk beugte sich verschwörerisch vor – »warst du gestern ja schon auf unserer Seite und hast dem Wrack einen Besuch abgestattet. Ist es nicht so?«

»Doch, das stimmt.« Lapidius fragte sich, ob sein Gespräch mit Logan ebenfalls beobachtet worden war oder sein Besuch bei Irit und Yanardan. Der Gedanke, dass irgendjemand ihn mit Blicken verfolgt hatte, war ihm nicht angenehm. »Warst du es, der mich gesehen hat?«

»Mein lieber Lapidius.« Jörk wurde ernst. »Unsere Insel ist zwar recht groß, aber so groß, dass man stundenlang auf ihr herumlaufen könnte, ohne gesehen zu werden, ist sie nun auch wieder nicht.«

Lapidius zuckte mit den Schultern. »Dann haben sicher auch ein paar Bewohner gesehen, wie Pater Angelo dafür sorgte, dass Derkje mit dem Segen der Kirche zu Grabe getragen wurde?«

»Derkje?«

»Ein kleines Kind, ein Knabe, ich fand ihn tot im Schilf.«

»Ach ja, richtig! Ein paar von uns waren dabei, als der Pater ihm das letzte Geleit gab. Darunter auch ich. Es war ein trauriges Ereignis. Es kommt nicht oft vor, dass so ein kleiner Sarg der Erde übergeben werden muss. Die meisten unserer Toten sind erwachsen. Es wurde sehr geweint. Warst du an Derkjes Grab?«

»Ja. Ein hübscher Blumenstrauß von der Mutter lag dabei. Für sie muss es ein großer Verlust gewesen sein. Wie heißt sie denn?«

»Floor heißt sie. Eine ehemalige Marktfrau. Sie kann einem wirklich leidtun …« Eine Träne rann Jörk die Wange hinunter. Seine Fröhlichkeit war wie weggeblasen. Er wandte den Kopf zur Seite und strich sich mit der Handfläche über die Augen. »Verzeih die Heulerei, ist sonst nicht meine Art. Aber Floor hat das nicht verdient, weißt du, sie hat's wirklich nicht verdient.«

»Wo wohnt sie denn?«

Jörk blinzelte. »Wo sie wohnt? Ach so, das kannst du ja nicht wissen. Ganz am Ende, im Südwesten der Insel, da, wo der Schilfgürtel endet und der Strand mit dem Watt anfängt. Willst du sie besuchen?«

»Vielleicht will ich ihr mein Beileid aussprechen.«

»Verstehe. Na dann, ich hab noch zu tun.« Jörk winkte grüßend und verschwand.

Lapidius blickte ihm nach und machte sich wenig später ebenfalls auf den Weg. Er achtete scharf darauf, in welche Richtung er ging, und erreichte tatsächlich, ohne Umwege und ohne sich zu verlaufen, den beschriebenen Ort – eine Bleibe, die mehr einem Zelt als einer Hütte glich, überdacht mit einem ehemaligen Segel. »Ist da jemand?«, rief er.

Als die Antwort ausblieb, klopfte er gegen den Türpfosten. »Floor?«

»Ja?« Die Stimme klang verweint.

»Darf ich reinkommen?«

»Ja, ja. Wer ist denn da?«

Lapidius trat näher und sah eine junge Frau, die zusammengesunken in einer Ecke hockte und sich die Augen trocknete. Sie blickte auf. »Wer bist du?«

Lapidius wollte antworten, er sei der neue Schellenknecht, aber das Wort kam ihm nicht über die Lippen. Stattdessen sagte er: »Ich bin Lapidius, der Nachfolger vom alten Janszoon.«

»La…?«

»Lapidius. Ich habe letzten Sonntag Suppe auf die Insel gebracht.«

»Ach, der bist du.« Floor stand auf und strich sich das schwarze Kittelkleid glatt. Dann richtete sie sich mit einer flüchtigen Bewegung den Knoten im Haar. »Setz dich ruhig.«

»Ich will nicht lange stören.«

Floor schniefte. Sie hatte ein hübsches, wenn auch etwas bäuerisches Gesicht, in dem Lippen und Nase die Spuren des Aussatzes trugen. »Vielleicht ist es ganz gut, wenn mal jemand zu mir kommt.« Sie schniefte nochmals.

»Ja.« Lapidius wusste nicht recht, wie er anfangen sollte.

»Nun setz dich doch.« Sie deutete auf einen Holzbock, der, wie es schien, gleichermaßen als Schemel, Tischchen und Ablage diente, denn außer der Schlafstatt war er das einzige Möbelstück im Raum. »Leider kann ich dir nichts anbieten. Die Suppe ist schon wieder alle. Das hier ist ’ne schlimme Insel, weißt du. Jeder sagt das. Na ja, fast jeder. ’ne richtige Hungerinsel ist das. Mein armer, kleiner Derkje hat’s am eigenen Leib erfahren. Ich hatte ja kaum noch Milch für ihn …« Floor begann zu weinen.

Lapidius nickte voller Mitgefühl und zog den Rest seines Dinkelbrots aus der Tasche. »Nun, ich hätte da noch etwas zum Beißen.«

»Danke, ich brauch nichts.«

»Ich auch nicht. Nimm’s nur.« Lapidius hielt ihr das Brot hin.

»Mir ist nicht nach Essen.«

»Das kenne ich. Ich trinke lieber einen.«

»Das ist nicht das Schlechteste. Bringt einen auf andere Gedanken.«

»Du hast nicht zufällig …?«

Statt zu antworten, sank Floor auf ihre Strohmatratze, wo sie ihr Gesicht in einem Kissen vergrub.

Lapidius ließ das Brot wieder verschwinden und löste Irits *bota* vom Gürtel. Sie war noch halbvoll. »Willst du ein wenig Wasser?«

Floor schüttelte wild den Kopf.

»Derkje war ein reizender kleiner Kerl … Ich, äh, ich habe selbst mal so einen Jungen gehabt. Auch er ist gestorben. Es liegt schon länger zurück.«

Floor hob den Kopf und blickte ihn aus tränennassen Augen an. »Dann ahnst du, wie ich mich fühl!«

»Ja, ich trauere mit dir. Ich weiß, dass es keine Worte des Trostes gibt. Jedes Wort klingt wie Hohn, wenn der Schmerz so groß ist.«

Da Floor nichts sagte, fuhr Lapidius fort: »Als ich vorgestern mit dem Nachen hier ankam, habe ich Derkje im Schilf gefunden. Er war tot.«

»Was, du hast ihn gefunden?« Floor riss die Augen auf. Ob vor Staunen oder Schreck, das war nicht zu erkennen.

»Ja, ich wollte dich fragen, ob du weißt, wie er da hingekommen ist. Ich meine, du musst den Kleinen doch vermisst haben?«

»Ja, ich hab ihn vermisst. Klar hab ich ihn vermisst, hab gleich so ein komisches Gefühl gehabt.«

»Ein komisches Gefühl, wieso?«

»Na, er war ja weg.«

»Wie, einfach weg?«

»Hm, ja. Er krabbelte überall rum, und irgendwann war er weg.«

»Das heißt, er lebte noch, als du ihn das letzte Mal sahst?«

»Ja, ja.«

»Und sonst?«

»Sonst weiß ich nichts.«

»Aha.« Die Antwort befriedigte Lapidius nicht, aber er mochte nicht nachfragen. Jedes weitere Wort würde Floors Schmerz nur vergrößern. »Jedenfalls wusste ich nicht, was ich mit Derkje machen sollte, aber Pater Angelo hat sich ja später um ihn gekümmert und ihn geweihter Erde übergeben. Du warst doch sicher dabei?«

Floor schwieg. Dann fragte sie: »Glaubst du vielleicht, ich wär nicht dabei gewesen?«

»Das wollte ich damit nicht sagen.« Lapidius holte den Knopf, den er in der verfallenen Kapelle gefunden hatte, aus der Tasche. »Ich nehme an, das ist deiner.«

»Ein Knopf?« Floor streckte die Hand aus, um das Fundstück entgegenzunehmen, hielt aber mitten in der Bewegung inne. »Der ist aber schön.«

»Es ist doch deiner?«

»Äh, ja.«

»Du hast ihn sicher beim Blumenpflücken verloren. Übrigens, ich fand das Sträußchen sehr hübsch.«

»Das Sträußchen? Ach, ja.«

»Ich spreche von dem Strandblumensträußchen auf Derkjes Grab. Du hast es doch gepflückt und vor das Holzkreuz gelegt?«

Floor nickte heftig.

»Nun gut, da ist noch etwas, Floor, das ich dir sagen muss: Erschrick nicht, aber als ich Derkje fand, hatte er Verletzungen am Kopf und rote Male am Hals – Würgemale. Kannst du dir erklären, woher die kamen?«

Floor knetete die Hände.

Lapidius beugte sich vor. »Ich möchte dir nicht weh tun, Floor, aber vielleicht ist es wichtig. Ich glaube, dass Derkje nicht eines natürlichen Todes gestorben ist. Ich glaube, dass er ermordet wurde. Wenn du etwas dazu sagen kannst, dann sage es jetzt.«

»Nein!«

»Ich möchte dir nicht weh tun, aber …?«

»Nein, nein, nein!«

»Floor, bitte …«

»Er soll leben, mein Kleiner, er soll leben! Oh, nur Gott allein weiß, wie sehr ich mir wünsch, dass er noch lebt! Er ist nur ein Kind der Sünde, aber ich hab ihn doch geliebt. Oh, wie hab ich ihn geliebt. Er war doch alles, was ich hatte auf dieser verdammten Insel. Ohne ihn halt ich's hier nicht mehr aus.« Floor bekam einen Weinkrampf.

Lapidius kam sich vor wie der hilfloseste Mensch auf Erden. Was konnte er nur tun, um der armen Frau zu helfen? Er hoffte darauf, dass Floor sich beruhigte, und als sie es trotz geduldigen Wartens nicht tat, setzte er sich schließlich neben sie auf den Boden und begann sacht, ihren Rücken zu streicheln. »Weine nur«, sagte er heiser, »ich weiß, wie es ist, wenn man für immer von einem geliebten Menschen Abschied nehmen muss. Es ist furchtbar, ganz furchtbar. Man denkt, man kann den Tag nicht überleben, wünscht sich, man wäre selber tot, wünscht sich, man könnte das eigene Leben gegen das des verlorenen Menschen eintauschen. Das alles weiß ich, ich weiß es nur zu gut. Komm, lass deinen Kummer heraus, lass ihn heraus, heraus … heraus … heraus …« Und mit jedem Mal, da er das sagte, strich er mit der Hand über ihren Rücken, als könne er ihr ganzes großes Elend auf diese Weise aus ihrem Körper leiten.

Und tatsächlich wurde Floor langsam ruhiger. Ihre Schultern zuckten noch ein oder zwei Mal, dann lag sie still. Mit abgewandtem Kopf flüsterte sie: »Danke, das war gut.«

Lapidius räusperte sich. »Wenn du willst, erzähl mir von deinem kleinen Derkje. Reden ist besser als weinen.«

Floor schwieg.

Lapidius dachte schon, er hätte etwas Falsches gesagt, als Floor begann: »In Maastricht war's, im Osten, da haben sie mich geschnappt.«

»Warum das?«

»Auf dem Markt war's. Da hab ich Glücksbringer verkauft. Das Geschäft ging gut, aber wie immer, wenn was gut geht, gibt's welche, die's einem nicht gönnen.«

»Aber Glücksbringer sind doch harmlos.«

»Das sagst du. Da hättest du mal den Kerl vom Nachbarstand sehen sollen. Der hat Kohlköpfe verhökert, der war neidisch, weil die Leute immer bei mir waren und nicht bei ihm. Na ja, vielleicht war er auch wütend auf mich, weil ich mal zu ihm gesagt hab: ›Nur Hohlköpfe verkaufen Kohlköpfe‹.«

Lapidius musste lächeln. Floor schien eine Ader für Wortwitz zu haben.

»Jedenfalls hat er versucht, meine Sachen bei den Leuten schlechtzumachen. Die Amulette würden nichts taugen, die Hasenpfoten kein Glück bringen, die Mistelzweige nicht helfen, die Marienkäfer gefälscht sein, na, alles so was. Aber die Leute haben nicht auf ihn gehört, haben trotzdem bei mir gekauft. Ja, und dann kam der Tag, da hat er's genau umgedreht gemacht. Er hat einem Bader gesagt, mein ägyptischer Skarabäus, der wär'n Wunderheilmittel, der würd jeden gesund machen, der ihn in der Tasche trägt, ganz gleich, wie schwer die Krankheit ist, und ein Bader, der gerade vorbeikam, der hat ganz große Ohren gekriegt und ihn tatsächlich gekauft. Eigentlich wollt ich ihm sagen, dass er sich besser nicht auf den Skarabäus verlassen soll, weil der ja in Wirklichkeit nicht aus Ägypten war, sondern nur 'ne Fälschung von mir, aber der Bader war ganz wild auf den blöden Glückskäfer und hat mir einen ganzen Stuber dafür geboten, was ja immerhin ein viertel Vlieger ist, und ich brauchte das Geld gerade verdammt dringend.«

»Ich ahne schon, worauf die Sache hinausläuft.«

»Jedenfalls, ein paar Tage später kommt der Bader wieder, knallt mir den Skarabäus auf den Tisch und brüllt, er will sein Geld zurück. Er hätt einen Mordsärger gekriegt, weil der Skarabäus nicht geheilt hätt. Ich hab gesagt, ich hätt das Geld ausgegeben, und da ist er noch wütender geworden, und je wütender er wurde, desto mehr hat sich mein Nachbar, der Hohlkopf-Kohlkopf, ins Fäustchen gelacht. Erwürgen hätt ich den können. Na, irgendwann ist der Bader dann weg, und ich dachte schon, der ganze Spuk wär vorbei, da kommen plötzlich zwei von der Stadtwache. Die haben mich gepackt und in den Kerker geworfen. Oh, es war schlimm.«

Lapidius sagte nichts, um Floors Redefluss nicht zu unterbrechen, und tatsächlich sprach sie nach ein paar Atemzügen weiter: »Ich hab geschrien und mir die Fäuste an den Wänden blutig geschlagen, aber kein Mensch hat mich gehört. Erst nach zwei oder drei Tagen, als es mir schon richtig dreckig ging, da ist ein Kerkerknecht gekommen und hat mich rausgeholt. Er ist mit mir rüber zum Siechenhaus, und da musste ich mich nackend ausziehen. Dann ist einer gekommen, der hat sich als Stadtphysikus vorgestellt und gesagt: ›Du bist ja schwanger!‹

›Ja‹, hab ich gesagt, ›bin ich, bin im fünften Monat. Ich will wissen, warum man mich eingesperrt hat. Ich hab nichts getan, Gott ist mein Zeuge.‹ Aber er hat gar nicht geantwortet, hat mich immer nur angeglotzt, und ich hab in seinen Augen gesehen, dass ich ihm gefallen hab.

Und dann hat er gesagt: ›Du wirst als Hexe angeklagt werden‹, und ich hab geheult und gesagt, ich wär keine Hexe, wär's nie gewesen und würd's auch niemals sein, aber er ist gar nicht drauf eingegangen. Er hat an mir rumgefummelt und gesagt, das müsste er tun, er würd nach einem *Stima diala* …, nach diesem Dingsda suchen.«

»Du meinst nach einem *Stigma diabolicum.*«

»Ja, ja, nach einem Teufelsmal, aber ich hab gesagt, ich hätt keins, ich hätt nichts am Hut mit dem Teufel. Aber er hat gar nicht geantwortet, hat mich immer nur angeglotzt, und dann hat er gesagt: ›Da haben wir's‹, und er hat auf die Streifen unter meinem Bauchnabel gezeigt, und ehe ich noch was sagen konnt, ist wieder der Kerkerknecht gekommen und hat mich in meine Zelle zurückgebracht.«

»Es muss furchtbar für dich gewesen sein.«

»Das kannst du glauben, der Herrgott im Himmel ist mein Zeuge. In der Zelle haben sie mich wieder ein paar Tage schmoren lassen, und dann stand der Stadtphysikus auf einmal wieder in der Tür und hat die Wache weggeschickt. Ganz nah ist er an mich ran und hat gesagt: ›Ich habe der Inquisition berichtet, dass du eine Hexe bist, denn das Teufelsmal ist der Beweis. Folter und Tod kommen unweigerlich auf dich zu.‹ Und ich hab geheult wie'n Schlosshund und hab geschrien: ›Die Streifen unter meinem Bauchnabel, das sind nur Schwangerschaftsstreifen, die hat jede Frau, wenn sie ein Kind kriegt‹, und er hat gelacht und gesagt: ›Das weiß ich, aber trotzdem wirst du brennen wie jede verfluchte Hexe.‹ Und dann ist er wieder weg und hat mich in meinem Elend allein gelassen.

Einen Tag später ist er zurückgekommen, und ich dachte, jetzt geht es los, jetzt ist mein letztes Stündlein da, aber er hat mich wieder so komisch angeguckt und gesagt: ›Wenn du bereit bist, mit mir den Beischlaf auszuüben, will ich morgen erklären, die hellen Streifen unter deinem Nabel sind keine Teufelszeichen, sondern nur Zeichen des Aussatzes.‹

Ich hab ihn zuerst gar nicht verstanden, weil ich nicht wusste, was er mit ›Beischlaf ausüben‹ meinte, aber dann hat's mir gedämmert, und ich hab gesagt, das würd ich nie tun, das wär für mich schlimmer als die schlimmste Folter. Da hat er mich geschlagen und geschrien: ›Du dummes Weib, willst du mich etwa beleidigen? Weißt du nicht, dass auf die Torturen im Folterkeller unweigerlich der Tod durch Verbrennen folgt? Willst du das? Denk an das Kind, das in dir heranreift! Es wird sterben, genau wie du! Willst du das?‹

Da bin ich zusammengebrochen und hab geweint und geschluchzt und hab immer nur gesagt: ›Derkje soll nicht sterben, Derkje soll nicht sterben‹, denn damals schon war ich sicher, dass ich'n kleinen Jungen kriegen würd und dass er Derkje heißen sollt. Aber's hat den Hundsfott keinen Deut gerührt, und er hat nur gesagt: ›Du hast die Wahl: Entweder der Scheiterhaufen oder der Beischlaf. Wenn du dich für den Beischlaf entscheidest, folgt anschließend nur die Isolation als Aussätzige. Denk daran, ein Leben als Aussätzige ist immer noch besser als ein qualvoller Tod. Denk an dein Kind.‹«

Floor sah Lapidius aus verweinten Augen an. »Ja, so kam's, dass ich nachgegeben hab wegen Derkje. Glaub mir, nur wegen Derkje. Später haben sie mich ins Leprosorium gesteckt, und ich bin krank geworden. Und noch später haben sie mich hier auf die Insel gebracht, da hatte ich meinen kleinen Derkje schon. Und nun bin ich hier, und mein Kleiner ist tot.« Floor begann wieder, hemmungslos zu schluchzen.

Lapidius saß stumm neben ihr und dachte an sein eigenes Schicksal. Es war ähnlich tragisch verlaufen. Er hoffte nur, dass es für Floor eine Erleichterung gewesen war, über ihren Seelenschmerz reden zu können. Reden war wichtig, denn wer es nicht konnte, versank gar zu leicht im Alkohol. Er stand langsam auf und legte den Rest Brot auf das Holzgestell. Dann wollte er sich leise davonmachen, aber Floors Stimme hielt ihn auf. »Geh nicht«, flehte sie. »Geh jetzt nicht.«

Er kam zurück und sagte: »Ich fürchte, ich kann dir nicht helfen, Floor.«

»Doch.« Sie blickte ihn mit ihren verweinten Augen an. »Vielleicht kannst du's doch. Du bist ein guter Mann. Ich spür's. Bleib bei mir. Ich brauch jemanden. Bleib bei mir.« Sie sah die Ablehnung in seinem Gesicht und redete immer schneller: »Die Hütte vom Janszoon taugt nichts, die hier ist besser. Komm zu mir. Du könntest mein Lager kriegen. Ich brauch keins, ich könnte auf dem Boden schlafen, das macht mir nichts aus. Ich will für dich sorgen. Ich kann nähen, ich könnte deine Kleider ausbessern. Ich würd für dich kochen und waschen, und ich würd mit dir auch ...« Floor senkte den Kopf und bedeckte das Gesicht mit ihren Händen. »Ja, das würd ich auch, auch das.«

Lapidius zerriss es fast das Herz, so leid tat ihm die junge Frau, aber er war sicher, dass es besser war, ihr Angebot abzulehnen.

»Auf Wiedersehen, Floor«, sagte er.

Fünfter Tag

Donnerstag, 15. Oktober

Mit langsamen Ruderschlägen umrundete Lapidius die Spitze der Mole, in deren Schutz sein Ziel, der Kleine Bootshafen von Zwaanshoven, lag. Er war nicht sicher, aber es kam ihm vor, als sei die Ruderarbeit diesmal nicht ganz so anstrengend gewesen. Vielleicht lag es an der Merwe mit ihrem auflaufenden Wasser, die es ihm etwas leichter gemacht hatte.

Eigentlich hatte er in Zwaanwaard viel früher aufbrechen wollen, aber als er im Nachen saß und die Riemen schon zur Hand genommen hatte, war eine Reihe von Kranken zum Holzsteg gekommen und hatte ihn um Verschiedenes gebeten, das er vom Festland mitbringen möge.

Als Erster war Théo Fruchard aufgetaucht, der ihn noch einmal daran erinnert hatte, an eine neue Säge zu denken. »Aber vergiss nicht, sie muss wirklich neu sein, die Zähne schön spitz, und wenn sie nicht neu ist, dann müssen die Zähne wenigstens gut nachgeschärft sein.« Und auf Lapidius' Frage, woher er denn ein solches Instrument nehmen solle, hatte er gesagt: »Da musst du den Mickels fragen, der ist dafür verantwortlich.«

An Mickels, den Ratssekretär, konnte Lapidius sich nur zu gut erinnern.

»Und de Kok, dem Pfarrer, kannst du gern ausrichten, er soll seinen Opferstock mal nicht nur für die eigenen Belange leeren, sondern auch dafür sorgen, dass ein paar Fettaugen mehr auf der Suppe schwimmen. Fleiß, Askese und vor allem Bescheidenheit, darauf kommt es im Leben an, erinnerst du dich?«

»Gewiss«, hatte Lapidius geantwortet.

»Die katholische Kirche täte gut daran, sich in Bescheidenheit zu üben und ein wenig mehr Nächstenliebe walten zu lassen, so wie es Calvin predigt. Das kannst du dem Pfarrer auch noch ausrichten.«

»Ich werde es mir überlegen«, hatte Lapidius geantwortet und schon den nächsten Bittsteller anhören müssen. Niklot war es gewesen, der in seiner schroffen Art nach einem Dreibein verlangte, um seinen Topf übers Feuer hängen zu können. »Zeig mal, ob du mehr kannst als schön reden«, hatte er gebrummt. »Janszoon jedenfalls hat's nie fertiggebracht, mir so was mitzubringen.«

Dann war Yanardan gemessenen Schrittes herangetreten, hatte den Kopf zum Gruß geneigt und sich nach Lapidius' Befinden erkundigt, bevor er in seiner ruhigen Art noch einmal um Verbandsmaterial bat. »Ich bin sicher, du wirst daran denken«, hatte er gesagt, »aber bitte sorge auch dafür, dass es ausreichend ist. Es gibt viele bei uns, die unter offenen Wunden leiden. Solche Läsionen müssen mit frischem Leinen verbunden und mit einer guten Salbe versorgt werden, sonst eitern sie und machen noch mehr Beschwerden, als sie es ohnehin schon tun.«

»Du kannst dich auf mich verlassen«, hatte Lapidius geantwortet. Gern hätte er gefragt, ob auch Irit sehr unter den Auswirkungen der Krankheit leide, aber er wollte nicht zu neugierig wirken.

Yanardan jedoch schien seine Gedanken erraten zu haben, denn er sagte freundlich: »Irit geht es so weit gut, ich soll dich von ihr grüßen.«

Noch zwei, drei andere Männer waren gekommen und

hatten um mehr oder weniger wichtige Dinge des täglichen Bedarfs gebeten.

Danach hatte Lapidius endlich losrudern wollen, war aber nochmals aufgehalten worden, denn Floor hatte sich ihm rasch genähert, das Gesicht gerötet, eine blonde Haarsträhne im Gesicht. Offenbar war sie sehr erregt, denn sie atmete schnell, und ihr Busen wogte unter dem Kleid. Lapidius sah, dass es ein anderes Kleid war als das, was sie am Tag zuvor getragen hatte, sauberer, hübscher und kaum geflickt. »Gut, dass ich dich noch erwisch«, hatte sie hervorgestoßen, »ich hab drüber nachgedacht, ich mein, worüber wir gestern gesprochen haben, und ich will's dir sagen ...« Und dann, plötzlich, hatte sie die Augen weit aufgerissen und geschwiegen. Lapidius hatte sie fragen wollen, was in sie gefahren sei, aber da war Pater Angelo wie aus dem Nichts auf dem Holzsteg erschienen.

Er hatte Floor beiseitegeschoben und gerufen: »Da kann ich ja von Glück sagen, dass du noch nicht losgefahren bist, Lapidius! Ich beauftrage dich in deiner Eigenschaft als Schellenknecht, persönlich bei meinem Amtsbruder Pfarrer de Kok in St. Vitus vorzusprechen, mit der Bitte, er möge dir ein Dutzend Altarkerzen sowie genügend Leib und genügend Blut unseres gebenedeiten Herrn mitgeben, auf dass wir das heilige Abendmahl hinkünftig wieder öfter auf unserer Insel feiern können.«

Lapidius hatte gefragt, was unter dem Leib und dem Blut zu verstehen sei, und der Pater hatte ihn angeblickt, als sei er der Bocksbeinige persönlich. »Die Oblate und der Wein sind eine *conditio sine qua non* am Tische des Herrn, sie sind unerlässlich für das Abendmahl«, hatte er zürnend gesagt. »Mir scheint, es liegt lange zurück, dass du daran teilgenommen hast.«

»Ich muss los«, hatte Lapidius geantwortet und sich mit kräftigen Ruderschlägen auf die Reise gemacht.

Und nun bog er um die Mole herum und kam in das sichere Wasser des Kleinen Bootshafens. Als er sein Ziel erreicht hatte, stieß der Bug des Nachens unsanft an die Pier, aber weiter geschah zum Glück nichts. Ein paar herumstreunende Jungen nahmen die Bugleine und legten sie fachmännisch um einen Poller. An dem Nachen hatten sie erkannt, wer Lapidius war und woher er kam, aber sie trauten sich nicht, ihn anzusprechen.

Lapidius war das ganz recht. Steifbeinig kletterte er an Land, bog das Kreuz erst einmal durch und machte sich dann, als er festgestellt hatte, dass niemand ihn erwartete, seufzend auf den Weg nach St. Vitus. Die Jungen begleiteten ihn, mal vor ihm, mal hinter ihm laufend. Sie betrachteten ihn stumm mit neugierigen, aber auch scheuen Blicken, denn alles, was mit der Insel der Todgeweihten zu tun hatte, jagte ihnen Gruselschauer über den Rücken.

»Wenn ihr schon wie die Kletten an mir hängt, tragt wenigstens den Suppenkessel und das Fass«, sagte Lapidius nicht unfreundlich.

Hastig, als hätten sie nur darauf gewartet, gehorchten die Jungen. Vermutlich hatten sie dem alten Janszoon zu Lebzeiten den gleichen Dienst erwiesen und erwarteten als Gegenleistung, dass er ihnen das Neueste von der Insel berichtete, aber Lapidius schwieg. Die beunruhigenden Geschehnisse auf Zwaanwaard waren nichts für Kinderohren.

Gemeinsam gingen sie über das holprige Kopfsteinpflaster, vorbei am Loodskwartier – unweit der Stelle, an der Lapidius bis vor wenigen Tagen gebettelt hatte –, als einer der Jungen mit wichtigtuerischer Miene sagte: »Eigentlich musst du mit der Schelle läuten, damit alle wissen, dass du kommst, und sich rechtzeitig verkriechen können.«

»Hat der alte Janszoon das denn immer getan?«, fragte Lapidius.

»Nee, hat er nicht.«

»Dann mache ich es auch nicht.«

Sie erreichten die Kerkstraat, von wo aus es nur wenige Schritte bis zum Drieëenheidsplein war, dem vor St. Vitus gelegenen Dreifaltigkeitsplatz. »Wo ist denn hier die Ausgabestelle für die Suppe?«, fragte Lapidius.

»Hinter der Kirche, im Gemeindehaus«, antwortete ein anderer Junge. Sie setzten sich wieder in Bewegung und blieben alsbald vor dem angegebenen Ort stehen. Lapidius öffnete die Tür und rief: »Ist da jemand?«

»Jaja!«, antwortete eine dünne Stimme. Gleich darauf erschien ein hartgesichtiges Mütterchen, in dem Lapidius eine der drei alten Jungfern wiedererkannte, die ihm vor vier Tagen den Kessel mit der Linsensuppe zum Kleinen Bootshafen gebracht hatten. »Warum ist heute die Suppe nicht am Hafen?«, fragte er.

Das Mütterchen blickte ihn empört an. »Fragst du das im Ernst, Schellenknecht?«

»Mein Name ist Lapidius. Ich wäre Euch dankbar, wenn Ihr mich auch so ansprechen würdet.« Ein Kichern in seinem Rücken verriet ihm, dass die Bengel jedes seiner Worte genau verfolgten.

»So höre, Lapidius: Wir schreiben heute den fünfzehnten Oktober, und dieser Tag ist dem Schutzpatron der Stadt und der Provinz Holland geweiht, dem heiligen Willibrord. Anständige Christenmenschen gehen da in die Kirche, und das gilt auch für die fleißigen Küchenfrauen, die das Essen der Aussätzigen zubereiten.«

Lapidius ersparte sich die Frage, warum das Mütterchen nicht ebenfalls in der Kirche sei, denn auch sie zählte doch sicher zu den anständigen Christenmenschen. Er wollte nicht, dass der Alten noch mehr Haare auf den Zähnen wuchsen. »Wann kann ich mit der Suppe rechnen?«, fragte er knapp.

»Um die zweite Nachmittagsstunde, vorher nicht.«

»Nun gut, ich muss auch noch mit Pfarrer de Kok sprechen. Pater Angelo lässt Grüße übermitteln und bittet um einige, äh, kirchliche Dinge.« Er wollte noch anfügen, dass er in Zukunft nahrhaftere Suppe brauche, um dem Hunger auf der Insel ein Ende machen zu können, überlegte es sich aber anders. Stattdessen befahl er den Jungen: »Los, ihr Burschen, tragt Kessel und Fass ins Haus, damit sie später gefüllt werden können.« Und zu dem unwirschen Mütterchen: »Ich werde zur rechten Zeit wieder hier sein. Richtet das auch dem Pfarrer aus.«

Ohne auf seine Worte einzugehen, erwiderte das Mütterchen: »Ich habe kein Schellengeläut gehört! Hast du die Schelle etwa verloren? Achte darauf, dass du niemandem zu nahe kommst. Schon gar nicht den Kindern.« Die alte Frau holte tief Luft, aber Lapidius hatte keine Lust mehr auf weitere Belehrungen. Er hob die Hand und sagte: »Wir sehen uns nachher. Bis dahin wünsche ich Euch einen guten Tag.«

Rasch entfernte er sich, froh, die Alte und die Jungen los zu sein, ging die Kerkstraat zurück, bog links ab in die Raadsherenstraat und blieb vor dem prächtigen Rathaus stehen. Er überlegte, ob es Sinn machte, hineinzugehen und nach Mickels zu fragen, entschied sich jedoch dagegen, denn sicher war der Ratssekretär ebenfalls beim Gottesdienst. Er schritt die Bloemstraat hinunter und weiter auf dem Nieuwendijk, bis er zur Grootebrug kam, der Brücke, die über die Alblas führte. Doch überquerte er nicht den kleinen Nebenfluss der Merwe, sondern machte kurz vor der Brücke halt und wandte sich zielstrebig nach rechts, denn genau dort lag es – das *Tien Flesje.*

Da am Tag des heiligen Willibrord selbst die gottlosesten Zecher in die Kirche gingen, war es im Schankraum gähnend leer. Nur Frans, der dickbäuchige Wirt, war dabei, die guten Zinnbecher abzusanden. Sie trugen eine Gravur des Stadtwappens mit dem Schwanenpaar und waren ausschließlich betuchten Gästen vorbehalten. »Was machst du denn hier?«, fragte Frans, mehr überrascht als freundlich.

»Ich möchte einen schönen, starken Genever, am liebsten aus einem deiner kostbaren Becher.«

Frans brummte irgendetwas und schenkte ein. »Du warst ein paar Tage nicht da. Wie geht's dir? Siehst ganz passabel aus.«

Lapidius antwortete nicht und stürzte den Genever hinunter. Die Wirkung des Alkohols traf ihn wie ein Blitz und setzte wohlige Wärme in seinem Körper frei.

Frans musterte ihn. »Man munkelt, du wärst der neue Schellenknecht für die Aussätzigen auf Zwaanwaard. So wie du das Zeug runterkippst, scheint es dort nichts Anständiges zu geben.«

Lapidius nickte und musste an den leeren Geneverkrug denken, den er voller Wut in den Sumpf getreten hatte.

»Und wie ist es so da drüben?«

»Gib mir noch einen.«

Frans zögerte.

»Mach schon.«

»Hör mal, alter Junge, ich weiß, dass ich dir einmal versprochen habe, ich würde dir immer einen ausgeben, aber meinst du nicht, du solltest mal einen auslassen?«

»Ich habe tagelang keinen Tropfen gehabt. Jeder Knochen tut mir vom Rudern weh, und da kommst du und sagst, ich soll einen auslassen?« Lapidius hielt fordernd den Zinnbecher hoch.

Frans zuckte mit den Schultern und schenkte nach. »Früher hast du nicht so viel getrunken.«

»Früher war ich jung und stark, hatte die Schrecken der Syphilis noch nicht durchlitten, war studiert und examiniert, war angesehen, hatte Frau und Kinder, hatte Kontakt mit der Gelehrtenrepublik der Alchemisten und tausenderlei Dinge mehr. Es kommt mir vor, als läge das hundert Jahre zurück.« Lapidius trank seinen Becher aus.

»Jaja, die alten Zeiten.« Frans' Gesichtsausdruck wurde nachdenklich. »Ich glaube, ich genehmige mir auch einen.« Er schenkte sich und Lapidius ein, trank, schnaufte und sagte dann: »Wenn ich's recht bedenke, sind es keine hundert Jahre her, sondern so um die zwanzig, dass wir beide uns im Andalusischen rumgetrieben haben. Weißt du noch?«

»Ich weiß es, als wäre es gestern gewesen.« Lapidius lächelte freudlos. Der Schnaps hatte seine Falten geglättet.

»Ein Seesoldat aus Holland und ein Jünger der Wissenschaft aus Deutschland. In Sevilla war's, wo wir uns über den Weg gelaufen sind, an den Ufern des Guadalquivirs.«

»Ja, da war's. Ich denke gern an meinen Aufenthalt im Spanischen zurück. Ich ging bei Conradus Magnus in die Lehre, dem berühmtesten *Doctorus universalis* seiner Zeit. Wenn er nicht gewesen wäre, hätte ich später meinen Universitätsgrad nicht geschafft.« Lapidius unterdrückte ein Aufstoßen. »Und leben würde ich heute auch nicht mehr, denn er heilte mich von der Syphilis, indem er mich drei Wochen lang nackt in die Hitzkammer steckte und immer wieder mit Quecksilbersalbe einschmierte.«

Frans nickte. »Aber das war später, mein Freund, und viel weiter im Norden, in Lèon. Jedenfalls hast du mir das erzählt. Und nach der Behandlung warst du so schwach, dass du mir niemals das Leben hättest retten können.«

»Stimmt.«

Beide stierten in ihre Becher, und Frans sagte nach einer Weile: »Die Hidalgos waren schneidige Burschen, was?«

»Ja, das waren sie«, bestätigte Lapidius. In der Tat hatten die jungen adligen Spanier in den Niederungen des Guadalquivirs ein neues Spiel erfunden, zu dem nicht wenig Wagemut gehörte. Es galt, einen Stier, den *toro*, mit der blanken Waffe in der Hand zu töten, und zwar nicht von der sicheren Höhe des Pferdesattels herab, sondern zu Fuß – im ehrlichen Kampf, Schwert gegen Horn. Frans, der sich als Seesoldat nicht wenig auf seine Unerschrockenheit einbildete, hatte es ihnen gleichtun wollen und war dabei ausgerutscht. Ein Horn des *toro* hatte ihm die rechte Seite aufgeschlitzt, und nur Lapidius' geistesgegenwärtigem Eingreifen verdankte er sein Leben. Lapidius hatte das andere Horn gepackt und sich mit dem gesamten Gewicht seines Körpers darangehängt. Verwirrt war die Bestie stehen geblieben und hatte von Frans abgelassen. Wochen danach, als Frans wie durch ein Wunder genesen war, hatte dieser feierlich gelobt: »Ich habe lange überlegt, wie sich ein anständiger Soldat für sein Leben bedankt, Lapidius. Nun weiß ich es: Jedes Mal, wenn wir uns in Zukunft treffen, will ich, so es mir möglich ist, deine Zeche bezahlen, ganz gleich, wie viel du trinkst.« Er hatte seinerzeit nicht ahnen können, unter welchen Umständen die beiden Freunde sich viele Jahre später wiedersehen sollten, aber das änderte nichts daran, dass er sein Wort hielt.

»Wir waren nicht weniger schneidig«, sagte Lapidius.

»Auch wenn der Zahn der Zeit mittlerweile an unseren Knochen nagt. Hast du noch einen?«

Frans ginste. »Trink lieber ein Bier, das steigt nicht so zu Kopf.« Er stand auf, ging zum Zapfbock mit dem großen Fass und füllte einen Krug mit dem schäumenden Getränk. »Da, nimm. Und lass dir von der Küchenmagd etwas Maulfleisch geben, es ist frisch gesotten.«

»Ich will nichts essen.«

»Und ob du willst! Wenn nicht, habe ich dich die längste Zeit freigehalten. Es ist mein Ernst, Lapidius. Iss etwas, sonst hast du über kurz oder lang das schönste Magengeschwür. Und jetzt muss ich mich um meine Gäste kümmern. Siehst ja selbst, dass welche gekommen sind.«

»Schon gut, schon gut.« Lapidius' Stimmung war viel zu friedlich, als dass er sich gegen die gutgemeinten Worte aufgelehnt hätte. Er leerte den Krug und beschloss, sich im Verlauf des Nachmittags selbst zu bedienen. Auf einem Bein stand man nicht gut. Und auf einem Bier schon gar nicht …

Sechster Tag

Freitag, 16. Oktober

Er schlug die Augen auf und sah um sich herum nur Dämmerlicht. Es musste früher Morgen sein. Freitagmorgen. Erschreckt richtete Lapidius sich auf. Er hatte die Übergabe der Suppe verpasst und die ganze Nacht verschlafen. Das schlechte Gewissen regte sich in ihm. Aber die Sache war nicht mehr zu ändern. Er stand auf, streckte sich und sah in die Küche. Sie war verwaist. Die nette Magd, die ihm am Vortag eine Portion Maulfleisch und Portulakgemüse vorgesetzt hatte, stand noch nicht am Herd.

Auch Frans ließ sich nicht blicken.

Lapidius nahm an, dass im Schankraum wieder einmal bis in die Morgenstunden gezecht worden war, und verspürte plötzlich Durst. Er ging zu dem Kessel mit dem Brunnenwasser und trank aus der hohlen Hand. Dann klatschte er sich etwas von dem Nass ins Gesicht und fühlte sich einigermaßen erfrischt. Hunger hatte er nicht, aber der Kessel erinnerte ihn abermals daran, dass er gestern das Mütterchen mit der Suppe versetzt hatte. Ihre Vorhaltungen, wenn er nachher sein Versäumnis nachholte, wollte er sich lieber nicht ausmalen.

Was konnte er tun zu so früher Stunde?

Er beschloss, dem Rathaus einen Besuch abzustatten. Vielleicht saß sein spezieller Freund Mickels bereits in seiner Amtsstube. Er verließ das *Tien Flesje* und machte sich auf den Weg durch die noch kaum belebten Straßen. Vor dem Rathaus blieb er stehen. Es war ein beeindruckender, aus großen Sandsteinquadern errichteter Bau, der seines Gewichtes wegen auf nicht weniger als zweitausend in den Boden gerammten Eichenpfählen ruhte. Der Stil, der die gesamte Fassade mit ihren hohen Spitzbögen und farbigen Fenstern prägte, war der flämischen Gotik zuzurechnen, inspiriert durch die berühmte Kathedrale im englischen Wells. Die Uhr hingegen, die hoch oben im Turm ihre Arbeit verrichtete, hatte ihr Vorbild in dem Zeitmesser der Kathedrale von Salisbury, einem mechanischen Kunstwerk, das weithin als das älteste seiner Art galt.

Soeben schlug die Uhr sieben.

Lapidius ging in das ehrwürdige Gebäude und hatte einige Mühe, sich zu orientieren, obwohl er schon einmal hier gewesen war. Doch schließlich fand er die richtige Tür, klopfte an und trat, ohne abzuwarten, ein.

Drinnen saß Mickels, wie er ihn in Erinnerung hatte: umgeben von Stapeln aus Büchern und zusammengerollten Pergamenten, klein, hager, wichtig, auf jeden Ankömmling wie auf eine Beute lauernd. Mickels brauchte einen Augenblick, um seinen Besucher zu erkennen, bevor er sich die Stirnreifenbrille zurechtrückte und zischte: »Was fällt dir ein, hier zu erscheinen, Schellenknecht? Du hast auf der Straße zu bleiben und dich mit deinem Glöcklein bemerkbar zu machen. Scher dich raus!«

Lapidius schloss hinter sich die Tür. Obwohl sein Herz vor Ärger bis zum Hals schlug, tat er es in aller Ruhe. Dann sagte er: »Guten Morgen, Mickels.« Als er keine Antwort erhielt, fuhr er fort: »Ich hatte schon gestern vor, mit dir zu reden, aber ich nehme an, du warst in der Kirche. Ich wollte dich fragen, warum du ein falsches Spiel mit mir getrieben hast. Keine deiner vielen Behauptungen ist eingetroffen. Die Aussätzigen von Zwaanwaard haben mich weder empfangen, noch betätigten sie ihre Klappern, noch sangen sie fromme Lieder. Sie waren einfach nicht da, als ich eintraf. Sie sind ein durcheinandergewürfelter Haufen ohne einheitliche Kleidung und ohne jegliche Ordnung. Jeder trägt, was er will, und tut, was ihm gefällt. Davon abgesehen, führen sie ein menschenunwürdiges Leben. Es fehlt ihnen an allem, besonders aber an ausreichender und nahrhafter Speise.«

»Für die Kost bin ich nicht zuständig. Das ist Sache der Kirche.« In Mickels' Äuglein standen Ablehnung und Empörung zugleich. »Wer bist du überhaupt, dass du es wagst, dich bei mir zu beschweren? Ein Nichts, das dankbar sein sollte, dass ich es vor dem Säufertod bewahrt habe, indem ich ihm eine nützliche Aufgabe zuwies! Und nun hinaus mit dir.«

Lapidius blieb. Er trat sogar noch einen Schritt vor. »Von der windschiefen, zugigen, undichten Hütte des alten Janszoon ganz zu schweigen. Ebenso von der ›leichten Arbeit‹, die du mir versprachst.«

»Hinaus, Schellenknecht! Und unterstehe dich, mich noch einmal zu duzen.«

»Wie wär's mit einem Schnäpschen?«

»Bist du nicht ganz bei Trost? Eher werden Raben weiß, als dass ich dir etwas zu trinken anbiete.«

Eine ähnliche Antwort hatte Lapidius erwartet. »Dann will ich mein Quantum Genever, das du mir für meine Dienste versprochen hast.«

»Das hast du schon bekommen.«

»Das weiß ich. Du sagtest aber, ich bekäme das Quantum regelmäßig, also bitte.«

»Nein.«

»Nein, sagst du?« Es fehlte nicht viel, und Lapidius hätte

den anmaßenden Kerl am Schlafittchen gepackt und über seine Bücherstapel gezogen. Das regelmäßige Quantum Schnaps war für ihn der Hauptgrund gewesen, sich auf den Dienst bei den Todgeweihten einzulassen, und da wagte es diese miese, kleine Spinne, ihm das Versprochene einfach zu verweigern? »Sag das noch einmal!«

»Ich habe keinen Schnaps.« Mickels' Stimme zitterte leicht. Er war nicht unbeeindruckt. Wie alle, die nach oben katzbuckelten und nach unten traten, war er von feiger Natur. Doch er fing sich wieder und fügte hinzu: »Außerdem wäre es Sünde, einem Säufer wie dir Alkohol zu geben.«

»Bei Gott, zu dieser Erkenntnis bist du beim letzten Mal nicht gekommen!«

»Für dich ist Alkohol Gift.«

»Du scheinheiliges Geschmeiß!« Lapidius wollte sich endgültig auf die Spinne stürzen, doch in diesem Augenblick öffnete sich die Tür hinter ihm, und ein Hausbote trat ein. »Für den Herrn Ratssekretär«, murmelte er, übergab irgendwelche Unterlagen und verschwand mit einer Verbeugung.

Lapidius war insgeheim dankbar für die Unterbrechung, denn er hätte in Teufels Küche kommen können, wenn er der Spinne an den Kragen gegangen wäre. Er sah ein, dass es zwecklos war, weiter auf dem Genever zu bestehen, zumal Mickels sicher ausreichend Rückendeckung beim Bürgermeister hatte. Dies umso mehr, als Beenakker alles andere als gut auf Lapidius zu sprechen war.

Der Grund dafür lag Jahre zurück. Lapidius war damals mit seiner gesamten Habe in die Stadt gekommen und hatte für seine Frau und sich das Bürgerrecht erworben. Er hatte ein schönes doppelstöckiges Steinhaus am Oudendijk bezogen, sich eingerichtet und fortan seiner Profession, der Alchemie, gewidmet.

Nur in die Kirche gegangen war er selten. Zu selten, wie Beenakker fand. Und als Lapidius eines Sonntags zufällig an St. Vitus vorbeiging und Beenakker gerade das Gotteshaus verließ, hatte dieser ihn angesprochen und gefragt, warum der neue Bürger nicht die Kirche besuche. Er sei doch wohl ein frommer Christ und katholischen Glaubens? Einer, der hoffentlich nicht zu den heidnischen Lutheranern, den Calvinisten oder den Zwingli- und Melanchthon-Jüngern zu zählen sei? Derlei Ketzer seien innerhalb der Stadtmauern nicht gut gelitten.

Lapidius hatte sich gefühlt wie ein zu examinierender Student und dementsprechend kurz geantwortet. Er glaube an die Zehn Gebote, denn diese hätten Gültigkeit auf der gesamten Welt, ganz gleich, welchen Glaubens man sei. Im Übrigen wisse er nicht, was seine Religion den Mijnheer Bürgermeister anginge.

So weit, so gut. Die Schwierigkeit war nur, dass Beenakker sehr leise und Lapidius sehr laut gesprochen hatte, so dass einige der Umstehenden seine Antwort zwangsläufig mit anhören mussten. Seitdem zählte Beenakker zu Lapidius' Gegnern, der – wie sollte es anders sein – den Niedergang seines Widersachers nicht ohne Schadenfreude verfolgt hatte.

»Ich brauche Verbandsmaterial und Heilsalben in ausreichender Menge. Es ist schändlich, wie manche Kranke auf der Insel herumlaufen.«

»Dafür bin ich nicht zuständig.« Mickels tat so, als lese er die soeben gebrachten Unterlagen.

»Wer dann?«

»Bin ich allwissend?«

Lapidius biss die Zähne zusammen. »Auf der Insel wird außerdem dringend eine neue Holzfällersäge benötigt. Anderenfalls können die Kranken ihr Feuerholz nicht sägen. Der Winter steht vor der Tür.«

»Auch Holzfällersägen gibt es auf der Amtsstube des Ratssekretärs nicht.«

»Auch nicht ein eisernes Dreibein, um einen Topf übers Feuer zu hängen?«

»Nein.«

»Herrgott noch mal, für irgendetwas musst du doch zuständig sein, du … du …«

»Sprich nur weiter, Trunkenbold.« Mickels' Augen leuchteten. »Rede dich um Kopf und Kragen. Ein Wort von mir, und die Wache kommt. Ich sage dir, die Kerkerzellen des Rathauses sind tief und feucht.«

Lapidius schluckte. Dann aber sagte er sich, dass Mickels' Worte nur eine leere Drohung waren, denn der Ratssekretär konnte es sich keinesfalls leisten, ihn ohne Rücksprache mit Beenakker einzusperren. Dafür waren der Bürgermeister und seine Herren viel zu froh gewesen, einen Dummen für den Dienst auf Zwaanwaard gefunden zu haben.

»Ich bleibe hier so lange stehen, bis ich eine Säge und ein Dreibein bekomme. Und wenn es bis zum Tag des Jüngsten Gerichts ist!«

»Versuche es bei Henk Crassman, dem Scharfrichter. Vielleicht hat der so etwas. Und nun befreie mich von deiner Anwesenheit.«

Lapidius blieb stehen. »Da ist noch ein Vorfall, um den du dich kümmern musst, ob du willst oder nicht.«

»Ach ja?«

»Auf Zwaanwaard ist ein Kind gestorben.«

»Was du nicht sagst!« Mickels brach in ein schrilles Gelächter aus. »Wer hätte gedacht, dass auf der Insel der Todgeweihten je ein Mensch sterben würde!«

»Ich meine es ernst. Es handelt sich um einen Knaben, Derkje mit Namen. Er wurde ermordet. Ich will, dass die Stadt sich darum kümmert und den Täter findet. Es ist das mindeste, was sie tun kann, wenn sie sonst schon jegliche Hilfe verweigert.«

Mickels hatte sich von seinem Lachanfall erholt und lehnte sich zurück. »Soso, ermordet, sagst du also? Woher weißt du das? Warst du dabei? War ein anderer dabei, der es bezeugen kann? Nein? Das dachte ich mir. Du siehst Gespenster, wahrscheinlich eine Folge des Suffs, dem du dich jahrelang ergeben hast. Aber meinetwegen: Gehen wir einmal davon aus, an deiner Vermutung wäre etwas dran und jemand wollte der Sache nachgehen. Wie, bitte schön, stellst du dir das vor? Soll ich einen Stadtsoldaten hinüber nach Zwaanwaard schicken, der die Sache untersucht?«

»Warum nicht?«

»Weil der Mann nicht befugt wäre, auch nur einen einzigen Schritt auf die Insel zu setzen. Das darf ausschließlich der Schellenknecht, der vom Rat dazu beauftragt wurde. Und das bist du. Sonst niemand.«

»Dann such dir einen anderen, der dir als Schellenknecht dient!«

»Nein.«

»Von mir aus einen deiner Stadtsoldaten! Oder einen Streifenposten, einen Wachmann, einen berittenen Jäger oder sonst eine Miliz. Mit mir jedenfalls kannst du nicht mehr rechnen.«

»Wirklich nicht?« Mickels blickte lauernd.

»Gib mir mein Quantum Schnaps, dann überlege ich es mir vielleicht noch einmal.«

»Nein.«

»Nein?« Lapidius wurde unsicher. Er dachte an die Menschen auf der Insel, an Derkje, an Floor, an Logan und Fruchard und all die anderen Kranken, die so dringend auf seine Hilfe angewiesen waren. Und auch an Irit dachte er. Er rang seinen Stolz nieder und stieß hervor: »Wo wohnt dieser Scharfrichter?«

»Wo alle Scharfrichter wohnen: vor den Toren der Stadt. Geh über die Grootebrug nach Süden, bis du zur Stadtmauer kommst, passiere das Zuidenpoort, folge dem Weg weiter, dann ist es noch eine halbe Meile bis zum Richtplatz. Ganz in der Nähe hat Crassman sein Haus.«

Lapidius lag noch vieles auf der Zunge, was er Mickels an den Kopf werfen wollte, aber er schluckte es hinunter. Es hatte keinen Zweck, sich mit der Spinne zu streiten. So drehte er sich nur um und verließ den Raum.

Eine Stunde später stand Lapidius vor Crassmans Haus. Es handelte sich um ein sauberes, aus gebrannten Lehmziegeln errichtetes Gebäude mit hohem Rauchabzug und festem Dach. Die beiden Fenster waren mit Tierhäuten ausgespannt, die Tür stand halb offen. Lapidius wusste nicht, was ihn drinnen erwartete, aber er trat ein und rief: »Ist jemand zu Hause?«

»Ich bin hier hinten im Stall«, antwortete eine tiefe Stimme. Lapidius folgte dem Ruf, ging durch den Hauptraum, der sauber und aufgeräumt wirkte, und erreichte durch den Hinterausgang den angrenzenden Stall. Ein großer, breitschultriger Mann stand da im Stroh, vor sich ein Pferd, das er mit langen Strichen bürstete.

»Seid Ihr Meister Crassman, der Scharfrichter?«, fragte Lapidius.

»Der bin ich. Und mit wem habe ich das Vergnügen?«

Lapidius sah an sich herab. Seine Kleidung sah beileibe nicht danach aus, als könne es ein Vergnügen sein, ihn kennenzulernen, aber Crassman schaute ihn ohne Falsch an, und er kam zu dem Schluss, dass die Frage durchaus höflich gemeint war. Lapidius nannte seinen Namen und fügte hinzu, welcher Aufgabe er seit ein paar Tagen nachging.

»Lapidius?« Crassman unterbrach seine Striegelarbeit für einen Augenblick. »Seid Ihr der Alchemist, der vor vielen Jahren nach Zwaanshoven kam?«

»So ist es.«

Crassman bürstete den Braunen weiter. »Hier draußen hört man wenig Neues und als Scharfrichter noch viel weniger, weil das Volk unsereiner nicht gerade liebt. Aber ich glaube, mich zu erinnern, dass Ihr Eure ganze Familie verloren habt, stimmt's?«

Lapidius nickte.

»Ich weiß, wie das ist. Habe meinen Sohn verloren und meine Frau vor einem halben Jahr begraben müssen. Sie liegen am Ende der Schafweide unter einer Linde. Ich habe den Baum selbst gepflanzt.« Wieder machte Crassman eine Pause. »Aber ich habe es bis heute nicht fertiggebracht, an ihr Grab zu gehen und mit ihnen zu sprechen.«

»Mir geht es ganz genauso. Meine Frau liegt auf dem Friedhof hinter St. Johannis, und ich …« Lapidius verstummte. Die Erinnerung an die verlorenen Lieben tat einfach zu weh. Er hatte immer geglaubt, Henker seien herzlose, kaltblütige Außenseiter, die weiter nichts taten, als mit einem Schwertstreich Leben auszulöschen, doch jetzt wurde ihm klar, dass auch Scharfrichter eine mitfühlende Seite hatten.

Crassman gab dem Braunen einen aufmunternden Klaps,

vielleicht, um sich selbst und Lapidius auf andere Gedanken zu bringen, und sagte: »Ich habe wenigstens noch meine Tiere – das Pferd, die Schafe, die Hühner und den Hund. Sie alle sind ohne Arg und Vorurteile. Ich nehme an, das gilt für Eure Kranken auf der Insel genauso?«

»Nun, ja.« Lapidius räusperte sich. Er hätte viel zu Crassmans Vermutung sagen können, unterließ es aber. Stattdessen griff er das Stichwort auf und sagte: »Die Kranken fristen ein armseliges Dasein. Es fehlt ihnen an allem. Am dringendsten benötigen sie eine scharfe Holzfällersäge, um Feuerholz für den Winter zerkleinern zu können.«

»Aha, also deshalb seid Ihr hier.«

»Um ehrlich zu sein, ja.«

Crassman zuckte mit den Schultern. »Warum auch sonst. Schließlich kannten wir uns ja nicht. Wie seid Ihr wegen der Säge auf mich gekommen?«

Lapidius erzählte von seiner Begegnung mit Mickels, beschränkte sich dabei aber auf das Nötigste.

»Mickels. Ach, der.« Aus Crassmans Tonfall ließ sich nicht viel Sympathie für den Ratssekretär heraushören. »Ich erzählte ihm mal, dass ich eine Schmiede habe und meine eigenen Schwerter und Werkzeuge herstelle. Nun ist mir alles klar.«

»Ein Dreibein, um daran einen Kessel übers Feuer zu hängen, wäre auch vonnöten. Ich möchte nicht unbescheiden sein, Meister Crassman, aber es geht bei der Sache nicht um mich …«

»Schon gut, ich verstehe. So ein Dreibein ist nicht schlecht, wenn es gilt, größere Nahrungsmengen zu erwärmen. Es käme der Allgemeinheit zugute.«

Daran hatte Lapidius noch gar nicht gedacht. Doch die Idee war gut. »Werdet Ihr mir helfen können?«, fragte er.

»So weit ist es nun schon«, antwortete Crassman, und ein Lächeln stahl sich auf sein Gesicht. »Der Außenseiter muss den Ausgestoßenen helfen. Doch wenn ich's recht bedenke, macht es Sinn. Eine scharfe Säge hätte ich, nur an einem Dreibein mangelt es. Aber wenn Ihr in der nächsten Woche noch einmal vorbeikommt, wird es fertig sein.«

»Danke!« Unwillkürlich streckte Lapidius seine Hand aus. »Ihr habt das Herz auf dem rechten Fleck. Ich fürchte nur, ich kann Euch für die Dinge nichts …«

»… bezahlen?« Crassman grinste und schlug ein. »Das überrascht mich nicht. Ihr kommt von Mickels, und der spaltet jeden Pfennig dreimal, bevor er ihn ein Mal ausgibt. Dabei ist es das Geld der Stadt, nicht sein eigenes.«

Lapidius musste ebenfalls grinsen. »Ich mag Mickels auch nicht besonders.«

»Dann haben wir etwas gemeinsam.«

»Ganz recht.«

»Ich heiße übrigens Henk.«

Beide Männer, der breitschultrige Scharfrichter und der hochaufgeschossene Schellenknecht, sahen sich an, und in die aufkommende Verlegenheit hinein sagte Lapidius: »Wie ich heiße, weißt du ja bereits. Äh, könnte ich die Säge gleich mitnehmen?«

»Kannst du. Komm mit.« Crassman führte den Braunen ans Tageslicht und spannte ihn vor einen vierrädrigen Karren. »So, Wotan«, sagte er, »du wartest hier zusammen mit Lapidius. Ich bin gleich wieder da.«

Wenige Augenblicke später war er mit einer blitzenden Säge zurück, die er auf den Wagen neben einen großen, hölzernen Kasten legte. Dann setzte er sich auf den Kutschbock und bedeutete Lapidius, es ihm gleichzutun. »Ich nehme an, du willst nach Zwaanshoven?«

»Ja, ich habe dort noch einiges zu erledigen.«

»Ich werde dich am Hafen absetzen. Wenn ich anschließend auf dem Oudendijk nach Norden halte, komme ich genauso gut nach Rotterdam.«

»Ich danke dir, Henk. Würdest du sonst nicht durch die Stadt fahren?«

»Um Gottes willen, nein.« Crassman schüttelte in gespielter Verzweiflung den Kopf. »Damit alle Welt mit dem Finger auf mich zeigt? ›Schaut nur, da kommt Crassman, der Scharfrichter!‹ Oder, noch schlimmer, damit die Straßenkinder ihre Spottlieder auf mich singen?«

»Was singen sie denn?«

»Ach, meistens das Lied von dem Henker mit den blutigen Händen, dem das Töten einen Heidenspaß macht. Nun ja, die Kinder wissen's eben nicht besser.«

Lapidius sagte nachdenklich: »Du bist ganz anders, als ich mir einen Scharfrichter vorgestellt habe.«

»Oh, das überrascht nicht nur dich. Mit dem Henker verbinden die Menschen den Tod, und vor dem Tod haben sie Angst. Du müsstest das eigentlich gut verstehen, denn du hast täglich mit dem Aussatz und damit ebenfalls mit dem Tod zu tun. Ich nehme an, es wird seinen Grund haben, warum du die Stelle als Schellenknecht angetreten hast.«

»Das stimmt.«

»Manches im Leben kann man sich nicht aussuchen. So ist es auch mit dem Beruf des Scharfrichters. Er wird grundsätzlich vom Vater auf den Sohn vererbt. Meine Familie lässt sich bis ins elfte Jahrhundert zurückverfolgen. In Holland ebenso wie in Deutschland, worauf wir nicht wenig stolz sind. In Deutschland schreiben wir uns allerdings mit ›K‹.«

»Du kannst schreiben?«

»Für meinen Namen reicht es jedenfalls. Mein Alter hat's mir beigebracht. Scharfrichter können mehr, als die meisten glauben. Trotzdem: Unsere Profession macht uns einsam. Man geht daran zugrunde, oder man lebt damit. Am besten mit heiterem Gemüt, dann wirft einen auch ein Spottlied nicht um.« Crassman lächelte schief.

»Ich glaube, ich sollte mir von deiner Einstellung eine Scheibe abschneiden.«

»Ach was! Es genügt schon, wenn du dich ab und zu bei mir sehen lässt, und sei es auch nur, weil du eine Säge brauchst.«

»Ich werde bestimmt wiederkommen.«

»Na, dann. Worauf warten wir noch.« Crassman schnalzte mit der Zunge, und langsam setzte sich der Karren in Bewegung.

Sie redeten nicht viel während der Fahrt. Crassman hing seinen Gedanken nach, und Lapidius beobachtete die Menschen, die diesseits und jenseits der Stadtmauer ihrer Beschäftigung nachgingen – zunächst Bauern auf den Feldern, die den Boden für die Aussaat im nächsten Jahr vorbereiteten, später, nachdem sie das Zuidenpoort stadteinwärts passiert hatten, Frauen und Mägde, die eiligen Schrittes zum Markt oder zum Hafen strebten. Auch ein paar Kinder begegneten ihnen, doch sie sangen keine Spottlieder, sondern riefen irgendetwas und zeigten aufgeregt mit schmutzigen Fingern auf den Kasten hinter ihnen auf dem Wagen. Lapidius wusste nicht, was sie meinten, und vergaß die Sache bald, denn über ihnen lichtete sich der Himmel, ein paar Sonnenstrahlen brachen durch die Wolken und sandten herbstliche Wärme auf die Erde herab. Der Tag versprach schön zu werden.

Lapidius schätzte, dass es auf neun zuging. Er überlegte,

was er zuerst erledigen sollte, wenn er am Hafen war. Die Armenspeise bei dem unwirschen Mütterchen abzuholen, wäre sicherlich verfrüht, aber es gab noch andere Dinge, die es zu tun galt. Das Besorgen von Verbandsmaterial, zum Beispiel. Leinenbinden und lindernde Salben waren fast genauso wichtig wie Suppe und Brot. Wobei ihm einfiel, dass er sich noch keinerlei Gedanken gemacht hatte, wo er die Verbände besorgen konnte.

»Was grübelst du, Lapidius?«

Lapidius schreckte aus seinen Gedanken auf und schilderte sein Problem.

»Versuch es bei Doktor Smit. Der ist Stadtmedicus, der müsste was dahaben.« Crassman ruckte am Zügel, weil Wotan ihm zu langsam ging, und der Braune beschleunigte seinen Schritt.

»Smit, richtig. Darauf hätte ich selbst kommen können.« Die Erinnerung, die Lapidius an den Arzt und an die von ihm durchgeführte Aussatzschau hatte, war nicht gerade erfreulich, aber Crassman hatte recht. Smit schien die richtige Adresse zu sein. »Ich werde ihn fragen.«

»Da vorn ist schon der Hafen.« Crassman wies auf den Mastenwald der Schiffe und bog mit seinem Gefährt ins Loodskwartier ab. Wenig später brachte er Wotan mit einem kräftigen »Brrr!« zum Stehen. »Auf Wiedersehen, Lapidius. Nächste Woche werde ich das Dreibein fertig haben.«

»Auf Wiedersehen, Henk, und nochmals Dank.« Lapidius sprang vom Kutschbock herab. Er ging zum hinteren Ende des Wagens und wollte die Holzfällersäge herunternehmen, doch das war leichter gedacht als getan, denn der hölzerne Kasten hatte sich durch das Geruckel des Gefährts über das Sägeblatt geschoben.

»Kommst du klar?«, rief Crassman über die Schulter.

»Jaja.« Lapidius hatte das Werkzeug befreit. »Sag mal, was ist denn in dem schweren Kasten?«

»Na, was wohl?« Crassman lachte und schnalzte mit der Zunge, woraufhin Wotan sich wieder in Bewegung setzte. »Eine Leiche natürlich!«

Lapidius starrte Crassman entgeistert nach. Der Gedanke, die ganze Zeit über einen Toten transportiert zu haben, war nicht gerade angenehm. Doch nun war nichts mehr daran zu ändern. Er verstaute die Säge im Nachen und befahl einem der herumlungernden Jungen, darauf achtzugeben. »Was krieg ich dafür?«, fragte der Kleine.

»Nichts.« Lapidius wollte sich entfernen, doch ihm fiel ein, dass später etwas Suppe für den Jungen abfallen könnte, und er sagte: »Hol dir eine Schüssel und halte sie bereit, wenn ich wieder da bin.«

»Mach ich. Ich werd schon gut aufpassen. So 'ne Säge ist'n feines Werkzeug. Da kann man viel mit machen.«

Lapidius musste lächeln über die altklugen Worte und ging davon. Er stapfte über das Kopfsteinpflaster bis zur Ecke Kerkstraat, Raadsherenstraat, denn an dieser Stelle stand das Haus, in dem Smit seine amtlichen Räume hatte. Er klopfte an und sah sich wenige Augenblicke später einem ungepflegten Mann in mittleren Jahren gegenüber, von dem er glaubte, ihn schon einmal gesehen zu haben.

»Ich nehm an, du willst zum Doktor«, sagte der Mann und kratzte sich am Kinn. »Der ist nicht da.«

»Mein Name ist Lapidius, ich bin der neue, äh, Schellenknecht von Zwaanwaard. Ich brauche dringend Verbandsstoff für die Kranken auf der Insel.«

»Wie ich schon gesagt hab, der Doktor ist nicht da.«

Die ablehnende Haltung des Mannes verdross Lapidius.

Aber er dachte an Crassman und fragte freundlich: »Mit wem habe ich das Vergnügen?«

»Ich bin Willem, der Badergehilfe, aber der Doktor ist trotzdem nicht da.«

»Ach ja, Willem, der Badergehilfe. Ich glaube, ich habe dich schon mal gesehen. Vielleicht kannst du mir das Material aushändigen?« Da der Mann ihn geduzt hatte, nahm Lapidius für sich dasselbe in Anspruch.

»Ich bin hier nur zur Aushilfe.«

»Davon merke ich nichts.«

»Wie?« Willem sperrte den Mund auf. Er schien nicht zu den Gescheitesten zu gehören. »Komm später noch mal.«

»Wann?«

»Weiß ich nicht. Ich steck nicht im Doktor drin.«

»Ja, zweifellos.« Lapidius dachte daran, wie unterschiedlich der Mensch in seiner Hilfsbereitschaft doch war, und machte sich auf den Weg zum Gemeindehaus hinter der Kirche. Da es nur ein paar Schritte dorthin waren, klopfte er wenig später an die Tür. Wie befürchtet, machte ihm das unwirsche Mütterchen auf. Die Alte musterte ihn von Kopf bis Fuß und herrschte ihn an: »Wo warst du gestern um zwei? Wir haben bis vier gewartet, da war die schöne Suppe kalt, und du warst immer noch nicht da.«

»Ich, äh, hatte eine Besprechung.« Lapidius dachte an die Unterhaltung mit Frans, dem Wirt, und hatte das Gefühl, wenigstens die halbe Wahrheit gesagt zu haben.

»Und wenn's eine Besprechung mit dem Herrgott persönlich gewesen wäre, um zwei heißt um zwei, und du warst nicht da.«

»Das sagtet Ihr bereits.«

»Warte hier.« Das Mütterchen ging zurück ins Haus, und Lapidius wollte ihr folgen, wurde aber energisch zurückbefohlen. »Bleib, wo du bist! Wer weiß, wie viele Miasmen des Aussatzes du verbreitest. Wieso hast du die Schelle wieder nicht geläutet? Was denkst du dir eigentlich? Ich habe dir beim letzten Mal schon gesagt, dass …«

Das Genörgel der Alten wurde leiser, während sie im Inneren des Hauses verschwand. Lapidius fasste sich in Geduld, doch er musste nicht lange warten. Das Mütterchen und die beiden anderen Frauen traten vor den Eingang und schleppten mit vereinten Kräften den schweren Kessel heraus. Dem Geruch nach enthielt er Lauchsuppe. Lapidius sprang hinzu und wollte beim Tragen helfen, wurde jedoch abermals zurückgepfiffen. »Bleib, wo du bist, Schellenknecht! Wir schaffen das schon allein.«

So musste er tatenlos zusehen, wie der Kessel auf den Karren gesetzt wurde, wobei das Mütterchen wie ein Feldwebel die Kommandos gab.

»Die Suppe wird nicht ausreichen, um die Kranken auf der Insel satt zu bekommen«, sagte Lapidius und fügte, bevor die Alte protestieren konnte, rasch hinzu: »Ihr solltet einige Handvoll Speckwürfel hineingeben, damit wenigstens ein paar Fettaugen obendrauf schwimmen.«

Das Mütterchen stemmte die Fäuste in die Hüften und lief rot an, doch wieder kam es nicht zu Wort. Jemand anders war schneller. »Fettaugen?«, fragte eine unbekannte Stimme. »Was für Fettaugen?«

»Hört nicht auf den, Pater«, sagte das Mütterchen eilig. »Wir karren jetzt die Suppe zum Hafen.«

»Jaja, macht das nur, Elsa.« Pfarrer de Kok – denn um niemand anderen handelte es sich – wandte sich an Lapidius. »Ich hörte bereits, wir haben einen neuen Schellenknecht. Es wurde auch Zeit. Die Beerdigung unseres braven Janszoon liegt über eine Woche zurück. Jaja, die

Zeit eilt, und wer nicht Obacht gibt, dem eilt sie davon. Ich sage immer, mehr Besinnung ist's, was wir alle brauchen. Mehr Einkehr. Mehr Zwiesprache mit Gott, dem Allmächtigen, der Jesum Christum, seinen eingeborenen Sohn, auf die Erde sandte, auf dass er für uns alle am Kreuze sterbe und uns, so wir nur rechten Glaubens sind, von unseren Sünden erlöse. Äh, wo war ich stehengeblieben? Ach ja: Ich wünsche Euch viel Erfolg für Eure Arbeit. Möge der Vater im Himmel stets seine schützende Hand über Euch halten.«

»Mein Name ist Lapidius. Ich bat gerade darum, ein paar Speckstücke in die Suppe zu geben, damit sie etwas nahrhafter wird.«

»Ach, deshalb die Erwähnung der Fettaugen.« De Kok legte den Kopf schief, umfasste das schwere silberne Kreuz vor seiner Brust und rief Elsa hinterher: »Hat die Gemeindeküche keinen Speck mehr im Rauch, Elsa?«

»Doch, schon.« Widerwillig kam die Alte zurück. Ihre Augen schossen Blitze in Lapidius' Richtung. Weder der Pfarrer noch ihre frommen Gehilfinnen konnten ahnen, dass sie einen schwunghaften Handel mit den Vorräten der Kirche betrieb. Regelmäßig zweigte sie etwas ab und ließ es über eine entfernte Verwandte auf den Marktplätzen der Stadt verhökern. Kein Wunder also, dass sie an allen Ecken und Enden knauserte.

»Dann ist es gut. Lapidius' Bitte soll entsprochen werden. Niemand darf uns in unserer Nächstenliebe übertreffen. *Liebe deinen Nächsten wie dich selbst,* so steht es schon bei Matthäus in der Schrift.«

»Ich danke Euch, Pater de Kok.« Lapidius deutete eine Verbeugung an. »Beim letzten Mal allerdings erhielten die armen Seelen auf der Insel zusätzlich siebzig Laib Brot und zwei Fässchen mit eingelegten Heringen. Ich nehme an, die gute Elsa wird mir auch das mitgeben?«

»Das sollte sich doch einrichten lassen. Was sind ein paar Brote und ein paar Fische gegen die Speisung der Fünftausend, nicht wahr, Elsa?« De Kok blickte die Alte fragend an.

»Beim letzten Mal waren es fünfzig Laib Brot und nur ein Fässchen Heringe!«, zischte Elsa.

Lapidius lächelte unschuldig. »Vielleicht habe ich die Zahlen nicht mehr ganz richtig im Kopf. Aber spielt das eine so große Rolle, wenn es um das Sattwerden todgeweihter Menschen geht? Ich weiß nur, dass meine Aussätzigen ständig Hunger leiden.«

»Ich werde für sie beten. Und Elsa wird sehen, was die Speisekammer noch hergibt.« De Koks Stimme klang abschließend.

Die Alte verschwand brummend, und Lapidius nutzte die Gelegenheit, um einen weiteren Wunsch vorzutragen: »Pater de Kok, bevor ich es vergesse: Ich soll einen herzlichen Gruß von Pater Angelo ausrichten. Er bittet Euch um ein Dutzend Altarkerzen sowie um den Leib und das Blut Christi, weil er auf der Insel das Abendmahl feiern möchte.«

»Das höre ich gern. Gott will, dass seine Diener auf Erden um jede Seele kämpfen. Die Eucharistie ist vielleicht das wichtigste Sakrament überhaupt. Allerdings« – er hielt inne, legte den Kopf schief und ergriff wieder das Kreuz – »sollte der Aufzug, in dem man es empfängt, dem Anlass gerecht werden. Ihr, mein lieber Lapidius, seht aus, als könntet Ihr ein paar neue Kleider gebrauchen.«

Lapidius wollte entgegnen, dass er nicht unbedingt die Absicht habe, an einem von Pater Angelo zelebrierten Abendmahl teilzunehmen, aber de Kok wandte sich schon den beiden anderen Frauen zu und sagte: »Marie und Therese, führt Lapidius in die Kleiderkammer der Gemeinde. Da wird sich bestimmt etwas Rechtes finden.« Und zu Lapidius: »Nun entschuldigt mich, mein Sohn. Wenn Ihr zurück seid, wird das von Euch Erbetene bereitliegen. Gott befohlen.«

Es war früher Nachmittag, als Lapidius den Nachen am Holzsteg der Insel festmachte. Er fühlte sich miserabel. Nicht so sehr, weil das Rudern ihn angestrengt hatte, sondern weil er in anderer Hinsicht schwach geworden war: Er hatte nicht widerstehen können und unterwegs aus einem der zwei mit Messwein gefüllten Krüge getrunken. Damit seine Verfehlung nicht offensichtlich wurde, hatte er die gleiche Menge aus dem zweiten Krug trinken müssen, und spätestens dabei hatte ihm »das Blut Christi« nicht mehr recht schmecken wollen.

Dementsprechend war seine Laune nicht sonderlich gut, als er begann, die vielen Dinge zu entladen. Doch wie schon beim ersten Mal tauchte Jörk nach kurzer Zeit auf und bot seine Hilfe an.

»Die kann ich brauchen«, sagte Lapidius. »Ich habe alles bekommen, was mir zu holen aufgetragen wurde. Nur das Verbandsmaterial fehlt. Und das Dreibein für Niklot.«

»Dann muss es auch so gehen.« Leichtfüßig sprang Jörk zwischen Nachen und Holzsteg hin und her und trug die Waren an Land. »Donnerwetter«, sagte er dabei, »wer hat dich denn ausstaffiert? Siehst ja aus wie neu?« Und als Lapidius darauf nicht antwortete, fuhr er fort: »So viel Speise hatten wir noch nie. Du scheinst recht tüchtig in der Beschaffung von Suppe und Brot zu sein. Viel besser als der alte Janszoon. So hat sein Tod auch etwas Gutes. Wir stellen am besten alles auf die Trennmauer.«

»Wie du meinst.«

Nachdem das geschehen war, sagte Jörk: »Die Verteilung der Suppe kann später erfolgen. Komm erst mal mit.« Er nahm die beiden Weinkrüge, die Kerzen und die Oblaten und ging voran.

»Wo willst du hin?«

»Komm nur mit. Dann wirst du's sehen.«

Notgedrungen folgte Lapidius, bis sie nach einigen hundert Schritten auf dem Versammlungsplatz der Insel eintrafen. An die zwanzig Menschen verharrten da, die Köpfe gebeugt, die Hände gefaltet, und vor ihnen, zu voller Größe aufgerichtet, stand Pater Angelo und hielt einen Gottesdienst. Seine kräftige Stimme hallte über die Häupter hinweg, als wolle sie nicht nur alle Anwesenden, sondern auch die Käfer in den Dünen, die Vögel in der Luft und die Fische im Meer erreichen und ihnen den Willen Gottes verkünden. Lapidius und Jörk stellten sich in die letzte Reihe und lauschten. Lapidius war nicht sonderlich bibelfest, weshalb ihn die Worte des Paters umso mehr verwunderten.

»Wenn einem Mann im Schlaf der Same entgehet, der soll sein ganzes Fleisch mit Wasser baden, und unrein sein bis auf den Abend. Und alles Kleid und alles Fell, das mit solchem Samen bedecket ist, soll er waschen mit Wasser und unrein sein bis auf den Abend …«

Pater Angelos Arme unter seinem Überwurf zuckten hin und her, vielleicht schlug er das Kreuz, um den Inhalt dessen, was im Dritten Buch Mose stand, zu unterstreichen, vielleicht, weil er seinen Worten mehr Gewicht verleihen wollte, vielleicht aber auch, weil die Worte der Schrift ihn in ihren Bann geschlagen hatten. Lapidius, der nicht wie die anderen den Kopf in Demut gebeugt hielt, sondern den Gottesmann genau beobachtete, sah, dass dieser mit leuchtendem, missionarisch verzücktem Gesichtsausdruck sprach.

»Wenn ein Weib ihres Leibes Blutfluss hat, die soll sieben Tage beiseit gethan werden, wer sie anrühret, wird unrein sein bis auf den Abend. Und alles, worauf sie liegt, so lange sie ihre Zeit hat, wird unrein sein, und worauf sie sitzt, wird unrein sein. Und wer ihr Lager anrühret, der soll seine Kleider waschen und sich mit Wasser baden und unrein sein bis auf den Abend …«

Die letzten Sätze hatte Pater Angelo immer schneller und immer lauter gesprochen, ja, förmlich hinausgeschrien, ohne ein einziges Mal Luft zu schöpfen, doch nun hielt er inne, tat einen tiefen Atemzug, ließ seinen Blick über die ergeben dastehende Menge schweifen und fuhr, ruhiger geworden, fort: *»So sollt ihr die Kinder Israel warnen vor ihrer Unreinigkeit, dass sie nicht sterben in ihrer Unreinigkeit, wenn sie meine Wohnung verunreinigen, die unter euch ist.«*

Abermals machte er eine Pause und sprach dann weiter: »Ihr, meine sündigen Schafe, zählt nicht zu den Kindern Israels, und dennoch gelten die Reinheitsgebote des Herrn im Buch der Bücher auch für euch, so, wie sie für alle gelten, die des allein seligmachenden Glaubens teilhaftig sind. Ja, auch ihr seid der täglichen Versuchung der Fleischeslust ausgesetzt! Ja, auch ihr seid unrein! Ja, auch ihr seid Sünder! Der Herr in seiner Allmacht weiß es, und ihr wisst es auch. Denn so spricht der Herr: *Liegt ein Mann bei einem Weibe und dienet es nicht der Fortpflanzung, so ist es Sünde. Sünde, Sünde, drei Mal Sünde!*«

Es folgten ein Lied, ein Gebet und wieder ein Lied, in diesem Fall das *In dulci jubilo,* weil jeder es kannte. Daraufhin erflehte Pater Angelo den Segen Gottes herab auf die Lämmer seiner Gemeinde, bat ihn, so es ihm in seiner Gnade gefalle, sie gesunden zu lassen, forderte ein jedes unter ihnen auf, es möge vor dem Schlafengehen drei *Ave-Maria* beten, zur Freude des Herrn und zur Vergebung der Sünden, und wer wie er keine Hände mehr habe, sondern nur noch Stümpfe, der könne es auch ohne Rosenkranz tun. Zum Schluss sprach er das Vaterunser: *»Pater noster, qui es in caelis; sanctificetur nomen tuum; adveniat regnum tuum; fiat voluntas tua …«* Und schlug das Kreuz unter seinem Mantel. »Amen!«

Die Gläubigen hoben die Köpfe, und Pater Angelo sagte bedauernd: »Leider, meine Kinder, kann auch heute das heilige Abendmahl nicht stattfinden, weil es uns an Hostien und Wein gebricht, ebenso wie am letzten Sonntag, wo es von alters her hätte zelebriert werden müssen, aber …« Er schaute auf, denn Jörk hatte sich nach vorn gedrängt und rief: »Oh, nein, Pater, es ist alles da! Lapidius hat es gebracht.«

Kaum hatte er das gerufen, richteten sich alle Augen auf den Schellenknecht, und Pater Angelo sprach: »Du kommst spät, aber nicht zu spät, Lapidius. Dann lasset uns feiern das Sakrament.«

Es folgte das Ritual des Abendmahls, in dessen Ablauf jeder die Hostie, eine aus Weizenmehl und Wasser gebackene Oblate, und einen Schluck Messwein erhielt. Lapidius war als einer der Letzten an der Reihe und ließ sich von Jörk – denn Pater Angelo konnte es ja nicht – den Leib und das Blut Christi darreichen. Er überstand die Prozedur erneut mit schlechtem Gewissen und war froh, als sich die Versammlung in Richtung Trennmauer bewegte, um dort die mitgebrachten Speisen und Geräte zu empfangen.

Jörk teilte wie immer aus, und wie schon beim letzten Mal waren nur Männer erschienen. Die einzige Ausnahme bildete Floor, der Jörk in seiner freundlichen Art anbot, ihr die Speise nach Hause zu tragen. Floor jedoch zögerte, und Lapidius sagte: »Lass nur, Jörk, ich erledige das für dich. Du bist doch einverstanden, Floor?«

»Ja, bin ich.« Floor wirkte erleichtert.

»Dann lass uns gehen.« Lapidius hatte den Eindruck, dass Jörk verdrossen zurückblieb, während er und Floor den Weg zur Südwestspitze der Insel einschlugen. Aber vielleicht täuschte er sich auch. »Was konntest du mir denn gestern am Holzsteg nicht sagen?«, fragte er.

»Wart's nur ab, Lapidius. Erfährst es noch früh genug. Ich hab'n Feuer gemacht, damit wärm ich uns die Suppe auf. Kalte Suppe schmeckt nicht, findest du nicht auch? Von dem frischen Brot können wir noch'n paar Brocken reintun, 's ist ja diesmal viel mehr als beim letzten Mal. Wie hast du das nur fertiggebracht?«

Lapidius wehrte ab. »Es war gar nicht so schwer.«

»Du bist'n guter Mann, Lapidius. Das hab ich schon mal gesagt, ich weiß, aber ich sag's noch mal, weil's stimmt.«

Als sie in Floors Haus angekommen waren, zeigte sich, dass sie nicht zu viel versprochen hatte. Ein wärmendes Feuer brannte in der Kochstelle, und sogar eine zweite Sitzgelegenheit war vorhanden. »Setz dich doch.«

Während Lapidius es sich bequem machte, erhitzte Floor die Suppe, füllte sie in eine hölzerne Schüssel um und gab Lapidius einen Löffel aus demselben Material. »Den hab ich selbst geschnitzt, den schenk ich dir. Ist'n ehemaliger Glücksbringer. Guten Appetit.«

»Danke, das wünsche ich dir auch.«

Lapidius dachte, dass er Glück wahrhaftig brauchen konnte, und begann zu essen. Zu seiner Überraschung schmeckte es ihm sehr gut. Als sie fertig waren, tranken sie Wasser und aßen noch von den eingelegten Heringen, und auch diese Speise mundete Lapidius besser als erwartet.

»Leider hab ich kein Bier und auch nichts Scharfes«, sagte Floor.

»Das macht nichts«, antwortete Lapidius, obwohl er gern einen anständigen Schluck getrunken hätte. »Willst du mir nun verraten, was du vorgestern am Steg nicht sagen wolltest?«

»Ja, jetzt ist es so weit.«

Lapidius wartete. Aber offenbar fiel es Floor immer noch schwer, über ihr Geheimnis zu sprechen, und deshalb sagte er nach einiger Zeit behutsam: »Vielleicht fängst du damit an, warum du es nicht sagen mochtest. Hattest du Angst, es könnte jemand hören, der es nicht hören soll?«

»Ja … ja, so ist's.« Floor bückte sich und widmete sich angelegentlich der Glut, was aber kaum nötig war. Sie rang sichtlich mit sich, dann sagte sie leise: »Mein Derkje, weißt du, also, mein Derkje, der ist an dem Tag gar nicht weggekrabbelt!«

»Nicht weggekrabbelt? Wie meinst du das?«

»Wie ich's sag. Da war einer, der hat ihn … umgebracht!«

Nun, da es heraus war, wirkte Floor sehr erleichtert, und Lapidius, der genau zugehört hatte, fühlte sich in seiner Vermutung bestätigt. »Also doch! Jemand hat Derkje getötet. Wer?«

»Oh, es war so furchtbar.« Floor begann zu weinen. »Er war wie von Sinnen, wie von Sinnen.«

Lapidius wollte abermals nach dem Namen fragen, fand es aber klüger, Floor nicht zu unterbrechen. Das Reden fiel ihr schon schwer genug.

Floor schniefte und trocknete sich mit einem Tuch die

Tränen. »Derkje hat immer so geschrien, wenn ich Besuch von ihm bekommen hab, und erst recht, wenn er's mit mir auf dem Lager … äh, du weißt schon, was ich mein. Immer hat Derkje so furchtbar dabei geschrien, und das hat ihn fuchsteufelswild gemacht.«

»Wer war der Mann?«

Floor begann wieder zu weinen. Nach einiger Zeit fing sie sich und sprach weiter: »Er war so wütend, so furchtbar wütend auf meinen kleinen Derkje. Er ihn genommen und geschüttelt, dass sein Köpfchen nur so hin- und hergeflogen ist, und da hat Derkje nur noch lauter geschrien, und dann hat er in seiner Wut meinen kleinen Derkje am Hals gepackt und gewürgt und sein Köpfchen gegen den Türpfosten gestoßen, bis er nicht mehr geschrien hat. Oh, oh, er war wie von Sinnen …«

Floor bekam einen Weinkrampf und zuckte am ganzen Körper. Lapidius saß hilflos daneben. Was konnte er tun? Ihm fiel nichts anderes ein, als ihr behutsam den Rücken zu streicheln. Wieder und wieder. Als Floor sich endlich ein wenig beruhigt hatte, sagte er: »Willst du mir den Namen des Mannes nicht nennen?«

»Nein!«

»Warum nicht?«

Sie schüttelte wild den Kopf. »Er wird mich töten. Er hat gesagt, er wird mich töten, wenn ich ihn verrate.«

Lapidius schwieg, und während er ihr weiter den Rücken streichelte, erkannte er, dass er kein Sterbenswort aus ihr herausbekommen würde. Zu groß war ihre Angst, zu groß ihr Konflikt.

»Nun gut«, sagte er ruhig, »ich werde jetzt gehen. Wenn du es dir anders überlegt hast, kannst du jederzeit zu mir kommen.«

Nach einem Erschöpfungsschlaf verließ Lapidius am Abend Janszoons Hütte. Der Gedanke an das, was Floor ihm erzählt hatte, bewegte ihn mehr, als er für möglich gehalten hätte. Er musste herausfinden, wer den kleinen Derkje ermordet hatte. Doch das schien leichter gedacht als getan. Er stapfte am Ufer der Halbinsel entlang bis zu dem Holzsteg, an dem sein Nachen vertäut lag. Umständlich stieg er hinein, nahm einen der Riemen heraus und machte sich damit auf den Weg zum Friedhof der Insel. Derkjes Grab, so seine Hoffnung, würde ihm einen Hinweis auf den Täter geben.

Lapidius beschleunigte seinen Schritt, denn im Westen verschwand bereits das Tageslicht. Auf der Merwe zu seiner Rechten ließ sich kein Fischer mehr blicken. Nur ein Nachen, von ähnlicher Größe wie der seine, trieb flussabwärts in Richtung Crimpen. Das war ungewöhnlich. Und überdies nicht ungefährlich, denn der Wind hatte aufgefrischt. Doch die schwarze Gestalt, die in dem Nachen saß, musste wissen, was sie tat. Lapidius ging das nichts an. Er setzte seinen Weg fort und erreichte schließlich den Friedhof.

Derkjes Grab sah noch genauso aus, wie er es in Erinnerung hatte. Da die Zeit drängte, begann Lapidius, sofort zu graben. Er nahm dazu das Blatt des mitgebrachten Riemens, stieß es in den Boden und hörte gleichzeitig ein seltsames *pling-pling*. Was war das? Lapidius schaufelte weiter. Die Arbeit ließ sich schwieriger an als gedacht. Wieder das *pling-pling*. War das ein Vogel? Ein Bodenbrüter vielleicht? Lapidius schaute sich um, konnte aber kein Nest entdecken. Kopfschüttelnd setzte er seine Bemühungen fort. Nach einiger Zeit hatte er ein knietiefes Loch geschaufelt. Jeden Augenblick musste er auf den Sarg stoßen. Er grub weiter.

Und weiter. Derkje, kleiner Derkje, wo liegst du nur? Lapidius biss die Zähne zusammen und arbeitete, bis er am ganzen Körper schwitzte. Endlich gab es einen dumpfen Laut. Er war gegen etwas gestoßen – den Sarg. Fieberhaft beseitigte er die restliche Erde, um den Deckel abnehmen zu können. Er zerrte ihn in die Höhe, blickte hinein und sah – nichts. Von Derkje keine Spur.

Das Grab war ein Scheingrab.

Siebter Tag

Samstag, 17. Oktober

Der Gedanke an den leeren Kindersarg ließ Lapidius die ganze Nacht nicht schlafen. Stundenlang warf er sich auf seinem Lager herum, grübelte und rätselte. Erst gegen Morgen fiel er in einen unruhigen Schlummer. Als die Dämmerung im Osten einsetzte, das Rauschen im Schilf sich verstärkte und die Silbermöwen in der Luft ihr schrilles *Kjiiiau-Kjiiiau* ausstießen, erhob er sich, trat vor die Tür und atmete ein paar Mal tief durch. Die frische, salzige Seeluft tat ihm gut, auch wenn sie auf der Haut brannte und ihn frösteln ließ. Vielleicht war sie ein Vorbote des Winters mit seinen heftigen Stürmen. Er zog die Jacke fester um die Schultern und ging in Janszoons Hütte zurück, um das Feuer zu überprüfen und etwas zu essen.

Wenig später machte er sich auf den Weg zu Pater Angelo. Da er nicht genau wusste, wo sich die Behausung des Priesters befand, brauchte er einige Zeit, bis er sie gefunden hatte. Sie stand südwestlich des Versammlungsplatzes, war von dichtem Buschwerk umgeben und überraschend groß. An der Tür, die halb offenstand, hatte jemand ein Kreuz aus Heidekraut angebracht. Heidekraut auf der Insel? Lapidius hatte nirgendwo welches gesehen, aber er kannte das Eiland auch erst wenige Tage. Er blieb auf der Schwelle stehen und klopfte an die Tür.

Von drinnen war Pater Angelos Stimme zu hören: »Seit wann klopfst du, wenn du …?«

»Ich bin es!«, rief Lapidius und trat ein.

Pater Angelo befand sich im hinteren Bereich des Raumes und machte eine hastige Bewegung, als wolle er etwas unter seinem Gewand verstecken. »Ach, du bist's. Was willst du, Lapidius? Ich habe gerade Zwiesprache mit dem Herrn gehalten, wie ich es jeden Morgen zu tun pflege. Erst danach fühle ich mich gestärkt für den neuen Tag.«

Lapidius kam ohne Umschweife zur Sache: »Ich bin hier, weil ich wissen möchte, warum Ihr ein totes Kind zum Schein beerdigt habt.«

Pater Angelo riss die Augen auf. Ob vor Schreck oder Überraschung, das war schwer zu sagen. »Was soll das heißen: zum Schein?«

»Ich habe in Derkjes Sarg geschaut. Er ist leer. Wenn niemand das tote Kind herausgenommen hat, was ich für unwahrscheinlich halte, müsste bei Eurer Beerdigungszeremonie ein leerer Sarg verscharrt worden sein.«

»Willst du damit sagen, du hast das Grab geschändet?«

»Ich habe es geöffnet. Ich habe Euch schon einmal gesagt, dass der kleine Junge Würgemale am Hals hatte, als ich ihn tot auffand. Er ist ermordet worden. Ich will wissen, wer die schändliche Tat begangen hat.«

»Du hast die Ruhestätte der Toten entweiht.«

»Vom Öffnen des Grabes erhoffte ich mir Hinweise auf den Mörder.«

Pater Angelo musterte Lapidius von oben bis unten. Dann sagte er: »Komm mit vor die Tür.«

Vor der Hütte setzte er sich auf eine Bank und bot Lapidius den Platz neben sich an. »Bist du ein geübter Ruderer?«, fragte er.

Lapidius stutzte. »Wie kommt Ihr plötzlich darauf?«

»Bist du es, oder bist du es nicht?«

»Nein, natürlich nicht. Wenn Ihr es genau wissen wollt,

war ich nicht gerade in guter körperlicher Verfassung, als ich am ersten Tag zur Insel herüberruderte.«

»Mit anderen Worten, du warst völlig ausgepumpt, als du den Holzsteg am Hoek van Zwaanwaard erreichtest. Du hast mit weichen Knien den Nachen verlassen, hast das tote Kind im Sumpf gesehen und dann, immer noch nach Luft ringend, geglaubt, Würgemale am Hals zu entdecken.«

Die Rede des Paters verdross Lapidius. »Wollt Ihr damit sagen, dass ich mir alles nur eingebildet habe?«

»O nein, mein lieber Lapidius.« Pater Angelo lächelte milde. »Ich behaupte nur, dass du zu Tode erschöpft warst, als du die Insel erreichtest, und ich behaupte ferner, dass Rötungen am Hals nicht unbedingt von Würgemalen stammen müssen. Die Ursache dafür können genauso gut Hautflechten, Muttermale oder Verschmutzungen sein.«

Lapidius dachte an Floors Schilderung der Tat und entgegnete: »Ich bin ganz sicher, dass es Würgemale waren.«

»Nun gut. Vielleicht hast du recht, vielleicht auch nicht. Darüber könnte man lange reden. Wie überhaupt auf dieser Insel viel geredet wird.« Pater Angelo seufzte. »Was auch der Grund dafür ist, dass die Beerdigung von mir nur vorgetäuscht wurde. Floor ist wirklich zu bedauern. Für eine Mutter ist es schon schlimm genug, wenn ihr das Kind davonläuft und anschließend nicht mehr wiederkommt.«

Lapidius brauchte einen Augenblick, um die plötzliche Gesprächswendung zu begreifen. Dann fragte er: »Woher wollt Ihr wissen, dass der Knabe davonlief?«

Pater Angelo lächelte gütig. »Hast du eine andere Erklärung? Nun, wenigstens war es eine sehr ergreifende Beerdigungsfeier. Wenn auch ohne die Hauptleidtragende.«

»Wie bitte?« Lapidius glaubte abermals, nicht richtig gehört zu haben. »Floor war gar nicht dabei?«

»Sicher hat der Schmerz sie an einer Teilnahme gehindert.«

»Und wo, um alles in der Welt, ist das Kind geblieben?«

Pater Angelos Blick verdüsterte sich. Im hellen Morgenlicht sah Lapidius zum ersten Mal das Gesicht des Gottesmannes richtig. Es wies keine Spuren von Aussatz auf.

»Wo ist das Kind geblieben?«, fragte Lapidius noch einmal.

»Es wird im Sumpf versunken sein«, antwortete Pater Angelo nach einer Pause. »Ich kann mir keinen anderen Grund für sein Verschwinden denken. Du selbst hast mir erzählt, du hättest den Kleinen im Schilf unter dem Holzsteg gefunden.«

Lapidius musste einräumen, dass die Behauptung stimmte. Er dachte an den Geneverkrug, den er auf so ärgerliche Art im Sumpf verloren hatte, und nickte. »Ich glaube, Ihr habt recht.«

»Nicht wahr! Ich bin sehr froh, dass du es genauso siehst. Und was den leeren Sarg angeht: Kann ich auf deine Verschwiegenheit hoffen?«

»Das könnt Ihr«, sagte Lapidius.

Dann stand er auf und ging.

Auf dem Weg zurück schwirrten Lapidius die Gedanken im Kopf herum. Wieso hatte Floor ihm verschwiegen, dass sie bei der Beerdigung nicht dabei gewesen war? Warum vertraute sie ihm nicht? Welchen Grund gab es dafür? Je mehr er grübelte, desto langsamer wurde sein Schritt. Kurz vor Janszoons Hütte blieb er stehen und machte kehrt. Er ging die ganze Strecke zurück, weiter und weiter, bis er die Schilfwälder im Südwesten der Insel erreichte, wo Floor ihre Hütte hatte. Als er eintrat, saß sie gerade über einer Näharbeit. Ohne einen Gruß zu entbieten, sprach er sie an: »Warum hast du mich hinters Licht geführt?«

»Ich, wieso?« Floor legte Nadel und Faden beiseite. Dann sah sie den Zorn in seinen Augen, und ihre Mundwinkel begannen zu zucken.

»Weinen hilft dir jetzt nicht.« Lapidius war ehrlich entrüstet. »Erst sagst du mir, Derkje sei überall herumgelaufen und plötzlich fort gewesen, dann erzählst du mir, dein Liebhaber, dessen Namen du nicht nennen willst, hätte ihn getötet, und anschließend verschweigst du mir, dass du an Derkjes Beerdigung nicht teilgenommen hast!«

»'s ging doch nicht, Lapidius!« Floor begann zu weinen.

»Wie soll ich dir helfen, wenn du immer nur scheibchenweise mit der Wahrheit herausrückst?«

»Aber ich hatte so schreckliche Angst!«

»Angst vor was?« Lapidius' Zorn verrauchte allmählich. Ruhiger fügte er hinzu: »Oder besser: vor wem? War der Mörder von Derkje vielleicht unter den Trauergästen?«

Floor antwortete nicht. Dann flüsterte sie: »Ich hatte solche Angst, er würd dabei sein. Und ...«

»Und was?«

»Und das hätt ich nicht ausgehalten. Ich hätt rausgeschrien, dass er's war, und dann hätt er mich getötet!«

»Hm.« Was Floor sagte, war nicht ganz von der Hand zu weisen.

»Aber ich hab meinem Derkje Blumen aufs Grab gelegt. Ja, das hab ich!« Floor nickte heftig.

»Ach, und vorher hast du in der Kapellenruine den Knopf verloren?«

»Was denn für'n Knopf?«

»Du weißt genau, welchen ich meine. Den runden, mit

rotem Stoff überzogenen Knopf, den ich gefunden habe. Du sagtest, es sei deiner.«

Floor schwieg.

Lapidius wartete. Dann fragte er: »Wenn er nicht dir gehört, wem gehört er dann?«

Floor blickte zu Boden.

»Nun sag schon.«

»Laurenssen, glaub ich.«

»Soso, Laurenssen.« Das war in der Tat eine Überraschung. Was hatte der wunderliche lübische Kaufmann in der Ruine gesucht? Lapidius war klar, dass es nur eine Möglichkeit gab, das herauszufinden. Er musste ihn fragen.

»Willst du zu ihm?«, fragte Floor schüchtern.

»Ja, das will ich.«

»Bleib doch noch'n bisschen. Ich mein, der Laurenssen läuft dir ja nicht weg. Ich könnt uns was zu essen heiß machen, und danach …«

Lapidius stand auf. »Gib mir den Knopf«, sagte er.

Lapidius kannte nur die wenigsten Unterkünfte auf der Insel, aber als er vor Laurenssens Haus stand, war er sicher, dass es sich um das größte und schönste von allen handelte. An der Tür gab es sogar einen massiven Klopfer aus Messing. Er betätigte ihn und wartete. Niemand kam. Er wiederholte seine Bemühungen, und als auch diese vergeblich waren, betrat er ohne Aufforderung das Haus.

Laurenssen lag auf seinem Bett, vollständig bekleidet mit dem indigoblauen Kosakenkittel, den Lapidius schon kannte. Die Hose war von derselben Farbe und stand vorn offen. Etwas Weißes, Buschiges ragte daraus hervor. »Guten Tag, Utenhove«, sagte Laurenssen.

Lapidius blickte sich um, aber außer ihm und Laurenssen war niemand im Raum. »Ich bin nicht Utenhove«, sagte er.

Laurenssens hummerfarbenes Gesicht verzog sich zu einem Grinsen, und unversehens begann er zu kichern. »Hast deine schwarzen Sachen nicht an, Utenhove, und die Reiherfeder hast du auch nicht auf dem Kopf, aber Schnucki hat dich trotzdem erkannt.«

Schnucki? Erst jetzt begriff Lapidius, was es mit dem Weißen, Buschigen auf sich hatte. Es war der Schwanz des Hasen, der bis zu den Ohren in Laurenssens Hose steckte und dort an etwas zu mümmeln schien. Lapidius empfand Abscheu.

»Schnucki mag Rüben.« Laurenssen kicherte noch mehr. »Magst du auch Rüben, Utenhove?«

Lapidius beschloss, der Posse ein Ende zu setzen. Er zog den Knopf hervor und hielt ihn an eines der Schulterstücke von Laurenssens Kosakenkittel.

»Laurenssen fehlt da ein Knopf«, hörte Lapidius eine Stimme hinter sich näseln. Sie gehörte Utenhove, der den Raum betreten hatte.

»Nanu, bist du etwa gar nicht Utenhove?«, sagte Laurenssen zu Lapidius.

»Ich bin Utenhove«, sagte Simon Utenhove. »Und das ist Lapidius, der Schellenknecht. Und das ist der Knopf, den du neulich verloren hast.«

»Bei der Zisterne?«, fragte Laurenssen.

»Ich weiß es nicht mehr. Ich glaube, bei der Beerdigung.«

Lapidius legte den Knopf auf einen Schemel neben dem Bett und sagte: »Du sprichst sicher von Derkjes Beerdigung, Utenhove. Erinnerst du dich, wer alles dabei war?«

»Floor nicht«, sagte Laurenssen.

Lapidius ging nicht darauf ein.

Utenhove zog die Stirn in Falten, was ihn noch hochnäsiger aussehen ließ, und zählte auf: »Außer mir und Laurenssen war noch der Pater anwesend.«

»Das dachte ich mir«, sagte Lapidius.

»Wie ich bereits ausführte, außer mir und Laurenssen war Pater Angelo anwesend. Womit schon die wichtigsten Personen genannt wären.«

»Aber es waren auch noch andere dabei?«

»Sicher, sicher. Ich habe nicht so darauf geachtet, wer. Jörk habe ich gesehen, wenn ich mich nicht irre. Auch Niklot. Und Fruchard …« Utenhove hielt inne. »Ich kann mich nicht mehr genau erinnern. Der Anlass war zu traurig. Warum willst du das eigentlich wissen?«

Lapidius ging nicht auf die Frage ein. »Auch Fruchard war dabei, sagst du?«

»Sollte er nicht?« Utenhove schürzte die Lippen.

»Du warst jedenfalls nicht dabei«, sagte Laurenssen zu Lapidius. »Aber Schnucki. Nicht wahr, mein Schnucki?« Er tätschelte den buschigen Schwanz seines Lieblings.

Lapidius sagte: »Fruchard ist Calvinist, soviel ich weiß. Ich glaube nicht, dass er Pater Angelo und seine Gottesdienste besonders mag.«

»Aber er mag Floor«, entgegnete Utenhove. »Alle mögen Floor. Jedenfalls haben alle sie irgendwann einmal gemocht, wenn du verstehst, was ich meine. So gesehen war sie sehr erfolgreich.«

Lapidius hielt die Andeutung für Unsinn, entsprungen dem Hirn eines geistig Verwirrten. »War Yanardan auch anwesend?«, fragte er.

»Der heidnische Inder? Dass ich nicht lache. So weit kommt es!«

»Also nicht.« Lapidius' Gefühl sagte ihm, dass er von

Yanardan sicher hilfreichere Auskünfte bekommen hätte. Aber wie die Dinge lagen, hatte er keinen Grund, den alten Mann aufzusuchen. Ihn nicht und auch nicht Irit. »Ich habe den Knopf in der Ruine der alten Kapelle gefunden«, sagte er zu Utenhove. »Was hatte Laurenssen da zu suchen?«

»Meinst du mich?«, fragte Laurenssen.

»Ja, dich.«

»Ach so.« Laurenssen kicherte, während er unablässig den Schwanz seines Lieblings streichelte. »Ich wollte mit Schnucki angeln.«

Später am Tag saß Lapidius in Janszoons Hütte und überdachte, was er gehört hatte. Nach Abwägung aller Gesichtspunkte schien Laurenssen am meisten der Tat verdächtig zu sein. Schon deshalb, weil Floor heulend gesagt hatte, der Mörder sei »wie von Sinnen« gewesen. Und Laurenssen war verrückt. Alles sprach dafür.

Außerdem war da noch etwas: Laurenssen hatte bei der ersten Begegnung an der Zisterne auf einer Pastinake herumgekaut. Lapidius verstand nicht viel von Wurzelgemüse, aber zweierlei stand zweifellos fest: Erstens hatte er keine Pastinaken zur Insel hinübergeschafft, und zweitens wuchsen solche Wurzeln sicher nicht zwischen den Dünen. Woher also hatte Laurenssen das Gemüse?

Lapidius dachte angestrengt nach. Aber er kam nicht weiter. Seine Gedanken drehten sich im Kreis. Eines immerhin schien klar: Wenn Laurenssen wirklich der Täter war, musste er auch der Geliebte von Floor gewesen sein. Der Geliebte, der sich durch Derkjes Geschrei so gestört gefühlt hatte, dass er das Kind tötete.

Nur: Konnte man sich Laurenssen als Floors Galan vorstellen? Laurenssen war mindestens zwanzig Jahre älter.

Nun, das musste nichts heißen. Außerdem hatte Floor den Knopf als Laurenssens Knopf erkannt. Andererseits hätte das jeder gekonnt, der den Kaufmann schon einmal in seinem Kosakenkittel gesehen hatte.

Lapidius seufzte und brach das Gedankenkarussell ab, fing aber nach kurzer Zeit erneut an zu grübeln. Wo, um Himmels willen, mochte das Kind sein? Versunken im Sumpf, hatte Pater Angelo vermutet. Das klang logisch, da auch der unselige Geneverkrug darin verschwunden war. Jedoch an anderer Stelle, wenn man es recht bedachte. Nicht direkt unter dem Holzsteg …

Als Lapidius mit seinen Überlegungen so weit gediehen war, fasste er einen Entschluss: Er eilte, so schnell ihn seine Beine trugen, zum Steg, unter dem er den Jungen gefunden hatte. »Nun werden wir gleich klüger sein«, murmelte er, während er sich vorsichtig ins Schilf hinunterließ – dabei mit beiden Händen einen der Pfähle umklammernd. »Wird der Sumpf mich verschlucken?« Er blickte auf seine Füße und wartete mit klopfendem Herzen. Sie sanken nicht ein.

Pater Angelos Vermutung war falsch gewesen.

Am Nachmittag dieses ereignisreichen Tages machte Lapidius einen Spaziergang. Er wollte den Hoek van Zwaanwaard, die Halbinsel, auf der Janszoons Hütte stand, näher erkunden. Sich nah am Wasser haltend, kam er vorbei an Schilf und Sumpf, an Wiese und Watt und stand, ehe er sichs versah, wieder an seinem Ausgangspunkt. Er hatte die Halbinsel umrundet, doch von der Schönheit der Landschaft kaum etwas gesehen. Bei Hermes, es war ihm nicht gelungen, sich abzulenken!

Er beschloss, den Weg noch einmal zu machen. Zunächst vorbei am mannshohen Schilf, das allmählich lichter wurde und schließlich in den Sumpf überging. An dieser Stelle ragte der Holzsteg in den Fluss. Lapidius betrat ihn und blickte hinab auf seinen Nachen, der gut vertäut an einem der Pfähle lag. Alles schien in Ordnung. Nur Derkje war nicht im Sumpf versunken, das stand fest. Also musste ihn jemand fortgeschafft haben. Aber wer? Laurenssen? Fest stand außerdem, dass Derkje nicht begraben worden war und dass sein Grab nur ein Scheingrab war.

War das Ganze etwa auch ein Scheinbegräbnis gewesen? Ein Begräbnis, über das alle redeten, das aber niemals stattgefunden hatte?

Lapidius schüttelte unwillig den Kopf. Er durfte sich nicht verrückt machen. Wahrscheinlich würde er ohnehin nie auf des Rätsels Lösung kommen. Er zwang sich, auf seine Umgebung zu achten. Die Landschaft war karg, doch gerade in ihrer Einfachheit lag eine eigene Schönheit. Er hatte nie ein Auge für derlei Dinge gehabt, wahrscheinlich, weil ihm immer die Zeit dazu fehlte. Am nördlichen Himmel tauchte ein Schwarm Vögel auf und ließ sich im Watt nieder. Die gefiederten Besucher waren etwa amselgroß und stießen einen Ruf aus, der sich wie *Nut-Nut* anhörte. Lapidius gefiel die Emsigkeit, mit der die Vögel im Schlick nach Nahrung pickten. Eine Zeitlang beobachtete er sie. Dann fiel sein Blick auf ein ungewöhnliches Gebilde vor ihm im Sand. Es war weiß und von welliger Beschaffenheit. Er bückte sich und betrachtete es mit dem Interesse des ehemaligen Wissenschaftlers. Der Korpus war zweifellos ein Schneckenhaus, vielleicht vier Zoll lang, rechtsgewunden und spitz zulaufend. Lapidius erinnerte sich, schon häufiger Teile und Windungen solcher Gehäuse gesehen zu haben, stets zerstört, niemals im Ganzen, und er ahnte, dass dieses Exemplar eine Seltenheit sein musste.

Behutsam reinigte er die kleine Kostbarkeit, steckte sie in die Tasche und setzte seinen Weg fort. Als er wieder bei Janszoons Hütte angelangt war, zögerte er. Der Abend war noch lang, und er verspürte wenig Lust, den Gang um die Halbinsel ein weiteres Mal zu wiederholen. »Ich werde Pater Angelo abermals einen Besuch abstatten«, murmelte er kurzentschlossen.

Pater Angelo saß in seinem Haus und las in der Bibel. Eine heruntergebrannte Kerze spendete spärliche Helligkeit.

»Ihr solltet bei dem Licht nicht lesen«, sagte Lapidius statt einer Begrüßung.

»Wie recht du hast.« Pater Angelo blickte auf. »Aber wir dürfen uns nicht aussuchen, wann wir dem Herrn dienen wollen. Das Studium der Heiligen Schrift ist ebenso Gottesdienst wie die Andacht in der Kirche.«

»Oder die Beerdigung auf dem Friedhof.«

»Äh, ja. Wie kommst du darauf?«

»Darf ich mich setzen?«

»Natürlich.« Unter Pater Angelos Gewand bauschte es sich, als er einladend auf einen Schemel wies.

Lapidius nahm Platz. »Ich wollte noch einmal auf die Beerdigung des kleinen Derkje zu sprechen kommen, Pater.«

»Gern.« Pater Angelo lehnte sich zurück und seufzte. »Es war eine zu Herzen gehende Zeremonie.«

»Ich frage mich, ob sie überhaupt stattgefunden hat.«

»Was sagst du da?«

»Ist der Gedanke so abwegig? Immerhin ist Derkje nicht begraben worden, und sein Grab ist nur ein Scheingrab. Das habt Ihr selbst bestätigt. Liegt da die Frage nicht nahe, ob auch die Beerdigungszeremonie gar nicht stattgefunden hat?«

»Das hat sie aber!« Pater Angelos Stimme zitterte vor Empörung. »Willst du behaupten, ich hätte die Heimführung einer christlichen Seele nur erfunden?«

Lapidius, der die Reaktion des Paters genau beobachtet hatte, beschloss, weiteres Öl ins Feuer zu gießen. »Verzeiht, aber kann man eine christliche Seele überhaupt heimführen, solange niemand weiß, wo der dazugehörende Körper sich befindet?«

Pater Angelo zwang sich zur Ruhe. »Willst du mit mir in einen Disput über die Unauflöslichkeit von Leib und Seele treten? Die Exegese von Gottes Schöpfung ist immer noch Sache der Kirche – und nicht die eines Schellenknechts.«

Lapidius biss die Zähne zusammen. Der Pater hatte ihn mit seinen Worten treffen wollen, und genau das war ihm gelungen.

»Die Zeremonie fand in der Ruine der alten Kapelle statt, sie war, wie ich bereits sagte, sehr zu Herzen gehend. Anschließend zogen die Trauernden mit dem Sarg zur Grabstelle.«

»Wer war dabei?«

Pater Angelo runzelte die Stirn. »Ich habe meine Schafe nicht gezählt, denn ich musste mich auf die Predigt konzentrieren. Aber es waren viele. Und Jörk hat den Sarg getragen. Das weiß ich noch. Alles geschah nur zum Schein, um Floor später davon berichten zu können.«

Lapidius stutzte, war aber bemüht, sich nichts anmerken zu lassen. »Dann wusstet Ihr also schon vorher, dass Floor nicht zur Beerdigung erscheinen würde?«

»Äh, so ist es.«

»Und wieso wusstet Ihr das?«

Pater Angelo schwieg. Dann sprach er, und seine Stimme klang abschließend: »Sie ließ mir ausrichten, sie würde nicht kommen. Das Feiern des Gottesdienstes für eine verstorbene Seele war im Übrigen meine Pflicht. Ich habe sie gern ausgeübt, dem Herrn zur Ehre, den Trauernden zum Trost.«

Lapidius erhob sich und wandte sich zum Gehen. »Vielen Dank und Gott zum Gruße, Pater. Gute Nacht.«

»Gott zum Gruße, Lapidius.« Pater Angelo kniff die Augen zusammen und beugte sich wieder über seine Bibel.

»Ach, Pater, noch etwas.« Lapidius blieb in der Tür stehen. »Womit blättert Ihr eigentlich um, wenn Ihr in der Schrift lest?«

Pater Angelo lächelte. »Die Frage musste kommen, so wissbegierig, wie du bist. Nun, die Antwort ist einfach: Ich brauche nicht umzublättern, ich kenne die gesamte Schrift auswendig. Die aufgeschlagenen Seiten dienen mir lediglich zur Inspiration. Und wenn ich wirklich einmal umblättern möchte, findet sich stets ein freundlicher Besucher, der die Arbeit für mich erledigt.«

»Ich verstehe«, sagte Lapidius, verbeugte sich höflich und verließ die Hütte. Er hatte Pater Angelos Erklärung verstanden.

Doch sie zu glauben, fiel ihm schwer.

In der hereinbrechenden Dunkelheit beschleunigte Lapidius seine Schritte. Er überquerte den leeren Versammlungsplatz und fragte sich, ob die Trauergäste hier zusammengekommen waren, bevor sie aufbrachen, um der Beerdigungszeremonie beizuwohnen. Pater Angelo hatte gesagt, er habe die Feier in der Ruine der alten Kapelle abgehalten. Nun, das mochte stimmen. Utenhove, der Hochnäsige, hatte berichtet, er und Laurenssen seien dabei gewesen, und Laurenssen habe seinen Knopf dort verloren. Das war ein Hinweis darauf, dass Pater Angelo die Wahrheit sagte.

Lapidius schritt weiter und erreichte das Schilf des östlichen Ufersaums. Dann zuckte er unversehens zusammen. Eine dunkle Gestalt war wie aus dem Nichts vor ihm aufgetaucht. »Habe ich dich erschreckt?« Jörk lachte. »Das wollte ich nicht. Was machst du hier so spät?«

Lapidius fand, dass Jörk das nichts anging. »Ich schnappe etwas frische Luft«, sagte er und wollte weitergehen. Doch dann fiel ihm ein, dass er die Gelegenheit beim Schopf ergreifen und Jörk ein paar Fragen stellen könnte. Jörk hatte bei Derkjes Beerdigung den Sarg getragen, und er hörte und sah vieles. Er war es auch gewesen, der ihn am ersten Tag auf dem Weg zum Wrack beobachtet hatte. »Hast du Lust auf einen Löffel Suppe in Janszoons Hütte?«, fragte Lapidius.

Jörk lachte. »Wo's was zu futtern gibt, ist Jörk nicht weit. Ich komme mit!«

In Janszoons Hütte schürte Lapidius das Feuer und brachte es mit wenigen, geschickten Handgriffen zum Lodern.

»Vom Feuermachen scheinst du was zu verstehen«, sagte Jörk, der es sich auf der einzigen Bank im Raum bequem gemacht hatte.

»Mag sein.« Das Lob erinnerte Lapidius an die Zeit, als er sich der Alchemie verschrieben hatte, einer Wissenschaft, in der die Behandlung des Feuers eine große Rolle spielt. Aber dann dachte er, dass auch seine Vergangenheit Jörk nichts anging. »Die Suppe ist gleich heiß«, sagte er.

»Sie riecht gut.« Jörk drohte scherzhaft mit dem Finger. »Du hast doch wohl nichts Besseres als wir anderen im Topf?«

Lapidius verzog keine Miene. »Durch Hitze verdunstet das Wasser in der Suppe«, erklärte er. »Deshalb ist aufgewärmte Suppe dicker als frisch gekochte. Ihre Inhaltsstoffe kommen auf diese Weise stärker zur Entfaltung, und sie schmeckt besser. Probier mal.«

Jörk kostete einen Löffel voll. »Du hast recht!«, verkündete er begeistert. »Warst du früher mal Koch oder so was?«

Lapidius anwortete nicht, sondern setzte sich neben seinen Gast und begann, selbst zu essen. Nach einer Weile sagte er: »War der Sarg eigentlich schwer?«

»Welcher Sarg?«

»Derkjes Sarg. Du hast ihn doch bei der Beerdigung getragen?«

»Ja, ja, natürlich.« Jörk leckte sich die Lippen. »Sag, hast du noch etwas von der Suppe?«

»Nein, tut mir leid. Sie muss noch für morgen reichen. Also, war Derkjes Sarg leicht oder schwer?«

»Du stellst Fragen! Natürlich schwer.« Jörk lachte, doch sein Lachen klang nicht mehr so sicher. »Sag mal, was willst du eigentlich von mir? Soll das eine peinliche Befragung werden?«

»Ich frage deshalb, weil ich den Sarg nach der Beerdigung untersucht habe. Das Kind war nicht darin.«

»Nicht darin?« Jörk wurde ungewohnt ernst. »Du weißt es also. Nun gut, der Sarg war leicht.«

»Wer wusste noch davon?«

Jörk stand auf. »Ich muss jetzt gehen, Lapidius.«

»Bleib. Warum antwortest du mir nicht?«

Jörk setzte sich widerstrebend. »Wenn du es unbedingt wissen willst: Auch der Pater wusste davon.«

»Und Laurenssen?«

Jörk lachte. Seine Selbstsicherheit war zurückgekehrt.

»Laurenssen, der Verrückte? Der hat doch nur seinen Hasen im Kopf. Wenn er ihn nicht gerade irgendwo anders hat, haha.«

Lapidius überhörte die Anspielung. »Weißt du, warum der Sarg leer war, den du trugst?«

»Na, weil Derkje doch verschwunden war und weil Floors Seelenfrieden wiederhergestellt werden sollte. So hat's mir der Pater jedenfalls gesagt. Sie sollte glauben, ihr Kleiner läge für immer in geweihter Erde.«

»Das tut er aber nicht. Hast du eine Ahnung, wo das Kind geblieben sein könnte?«

Jörk kratzte sich am Kinn. »Es wird im Sumpf untergegangen sein.«

»Woher weißt du das?«

»Ich weiß es nicht! Aber anders kann ich's mir nicht erklären. Du hast den Jungen doch selbst im Sumpf liegen sehen oder etwa nicht?«

»Doch, doch.« Lapidius überlegte, ob beide, der Pater und Jörk, unabhängig voneinander auf die Theorie des Versinkens gekommen waren. Laut fragte er: »Weißt du, wer das Kind in den Sumpf gelegt haben könnte, damit es für immer versinkt?«

Jörk grinste schief und zuckte vielsagend mit den Schultern. »Na, wer wohl?«

»Meinst du etwa …?«

»Genau die meine ich. Und jetzt muss ich gehen.«

Er stand auf und verließ Janszoons Hütte.

Lapidius machte keine Anstalten, ihn aufzuhalten.

Später, als Lapidius sich zur Ruhe gelegt hatte, nahm er noch einmal seinen Fund aus dem Watt zur Hand. Er war mittlerweile sicher, dass es sich um das Gehäuse einer Wellhornschnecke handelte, und während er die kleine Kostbarkeit betrachtete, schweiften seine Gedanken mehr und mehr ab. Auch er hatte einmal ein schönes Haus besessen, ein Haus und eine Familie. Das Haus gab es noch, es stand am Oudendijk, nur die Familie, die einst darin gewohnt hatte, war tot. Seine Familie. Der Einzige, der überlebt hatte, war er. Wie gut ein Schluck jetzt täte! Aber er hatte nichts zu trinken. Nichts, außer Wasser. Die Einsamkeit war manchmal kaum zu ertragen. Andere hatten jemanden, mit dem sie sprechen konnten. Irit, zum Beispiel. Irit, die ihm die *bota* geschenkt hatte, damit er darin Wasser transportieren konnte. Sie hatte Yanardan. Was sie wohl gerade tat? Er wusste es nicht. Er kannte sie ja kaum. Er wusste nur, dass sie geschickte Hände hatte. Und wunderschöne, blaugrüne Augen, die ihn an die Farbe von Kupfervitriol erinnerten – an Freyjas Augen.

Lapidius seufzte. Er stand auf, um aus der *bota* ein wenig Wasser zu trinken. Als er den Trinkbeutel berührte, durchströmte ihn ein warmes Gefühl. Irit hatte ihn gemacht. Die *bota* war ein Stück von ihr. Er trank mit bedächtigen Schlucken und legte die *bota* behutsam wieder an ihren Platz. Dann fiel sein Blick auf den geschnitzten Löffel, mit dem er die Suppe gegessen hatte. Er war ein Geschenk von Floor. Seltsam, dass der Löffel ihm wenig sagte, viel weniger als die *bota*, obwohl Floor versichert hatte, der Löffel sei ein Glücksbringer.

Floor. War sie wirklich die Mörderin ihres eigenen Kindes, wie Jörk es angedeutet hatte? Fest stand: Derkje konnte nicht im Sumpf versunken sein, jedenfalls nicht an der Stelle unter dem Steg, wo er den Kleinen gefunden hatte. Das hatte er selbst nachgeprüft. Was bedeutete das? Hatte Floor ihren Derkje von dort fortgenommen, um ihn woanders zu versenken? Das war schwer vorstellbar, um nicht zu sagen, Unsinn. Lapidius, du vergaloppierst dich! Floor ist eine einfache Frau, die weder lesen noch schreiben kann, sie hat früher Talismane auf dem Markt verkauft und dabei gewiss den einen oder anderen ihrer Kunden übers Ohr gehauen, auch mag sie es mit der Wahrheit nicht so genau nehmen, aber ist sie deshalb eine Mörderin? Wohl kaum. Interessant immerhin, dass Jörk Floor eine solche Tat zutraut. Warum eigentlich? Hat Jörk etwas gegen Floor? Nun, vielleicht, jedenfalls schien er recht verstimmt gewesen zu sein, als Floor sich am Steg nicht von ihm beim Tragen helfen ließ, sondern von ihm, Lapidius ...

Unsinn, du vergaloppierst dich schon wieder. Geh jetzt zu Bett, und versuche zu schlafen!

Achter Tag

Sonntag, 18. Oktober

Trotz seiner Grübeleien am Vorabend hatte Lapidius gut geschlafen, zum ersten Mal, seitdem er auf der Insel übernachtete. Als er vor Janszoons Hütte trat und den Blick nach Westen richtete, wie er es sich angewöhnt hatte, sah er, dass in Kürze die Ebbe einsetzen würde. Anders als an den vorherigen Tagen blies der Wind aus östlichen Richtungen und sorgte dafür, dass die See sich rascher als normal zurückzog.

Lapidius' Blick schweifte suchend über die gesamte Insel, doch keine Menschenseele war zu sehen. Abermals fühlte er Einsamkeit. Sollte er Irit und Yanardan einen Besuch abstatten? Dazu brauchte er einen Grund, und den hatte er nicht. Während er überlegte, begannen seine Gedanken wieder wie von selbst um den Tod des kleinen Derkje zu kreisen. Ließ ihn der hinterhältige Mord denn niemals los? Floor hatte Todesangst vor der Begegnung mit einem der Trauergäste gehabt und war deshalb der Beerdigung ferngeblieben. Nur: Wer war dabei gewesen? Eine erschöpfende Auskunft hatte er nicht bekommen, weder von Jörk noch von Utenhove noch von Pater Angelo. Laurenssen jedenfalls hatte an der Feier teilgenommen. Er kam als Täter in Betracht, auch wenn er ziemlich alt war.

Und wer noch? Utenhove? Nicht ausgeschlossen, obwohl der Mann aus Gent viel zu hochnäsig schien, um sich mit einer wie Floor einzulassen.

Niklot, Fruchard? Auch sie sollten unter den Trauernden

gewesen sein. Lapidius erinnerte sich, dass Fruchard gesagt hatte, man müsse vom Scheitelpunkt des Weges zwischen den großen Dünen geradeaus gehen, um zu seiner Hütte zu gelangen, und beschloss, den ehemaligen Lateinlehrer aus Amiens aufzusuchen. Seine Befürchtung, er würde Fruchards Behausung nicht finden, erwies sich als unbegründet, denn Fruchard kam ihm auf halbem Wege entgegen. Er trug einen hohen Weidenkorb auf dem Rücken und strebte in Richtung Watt. »Was machst du hier, Lapidius?«, fragte er.

»Ich wollte zu dir, Théo.«

»Zu mir?« Fruchard blieb stehen und blickte ihn erfreut an. »Ich kriege so gut wie nie Besuch, schon gar nicht am Sonntag. Hast du einen besonderen Anlass?«

»Den habe ich.« Lapidius hatte hin und her überlegt, wie er das Gespräch am besten beginnen könnte, aber ihm war nichts Gescheites eingefallen. Deshalb beschloss er, mit der Tür ins Haus zu fallen. »Ich wollte dich fragen, wie du zu Floor stehst.«

»Zu Floor?« Fruchard runzelte die Stirn. »Wie kommst du denn darauf?«

»Du warst doch auch auf der Beerdigung ihres Jungen?«

»Ja, und? Das gehörte sich ja wohl für einen anständigen Christenmenschen.«

Lapidius machte noch einen Versuch. »Und ihr beide wart nicht irgendwann ein … Paar?«

»Aber erlaube mal!« Fruchard war ehrlich empört. »Mein Lebensinhalt sind Fleiß, Bescheidenheit und Enthaltsamkeit. So wie Jesus Christus es uns allen vorgelebt hat. Niemals würde mir einfallen, bei einer Frau zu liegen, bevor Gott sie mir nicht gegeben hätte.«

»Es war nur eine Frage.« Lapidius sah ein, dass er so nicht

weiterkam, und suchte nach einem unverfänglicheren Thema. »Was willst du denn mit dem Korb?«

»Butte heimtragen.«

»Butte?«

»Das sind Plattfische.« Fruchard grinste. Er schien nicht länger ungehalten. »Um sie zu fangen, brauchst du nur nackte Füße und etwas Geschicklichkeit. Ich hoffe, ich habe Letzteres in ausreichendem Maße.«

»Barfuß bist du jedenfalls schon.« Lapidius grinste zurück.

»Komm mit, die Ebbe hat eingesetzt. Der Butt soll sich besonders an den Rändern von Prielen aufhalten. Er liegt dort im Schlick, und nur seine beiden Augen schauen heraus.« Fruchard ging voran, und Lapidius folgte ihm. Sie stapften hinaus ins Watt, und nach gut hundert Schritten erreichten sie den ersten Priel.

Lapidius fragte: »Was geschieht jetzt?«

Fruchard legte den Zeigefinger an die Lippen. »Pst, nicht so laut, ich weiß nicht, wie gut Fische hören können. Logan jedenfalls meinte, man müsse sich dem Butt mit größter Vorsicht nähern.«

»Und dann?«, fragte Lapidius flüsternd.

Fruchard antwortete ebenso leise: »Dann muss man blitzschnell auf den Butt treten, damit er nicht entkommt. Anschließend greift man ihn und wirft ihn in ein mitgeführtes Behältnis. Logan sagt, wenn man es richtig anstellt, hat man im Handumdrehen eine hübsche Mahlzeit beisammen.«

»Wo ist Logan eigentlich? Er hätte doch mitkommen können?«

»Keine Ahnung. Ich bin immer froh, wenn er nicht in meiner Nähe ist. Sein Dudelsackspiel ist ein Martyrium.«

»Das finde ich auch.« Lapidius zog seine Schuhe aus, stellte sie gut sichtbar neben ein Büschel Blasentang und ermahnte sich im Stillen, sie auf dem Rückweg nicht zu vergessen.

»Geh du in diese Richtung, ich gehe in die andere. Den Korb stelle ich hier ab. Mal sehen, wer von uns beiden mehr Fische erwischt.«

Sie zogen los, den Blick unverwandt auf den Wattboden gerichtet. Lapidius bewegte sich mit großer Behutsamkeit, denn ein gebratener Butt als Mittagsspeise erschien ihm sehr verlockend. Da! Was war das? Kaum zwei Schritte entfernt glaubte er, zwei engstehende Fischaugen im Schlick erkannt zu haben. Sollte das Glück ihm so schnell hold sein? Auf Zehenspitzen schlich er weiter, Zoll um Zoll, bis er unmittelbar vor dem Augenpaar stand. Es wirkte merkwürdig leblos. War der Fisch womöglich tot? Lapidius holte tief Luft und trat zu.

Der Butt war keineswegs tot. Er zappelte um sein Leben. Doch Lapidius' Fuß drückte ihn fest in den Sand. Er spürte, mit welcher Kraft der Fisch sich zu befreien versuchte, und fragte sich, wo er ihn packen sollte. Am besten wohl an der schmalen Stelle vor der Schwanzflosse. Er bückte sich und griff beherzt zu. »Ich habe einen!«, rief er laut, eilte zu dem Weidenkorb und warf die zuckende Beute hinein.

»Pst«, mahnte Fruchard, »sei doch still!« Er schien ebenfalls etwas entdeckt zu haben. Lapidius gehorchte und schwieg. Unvermittelt sprang der Franzose vor und trat zu. Sein Tritt allerdings war ungenau, er rutschte auf dem Fisch aus und fiel der Länge nach in den Schlick. *»Merde!«*

Lapidius verbiss sich ein Lachen. »Brauchst du Hilfe?«

Fruchard wischte sich den Schlamm von der Kleidung. »Nein, es scheint, als hättest du mehr Jagdglück als ich.«

»Ach was, wahrscheinlich passiert mir gleich dasselbe.«

Doch wie sich zeigte, stellte Lapidius sich deutlich geschickter an. Es dauerte nicht lange, bis er ein halbes Dutzend Butte gefangen hatte, während Fruchard immer wieder scheiterte, was ihn zusehends verdross. Richtig missgelaunt wurde er jedoch, als er ein zweites Mal ausrutschte und abermals im Matsch landete.

Diesmal konnte Lapidius sich ein Schmunzeln nicht verkneifen, was Fruchard nur noch mehr erboste. »*Bon Dieu de merde!* Du lachst auch noch!«

»Ich lache nicht.« Lapidius bemühte sich, ernst dreinzublicken.

»Natürlich lachst du! Du machst dich lustig über mein Pech.«

»Nein, nein, so glaub mir doch.« Lapidius war bemüht, die Wogen zu glätten. Er dachte an ihre erste Begegnung am Wrack und sagte: »Der eine kann besser mit der Säge umgehen, der andere kann besser Fischetreten. Es sind genug Butte für uns beide da. Wir teilen sie auf und gehen nach Hause.«

»Nein! Ich kann nicht immer nur Pech haben. Lass es mich noch einmal versuchen.«

Lapidius zuckte mit den Schultern. »Wie du willst.« Er beobachtete, wie Fruchard sich am Rand des Priels voranpirschte, und fasste sich in Geduld. Eine Weile verging. Lapidius begann schon, sich zu langweilen, als Fruchard unvermittelt zutrat. Er hatte gut gezielt und traf den Butt genau. »Geschafft!«, rief er. »Er zappelt unter meinem Fuß!«

»Gratuliere«, sagte Lapidius.

Fruchard strahlte, sein Unmut war wie fortgeblasen. Er lockerte den Druck auf den Fisch, um ihn zu greifen, doch in diesem Augenblick krümmte sich die Beute in Todesangst, sie zuckte und zappelte, und es gelang ihr, in den angrenzenden Priel zu springen.

Fruchards Gesichtszüge, eben noch frohlockend, entgleisten übergangslos. *»Merde!«*, schrie er. »So ein verfluchtes Pech! *Merde! Merde! Merde!*« Und mit jedem Mal, da er das Schimpfwort schrie, trat er mit dem Fuß auf die Stelle, wo der Butt sich im Schlick verborgen hatte.

Lapidius griff ihn beim Arm. »Beruhige dich, Théo. Der Butt hat nichts Unrechtes getan, nur um sein Leben gekämpft. Wir haben genug andere Fische, die uns schmecken werden. Ich mache dir einen Vorschlag: Wir gehen zu Janszoons Hütte, und ich brate sie uns über dem Feuer.«

»Vielleicht hast du recht«, murmelte Fruchard. »Verzeih meine Ungeschicklichkeit, sie ist mir sehr peinlich.«

»Das braucht sie nicht zu sein. Wie ich vorhin schon sagte: Der eine kann dies, der andere das. Wie langweilig wäre es, wenn alle alles gleich gut könnten.«

Gemeinsam verließen sie das Watt.

Am Nachmittag ging Lapidius zu Niklot. Der mürrische Fuhrmann fing ihn vor seiner Hütte ab. »Was willst du?«, fragte er.

Lapidius, der gut gegessen und einen Mittagsschlaf gemacht hatte, war milde gestimmt. »Verzeih, wenn ich störe«, sagte er. »Darf ich eintreten?«

»Nein.« Niklot verschränkte die Arme vor der Brust. »Was du zu sagen hast, kannst du auch hier draußen sagen.«

»Nun gut, ich merke schon, du gehörst nicht zu den Höflichsten im Lande. Ich möchte dir eine Frage stellen: Wie gut kennst du Floor?«

»Floor? Sie ist ein armes Ding. Hat ihren kleinen Derkje vor ein paar Tagen verloren. Bei der Beerdigung war sie allerdings nicht dabei. Wer will es ihr verdenken bei dem frömmlerischen Geschwafel von dem Pater.«

»Du schätzt Pater Angelo nicht sehr?«

»Das habe ich mit Fruchard gemeinsam.«

Lapidius musterte Niklot, einen großen, kräftigen Mann, dem der Aussatz die halbe Nase weggefressen hatte. »Darf ich dir eine letzte Frage stellen?«

»Nicht, bevor du mir auch eine beantwortet hast.«

Lapidius begann, sich über Niklots patzige Art zu ärgern, doch er ließ sich nichts anmerken. »Nur zu.«

»Was macht mein Dreibein?«

»Ich habe es bei einem Schmied in Auftrag gegeben, drüben in Zwaanshoven.« Dass der Schmied gleichzeitig Scharfrichter war und Crassman hieß, tat nichts zur Sache.

Niklot grunzte.

Lapidius sagte: »Es heißt, Floor hätte bis vor kurzem einen Liebhaber gehabt. Kennst du vielleicht seinen Namen?«

»Bist du hergekommen, um mich das zu fragen?«

»Hatte sie einen Liebhaber?«

Wieder grunzte Niklot. »Wer will das wissen. Manche sagen, sie hat einen, manche sagen, sie hat keinen.«

»Und was glaubst du?«

»Das war schon eine Frage zu viel.«

»Beantworte sie mir trotzdem.«

»Ich glaube, sie hat einen Liebhaber, wenn du es unbedingt wissen willst. Bist du interessiert an ihr?«

Lapidius schüttelte den Kopf. »Weißt du, wie der Liebhaber heißt?«

»Nein, weiß ich nicht. Aber wenn ich es wär, wüsste ich, was ich zu tun hätte.«

»Und was wäre das?«

»Sie in ihrem Schmerz trösten.«

»Danke«, sagte Lapidius und ging.

Am späten Nachmittag machte sich Lapidius zu dem Platz auf, an dem er Logan an seinem zweiten Tag auf der Insel getroffen hatte. Doch die Stelle im Gras war verwaist und von Logan weit und breit nichts zu sehen. Lapidius schluckte seine Enttäuschung hinunter. Er hatte gehofft, wenigstens von dem irischen Seemann etwas Brauchbares zu erfahren.

Er ließ sich im Gras nieder und zupfte einen Halm ab, den er zwischen seine beiden Daumen legte. Dann presste er die Daumen zusammen und blies auf den Halm. Das entstehende Geräusch war fast so durchdringend wie die Klänge von Logans Dudelsack.

Lapidius warf den Grashalm fort. Der Versuch war kindisch gewesen. Logan würde ihn nicht hören und auch nicht kommen. Dafür war es schon zu spät. Die Sonne würde demnächst untergehen und wie ein glutroter Ball im Meer versinken.

Was hatten seine Nachforschungen erbracht? Wenn er ehrlich war, nichts. Wahrscheinlich, weil er sich bei der Befragung von Fruchard und Niklot zu dumm angestellt hatte. Er hatte es versäumt, sie nach den anderen Teilnehmern der Beerdigungsfeier zu fragen. Denn eines schien klar: Der Mörder von Derkje war unter den Trauergästen gewesen. Jedenfalls hatte Floor das geglaubt und war deshalb nicht hingegangen.

Lapidius fragte sich, warum er der Aufklärung des Mordes überhaupt solche Bedeutung beimaß. Die ganze Sache ging ihn schließlich nichts an. Er war lediglich der Schellenknecht und hatte die Aussätzigen mit dem Nötigsten zu versorgen. Mehr nicht.

Allerdings gab es da den Täter, der wahrscheinlich genau wusste, dass er hinter ihm her war und sich ins Fäustchen lachte, weil er sich bei der Jagd nach ihm so ungeschickt anstellte. Bei Hermes! Lapidius, du solltest lieber Fische treten, statt Mördern nachzustellen …

»Das habe ich gefunden«, näselte eine Stimme hinter ihm.

Lapidius fuhr herum und erblickte Utenhove. Der hochnäsige Mann aus Gent hielt einen kleinen Gegenstand in der Hand und näselte weiter: »Wenn ich mich nicht irre, ist dies das Mundstück von Logans Folterinstrument. Ich habe es dahinten im Sand entdeckt und dachte, ich sollte es ihm geben, obwohl er ein Mörder ist.«

»Ein Mörder?« Lapidius erschrak ob der direkten Beschuldigung.

»Natürlich. Alle sind Mörder hier auf der Insel. Wusstest du das nicht?«

»Doch, doch«, versicherte Lapidius hastig. »Hier ist Logan jedenfalls nicht.«

»Das sehe ich.« Utenhove runzelte die Stirn. »Leider fehlt mir die Zeit, ihn zu suchen. Überhaupt habe ich immer sehr wenig Zeit. Die vielen Verpflichtungen, wenn du verstehst, was ich meine.«

»Natürlich.«

Utenhove trat unschlüssig von einem Bein aufs andere, was ihn wie einen Storch aussehen ließ. Offenbar wusste er nicht, was er machen sollte.

»Von welchen Verpflichtungen sprichst du?«

»Von den Verpflichtungen eines erfolgreichen Kaufmanns. Aber davon verstehst du nichts. Ach, da kommt mir ein Einfall: Hier, nimm du das Mundstück, du siehst den Mörder sicher öfter als ich. Wenn du ihn triffst, musst du es ihm geben. Versprichst du mir das?«

Lapidius ertappte sich bei dem Gedanken, dass es nicht

das Schlechteste wäre, das Mundstück einfach ins Meer zu werfen, denn solange das Teil an dem Dudelsack fehlte, würde wohltuende Ruhe auf der Insel herrschen. »Nun gut, ich werde dafür sorgen, dass Logan das Mundstück bekommt.«

»Das ist sehr liebenswürdig von dir. Ich werde deinen Namen lobend erwähnen und dich für eine Beförderung vorschlagen. Allerdings müsstest du dann lesen und schreiben können, auch wären Kenntnisse in der englischen und französischen Sprache sehr von Nutzen. Darüber sollten wir ein anderes Mal reden. Ich habe noch eine Verabredung und darf mich nun empfehlen.« Utenhove überreichte das Mundstück und entfernte sich mit langen Schritten.

Lapidius saß da und starrte auf das blecherne Ding. Es sah abgenutzt aus, vieltausendmal von Logan benutzt. Hoffentlich war ihm nichts passiert. Er schien sehr unglücklich gewesen zu sein über den Verlust von Lieke, seiner Gefährtin. Wo sie wohl steckte? Wo er wohl steckte?

Die Sonne war mittlerweile untergegangen, der Himmel nahm eine blassrosa Färbung an, Nachtwolken zogen auf. Es wurde Zeit, zurück zu Janszoons Hütte zu gehen. Lapidius wog das Mundstück in der Hand und überlegte. Dann legte er das Teil behutsam ins Gras, genau an jene Stelle, wo Logan bei ihrem letzten Gespräch gesessen hatte.

Da würde er das Mundstück gewiss finden.

Neunter Tag

Montag, 19. Oktober

Bevor Lapidius an diesem Tag zum Festland hinüberruderte, lenkte er seine Schritte in den Südwesten der Insel. Er wollte Floor ein weiteres Mal aufsuchen, denn er hatte sich überlegt, es könne Sinn machen, sie zu fragen, warum Jörk ihr den Mord am eigenen Kind zutraute. Jörk schien mehr über Floor zu wissen, als ihr lieb sein konnte. Dieses Mehr an Wissen wollte Lapidius von ihr erfahren.

Doch als er die Hütte mit dem Segeltuchdach erreichte und nach ihr rief, bekam er keine Antwort. Er rief erneut und trat schließlich ein. Floor war nicht da. Er blickte sich um. Der Raum war gefegt, die Lagerstatt gemacht, und alles lag an seinem Platz. Es sah aus, als wäre Floor für längere Zeit fort.

Fort für längere Zeit? Wohl kaum. Wahrscheinlich war sie einfach nur weggegangen, um etwas zu besorgen. Vielleicht neues Holz vom Wrack. Vielleicht lief sie auch irgendwo am Watt entlang und hielt Ausschau nach Treibholz. Oder sie machte einen Spaziergang, um frische Luft zu schöpfen.

Lapidius verließ die Hütte. Er konnte nicht auf Floor warten, wenn er rechtzeitig zur Essensausgabe in Zwaanshoven sein wollte. Unterwegs jedoch, bei den beiden hohen Dünen, überlegte er es sich anders. Es würde kein großer Umweg sein, Logans Lieblingsplatz aufzusuchen. Außerdem würde er von dort einen Blick auf das Wrack werfen können und bei der Gelegenheit vielleicht Floor entdecken.

Wenig später musste er feststellen, dass er den Weg umsonst gemacht hatte. Niemand war im Watt zu sehen, und auch das Mundstück lag nicht mehr an Logans Platz. Was hatte das zu bedeuten? Nun, Floor hielt sich gewiss auf einem anderen Teil der Insel auf, und Logan hatte zweifellos das Mundstück gefunden.

Doch halt: Wenn nun ein anderer das Mundstück an sich genommen hatte? Einer, der den Eindruck erwecken wollte, Logan lebe, obwohl dieser längst …? Bei Hermes, Lapidius! Jetzt geht der Gaul aber mit dir durch. Nur weil du Logan ein paar Tage nicht gesehen hast, nimmst du gleich das Schlimmste an.

Ärgerlich auf sich selbst, eilte Lapidius weiter, quer über die Insel bis zum Holzsteg am Hoek, wo er seinen Nachen vertäut vorfand. Er sprang in das Gefährt und ruderte mit kräftigen Schlägen über die Merwe.

Am anderen Ufer fand er kaum Zeit, sich darüber zu wundern, dass die Ruderarbeit ihn nicht sehr angestrengt hatte, denn wie immer umringten ihn die neugierigen Jungen und fragten ihn über die Insel der Todgeweihten aus. Später halfen sie ihm, den Suppenkessel, die Brote, einen Sack Zwiebeln und ein Fässchen mit Gepökeltem zu tragen, kicherten über das Wortgefecht, das Lapidius sich abermals mit Elsa, dem hartherzigen Mütterchen, lieferte, und wunderten sich, dass er anschließend nicht gleich zurück zur Insel wollte.

»Ich muss noch zu Doktor Smit, dem Stadtmedicus«, erklärte Lapidius. »Seid so gut und passt in der Zwischenzeit auf die Speisen auf.«

Sie versprachen es, und Lapidius ging zur Kerkstraat, Ecke Raadsherenstraat, wo Smit sein Haus hatte. Nachdem er eingelassen worden war, traf er den Arzt in seinem Behandlungsraum an. »Ich möchte nicht lange stören«, begann er das Gespräch.

»Ihr stört nicht.« Smit wandte sich vom Operationstisch ab, und Lapidius sah zu seinem Erstaunen, dass ein großer Hund darauf lag.

»Keine Angst, der kann nicht beißen«, sagte Smit und grinste flüchtig. »Ich habe ihn narkotisch behandelt.«

»Aha«, sagte Lapidius.

»Er schläft tief. Ich habe ihn mit der *Spongia somnifera* betäubt.«

»Meint Ihr damit den Schlafschwamm?«

Smit pfiff anerkennend durch die Zähne. »Ihr erstaunt mich immer wieder, Lapidius. Nicht nur, dass Ihr heute wesentlich gesünder ausseht als bei unserem letzten, äh, Zusammentreffen, Ihr scheint in der Zwischenzeit auch Latein gelernt zu haben.«

»Ganz so schnell ging es doch nicht.« Lapidius beschloss, einen Teil seines Lebens preiszugeben. »Ich habe vor langer Zeit den Magister Artium gemacht und mich danach für mehrere Semester in der Medizin und der Physik versucht.«

»So seid Ihr ein Physiker mit medizinischen Kenntnissen?«

»Um genau zu sein, bin ich – oder besser: war ich – ein Alchemist. Unter anderem habe ich mich darum bemüht, mit Hilfe des dritten hermetischen Prinzips Gold herzustellen.«

Smit machte große Augen. »Gold? Das müsst Ihr mir näher erklären!«

Lapidius lächelte flüchtig. Es war immer wieder beeindruckend, welche Reaktionen das Wort Gold bei den Menschen hervorrief. »Nun, im Gegensatz zu Eurem Experiment, für das Ihr einen Körper in den Ruhestand versetzen müsst, geht es bei dem dritten hermetischen Prinzip um Schwingungen. Es besagt, dass nichts auf der Welt in Ruhe ist, sondern alles in Bewegung, dass also alles zu jeder Zeit schwingt. Die Veränderung der Schwingung wiederum, so die Theorie, bringt bei vielen Stoffen eine qualitative Verbesserung mit sich. Da Gold eine höhere Schwingung als Quecksilber hat, muss man dieses nur in entsprechende Bewegung versetzen, um das wertvollste aller Metalle zu gewinnen.«

»Und? Ist es Euch gelungen?«

»Ich konnte das Experiment nicht zu Ende führen. Doch immerhin: Mit Hilfe eines eisernen Rades brachte ich eine Platte mit Quecksilbernäpfen eintausendsiebenhundertundvierzig Mal pro Minute zum Schwingen, wie mir das Zeitglas bestätigte.«

»Respekt! Schade, dass Ihr den Versuch nicht beenden konntet. Vielleicht hättet Ihr nur die Geschwindigkeit erhöhen müssen?«

»Vielleicht.« Lapidius fand, dass er genug von sich erzählt hatte. »Doch sprechen wir lieber von Euch. Was habt Ihr mit dem Hund vor?«

»Nun, ich war gerade dabei, dem Hund die Gallenblase herauszunehmen.« Smit erweiterte mit dem Skalpell den Schnitt, den er bereits vorgenommen hatte, und fuhr fort: »Sicher fragt Ihr Euch, warum ich das tue. Wohlan, es hängt mit meinen Forschungen über den Aussatz zusammen. Die Theorie besagt, dass der Aussatz seine Ursache in der schwarzen Galle und in schwarzem überflüssigem Blut hat. Dieses wiederum bildet sich durch den übermäßigen Verzehr von fettem oder verdorbenem Fleisch. Die Folge ist dicker, giftiger, gefährlicher Schleim, welcher dickes, schwärzliches, schwaches Zellgewebe wachsen lässt – das Symptom für den tückischen Aussatz.«

»Ich verstehe nicht ganz«, sagte Lapidius.

»Wartet einen Augenblick.« Smit setzte einen Querschnitt, wodurch sich die Möglichkeit ergab, zwei Hautlappen nach außen zu klappen und besser an die Innereien des Hundes heranzukommen. »Die Gallenblase sitzt beim Menschen an der Unterseite der Leber, ich vermute, das wird bei einem Tier nicht anders sein.« Smit drückte mit der bloßen Hand einen Großteil der Leber aus dem Körper des Hundes und studierte die Umrisse genau. »Da haben wir sie ja. Ich wusste es doch: Letztendlich ist auch der Mensch nur ein Säuger und in der Anatomie dem Hunde ähnlich.«

»Das lasst lieber nicht die Kirche hören.«

Smit ging nicht darauf ein. Der Forscherdrang hatte ihn in seinen Bann geschlagen. »Wisst Ihr, wer mich auf diese These brachte? Der große Vesalius mit seinem prachtvollen Werk *De humani corporis fabrica*. Vesalius ist es, dem wir die genaue Einsicht bis in den kleinsten Baustein des Körpers verdanken.«

»Ich habe von ihm gehört.«

»Ein wahrhaft großer Anatom!« Mit geschickten Handgriffen präparierte Smit die Gallenblase aus dem umliegenden Gewebe heraus, legte sie auf ein Feld des danebenstehenden Schachtisches und dozierte: »Ich weiß nicht, ob Vesalius mir recht geben würde, aber eine Operation ist wie ein Schachspiel: Jeder Schritt will genau überlegt sein, jeder Zug genau durchdacht. Nur dann steht am Ende der Erfolg. Wer weiß, vielleicht ist eine kranke Gallenblase die Ursache für das Entstehen des Aussatzes.«

»Jetzt begreife ich«, sagte Lapidius, »Ihr habt dem Hund die Gallenblase entfernt, um zu sehen, ob er den Eingriff überlebt. Tut er das, könntet Ihr die Operation auch an einem aussätzigen Menschen vornehmen.«

»Genau, genau! Und zwar in der Hoffnung, ihn zu heilen. Ob das gelingen kann, wird wesentlich davon abhängen, wie anschließend die Säfte im Körper des Patienten fließen. Aber auch da könnte der Hund uns vielleicht weiterhelfen.«

»Eure Ausführungen sind sehr inspirierend.« Wieder dachte Lapidius an seine eigene Profession und daran, wie viele vergebliche Versuche er unternommen hatte, um aus unedlem Metall Gold herzustellen. Doch dazu bedurfte es des Steins der Weisen, und ebendiesen hatte er nie besessen. Eine seiner Theorien war gewesen, über die Abläufe während der Amalgamation den *Lapis mineralibus* aufzuspüren – immer in der Hoffnung, das Quecksilber möge am Endpunkt zum Stein der Weisen mutieren, zum »Roten Löwen«, wie die Eingeweihten ihn nannten, und das Maß der Goldgewinnung potenzieren …

Laut sagte Lapidius: »Von den vier Säften, die das Gleichgewicht im Körper halten sollen, würden nach Entfernen der Gallenblase zwei Säfte fehlen – die gelbe Galle und die schwarze Galle. Glaubt Ihr, dass jemand ohne diese Säfte leben kann?«

Smit seufzte und begann, die Operationsschnitte zuzunähen. »Was ich glaube, Lapidius, tut nichts zur Sache. Das Wissen ist es, um das es geht. Und Wissen erlangen können wir nur über den Versuch. Sei es, dass er mit der Kraft des Geistes ausgeführt wird oder mit der Geschicklichkeit der Hände.«

Lapidius nickte. Er wusste, dass Smit recht hatte.

»Wie sehr wäre uns Ärzten geholfen, wenn wir die Möglichkeit hätten, öfter Tote zu sezieren! Aber nicht jeder heißt Vesalius, und nicht jeder hat das Glück, in einer Stadt zu leben, wo ein freier Geist herrscht. Darf ich ganz offen sein?«

»Selbstverständlich. Ihr könnt auf meine Verschwiegenheit zählen.«

»Ich danke Euch. Doch es ist kein großes Geheimnis, dass wir Holländer unter dem Joch der spanischen Besatzung leiden. Und solange Maximilian von Burgund noch Statthalter von Holland, Zeeland und Utrecht und überdies Generalkapitän von Zeeland ist, dürfte sich nichts daran ändern, dass die Leichenzergliederung höchst ungern gesehen wird.« Smit legte Nadel und Faden beiseite und löste die Gurte, mit denen die Läufe des Hundes am Operationstisch fixiert worden waren. »Hoffen wir, dass unser Patient bald wieder aufwacht. Die Dosis aus Stechapfel, Alraune und Bilsenkraut für die *Spongia somnifera* ist bei einem Menschen schon schwierig zu bemessen, bei einem Hund jedoch fehlt mir jegliche Erfahrung. Ach, übrigens, was führte Euch eigentlich zu mir?«

»Ich wollte Euch um Salbe und Verbandsmaterial für die Aussätzigen auf der Insel bitten.«

»Nanu, hat Willem, mein Badergehilfe, Euch nichts ausgehändigt?«

Lapidius zuckte mit den Schultern. »Er sagte beim letzten Mal, er könne mir nichts geben, wenn Ihr nicht da wärt.«

Smit seufzte. »Willem ist ein tüchtiger Mann, aber recht eigenwillig.«

»Ich glaube, er hat mir mal einen gebrochenen Finger gerichtet.«

»Jaja, so etwas kann er. Wie gesagt, er ist recht eigenwillig und darüber hinaus recht häufig fort. Aber er diente schon meinem Vorgänger, und ich mag ihn nicht vor die Tür setzen. Wartet hier.« Smit verschwand in einen Nebenraum und kam kurz darauf mit den gewünschten Utensilien zurück.

Lapidius nahm sie entgegen und bedankte sich.

»Es hat auch sein Gutes, dass Willem häufig nicht da ist. Dadurch zwingt er mich, meine Künste in der Chirurgie nicht einrosten zu lassen. Wie sagte Paracelsus, den zu kennen ich zu seinen Lebzeiten die Ehre hatte, doch so richtig: ›*Wo er nit ein Chirurgus darzu ist, so steht er do wie ein Ölgöz, der nichts ist als ein gemalter Aff.*‹«

Lapidius lachte höflich, und Smit fiel ein.

»Ich muss jetzt gehen«, sagte Lapidius, »bei Dunkelheit komme ich nicht mehr zur Insel hinüber.«

»Auf Wiedersehen«, sagte Smit. »Es war angenehm, mit Euch zu plaudern.«

»Ganz meinerseits«, antwortete Lapidius. »Auf Wiedersehen.«

Zehnter Tag

Dienstag, 20. Oktober

Der Morgen des nächsten Tages war kühl und windig. Nachdem Lapidius sich von seinem Lager erhoben hatte, stellte er fest, dass sein Feuerholz zur Neige ging. Wo hatte er nur seine Gedanken gehabt? Gestern erst war er auf der anderen Seite der Insel gewesen, ganz in der Nähe des Wracks, und es hätte keines großen Aufwandes bedurft, sich ein paar Bretter zurechtzusägen. Doch es half nichts, er hatte noch nie ein Feuer ausgehen lassen, und er musste dafür sorgen, dass es auch diesmal nicht geschah. Das war er sich als ehemaliger Alchemist schuldig. Denn ein Alchemist ließ niemals die Glut im Athanor, dem Spezialofen der Goldmacher, verlöschen.

Nachdem er ein wenig Pökelfleisch in seine Suppe gegeben, sie umgerührt, gekostet und schließlich mit gutem Appetit verspeist hatte, machte er sich auf den Weg. Mit langen Schritten eilte er über die Insel, schaute nicht nach links und rechts und erreichte nach kurzer Zeit sein Ziel. Das Wrack lag einsam da. Lapidius' Hoffnung, einer der Aussätzigen würde in der Nähe sein und ihm beim Sägen helfen, erfüllte sich nicht.

So musste er es allein versuchen. Zum Glück fand er die Säge, die er von Crassman für die Inselbewohner erhalten hatte, an einem geschützten Platz vor. Sie war neu und wies keinerlei Rost auf. Lapidius nahm sich eine Planke und begann mit der Arbeit. Doch nach kurzer Zeit musste er einsehen, dass er es allein nicht schaffte. Immer wieder verklemmte und verbog sich das Blatt. Schließlich gab er auf. Eine Verwünschung ausstoßend, setzte er sich auf den Kiel des Wracks. Viel hätte er darum gegeben, Fruchard an seiner Seite zu haben. Der hätte ihm helfen können. Aber Fruchard war nicht da.

Stattdessen erschien unverhofft ein anderer Mann. Einer, den Lapidius an diesem Ort als Letzten erwartet hätte. Es war Yanardan. »Guten Morgen, Lapidius«, sagte er freundlich.

»Guten Morgen«, antwortete Lapidius und blickte ihn überrascht an.

»Darf ich mich zu dir setzen?«

»Gern.« Lapidius rutschte ein Stück zur Seite.

Yanardan nahm Platz und ergriff eine Handvoll Sand. Bedächtig ließ er die Körner durch seine Finger rieseln. Einmal, zweimal, immer wieder. Der Anblick beruhigte Lapidius.

»Was bewegt dich?«, fragte Yanardan sanft.

Lapidius zögerte. Sollte er über seine vergebliche Suche nach Derkjes Mörder sprechen? Nein, wohl besser nicht. Die Sache war schon verworren genug. »Ich frage mich, wo Floor und Logan sind. Ich habe sie längere Zeit nicht gesehen.«

»Floor bin ich eben begegnet, nicht weit von hier. Sie sammelte Herzmuscheln. Ich glaube, sie will sich eine Kette machen.«

»Dann ist es gut«, sagte Lapidius erleichtert.

»Wo Logan steckt, weiß ich allerdings nicht. Ich denke aber, es geht ihm gut.« Yanardan nahm eine neue Handvoll Sand. »Sofern es jemandem, der Aussatz hat, überhaupt gutgehen kann.«

»Wo wir gerade davon reden: Leidest du an Aussatz?«

Der alte Mann lächelte. »Warum fragst du? Du bist doch sicher, dass es nicht so ist.«

»Ich gebe zu, ich habe keine Anzeichen der Krankheit an dir bemerkt.«

»Du hast richtig beobachtet. Ich habe die Krankheit nicht. Nun lass mich dir beim Sägen helfen.«

»Darum wollte ich dich gerade bitten. Kannst du Gedanken lesen?«

Yanardan erhob sich und reichte Lapidius die Hand, um ihm aufzuhelfen. »Manchmal. Nun lass uns tun, was getan werden muss. Irit hat mich beauftragt, neues Holz zu besorgen.«

Sie stellten sich gegenüber auf und zogen abwechselnd die Säge durch ein Spantholz. Yanardan erwies sich dabei als überraschend stark, er schien Kräfte wie ein Junger zu haben. Nach einer Weile brauchte Lapidius eine Pause. Um seine Schwäche zu überspielen, fragte er: »Wie alt bist du, Yanardan?«

Yanardan schaute Lapidius spöttisch an. »Ich bin alt genug, um dein Vater sein zu können, und jung genug, um dein Sohn sein zu können.«

»Wie bitte? Ist das ein Rätsel?«

»Ja, Lapidius. Und des Rätsels Lösung heißt Gesundheit. Wer gesund ist, kennt kein Alter. Ich gedenke, es bis zu meinem letzten Tag zu bleiben.«

»Kennst du denn deinen letzten Tag?«

»Ja, und bis dahin werde ich Irit begleiten und beschützen. Ich werde meine Hand über sie halten und sie vor allem Bösen bewahren.«

»Es muss einen besonderen Grund geben, warum sie dir so nahesteht.«

»Den gibt es. Aber es würde zu weit führen, darüber zu sprechen.«

Schweigend arbeiteten sie weiter. Irgendwann sagte Lapidius: »Ich glaube, was du für Irit tust, könnte ich auch für sie tun.«

»Ich weiß.«

Wieder war für eine Weile nur das Sägegeräusch, das Rauschen des Windes und das Schreien der Möwen zu hören. Dann, während einer weiteren Verschnaufpause, sagte Yanardan: »Ich wollte, du wärst so gesund wie ich. Aber dazu müsstest du« – er hielt inne und blickte Lapidius direkt in die Augen – »das Richtige trinken. Am besten Wasser. Nur Wasser. Etwas Gesünderes gibt es nicht.«

Lapidius hielt dem Blick stand. »Ich werde versuchen, mich daran zu halten.«

»Ich glaube dir.« Yanardan wirkte plötzlich sehr ernst. »Du musst deine Lebensenergien stärken, deine Doshas, wie wir in Indien sagen.«

»Doshas?«

»Wir unterscheiden ihrer drei: Vata, bestimmt durch die Elemente Raum und Luft, Pitta, bestimmt durch Feuer und Wasser, Kapha, bestimmt durch Wasser und Erde. Jeder Mensch wurde mit der ihm eigenen Mischung der drei Doshas geboren. Auch du, Lapidius.«

Lapidius zog die Stirn in Falten. »Das klingt fremdartig und vertraut zugleich. Unsere Mediziner unterscheiden ebenfalls Lebensenergien. Es sind jedoch vier. Sie werden Temperamente genannt. Dem Melancholiker wird das Element Erde zugeordnet, dem Phlegmatiker das Wasser, dem Sanguiniker die Luft und dem Choleriker das Feuer.«

Yanardan nickte. »Ich weiß.«

»Warst du in deiner Heimat ein Arzt?«

»Ja, das war ich. Ein Arzt nach der Lehre des Ayurveda. Ich gehörte der Kaste der Brahmanen an, einer Gesellschaftsschicht, die viele Ärzte und Priester hervorgebracht hat. Ein Mythos besagt, wir Brahmanen seien aus dem Mund des Urriesen Purusha entstanden, danach die Fürsten aus seinen Armen, die Händler aus den Schenkeln und zuletzt die Dienenden aus den Füßen.«

Lapidius sagte: »Auch hier sehe ich Parallelen. Bei uns heißt es, Gott hat jeden an seinen Platz gestellt und deshalb die Stände geschaffen. Den obersten Stand bilden der Klerus und der Adel, den mittleren die freien Bürger, wie Kaufleute und Handwerker, und den niedrigsten Stand die Pächter und Leibeigenen. Sag, Yanardan, was macht einen Brahmanen aus?«

Yanardan antwortete: »Der obersten Kaste zugehörig sein darf nur derjenige, der stets nach Heiterkeit, Selbstbeherrschung, Askese und Reinheit strebt, nach Eigenschaften also, die nur dann zu erringen sind, wenn Pakriti, das Gleichgewicht der drei Doshas, vorhanden ist. Ist die Ausgeglichenheit nicht vorhanden, sprechen wir von Vikriti.«

Lapidius musste an Smit, den Stadtmedicus, denken, und sagte: »Unsere Ärzte sprechen in diesem Fall von Eukrasie und Diskrasie. Das Wiederherstellen der Eukrasie, also des Gleichgewichts der Säfte, ist die Aufgabe des Heilers. Gelingt es ihm, wird der Patient gesund. Es scheint viele Parallelen zu geben zwischen deiner und unserer Lehre.«

Yanardan lächelte. »Das ist kein Wunder. Eure Lehre hat ihren Ursprung in meiner Heimat. Aber ich will nicht anmaßend sein. Der Aussatz ist auch nur eine Form von Vikriti – oder der Diskrasie, wie du sagen würdest –, und dennoch ist die Lehre des Ayurveda eine Antwort auf die Geißel Aussatz bis heute schuldig geblieben.«

»Lass uns weiterarbeiten.«

»Ja, lass uns weiterarbeiten.«

Als beide der Auffassung waren, die Menge an Holz würde für die nächsten Tage ausreichen, teilten sie es unter sich auf, und Lapidius sagte: »Manchmal denke ich, dass es den meisten Aussätzigen auf Zwaanwaard noch recht gutgeht. Immerhin nehmen sie am gemeinsamen Leben teil. Oder täusche ich mich da?«

Yanardan zog die Augenbrauen hoch. »Das tust du, der Eindruck trügt. Du begegnest nur denjenigen, die noch leidlich zu Fuß sind. Es gibt mindestens ebenso viele, die dahinsiechen, die nicht mehr gehen und nicht mehr sprechen können, weil sie vor Schmerzen nur noch wimmern. Ihnen fehlen die Nase, die Lippen, der Mund, und ihre Hände und Füße sind nur noch Klumpen. Sie müssen gefüttert werden, weil sie sonst verhungern.«

»Und wer tut das? Jörk, der die Speisen verteilt?«

Yanardan schüttelte den Kopf. »Ich werde nicht recht schlau aus Jörk, aber ich glaube, er lacht lieber, als dass er Speise in Münder löffelt, die nur noch aus einem Loch bestehen. Irit ist es, die es tut. Sie ist in dieser Hinsicht unermüdlich, denn sie kennt die Erbarmungswürdigen und weiß, wo auf der Insel sie anzutreffen sind. Ja, Irit kümmert sich um sie. Irit und einige andere.«

»Also auch du?«

Yanardan gewann sein Lächeln zurück. »Wir würden dich gern für heute Abend einladen.«

»Oh, danke.« Lapidius' Herz tat einen Sprung.

Yanardans Lächeln verstärkte sich. »Wir könnten gemeinsam plaudern und einen Becher Wasser trinken.«

Zum ersten Mal seit langer Zeit bereute Lapidius, keinen Spiegel zu haben. Gern hätte er sein Konterfei betrachtet, um zu überprüfen, ob sein Aussehen nicht zu abschreckend wirkte. Doch er hatte keinen Spiegel, und deshalb musste er sich so, wie er war, auf den Weg zu Yanardan und Irit machen.

Mit langen Schritten eilte er über die Insel und erreichte ihre Hütte schon nach kurzer Zeit. Als er vor der Tür haltmachte, war er recht aufgeregt. Er atmete ein paarmal tief durch, wartete, bis sein Puls sich halbwegs beruhigt hatte, und rief mit verhaltener Stimme: »Yanardan?«

Der alte Arzt öffnete sogleich. »Wir freuen uns, dass du gekommen bist«, sagte er und machte eine einladende Geste. »Komm herein.«

»Ja, wir freuen uns«, sagte auch Irit, die sich mit einer anmutigen Bewegung erhoben hatte. »Sei willkommen.«

»Danke«, krächzte Lapidius. Er spürte einen Kloß im Hals und war nicht in der Lage, weiterzureden. Was hatte er sich nicht alles an klugen, artigen und höflichen Sätzen zurechtgelegt, und nun brachte er nichts anderes als dieses armselige »Danke« hervor!

Doch Irit schien seine Verlegenheit nicht zu bemerken. »Ich hoffe, du hast einen kräftigen Appetit mitgebracht«, sagte sie, und ihre Augen blickten ihn forschend an. »Yanardan allein würde an der Menge, die ich für euch zubereitet habe, wahrscheinlich eine ganze Woche essen.«

»Heißt das, du isst nicht mit uns?«, fragte Lapidius überrascht.

Irit schwieg einen Augenblick. Dann antwortete sie: »Ich kann mein Gesichtstuch nicht abnehmen. Ich esse später.«

Lapidius spürte Enttäuschung, aber er versuchte, sich

nichts anmerken zu lassen. »Sicher bringst du etwas Köstliches auf den Tisch.«

»Es ist nichts Besonderes, nur aus dem gemacht, was du uns aus Zwaanshoven herübergebracht hast.«

Wie sich zeigte, war es ihr jedoch sehr wohl gelungen, aus dem wenigen etwas Besonderes zu machen. Sie hatte einen Laib Brot ausgehöhlt, ihn mit zerkleinertem Pökelfleisch und gehackten Zwiebeln gefüllt und das Ganze über dem Feuer gebacken. Jede Scheibe des so entstandenen neuen Brotes schmeckte durch und durch würzig, und Lapidius, der sonst kein großer Esser war, langte kräftig zu. Es mundete ihm so gut, dass er kaum bemerkte, wie wenig Yanardan aß und wie aufmerksam Irit ihn beobachtete.

Als sie ihr Mahl beendet hatten und Irit einen Becher frisch aufgefangenes Regenwasser anbot, sagte Yanardan: »Nehmt es mir nicht übel, aber ich bin ein wenig müde. Ich werde mich zur Ruhe legen.«

»Jetzt schon, Yanardan?«, fragte Irit verwundert.

»Ja, jetzt schon. Vergiss nicht, ich bin ein alter Mann.« Yanardan lächelte entschuldigend. »Danke für deinen Besuch, Lapidius. Ich bin sicher, wir sehen uns bald wieder.«

»Das würde mich freuen«, sagte Lapidius höflich.

Yanardan erhob sich, strich Irit mit einer liebevollen Geste über den Kopf und verließ den Raum.

In die aufkommende Stille hinein sagte Irit: »In letzter Zeit ist er so anders. Manchmal denke ich, er sieht Dinge voraus, die er mir nicht sagen will.«

»Er erzählte mir, er sei Arzt.«

»Ja, das ist er. Ein Arzt, der Gesichte hat. Er lebt in seiner eigenen Welt. Aber er hat mich immer daran teilhaben lassen, solange ich denken kann.«

»Jeder hat sein eigenes Leben.«

»Das stimmt, aber zusammen ist man stärker.« Irit begann, den Tisch abzuräumen, und als sie fertig war, sagte sie: »Ich möchte noch einen Spaziergang machen. Die Luft ist so rein und frisch heute Abend. Begleitest du mich?«

»Ja, gern.« Lapidius erhob sich rasch und hörte dabei ein leises Knacken in seiner Tasche. »Bei Hermes!«, murmelte er und griff hinein. Seine Befürchtung bewahrheitete sich. Das zarte Gehäuse der Wellhornschnecke, das Irit zu schenken er vor Aufregung vergessen hatte, war entzweigebrochen.

»Was ist passiert?«, fragte Irit.

»Ach, äh, nichts.« Lapidius errötete wie ein Jüngling und wandte sich ab. Irit sollte nicht sehen, wie peinlich ihm sein Missgeschick war. »Gehen wir jetzt?«

»Ja«, sagte sie und schlang sich ein warmes Tuch um die Schultern. »Ich möchte das Meer bei Nacht sehen. Es ist so friedlich, wenn sich das Mondlicht auf den Wellen spiegelt.«

Sie traten hinaus in die Dunkelheit, und nach einigen Schritten hakte sich Irit wie selbstverständlich bei Lapidius ein. Es war nur eine kleine Geste, aber sie gab ihm das Gefühl, als wäre er schon immer mit ihr durch die Dünen gewandert, und er spürte eine Vertrautheit, die ihm alle Verlegenheit nahm. »Das Geräusch eben«, sagte er, »kam von der Wellhornschnecke.«

»Der Wellhornschnecke?«

»Ja, ich habe sie gefunden. Sie war makellos, wunderschön gewachsen, und ich dachte, sie könnte ein passendes Geschenk für dich sein ...« Er hielt inne. »Nun ist sie durch meine Ungeschicklichkeit zerbrochen.«

Irit blieb stehen. Sie blickte zu ihm auf und sagte ruhig: »Darüber, dass du mir etwas schenken wolltest, freue ich mich genauso wie über das Geschenk selbst.«

Er sah in ihre Augen, und darin stand, dass sie genau das meinte, was sie sagte. »Komm, wir setzen uns«, schlug sie vor. »Der Mond bricht durch die Wolken. Ich mag sein silbernes Licht auf dem Wasser.«

Sie setzten sich, eng aneinandergelehnt, und beobachteten das Meer und das Licht, und sie spürten die Unendlichkeit, die in beidem lag. Nach einer Weile des Schweigens sagte Irit: »Wie kommt es eigentlich, dass du dich bereit erklärt hast, die Stelle des alten Janszoon einzunehmen? Ich meine, das hätte doch nicht jeder getan?«

Lapidius räusperte sich. »Nun, ich glaube, niemand wollte es tun.«

»Außer dir?«

»Ja, außer mir.« Lapidius ahnte die unausgesprochene Frage. Er zögerte kurz, doch dann beschloss er, die Wahrheit zu sagen. Irit war eine Frau, der man nichts vormachen konnte. Und auch nicht durfte. »Ich habe es gemacht, weil Mickels, der Ratssekretär, mir dafür ein regelmäßiges Quantum Genever versprach.«

»Hat er sein Wort gehalten?«

»Nein, er hat mich betrogen.«

»Das muss sehr hart für dich gewesen sein. Du bist ein Trinker, nicht wahr?«

»Ja, Irit.«

Wieder schwiegen sie eine Zeitlang, und gerade, als Lapidius dachte, Irit würde ihn wegen seiner Schwäche verachten, nahm sie seine Hand und sagte: »Es muss einen Grund dafür geben, warum du dem Trunk verfallen bist. Du hast vorhin gesagt, jeder hat sein eigenes Leben, und ich glaube, dein Leben war bisweilen sehr schwer. Willst du mir davon erzählen?«

»Ja, Irit«, sagte Lapidius abermals. Und plötzlich schien es ihm ganz leicht, über das zu sprechen, was er so viele Jahre in seinem Herzen verschlossen hatte. »Ich kannte einmal eine Frau, Freyja mit Namen. In Deutschland war es, im Harz. Das Städtchen hieß Kirchrode. Ich hatte mich dort niedergelassen, um mich in Ruhe meinen wissenschaftlichen Forschungen zu widmen. Mein Ziel war es, mit Hilfe der Alchemie Gold herzustellen. Doch eines Tages hieß es, eine Kräuterfrau sei der Hexerei und des Mordes angeklagt und bei der peinlichen Befragung in Ohnmacht gefallen. Man holte mich dazu, um ihr zu helfen, und ich sah, dass Freyja – denn um diese handelte es sich – an der Franzosenkrankheit litt.«

»Was ist das für eine Krankheit?«

»Neben Pest und Aussatz die wohl schlimmste Geißel, die es auf Erden gibt. Man nennt sie auch Syphilis. Wer an ihr erkrankt, stirbt ohne Ausnahme, es sei denn, man behandelt den Patienten in der Hitzkammer mit Einschmierungen aus Quecksilber.«

Irit erschauerte. »Hitzkammer und Quecksilber! Das hört sich grausam an.«

»Ja, die Behandlung ist fast so grausam wie die Krankheit selbst. Sie dauert drei Wochen, und genauso lange hatte ich Zeit, Freyja zu kurieren und gleichzeitig ihre Unschuld zu beweisen. Beides gelang mir, doch in der Zwischenzeit musste ich so viel Falschheit, Borniertheit und Voreingenommenheit erfahren, dass ich anschließend nicht mehr in der Stadt leben mochte. Ich ging fort und nahm Freyja mit.«

»Und dann hast du sie geheiratet?«

Lapidius stutzte. »Woher weißt du das?«

»So etwas spürt eine Frau.« Irit schmiegte sich näher an ihn.

»Ja, wir heirateten, denn nichts verbindet so sehr wie gemeinsam Erlebtes und Erlittenes. Doch wir führten ein unstetes Leben, denn die Alchemie ist eine Wissenschaft, die von der Kirche mit Argusaugen betrachtet wird. Wer sich ihr verschrieben hat, steht oft genug mit einem Bein auf dem Scheiterhaufen. Dennoch bekamen wir zwei Kinder, zwei gesunde Knaben, was angesichts der Schwere von Freyjas überwundener Krankheit ein kleines Wunder war. Denn du musst wissen: Wenn die Syphilis dir nicht das Leben nimmt, dann nimmt sie dir wenigstens die Zähne und die Haare.«

»Hattest du auch einmal die Syphilis?«

»Ja, es ist nicht zu übersehen. Seitdem bin ich am ganzen Körper haarlos, und mit meinen Zähnen ist es auch nicht mehr weit her.«

Irit lachte leise.

»Nanu, was ist daran so lustig?«

»Ich musste nur daran denken, welch seltsames Paar wir abgeben: ein Mann ohne Haare und eine Frau ohne Gesicht.«

»Du bist gewiss sehr schön.«

»Nein, das bin ich nicht.« Irit wurde wieder ernst. »Nicht mehr. Nun erzähle weiter. Ich höre dir gern zu.«

»Nun gut. Endlich kam der Tag, an dem Freyjas und meine Odyssee endete. Es war in Zwaanshoven. Ich dachte, in einer Stadt, wo Menschen leben, die unter dem spanischen Joch leiden, müsste der Wunsch nach Freiheit und Toleranz ausreichen, um einen Alchemisten wie mich seine Arbeit unbehelligt tun zu lassen. Und so war es auch. Zunächst jedenfalls. Bis es Bürgermeister Beenakker auffiel, dass ich kein großer Kirchgänger bin. Es gab darum ein Wortgefecht zwischen ihm und mir, bei dem ich ihm meine Meinung unverblümt sagte. Leider fand der Streit in aller Öffentlichkeit statt, so dass mir in Beenakker ein unversöhnlicher Feind erwuchs. Zuerst, so hörte ich, war er sogar dagegen, mich als Schellenknecht einzusetzen, dann aber, wohl auch, weil es niemand anderen gab, gefiel ihm der Gedanke mehr und mehr. Vielleicht hoffte er, ich würde mir auf Zwaanwaard den Tod holen.«

»Er scheint ein niederträchtiger Mensch zu sein.« Irit fröstelte. »Es wird kühler. Würde es dir etwas ausmachen, deinen Arm um meine Schultern zu legen?«

»Nein, natürlich nicht.« Lapidius zog Irit mit klopfendem Herzen an sich, sachte zunächst, dann, als er bemerkte, dass sie es geschehen ließ, ein wenig fester.

»Wie ging es weiter?«

»Beenakker verspritzte Gift gegen mich in der Stadt, er machte mich schlecht bei jedermann, aber ich lachte nur darüber, denn ich war arglos. Ich hatte das Bürgerrecht gekauft, was konnte er mir schon anhaben! Doch dann erkrankte Freyja plötzlich schwer. Ich war außer mir vor Sorge, noch am selben Tag ging ich zu Doktor Hoofd, dem Vorgänger von Doktor Smit, dem jetzigen Stadtmedicus. Hoofd kam, maß, prüfte, klopfte an meiner Frau herum, machte ein bedenkliches Gesicht und verkündete mir dann, die Krankheit sei äußerst ernst. Er verordnete Kampfereinreibungen, fiebersenkende Mittel und den Aufguss des Lungenkrauts, denn Freyjas Pneuma war sehr geschwächt. Dann empfahl er sich und versprach, am nächsten Tag wiederzukommen. Er kam auch, doch Freyja ging es mittlerweile noch schlechter. Seine Therapie allerdings blieb gleich. Er kam insgesamt noch dreimal, dann war Freyja tot. Die Diagnose lautete auf fiebrige Gewebequellungen mit Wasser in der Lunge. Eine sehr ansteckende Krankheit, wie Hoofd mir mit wichtiger Miene versicherte.«

Lapidius seufzte schwer. Dann fuhr er fort: »Wie ansteckend Freyjas fiebrige Gewebequellungen waren, sollte ich kurz danach erfahren. Sie war kaum unter der Erde, da packten die verfluchten Quellungen auch meine beiden Knaben. Sie starben einen elenden Tod, ohne dass Hoofd oder ein anderer Medicus etwas dagegen hätte ausrichten können.«

Nach dieser langen Rede schwieg Lapidius. Dann brach es plötzlich aus ihm hervor: »Warum nur hat die Krankheit nicht mich geschlagen! Wie gern hätte ich mein Leben gegeben, wenn ich dadurch meine Familie hätte retten können! Aber der Tod verschmähte mich, er verdammte mich, weiterzuleben. Ich suchte Trost im Alkohol und fand ihn nicht. Doch ich trank immer wieder, und irgendwann stellte ich fest, dass der Schmerz erlischt, wenn die Besinnungslosigkeit einsetzt. Von dem Tag an trank ich wie ein Verdurstender. Ich trank und trank, und in den wenigen lichten Augenblicken, die mir blieben, schrie ich meinen Schmerz in die Welt hinaus, so lange, bis ich wieder trank.«

»Du tust mir so leid«, flüsterte Irit. »Warum bist du nicht früher zu mir gekommen? Yanardan sagt, alles im Leben fällt leichter, wenn man darüber redet, und er hat recht.«

»Ja, er hat wohl recht«, sagte Lapidius schwer. »Aber nicht jedem mag man sich anvertrauen.«

»Mir kannst du vertrauen.«

»Ich weiß. Ich habe es vom ersten Augenblick an gespürt. Aber jetzt haben wir genug über mich geredet. Erzähle mir von dir und Yanardan. Was hat euch nach Zwaanwaard verschlagen?«

»Oh, das ist eine lange Geschichte. Und sie ist fast genauso traurig wie deine.« Irit nahm Lapidius' Hand und begann, sie zu streicheln. »Die Geschichte fängt in Goa an, einer portugiesischen Enklave im fernen Indien. Dort lebten mein Vater und meine Mutter. Vater war ein angesehener Bürger, Solomon da Silva mit Namen. Er war Jude und handelte mit Gewürzen, die er von den molukkischen Inseln bezog.«

»Da wird es in eurem Haus sehr aromatisch geduftet haben?«

Irit lachte leise. »In unserem Haus nicht, aber in den großen Speichern, die Vater errichten ließ. Darin lagerte er Pfeffer, Muskatnuss, Nelken, Sago und manches mehr. Vater war sehr reich und verkehrte nur in den besten Kreisen.«

Lapidius erinnerte sich, dass Yanardan zur obersten Kaste der Brahmanen gehörte, und fragte: »Und bei der Gelegenheit hat er Yanardan kennengelernt?«

»Ja, Vater und Mutter erzählten, sie hätten ihn zum ersten Mal auf einem Empfang des Gouverneurs getroffen und sich auf Anhieb mit ihm verstanden.«

»Das ist ungewöhnlich. Zwischen dem Judentum und dem Brahmanentum liegen sicher Welten.«

»Und dennoch war es so. Du weißt doch, wie Yanardan ist. Er hat eine Freundlichkeit, der niemand widerstehen kann.«

»Da hast du wohl recht.«

»Fortan war er häufig Gast im Haus meiner Eltern, und irgendwann bat Vater ihn, er möge sein Leibarzt werden. Das war zu einem Zeitpunkt, als ich schon geboren war. Wenig später erkrankten Vater und Mutter an Aussatz. Sie hielten es geheim und vertrauten auf Yanardans Heilkunst, doch Yanardan vermochte nicht, ihnen zu helfen. Darüber war niemand verzweifelter als er selbst, und als meine Eltern kurz nacheinander der Krankheit erlagen, versprach er ihnen auf dem Sterbebett, sich zeitlebens um mich zu kümmern.«

»Und was geschah dann?« Lapidius überließ Irit auch seine andere Hand. Er spürte, wie aufwühlend die Erinnerung für sie war und dass es ihr guttat, darüber zu sprechen.

»Danach lebte ich in Yanardans Haus, einem hellen Palast mit vielen prächtigen Räumen. Doch ich habe davon nicht mehr viele Bilder im Kopf, denn bald darauf begann der Aufstand.«

»Welcher Aufstand?«

»Der Aufstand der Unberührbaren. Es sind Menschen, die der niedrigsten Kaste angehören, der Unterkaste Jati. Man nennt sie unberührbar, weil sie nach der hinduistischen Lehre als unrein gelten. Es ist ein schreckliches Schicksal, in diese Kaste hineingeboren zu werden, denn du kannst ihr niemals entrinnen. Ein armseliges, entrechtetes, unterdrücktes Leben steht dir als Unberührbarer bevor.«

»Und diese armen Menschen hatten sich erhoben?«

»Ja, und die Kämpfe während des Aufstandes griffen auch auf Goa über. Der Hass der Unberührbaren traf alle Kasten und natürlich auch die Kolonialherren mit ihren Familien. Yanardan glaubte, mit mir nicht mehr sicher in Goa leben zu können. Er flüchtete mit mir nach Westen, ins Abendland. Wir waren heimatlos und wohnten mehr schlecht als recht im *Joodse Buurt,* dem Judenviertel von Amsterdam, als ich eines Tages die ersten Anzeichen der Krankheit an mir entdeckte. Man wollte mich in ein steinernes Leprosorium stecken, doch das hätte die Trennung von Yanardan bedeutet. Deshalb fand er eine andere Lösung: die Insel Zwaanwaard. Hier trennt uns niemand, und wir können gemeinsam leben.«

Irit gab Lapidius' Hände frei und sagte leise: »Nun kennst du auch meine Geschichte.«

»Ja, nun kenne ich sie.« Er nickte gedankenschwer.

»Es hat gutgetan, zu reden. Wir hätten das schon viel früher tun sollen, findest du nicht auch?«

»Ja, Irit.« Lapidius überlegte. »Ich glaube, es liegt an Floor, dass ich es nicht getan habe.«

»An Floor?«

»Oder besser: an ihrem kleinen Derkje. Du weißt vermutlich, dass er tot ist. Nun, ich denke, er wurde ermordet.«

Irit erschrak. »Was sagst du, ermordet? Hier auf unserer Insel?«

»Ja, ich bin ganz sicher.«

Und Lapidius schilderte Irit die Hintergründe. Er schilderte sie von Anfang an, er ließ nichts aus und fügte nichts hinzu, und als er fertig war, sagte Irit: »Ich glaube nicht, dass eine Mutter ihr Kind töten würde. Und ich glaube auch nicht, dass Floor es getan hat. Ich kenne sie zwar kaum, aber ich spüre, dass sie ein guter Mensch ist. Auch wenn sie es mit der Wahrheit vielleicht nicht immer so genau nimmt.«

»Ich bin froh, dass du das sagst.«

»Was ich allerdings nicht glaube, ist, dass ein Pater eine Messe für ein verstorbenes Kind hält, ohne vorher mit der Mutter gesprochen zu haben. Entweder hat Pater Angelo dir in dieser Hinsicht etwas verschwiegen oder aber Floor.«

»Ja, das leuchtet ein.« Lapidius fragte sich, warum er nicht selbst auf diesen einfachen Gedanken gekommen war. »Es ist gut, dass ich auch über Derkjes Tod mit dir reden konnte. Es scheint überhaupt alles so einfach, wenn du es sagst.«

Irit lachte leise. Dann fragte sie: »Erinnere ich dich an Freyja?«

»Ja«, sagte Lapidius heiser, »ja, das tust du. Du hast die gleichen wunderschönen blaugrünen Augen wie sie.«

Irit beugte sich vor und flüsterte: »Dann darfst du Freyjas Augen küssen.«

Elfter Tag

Mittwoch, 21. Oktober

Es war am Morgen des nächsten Tages, als Floor kleine Löcher in die von ihr gesammelten Herzmuscheln bohrte. Sie verwendete dazu einen rostigen Nagel und war so vertieft in ihre Arbeit, dass sie Lapidius' Eintreten nicht bemerkte. Er räusperte sich. Sie zuckte zusammen und fuhr herum. »Großer Gott, hast du mich erschreckt!«

»Tut mir leid.«

»Ist schon gut.« Über Floors Gesicht glitt ein Lächeln. »Das war'n Schreck in der Morgenstunde. Aber ich freu mich, dass du da bist. Ich mach gerade 'ne Kette aus Muscheln. Wenn du willst, mach ich dir auch eine.«

»Nein danke. Ich glaube nicht, dass mir so etwas steht.«

»Ist gut, das seh ich ein. Dann mach ich eben für den Pater eine. Dem bin ich sowieso noch was schuldig, weil er doch die Beerdigungspredigt für Derkje gehalten hat. Soll ich uns was zu essen machen? Ist noch reichlich von allem da. Hab Brotsuppe gekocht mit getrockneten Fischstückchen drin.«

»Mach keine Umstände. Wegen dieser Predigt bin ich auch gekommen …«

»Aber's macht keine Umstände, ich tu's doch gern.« Floor ließ ihre Arbeit fallen und sprang auf. »Für dich!«

Lapidius legte ihr die Hand auf die Schulter und drückte sie zurück auf ihren Schemel. »Wenn du etwas für mich tun willst, dann verrate mir, was du Pater Angelo aus deinem und Derkjes Leben erzählt hast, damit er die Andacht am Grab halten konnte.«

Floor riss die Augen auf. »Wie kommst du denn nun wieder darauf? Ich hab dem Pater nichts erzählt.«

»Schwindel mich nicht an!«

Kaum hatte Lapidius das gesagt, füllten Floors Augen sich mit Tränen. »Bei meiner Ehre, ich hab ihm wirklich nichts gesagt. Ich schwör's!«

»Hm, hm.«

»Ich hab nur gesagt, Jörk soll dem Pater sagen, dass ich bei der Beerdigung nicht mitmachen will, weil ich's nicht kann. Mehr nicht.«

»Hm.« Lapidius wusste nicht recht, wie er weiter vorgehen sollte. Er dachte an sein Gespräch mit dem Gottesmann, das bei Kerzenlicht in dessen Haus stattgefunden hatte. Da hatte dieser zum gleichen Thema versichert: »Sie ließ mir ausrichten, sie würde nicht kommen.« Das sprach dafür, dass Floor die Wahrheit sagte. Ausnahmsweise einmal. Doch warum hatte der Pater sich mit Floors Botschaft zufriedengegeben? Er hätte doch zu ihr gehen müssen, um zu erfahren, warum sie der Beerdigung fernbleiben wollte? Irit hatte recht, irgendetwas stimmte da nicht.

In Lapidius' Überlegungen hinein rief Floor: »Du musst mir glauben! Warum glaubst du mir denn nicht?«

»Es ist schon gut.«

Floor sah, dass er nur halb überzeugt war, und begann zu weinen. Hilflos stand er daneben und fragte sich, warum er nicht einfach die ganze Sache auf sich beruhen ließ. »Du bist mit den Nerven am Ende«, tröstete er Floor schließlich. Wie schon bei seinen ersten Besuchen wollte er ihr den Rücken streicheln, doch er mochte es nicht tun. Die Berührung kam ihm zu vertraut vor.

»Das bin ich. Hab eben viel zu viel erlebt in meinem Leben.« Floor schniefte geräuschvoll. »Kannst ruhig ein bisschen netter zu mir sein, so wie neulich. Das hat mächtig gutgetan, und die Geschichte mit Maastricht war dann auch nicht mehr so schlimm.«

»Die Geschichte mit Maastricht?«

»Ja, die Sache mit dem Stadtphysikus, der mir den ganzen Schlamassel hier eingebrockt hat.«

»Ach ja, der Physikus, der dich erpresste.«

»Der gesagt hat, er würd sagen, meine Schwangerschaftsstreifen wären Hexenstreifen, wenn ich's mit ihm nicht treibe. Ein ganz übler Hundsfott war das. Hat immer so wissenschaftlich getan und doch nur das eine gewollt.«

Eine Ahnung beschlich Lapidius. »Du weißt nicht zufällig noch den Namen von diesem Physikus?«

»'türlich weiß ich den noch, den werd ich nie im Leben vergessen, und wenn ich hundert Jahre alt werd. Smit hieß der Kerl.«

»Smit?« Lapidius atmete tief durch. »Kannst du den Mann näher beschreiben? Ich meine, wie sah er aus?«

»Wie er aussah? Na, wie alle Kerle, die was von einem wollen.« Floor beruhigte sich langsam. »Warum willst du denn das alles wissen?«

»Ach, nur so«, sagte Lapidius und ging.

Lapidius eilte schnurstracks zurück zu Janszoons Hütte, den Kopf voller Gedanken. Er überlegte, ob er sich Irit anvertrauen und sie fragen sollte, was sie von seinem Verdacht hielt, kam aber zu der Überzeugung, dass sie nicht viel dazu sagen konnte. Sie lebte mit Yanardan schon lange auf der Insel, mit Sicherheit viel länger, als Smit in Zwaanshoven als Stadtmedicus wirkte. Sie konnte ihn also nicht kennen. Und er sie nicht. Nicht einmal auf dem Papier, denn es existierte keine Liste, die Auskunft gab über Namen, Alter und Anzahl der Todgeweihten auf Zwaanwaard. Somit war der Einzige, der zu dem Verdacht Stellung nehmen konnte, der Stadtmedicus selbst. Lapidius beschloss, Smit am nächsten Tag aufzusuchen.

Am Nachmittag und Abend ließ der Gedanke an Smit ihn nicht los. Wieder und wieder rief Lapidius sich seine Begegnungen mit dem Medicus ins Gedächtnis zurück. War der Mann wirklich ein Wolf im Schafspelz? Ein lüsterner Erpresser, der seinen Opfern mit dem Scheiterhaufen drohte? Ein zwanghaft Getriebener, der seine Patientinnen zum Beischlaf nötigte? Oder gab es eine andere Erklärung? Lapidius überlegte hin und her, und je länger er grübelte, desto unwahrscheinlicher erschien ihm sein Verdacht. Das alles passte nicht zu Smits gesamtem Auftreten. Smit war ein Medicus, ein studierter Doktor, ein anerkannter Wissenschaftler. Andererseits, stille Wasser sind tief, sagte der Volksmund, und wenn man in sie hinabtaucht, erkennt man ungeahnte Dinge …

Lapidius fiel ein, dass er schon einmal in dieser Hinsicht tätig geworden war, wenn auch nicht im Wasser, so doch an Land. Es war auf dem Friedhof der Insel gewesen, und er hatte Derkjes Grab geöffnet, um seinem Mörder auf die Spur zu kommen. Gefunden hatte er nur einen leeren Sarg.

Mehr war dabei nicht herausgekommen. Kein einziger Hinweis auf den Mörder. Aber halt: Was war eigentlich mit den anderen Gräbern? Waren auch sie nur zum Schein angelegt? Oder lagen dort Leichen in ihren Särgen, Leichen, die womöglich Spuren aufwiesen, die zum Täter führten?

Angesichts dieser Überlegungen hielt es Lapidius nicht länger in Janszoons Hütte. Er sprang auf, schloss die Tür hinter sich und eilte zum Holzsteg, wo er seinen Nachen vorfand, an dessen Boden die beiden Riemen lagen. Einen ergriff er und strebte mit langen Schritten der alten Kapellenruine entgegen, wo in unmittelbarer Nähe die Gräber der Inseltoten lagen.

Unterdessen hatte die Dunkelheit vollends eingesetzt, und Lapidius hatte Mühe, sich zurechtzufinden. Das einzige Licht, das ihm den Weg wies, waren die wenigen Lichter der Stadt, die über den Fluss herüberschimmerten.

Doch wenn er sich nicht täuschte, befand sich da vorn Derkjes Grab. Das frische Holzkreuz zeigte es an. Lapidius gab einen verächtlichen Laut von sich. Derkjes Grab? Lachhaft, der arme Junge lag nicht einmal darin. Er hatte gar kein Grab. Wo mochte sein kleiner Leichnam geblieben sein?

Lapidius beschloss, das Grab neben Derkjes Holzkreuz zu öffnen. Es schien alt zu sein, denn seine Konturen waren kaum noch zu erkennen, und ein Kreuz mit einem Namen fehlte ganz. Er begann zu graben, und wiederum stellte er fest, wie mühsam sich die Arbeit anließ, wenn man nur das Blatt eines Riemens als Schaufel hatte. Nach einiger Zeit begann sein Rücken zu schmerzen. Er musste eine Pause machen. Während er verschnaufte, fragte er sich, ob er das Ganze nicht abbrechen sollte. Was hoffte er eigentlich zu finden? Weitere leere Särge?

Dennoch: Was er einmal angefangen hatte, wollte er auch zu Ende bringen. Es würde nicht mehr lange dauern, bis er die Tiefe erreicht hatte, in der ein Sarg gemeinhin lag. Wenn er sich nicht täuschte, war das Riemenblatt gerade eben auf etwas Hartes gestoßen! Mit neuer Kraft arbeitete er weiter. Es gab ein knirschendes Geräusch, als er einen Widerstand überwand. Das splitternde Holz eines Sarges?

Während Lapidius noch ein-, zweimal mit dem Riemenblatt zustieß, riss die Wolkendecke über ihm unversehens auf. Fahles Mondlicht fiel in die Grube. Ja, das musste der Sarg sein. Dunkles Holz, feuchter, modriger Geruch. Ein gähnendes schwarzes Loch in dem Holz und darunter … Lapidius spürte einen Würgereiz. Er wandte sich ab, um sich nicht übergeben zu müssen. Etwas Weißes hatte er gesehen, etwas Hohläugiges, etwas diabolisch Grinsendes.

Einen Totenschädel.

Er stieß einen Schreckenslaut aus. Sein Herz klopfte zum Zerspringen. Das nackte, schiere Grauen packte ihn, schnürte ihm die Kehle zu. Nein, er konnte nicht länger bleiben! Er musste fort von dieser unheilvollen Stätte. Doch halt, das ging nicht! Er konnte nicht einfach wegrennen. Das Grab musste wieder zugeschüttet werden. Anderenfalls würde das Erdloch für jedermann sichtbar sein.

Lapidius arbeitete wie besessen, fing vor Furcht an zu singen, stimmte Lieder an, Melodien, Choräle, wie er sie als Kind in der Kirche gelernt hatte, betete und fluchte, keuchte und schuftete, und erst, als er die letzte Krume wieder an ihre alte Stelle geschaufelt und die Erde festgetreten hatte, fühlte er so etwas wie Erleichterung.

Seine Reaktion war übereilt gewesen. Er hatte einen Totenschädel gesehen, mehr nicht. Was hatte er anderes in einem Sarg erwartet? Blumen, Schmuck, Beigaben?

Und dennoch: Irgendetwas stimmte nicht. Es war ihm, als werde er beobachtet, als bohrten sich heimlich Blicke in seinen Rücken. Er wandte sich um, aber er konnte nichts erkennen. Nichts als Schwärze und ein paar Lichter in der Ferne waren zu sehen, die Lichter von Zwaanshoven. Der Mond war wieder hinter den Wolken verschwunden. Lapidius fröstelte. Der Wind blies jetzt aus Osten. Ein steifer, kalter, trockener Ostwind.

Pling-pling.

Was war das? Das Geräusch hatte er schon ein Mal gehört, hier, an gleicher Stelle. Doch was hatte es zu bedeuten? Wahrscheinlich nichts. Natürlich nichts. Lapidius schickte sich an zu gehen und verharrte mitten in der Bewegung. Er glaubte, das Geräusch noch einmal gehört zu haben. *Pling-pling!*

Bei Hermes, was war das nur? Lapidius, mach dich nicht verrückt! Du bist ein Mann der Wissenschaft, bist offen für das Neue, fühlst dich der Alchemie und den Humanisten verbunden und glaubst nicht an Teufelswerk und Hexenwahn. Trotzdem: Du musst herausfinden, was die Ursache des Geräusches ist. Kein Vogel, kein Bodenbrüter jedenfalls, wie du beim ersten Mal angenommen hast. Vögel rufen nicht in der Nacht. Aber wer dann? Oder vielleicht auch: was? Ein Glöckchen? Oder gleich mehrere Glocken?

Totenglocken!

Die Totenglocken rufen dich, Lapidius! *Pling-pling.*

Lapidius wehrte sich mit aller Kraft, aber das Zittern, das nun Besitz von ihm ergriff, war stärker. Es durchlief seinen ganzen Körper, ohne dass er in der Lage gewesen wäre, sich dagegen zu wehren. Die wenigen Zähne, die er noch hatte, schlugen aufeinander. Fort, fort, nur fort von hier! *Pling-pling … pling-pling.*

Wie von Furien gehetzt lief er davon.

Zwölfter Tag

Donnerstag, 22. Oktober

Nachdem er am nächsten Tag hinüber nach Zwaanshoven gerudert war und das Essen für die Aussätzigen an Bord genommen hatte, ging Lapidius geradewegs zu Smit. Er traf den Stadtmedicus vor seinem Schachtisch sitzend an. Smit war so vertieft in die Partie, dass er Lapidius zunächst nicht bemerkte. Erst als dieser sagte: »Eure Dame ist in einer ausweglosen Situation. Ihr habt nur zwei Möglichkeiten, sie zu bewegen. Beide ziehen den unmittelbaren Verlust nach sich«, blickte Smit auf und seufzte. »Ich fürchte, Ihr habt recht. Der Apotheker hat mich in der Zwickmühle.«

Lapidius wunderte sich. »Wie könnt Ihr gegen jemanden spielen, der Euch nicht gegenübersitzt?«

Smit gestattete sich ein Lächeln. »Wir verständigen uns über kleine Zettel, auf denen der nächste Zug steht. Willem trägt sie zwischen uns hin und her. Den letzten Zettel des Apothekers brachte er vor einer Stunde, seitdem sitze ich hier und brüte vergebens über einer Antwort.«

»Darf ich mich setzen?«, fragte Lapidius.

»Gern. Wollt Ihr mir eine ähnliche Lektion erteilen wie der Apotheker?«

»Nein.« Lapidius nahm Platz und blickte Smit an. »Drüben auf der Insel gibt es eine junge Frau, die sich in einer ähnlich ausweglosen Situation befand wie Eure Dame. Es war in Maastricht, und die Frau hatte die Wahl zwischen Scheiterhaufen und Aussatz.«

»Was Ihr nicht sagt.« Smit wirkte nicht sonderlich interessiert.

»Der Name der Frau ist Floor. Sie war damals schwanger und wurde zum Beischlaf gezwungen, anderenfalls drohte ihr die Verbrennung. Der zuständige Stadtphysikus, der sie vor diese verhängnisvolle Wahl stellte, hieß Smit.«

»Ja, und?«

»Kennt Ihr eine Frau namens Floor?«

»Ach, daher weht der Wind.« Smits Gesichtszüge verfinsterten sich. »Wollt Ihr mir etwa unterstellen, die Tat begangen zu haben?«

Lapidius schaute Smit weiterhin unverwandt an. »Ich wüsste jedenfalls nicht, warum ich das nicht glauben sollte. Ihr habt mir selbst erzählt, vor Jahren in Maastricht gearbeitet zu haben. Floor hat inzwischen einen Jungen bekommen, und dieser Junge ist drüben auf Zwaanwaard ermordet worden.«

Smit holte tief Luft und polterte los: »Scheiterhaufen, Aussatz, erzwungener Beischlaf, Mord? Ich weiß überhaupt nicht, wovon Ihr redet! Habt Ihr Euch schon einmal überlegt, dass Smit einer der häufigsten, vielleicht sogar der häufigste Name in der Provinz Holland ist?«

»Nun, ich muss zugeben, dass ich das nicht wusste.«

»Habt Ihr überprüft, wie viele Smits in der Vergangenheit als Stadtphysikus in Maastricht und Umgebung wirkten?«

»Äh, nein.«

»Habt Ihr den Vornamen dieses Smit in Erfahrung gebracht?«

»Nein.«

»Da seid Ihr ja sehr gut informiert! Ich für meinen Teil habe in Meerssen bei Maastricht gearbeitet, und eine Frau namens Floor habe ich nie gekannt.« Smit schien ehrlich empört.

»Wenn Ihr in Meerssen gearbeitet habt, warum habt Ihr das nicht gesagt?«

»Weil viele mit dem Namen nichts anfangen können. Oder habt Ihr schon einmal von dem Städtchen gehört?«

»Nun …«

»Seht Ihr. Wenn ich bei einem Patienten eine Krankheit konstatiere, sage ich ja auch nicht, dass sich die Mischung seiner Körpersäfte zu weit in Richtung kalt und feucht verändert hat. Ich sage nicht, dass ein Überfluss an Schleim bei ihm vorliegt. Ich sage nicht, dass er von phlegmatischer Konstitution ist und ungesund lebt. Ich sage nicht, dass er zu fett isst und zu viel trinkt. Ich sage nicht, dass jeder Überfluss an schwarzer Galle eine weitere Verstärkung der kalten Komponente nach sich zieht, die wiederum auf Herz und Lunge ausstrahlt. Ich sage nicht, dass Kälte in der Lunge eine mangelhafte Verbrennung der Atemluft hervorruft, deren Folge eine ungenügende Versorgung mit dem vitalen Pneuma ist, welches durch die Verbrennung der Atemluft entsteht. Das alles, Magister, sage ich ihm nicht, sondern spreche schlicht und ergreifend von einer Wassersucht. Denn mit diesem Begriff kann mein Patient etwas anfangen. Und erst, wenn er mich nach den Hintergründen fragt, gebe ich genauere Auskunft.«

»Ich verstehe.« Lapidius kam zu der Überzeugung, dass die Entrüstung seines Gegenübers tatsächlich nicht gespielt war, und trat den Rückzug an. »Ich bitte um Entschuldigung. Die Vermutung, dass Ihr derjenige seid, von dem Floor sprach, lag nahe. Sicher handelt es sich um eine Verwechslung. Doch der Fall beschäftigt mich sehr.«

Smit war halbwegs besänftigt. »Was hat es denn mit dem Tod des Jungen auf sich?«, fragte er.

Lapidius schilderte die Umstände, unter denen er Derkje gefunden hatte.

»Und wann war das?«

»Am Tage meiner ersten Überfahrt, am elften Oktober.«

»Das war der Sonntag nach der Aussatzschau, die ich an Euch vornahm«, rechnete Smit nach. »An dem Tag reiste ich nach Rotterdam, um dort im Hospitaal op de Rotte einen Gastvortrag zu halten.«

Lapidius ersparte sich den Hinweis, Smits Reise nach Rotterdam sei kein Beweis dafür, dass er seinerzeit Floor nicht erpresst haben könnte, und versuchte, das Gespräch in weniger heikle Bahnen zu lenken. Er dachte an Irit und an ihr Gesicht, das sie ihm nicht hatte zeigen wollen, und sagte: »Ich bin auch gekommen, um Euch zu fragen, ob jemand, der an Aussatz erkrankt ist, gesunde Augenlider und Wimpern haben kann.«

»Wie kommt Ihr denn plötzlich darauf?«

»Ist es möglich oder nicht?«

Smit räusperte sich. »Wenn Ihr so direkt fragt: ja. Es gibt nichts, was es bei Aussatz nicht gibt. Ich beschäftige mich seit über zwanzig Jahren mit der Krankheit, und ich lerne noch immer jeden Tag dazu. Doch zurück zu Eurer Frage: Die Augenlider werden in der Regel nicht als Erstes in Mitleidenschaft gezogen. Es kann also sein, dass ein Erkrankter schon Jahre an Aussatz leidet, bevor die Symptome auf die Augen übergreifen. Ist damit Eure Frage beantwortet?«

»Ja, ich danke Euch. Was ich außerdem gern wüsste, ist, welche therapeutischen Wege es gegen den Aussatz gibt.«

Smit begann, die Schachfiguren wieder in ihre Grundstellung zu rücken, und sagte: »Ich werde Willem nachher einen Zettel mit meiner Kapitulation geben, damit er ihn zu meinem Widersacher trägt. Aber das nur nebenbei. Leider ist es so, dass die Medizin noch immer kein durchgreifendes Mittel gegen die Krankheit kennt. Oder, um es unverblümter auszudrücken: Wir Ärzte stochern noch immer mit der Stange im Nebel herum. Meine Operation, bei der ich dem Hund die Gallenblase entnahm, ist der beste Beweis dafür. Einen Tag, nachdem das Tier aus der Betäubung erwachte, starb es.«

»Das tut mir leid. Es war zumindest ein inspirierender Versuch.«

»Inspirierend? Vielleicht, aber wenig tröstlich, wenn man bedenkt, dass wir den Aussatz nicht heilen können. Es ist einfach so, dass wir die Krankheit noch nicht richtig verstehen. Woher kommt sie? Was genau ist ihre Ursache? Die Lehrmeinung empfiehlt, da der Aussatz vor allem einem Überfluss an schwarzer Galle zugeschrieben wird, die Vermeidung jeglicher Speisen von ›melancholischer Qualität‹, etwa Rindfleisch, Kohl, Linsen, Zwiebeln und Käse. Die ›kalten‹ Eigenschaften der schwarzen Galle versucht man, mit ›temperierenden‹ Substanzen wie menschlichem Blut, dem Fett von wilden Tieren oder Elefantenzahnspänen zu mildern.«

»Elefantenzahnspäne? Das klingt recht ausgefallen.«

»Mag sein, aber ist das Ausgefallene nur deshalb falsch, weil es ausgefallen ist?«

Lapidius zuckte unschlüssig mit den Schultern.

Smit dozierte weiter. Nach seinem Scheitern im Schachspiel schien es ihm gutzutun, die Scharte auf einem anderen Gebiet auswetzen zu können. »Man versucht auch, die überschüssigen Säfte abzuführen, indem man Schröpfkuren, Aderlässe, Schwitzbäder und Brechmittel einsetzt. Nicht zuletzt deshalb habe ich auch dem Hund die Gallenblase entfernt. Denn ohne Galle auch kein Überfluss an Gallensaft. Und auch kein Aussatz. Aber diesen – zumindest theoretischen – Zusammenhang hatte ich während der Operation ja bereits erwähnt.«

Lapidius nickte. »So ist es.«

»Als wichtiges Therapeutikum galten schon zu Galens Zeiten Schlangengift und Vipernfleisch. Die Schlangen sollten einerseits die schwarze Galle und den Schleim neutralisieren, andererseits ihre Fähigkeit zur Häutung auf den Patienten übertragen und dessen kranke Haut erneuern. Getreu dem Lehrsatz *Similia similibus curantur,* Gleiches wird mit Gleichem kuriert. Da nun Schlangen als Medikament nicht immer zur Hand waren, mussten schlangenähnliche Pflanzen wie kriechende oder sich windende Kräuter als Ersatz herhalten, etwa Schlangenkröterich oder Erdrauch, *Fumaria officinalis,* der mit seinen purpurroten bis schwarzen Blüten an das Erscheinungsbild von Aussatz erinnert.«

»Ich verstehe, wieder ein Versuch, den Grundsatz *Similia similibus curantur* anzuwenden«, warf Lapidius ein.

»Ihr sagt es. Ein Grundsatz, der dem Seefahrer Christoph Kolumbus vermutlich nicht bekannt war. Dennoch berichtet er, er habe anno 1498 auf seinem Weg nach Neu-Spanien einen Halt auf der Azoren-Insel Buenavista eingelegt und dort portugiesische Aussätzige angetroffen, die durch den Verzehr von Schildkrötenfleisch genasen. Die Tiere hätten die Größe eines Schlachtschildes gehabt und seien sehr blutreich gewesen. Das Blut sei, so man es trinken würde, ebenfalls eine sichere Therapie gegen den Aussatz.«

»Glaubt Ihr, dass es so ist?«

Smit zuckte mit den Schultern. »Ich hatte bisher noch keine Möglichkeit, das nachzuprüfen. Es wimmelt in Zwaanshoven nicht gerade von schlachtschildgroßen Schildkröten.«

Lapidius lächelte. »Das kann ich aus meiner Sicht bestätigen.«

»Und dann ist da noch die hochgeschätzte Hildegard von Bingen. Sie erwähnt in ihrer Literatur abenteuerlich anmutende Rezepturen, etwa eine Salbe aus pulverisiertem Schwalbenkot, Klettenkraut und Schwefel, vermischt mit Storchen- und Geierfett, das durch Auslassen gewonnen wurde, ferner einen Balsam aus Einhornleber. Im Falle einer Nicht-Wirksamkeit glaubte Hildegard an göttliche Vorbestimmung.«

»Und? Glaubt Ihr das auch?«

Smit lachte freudlos. »Gottes Wille als Begründung für einen Misserfolg anzuführen, ist immer am einfachsten. Erst mit Paracelsus, der vor fünfzehn Jahren starb, wurden die herkömmlichen, auf Galens Lehren beruhenden Therapien in Frage gestellt. Ich war selbst dabei, als Paracelsus, hitzig, wie er war, einen Kollegen in der ihm eigenen Sprache anpfiff: ›*Sag mir nun, du galenischer Doktor, woraus gehet dein grunt? Hast du je podagram kurirt? Oder auch Aussatz angreifen dörfen?*‹ Paracelsus jedenfalls lehnte die Regeln der Säftelehre ab und erklärte, Gicht und Aussatz seien das Resultat chemischer Prozesse auf Grundlage der alchemistischen Umwandlung von Metallen.«

Lapidius beugte sich vor. Er war gespannt auf das, was folgte, denn alles, was mit Alchemie zu tun hatte, interessierte ihn noch immer.

»Die Behandlung mit den traditionellen Mitteln und

Kräutern ersetzte er durch die Anwendung mineralischer Substanzen, vor allem Gold-, Silber-, Antimon- und Quecksilberverbindungen, um in einem alchemistischen Prozess die edlen von den unedlen Metallen zu trennen.«

»Und mit welchem Ergebnis?«, fragte Lapidius gespannt.

Smit hob bedauernd die Hände. »Offenkundig mit keinem, das die Therapiemöglichkeiten bei Aussatz vorangebracht hätte. So viel lässt sich heute leider sagen. Immerhin bezeichnete Paracelsus den menschlichen Körper als die Urform der Alchemie, was ein Ansatz zur Heilung des Aussatzes sein könnte.«

»Wie das?«

»Nun, nach Paracelsus transmutiert der Körper die aufgenommenen Stoffe, also feste und flüssige Nahrung jeglicher Art, und erzeugt dabei völlig neue Stoffe, was allein schon dadurch bewiesen ist, dass der Mensch keinen Stoff aufnimmt, der so fest oder so hart ist wie seine Zähne.«

»Das ist zweifellos richtig«, sagte Lapidius nachdenklich.

»Manchmal frage ich mich, ob die Heilungsaussichten größer wären, wenn die Therapiemaßnahmen früher zum Einsatz kämen, aber man weiß leider nie genau, ob der Patient sich bereits angesteckt hat oder nicht. Man sieht es ihm nicht an. Gemeinhin bricht die Krankheit erst nach vielen Jahren aus.«

»Nach wie vielen Jahren genau?«

Smit zögerte. »Nun, mir sind Fälle bekannt, bei denen die Krankheit sich erst nach neun oder zehn Jahren gezeigt hat.«

Lapidius runzelte die Stirn. »Und woher kennt man die Zeitdauer, wenn man den Kranken zunächst nicht ansehen kann, ob sie sich angesteckt haben oder nicht?«

»Durch eingehende Befragung. Denn Aussatz verbreitet sich stets durch direkten Kontakt. Das heißt, wenn jemand erkrankt, muss er zuvor irgendwann mit einem Aussätzigen in Berührung gekommen sein.«

»Dauert die Inkubationszeit immer so viele Jahre?«

»Nach meinen Beobachtungen, nein. Im Falle des geschlechtlichen Verkehrs mit einem Aussätzigen dauert sie manchmal kaum ein Jahr. Der Freude an der Fleischeslust folgt somit die Strafe auf dem Fuße.«

Lapidius machte sich klar, was das in Floors Fall bedeutete. Sie musste im Maastrichter Leprosorium mit einem Aussätzigen den Beischlaf ausgeübt und sich dabei angesteckt haben. Dafür sprach die kurze Inkubationszeit. Wer allerdings der Vater von Derkje war, das wusste nur Floor allein.

Lapidius fühlte Erschöpfung. Er hatte versucht, Smit der Erpressung an Floor zu überführen, und war gescheitert, und er hatte versucht, eine Therapie gegen den Aussatz zu erfahren, und war ebenfalls gescheitert. Irit und allen anderen Kranken auf der Insel konnte nicht geholfen werden. Aber das hatte er fast schon befürchtet.

Er stand auf. »Ich danke Euch für die Zeit, die Ihr Euch für mich genommen habt«, sagte er.

»Gern geschehen«, sagte Smit.

»Auf Wiedersehen«, sagte Lapidius.

Bei der Verteilung des Essens zwei Stunden später hoffte Lapidius vergeblich auf eine Begegnung mit Irit, doch es war nur Yanardan, der mit den anderen Aussätzigen erschien, um die Speisen aus seiner Hand zu empfangen. »Ich soll dich von Irit grüßen«, sagte der alte Mann.

»Oh, bitte grüße sie auch«, antwortete Lapidius verlegen.

Yanardan lächelte. »Du musst uns bald wieder einmal besuchen.«

»Danke, äh, vielen Dank. Und sage Irit, dass ich sie … dass ich sie …« Lapidius suchte verzweifelt nach Worten und verwünschte sich dafür.

»Ich sage ihr, dass du dich auf deinen nächsten Besuch bei uns freust.«

»Ja, ja, gewiss.«

Nachdem die Ausgabe der Speisen erfolgt war und Jörk wie immer die Verteilung an die Behinderten übernommen hatte, lenkte Lapidius seine Schritte zu Janszoons Hütte. Er war tief in Gedanken versunken, da er sich fragte, ob die Aufforderung von Yanardan, er möge ihn und Irit besuchen, auch Irits Wunsch entsprach. Er hoffte es. Immerhin hatte sie ihn grüßen lassen. Allerdings nicht herzlich oder lieb oder wenigstens freundlich. Ob das etwas zu bedeuten hatte?

»Autsch!« Lapidius, der dicht am Schilfsaum entlanggegangen war, hatte sich den Fuß gestoßen. Er blickte nach unten und entdeckte einen Nachen. Im ersten Augenblick dachte er, es sei sein eigener, aber dann fiel ihm ein, dass das nicht sein konnte, und er fragte sich, wem das Gefährt gehörte. Es war von derselben Bauart wie viele Boote auf der Merwe, gefügt aus festem Eichenholz.

Wer wohl der Besitzer des Nachens war? Und wozu brauchte er ihn? Wahrscheinlich, um nach Zwaanshoven hinüberzufahren, natürlich, so musste es sein. Oder war es vielleicht genau umgekehrt? War der Besitzer zur Insel herübergekommen? Für die zweite Annahme sprach die Tatsache, dass Lapidius den Nachen noch nie gesehen hatte. Fest stand auch: Wer zur Insel herüberkam, musste auf dem Festland wohnen, wahrscheinlich in der Stadt.

Wer kam da in Frage? »Smit!«, rief Lapidius aus. »Smit, habt Ihr mich angelogen und doch die arme Floor erpresst?«

Doch das Schilf blieb die Antwort schuldig. Er kam sich lächerlich vor, weil er so lauthals gerufen hatte, und überlegte weiter. Konnte es sein, dass Smit Floor einen Besuch abstattete? Unsinn, Lapidius, du spinnst schon wieder ein verrücktes Garn! Kein Medicus dieser Welt wäre so töricht, es mit einer Aussätzigen zu treiben. Und doch: Es könnte nicht schaden, noch einmal zu Floor zu gehen. Gleich jetzt!

Obwohl die Abenddämmerung schon hereinbrach und ein frischer Wind von Westen aufkam, machte Lapidius sich auf den Weg. Doch als er ihre Behausung mit dem behelfsmäßigen Segeltuchdach erreicht hatte, stellte er fest, dass sie nicht zu Hause war. Wo konnte sie sein? Ihm fiel ein, dass sie gesagt hatte, wenn er keine Muschelkette wolle, würde sie eine für Pater Angelo machen. Vielleicht war sie in diesem Augenblick bei dem Gottesmann und überreichte ihm ihr Geschenk? Nun, das ließ sich herausfinden.

Lapidius eilte mit großen Schritten den halben Weg zurück und machte, kurz bevor er des Paters Hütte erreichte, vor dem hohen Buschwerk halt. Es roch nach Rauch. Er zwängte sich zwischen den Zweigen hindurch und erblickte ein Feuer vor der Hütte. Im Schein der Flammen erkannte er ein Gesicht. Es war das von Pater Angelo. Der Geistliche aß mit gutem Appetit ein großes Stück weißes Brot – und er schob die Bissen mit den Händen in den Mund. Mit den Händen? Lapidius traute seinen Augen nicht. Spielte das flackernde Licht der Flammen ihm einen Streich? Er wollte sich vergewissern, trat einen Schritt nach vorn und stolperte über eine Wurzel. Rasch rappelte er sich auf, um sich rückwärtsgehend aus dem Staub zu machen, doch eine Stimme hielt ihn auf. Jörk war wie aus dem Nichts hinter ihm aufgetaucht und rief: »Wohin des Wegs, Lapidius? Hast du dich verlaufen?«

Lapidius blieb notgedrungen stehen »N… nein«, stotterte er. »Nein, keineswegs, ich wollte zum Pater wegen Floor. Ich meine, wegen der Muschelkette, äh, wegen der Beerdigung …« Er hielt inne, denn er bemerkte selbst, wie unsinnig das klang, was er von sich gab.

Jörk lachte.

Pater Angelo rief: »Ist da jemand?«

Lapidius, um Haltung bemüht, beschloss, sein Heil im Angriff zu suchen. »Euch, Pater Angelo, habe ich eben mit zwei gesunden Händen Brot essen sehen. Könnt Ihr mir das erklären?«

Des Paters Lächeln wirkte ein wenig herablassend. »Dann warst du eben Zeuge eines Wunders. Wunder aber, mein lieber Lapidius, sind selten. Sie zu vollbringen ist Gott und Jesus, seinem eingeborenen Sohn, vorbehalten.«

»Ich …«

»Der Mensch auf Erden ist dem Dämon ausgeliefert, er redet durch ihn, denn er ist das Böse schlechthin. Das Wunder wiederum ist der Kampf zwischen Jesu und dem Bösen, in dem Jesus obsiegt.«

»Das mag schon sein. Ich hätte nur gern eine Erklärung von Euch für das, was ich gesehen habe.«

»Geduld, Lapidius, Geduld! Ich war noch nicht fertig. Die Jungfrauengeburt und die Auferstehung sind ebenso Wunder wie die Wunder des Alltags, denn so spricht der Herr bei Matthäus: *Die Blinden sehen, und die Lahmen gehen; die Aussätzigen werden rein, und die Tauben hören; die Todten stehen auf, und den Armen wird das Evangelium ge-*

prediget. Vielleicht sollte auch dir, Lapidius, öfter das Evangelium gepredigt werden?«

»Verzeiht, aber ich habe das Gefühl, Ihr wollt Euch nur um eine Erklärung herumdrücken.«

»Mein lieber Lapidius, das will ich nicht gehört haben.« Pater Angelo blickte streng. »Ich sprach von einem Wunder und versuchte, dir das Unerklärliche und seinen spirituellen Hintergrund deutlich zu machen. Da Gott aber nicht alle Tage Wunder vollbringt und ich nur einer seiner ärmsten und unwürdigsten Diener bin, darf ich dir versichern, dass du dich in deiner Wahrnehmung geirrt hast.«

Jörk lachte.

Lapidius reckte das Kinn vor. Er war nicht gewillt, die Sache einfach auf sich beruhen zu lassen. »Ich sehe Euch hier vor mir stehen, Pater, und Ihr habt wie immer die Arme unter Eurer Kutte verborgen. Da ist es leicht, mir einen Irrtum zu unterstellen.«

»So, findest du?« Pater Angelo erhob sich, was ihn einige Mühe kostete. »Doch es ist tatsächlich so, dass ich nur zwei Armstümpfe besitze. Ihr Anblick ist alles andere als erhebend. Jörk kann das bestätigen, denn er hat sie einmal gesehen, nicht wahr, Jörk?«

Jörk nickte. Dann lachte er wieder.

»Kurzum, Lapidius: Ich rate dir nicht, sie sehen zu wollen.«

»Genau das möchte ich aber!«

»Wie heißt es so schön: Des Menschen Wille ist sein Himmelreich.« Der Pater lächelte. Und während er lächelte, zog er die Arme einen nach dem anderen unter seiner Kutte hervor, und sie wurden sichtbar.

Sie endeten in blutigen Stümpfen.

»Verzeihung«, murmelte Lapidius. »Verzeihung, ich hätte geschworen ...«

»Schwöre nicht und glaube lieber. Glaube Gottes Wort und denen, die es verkünden.«

»Gewiss, gewiss. Auf Wiedersehen, Pater.« Lapidius wandte sich um und verließ eiligen Schrittes die Stätte seiner Niederlage.

Dreizehnter Tag

Freitag, 23. Oktober

In der Nacht hatte Lapidius schlecht geschlafen. Die Niederlage, die er bei Pater Angelo hatte einstecken müssen, ließ ihm keine Ruhe. Auch am Morgen, als ein neuer trüber, windiger Tag anbrach, war seine Laune nicht viel besser. Er stand auf, trat vor die Hütte und richtete seinen Blick nach Westen. Das Meer hatte eine bleigraue Farbe, wirkte kalt und abweisend.

Lapidius ging zurück in seine Behausung und kümmerte sich um das Feuer. Es anzufachen, beruhigte ihn wie stets. Der Umgang mit der Glut war ihm als ehemaligem Alchemisten lieb und vertraut. Die Lehre der Goldmacher unterschied Feuergrade wie Fieberwärme, Mistwärme, Brutwärme, dazu den Grad der Mittagshitze, die Aschenwärme und das Flammenfeuer, aber keiner dieser Zustände war präzise erfassbar. Lapidius nahm an, dass sein heruntergebranntes Feuer nicht viel mehr als Aschenwärme aufwies. Doch nachdem er ein paar Scheite aufgelegt hatte, verbreiteten sich wohlige Temperaturen in der dürftigen Hütte.

Er aß ein wenig Brot und stellte fest, dass es ihm nicht schmeckte. Die Erinnerung an das Erlebnis bei Pater Angelo verdarb ihm den Appetit. Was konnte er tun, um die Scharte auszuwetzen?

Nichts. Er war einem Irrtum aufgesessen. Einer optischen Täuschung durch das Feuer, an dem der Pater gesessen hatte. Andererseits: Wenn es ums Feuer ging, hatte er sich noch nie getäuscht. Er kannte jeden Wärmegrad und jeden Farbgrad, er wusste, wie die Farben und die Formen von Gegenständen sich im Schein des Feuers veränderten. Er hatte ganz genau hingeschaut. Er hatte sogar gesehen, dass der Pater nicht normales braunes Dinkelbrot in den Händen gehalten hatte, sondern weißes Brot. Weißes Brot, wie es die Reichen aßen, weil nur sie das feine Weizenmehl bezahlen konnten.

Lapidius schüttelte den Kopf. Nein, er hatte sich nicht geirrt. Er war ganz sicher. Sollte er nochmals zu dem Pater gehen, um das Rätsel zu lösen? Doch er verspürte wenig Lust, erneut bloßgestellt zu werden.

Er stand auf und beschloss, einen Spaziergang zu machen. Das Wetter war zwar nicht angenehm, wozu der rauhe Nordwestwind nicht unwesentlich beitrug, aber er hoffte, auf andere Gedanken zu kommen. Er ging am Ufer des Hoek van Zwaanwaard entlang bis zu der Trennmauer und betrat die eigentliche Insel. Sie war auch an diesem Tag wie ausgestorben. Nur die unvermeidlichen Möwen kreisten in der Luft und stießen ihr aufreizendes *Kjiiiau-Kjiiiau* aus.

Ohne es zu bemerken, schlug er den Weg zu Pater Angelos Hütte ein. Kurz bevor er sie erreicht hatte, hielt er inne. Bildete er es sich ein, oder wirkte die Behausung an diesem Tag besonders abweisend? Vorsichtig ging Lapidius weiter, teilte das Buschwerk vor sich und näherte sich behutsam dem Platz vor dem Eingang.

Das Feuer war erloschen, der Pater nirgends zu sehen. »Pater Angelo?«, rief Lapidius. Und abermals: »Pater Angelo?« Er wartete eine Weile, bis er sicher sein konnte, dass niemand zu Hause war. Dann fasste er sich ein Herz und betrat die Hütte. Im Hauptraum war es halbdunkel, aber Lapidius ließ die Tür weit offen stehen, so dass Licht ins Innere fallen konnte. Er sah sich um. Als er das letzte Mal hier gewesen war, hatte der Pater in der Heiligen Schrift gelesen und ihm versichert, er brauche keine Hände zum Umblättern, da er sie auswendig kenne.

Hatte der Pater wirklich keine Hände?

Lapidius sah sich weiter um, und was er entdeckte, überraschte ihn. In einer Truhe mit schweren Messingbeschlägen, die der Form nach einer Kleidertruhe glich, erblickte er einen Topf mit Pastete, ein kleines Fässchen Austern und auch einen Laib des weißen Brotes, das der Pater am gestrigen Abend in den Händen gehalten hatte. Also doch!

Lapidius fühlte Genugtuung. Er hatte sich nicht geirrt. Nur: Woher kamen all die Köstlichkeiten? Sein Blick schweifte weiter. Hinüber in einen kleinen Nebenraum. Auch dort stand ein Bett. Ein zweites Bett? Lapidius wunderte sich und trat näher. Auf dem Bett lagen verstreut Kleidungsstücke. Ein ledernes Wams, ein buntes Hemd mit weiten, geschlitzten Ärmeln, hautenge Beinlinge. Utensilien, wie sie von Landsknechten getragen wurden.

Landsknechten? Lapidius beschlich eine Ahnung, dass es sich bei seinem Fund um Kleider von Jörk handeln konnte. Lebte Jörk zusammen mit dem Pater in dieser Hütte?

Möglich war es. Dem Bild nach, das sich ihm bot, sogar wahrscheinlich. Dafür sprach auch, dass Jörk ihn gestern Abend überrascht hatte, als er den Pater am Feuer beobachtete.

Ein dritter Raum. Offenbar der kleinste von allen. Es roch seltsam betörend und schwer. Lapidius schnüffelte. Der Geruch erinnerte ihn an eine Kirche. Weihrauch! Es musste Weihrauch sein, den er wahrnahm. Vermutlich hatte der Pater das würzige Gummiharz hier abgebrannt. Befand er sich in einer Art Andachtsraum?

Lapidius forschte weiter und entdeckte in einer Ecke einen kleinen Hausaltar mit Wachsmadonna und Jesuskind. Die Muttergottes war in ein blaues Gewand mit goldenen Säumen gehüllt, das Kind auf ihrem Arm war blond gelockt. Wie die meisten Figuren dieser Art trug die Madonna einen aus Draht gefertigten Heiligenschein über dem Kopf. Neben ihren nackten Füßen lagen ein paar heruntergebrannte Kerzen. Lapidius erkannte in ihnen die Exemplare, die er vor einigen Tagen von Zwaanshoven herübergebracht hatte. Neben den Kerzenstummeln stand ein einfaches kupfernes Thuribulum zum Abbrennen des Weihrauchs. Auf dem Altar war eine Spitzendecke ausgebreitet worden. Sie sah kostbar aus, vermutlich handelte es sich um Brüsseler Spitze. Brüsseler Spitze in einer Behausung auf der Insel der Todgeweihten?

Die Decke hing bis auf den mit groben Brettern ausgelegten Boden herab. Lapidius wusste nicht, warum er es tat, aber er schlug die Decke zurück, um unter den Altar sehen zu können. Und was er dort entdeckte, war wie die Madonna ebenfalls aus Wachs.

Zwei Armstümpfe.

Zwei Armstümpfe aus Wachs, blutig rot bemalt.

Lapidius musste an sich halten, um seinen Triumph nicht hinauszuschreien. Vorsichtig nahm er die Stümpfe auf und untersuchte sie von allen Seiten. Ein geschickter Künstler und Modellierer musste sie angefertigt haben, denn sie wirkten auf den ersten Blick täuschend echt. Innen waren sie der Länge nach hohl. Er steckte seine Hand in einen Stumpf und erschrak fast vor dem schauderhaften Anblick, den seine eben noch gesunde Hand bot.

Zwei Armstümpfe aus Wachs, das also war des Rätsels Lösung!

Lapidius streifte den blutigen Stumpf ab und legte ihn

mit dem anderen zurück an seinen Platz unter dem Altar. Dann zupfte er die Spitzendecke wieder zurecht. Und während er das alles tat, fragte er sich, was Pater Angelo wohl mit den Stümpfen aus Wachs bezweckte. Was hatte ein Priester mit gesunden Händen auf der Insel der Todgeweihten zu suchen? Wollte er sein wie die anderen Aussätzigen, und wenn ja, warum?

Lapidius wusste es nicht. Er wusste nur, dass es besser war, sich aus dem Staub zu machen. Denn was hätte er sagen sollen, wenn Pater Angelo oder Jörk ihn überraschten? Nach allen Seiten spähend, trat er wieder auf den Vorplatz, wo das Feuer vom Vorabend noch schwelte. Er war versucht, die Glut neu zu entfachen, aber dafür blieb selbstverständlich keine Zeit. Außerdem würde sein heimlicher Besuch ruchbar werden. Welch unsinniger Gedanke! Er musste weiter. Gottlob war weit und breit niemand zu sehen. Er verließ den Platz, zwängte sich durch das Buschwerk in die Freiheit und lief aufatmend über die Insel zurück zu Janszoons Hütte. Seine trübe Stimmung war verflogen. Er hatte über vieles nachzudenken.

Dafür wollte er sich den Tag über Zeit nehmen.

Am Nachmittag, nach vielen fruchtlosen Grübeleien, beschloss Lapidius, Janszoons Hütte auszubessern. Das Feuer, das er ständig brennen ließ, hielt sie zwar warm, doch der Aufwand dafür war groß, weil die Wände löchrig wie ein Käse waren. Auch das Dach wies viele Risse und Ritzen auf, durch die der Wind unbarmherzig blies.

Er machte sich auf zum Wrack, wo er auch an diesem Tag niemanden antraf. Doch das kam ihm gelegen. Er brauchte keinen Partner, denn er wollte nicht sägen. Die kräftigen Planken auf der Steuerbordseite kurz über dem Kiel schienen für seine Zwecke wie gemacht. Mit einer herumliegenden Stange hebelte er sie Stück für Stück von den Spanten herunter und stapelte sie im Watt zu einem Haufen. Es war eine schweißtreibende Arbeit, die ihn so beschäftigte, dass er kaum Zeit zum Nachdenken fand.

Als er glaubte, genügend Reparaturholz beisammenzuhaben, schulterte er den Stapel und stapfte damit auf die andere Inselseite zu Janszoons Hütte. Er lud das Holz ab und atmete erst einmal durch. Dann machte er sich ein genaues Bild von den Schäden am Haus. Während er das tat, musste er immer wieder an jenes Haus denken, das er vor vielen Jahren einmal besessen hatte. In Kirchrode hatte es gestanden, einer Stadt im Harz, und es war ein Gebäude gewesen, das die Bezeichnung Haus viel eher verdiente. Es hatte ein Erdgeschoss gehabt und einen Oberstock. Im Erdgeschoss hatte er sein Laboratorium eingerichtet, genauer gesagt, in dem Raum mit den hellen Fenstern, weil er am größten war. Hier hatten sie gestanden, all seine geliebten alchemistischen Apparaturen, deren Form sich an der Natur orientierte. Bär, Schildkröte, Wildgans und viele andere. Auch ein Kolben namens Hydra war darunter gewesen, so genannt wegen seiner vielen gläsernen Arme. Am meisten aber hatte Freyja das Figierglas beeindruckt, denn der lange Hals der Apparatur erinnerte an den Hals des Straußes. Freyja, deren blaugrüne Augen so sehr Irits Augen glichen … Sie hatte ihn gefragt, ob der Strauß auch ein Tier sei, und er hatte ihr erklärt, dass dieser Vogel in Afrika lebe, jenseits der Barbareskenküste. Der Strauß sei wichtig bei der Bereitung des Steins der Weisen. Die letzten Schritte dieses Vorgangs, so die verbreitete Lehre, müssten im zugeschmolzenen Figierglas erfolgen …

Lapidius seufzte. Wie sich zeigte, hatte er mehr Holz zusammengetragen, als er brauchte, doch half ihm das wenig bei der Instandsetzung, denn ihm fehlte es an allem, was ein Zimmermann in seinem Werkzeugkasten hatte, besonders aber an Nägeln und Dübeln. So musste er sich anders behelfen und die Planken vom Wrack mit den Wandbrettern des Hauses verkeilen, was leichter gedacht als getan war. In jedem Fall würden ein paar Planken übrig bleiben. Er überlegte, ob es Sinn machte, sie Floor vorbeizubringen, denn das Segeltuch, das ihrer Behausung als Dach diente, war auf Dauer nicht mehr als eine Notlösung.

Floor. Und Pater Angelo. Und Jörk.

Drei Namen, drei Menschen. Drei Temperamente, die grundverschieden waren: Floor war ein wenig schlicht und hatte nah am Wasser gebaut, Pater Angelo war frömmlerisch und selbstgefällig, Jörk schien trotz des vielen Elends auf der Insel stets guter Laune zu sein. Dennoch standen alle drei mit Derkjes Tod in einer Verbindung. Aber in welcher? Die ganze Angelegenheit erschien Lapidius wie ein zäher Brei, in dem jeder Gedanke hoffnungslos versank.

Er arbeitete weiter. Stunde um Stunde, und je stabiler die Wände wurden, je dichter das Dach, desto mehr wurde Janszoons Hütte zu einer standfesten Bleibe.

Am Abend, als der ewige Wind ausgesperrt war und ein kleines Feuer genügte, um wohlige Mistwärme zu erzeugen, war Janszoons Hütte zu Lapidius' Haus geworden.

Vierzehnter Tag

Samstag, 24. Oktober

An diesem Tag ruderte Lapidius in aller Frühe hinüber zur Stadt. Er machte seinen Nachen an der Mole des Kleinen Bootshafens fest und wanderte durch die morgendlich leeren Gassen nach Süden, kam vorbei am *Tien Flesje,* erreichte das andere Ufer der Alblas und bald danach das Zuidenpoort, hinter dem der Richtplatz und das Haus von Crassman lagen. Lapidius war nicht sicher, ob Crassman schon so früh auf den Beinen sein würde, aber ein paar hell klingende Hammerschläge aus der Schmiede beendeten schnell seine Zweifel.

Er betrat die Schmiede und sah das Gesicht des Scharfrichters im Feuerschein. Henk Crassman bearbeitete gerade etwas, das wie ein glühender Haken aussah, und Lapidius fragte sich, ob das Teil zu dem Dreibein gehörte, das er bestellt hatte. Doch zunächst galt es, sich bemerkbar zu machen. »Guten Morgen, Henk!«, rief er über die Hammerschläge hinweg. »Ich hoffe, ich störe nicht?«

»Sieh da, Lapidius, der Schellenknecht!« Crassman legte den Hammer zur Seite und stieß den glühenden Haken in den bereitstehenden Löschtrog. Es zischte gewaltig, und Lapidius wich unwillkürlich einen Schritt zurück.

Crassman lachte. »Natürlich störst du nicht. Ich habe mir schon gedacht, dass du heute kommst. Der Haken, der dir eben einen solchen Schrecken einjagte, ist das letzte Stück für das Dreibein. An ihm soll später der Kessel hängen.«

»Danke, Henk.«

»Gern geschehen.« Crassman zeigte Lapidius die weiteren Bestandteile des Dreibeins, die unter anderem aus einer stabilen Kette bestanden, und fragte dann: »Was gibt es Neues auf der Insel?«

»Ist dir Pater Angelo ein Begriff?«, fragte Lapidius zurück. »Er ist eine Art Inselpfarrer.«

»Pater Angelo? Vielleicht. Ich habe vor Jahren mal von einem gehört, der sich hochtrabend Angelo de Albacete y Cuenca nannte.«

Lapidius versuchte, sich an sein erstes Gespräch mit Fruchard zu erinnern, in dem dieser den vollen Namen des Paters erwähnt hatte. »Ja, ich glaube, das ist er.«

»Ich wusste nicht, dass es ihn nach Zwaanwaard verschlagen hat.«

»Es scheint aber so zu sein. Ich habe eine Frage, die ihn betrifft.«

Crassman nickte. »Nur zu. Aber lass uns hinausgehen. Wenn man auf der Bank vor meinem Haus sitzt, hat man einen schönen Blick auf die Merwe, und es plaudert sich angenehmer.«

Sie gingen zu der Bank, und als sie sich gesetzt hatten, erzählte Lapidius von dem grausigen Fund, den er am Tag zuvor in des Paters Hütte gemacht hatte. Dann fragte er: »Sag, Henk, hältst du es für möglich, dass Pater Angelo nicht aussätzig ist und als Gesunder auf der Insel der Todgeweihten lebt?«

Crassman wiegte den Kopf hin und her, überlegte eine Weile und antwortete: »Genau weiß ich es nicht, aber nach allem, was mir zu Ohren gekommen ist, kann es durchaus sein. Unter uns Scharfrichtern erzählt man sich, dass dieser Pater ein besonders glaubenseifernder Ankläger und Inquisitor war, aber vor ein paar Jahren den Bogen überspannte, indem er Maximilian von Burgund, den Statthalter Hollands und Vasallen Karls des Fünften, der Unkeuschheit bezichtigte. Nicht direkt namentlich, aber doch so, dass jedermann wissen konnte, wen er meinte.«

»Das war allerdings töricht.«

»In der Tat. Wahrscheinlich fühlte Pater Angelo sich im Schoß der Kirche allzu sicher. Jedenfalls sorgte Maximilian dafür, dass der Pater selbst angeklagt wurde, und zwar durch Peter Titelmans, einen der berüchtigtsten Inquisitoren überhaupt. Das Bemerkenswerte an der Sache war, dass Titelmans zuvor eng mit dem Pater zusammengearbeitet hatte, sich aber keineswegs scheute, den Glaubensbruder ans Messer zu liefern.«

»Bestand denn ein Grund für die Anklage?«

»O ja! Der Pater soll zu jener Zeit mehrere Geliebte gehabt haben. Eine von ihnen soll sogar Maximilians Gemahlin Louise de Croÿ gewesen sein. Da die Ehe kinderlos war, habe Louise versucht, auf diese Weise einen Sohn zu bekommen und diesen später ihrem Mann unterzuschieben. Als die Sache ans Licht kam, blieb Louise natürlich aus dem Spiel. Der Pater jedoch wurde angeklagt. Wie es scheint, gelang es ihm, den Kopf aus der Schlinge zu ziehen und der peinlichen Befragung und der Folter zu entgehen …«

»… indem er zum Aussätzigen wurde und sich nach Zwaanwaard rettete?«

»So kann es gewesen sein.« Crassman nickte.

Lapidius sagte nachdenklich: »Also ist er gesund wie ein Fisch im Wasser und spielt den armen Seelen auf der Insel den Kranken vor. Sag, Henk, woher kennst du die ganzen Hintergründe?«

Crassman grinste. »Wir Scharfrichter sind nicht gerade beliebt, wie du weißt. Das schweißt uns zusammen. Wir sind wie eine große Familie, in der jeder jeden kennt, und da spricht sich manches herum. Aber jetzt, Lapidius, habe auch ich eine Frage: Welchen Grund hattest du, dich in des Paters Hütte umzusehen?«

»Das ist eine lange Geschichte«, antwortete Lapidius. »Sie beginnt damit, dass ich im Sumpf des Hoek van Zwaanwaard ein ermordetes Kind fand …«

Nachdem Lapidius sämtliche Ereignisse geschildert hatte, pfiff Crassman durch die Zähne. »Mit der Sache ist nicht zu spaßen, mein Freund. Wer weiß, vielleicht hat der Mörder auch dich schon im Visier. Ein Toter mehr oder weniger auf der Insel der Todgeweihten macht keinen Unterschied. Lass die Finger davon, wenn du auf meinen Rat hören willst. Mach deine Arbeit und kümmere dich um nichts weiter.«

Crassman stand auf und ging ins Haus. Wenig später kam er zurück, ein acht Zoll langes Fischermesser in der Hand. »Hier, nimm, das habe ich selbst geschmiedet. Eine scharfe Klinge, die sich nicht nur zum Ausnehmen von Meeresgetier eignet. Ich hoffe aber, du wirst sie nicht brauchen.«

»Danke, Henk.« Lapidius war gerührt. »Das kann ich nicht annehmen.«

»Unsinn, natürlich kannst du das! Deine Mission als Schellenknecht ist schon gefährlich genug. Du nimmst das Messer, keine Widerrede.«

Lapidius lächelte. »Wenn es so ist, muss ich mich wohl fügen.« Er nahm die Waffe und steckte sie sich in den Gürtel. »Aber jetzt sollte ich mich wieder auf den Weg machen. Das Dreibein nehme ich gleich mit.«

Crassman lachte. »Überschätze dich nicht, Lapidius. So ein Gestänge aus Eisen wiegt schwer. Und mit jedem Schritt, den du tust, wiegt es schwerer. Nein, nein, du fährst mit mir und meinem treuen Wotan. Ich muss sowieso nach Zwaanshoven. Genieße noch ein wenig die Aussicht, während ich Wotan anschirre.«

»Danke, Henk.« Lapidius blickte über das flache grüne Land und verfolgte den Lauf der Merwe nach Nordwesten, wo die Insel Zwaanwaard sich wie ein dünner, dunkler Strich auf dem Wasser abzeichnete. Seine Gedanken wanderten hinüber zu dem kargen Eiland, und er wunderte sich, dass dabei ein vertrautes, ja, sogar heimisches Gefühl in ihm aufkam. Er nahm sich vor, Crassmans Rat zu beherzigen und die Suche nach Derkjes Mörder aufzugeben. Er würde ihn ohnehin nie finden und lief nur Gefahr, sich lächerlich zu machen. Und lächerlich wollte er auf keinen Fall wirken, schon um Irits willen …

»Es kann losgehen.« Ohne dass er es bemerkt hatte, war Crassman mit dem Wagen vorgefahren. Wotan, der Braune, schnaubte und schüttelte heftig den Kopf, als wolle er Lapidius begrüßen. »Er freut sich, dich zu sehen«, sagte Crassman.

»Er ist ein braves Pferd.« Lapidius hob mit Crassmans Hilfe das Dreibein auf den Wagen, wobei er feststellte, dass sich diesmal kein großer, hölzerner Sarg darauf befand. Sie fuhren los und passierten alsbald eine Gruppe von Holunderbäumen, die links und rechts den Wegrand säumten. Das war ungewöhnlich, denn weder in der Stadt noch auf den vorgelagerten Inseln kamen diese Bäume vor, und Lapidius fragte: »Warst du es, der den Holunder gepflanzt hat, Henk?«

»So ist es.« Etwas in Crassmans Stimme verriet, dass er nicht mehr dazu sagen wollte, deshalb schwieg Lapidius. Doch nach einiger Zeit sprach Crassman von sich aus weiter: »Es ist wegen der Hunde und der Ziegen«, brummte er.

»Nanu? Was haben die mit den Bäumen zu schaffen?«

Crassman zögerte. »Du musst wissen, dass manche meiner Kollegen sich extra Hunde oder Ziegen halten, um nicht aus der Übung zu kommen.«

»Um nicht aus der Übung zu kommen?«

»Nun ja, der Beruf des Scharfrichters scheint leichter, als er in Wirklichkeit ist. Das richtige Abschlagen eines Kopfes ist eine Kunst für sich. Deshalb üben meine Kollegen den Schlag am lebenden Tier. Ich aber liebe meine Tiere und bringe es nicht übers Herz, sie zu töten. Deshalb benutze ich die Bäume. Ich habe herausgefunden, dass die Festigkeit von Holunderholz am ehesten der eines kräftigen Halses entspricht. So schlage ich alle zwei oder drei Tage ein paar junge Stämme durch. Ich lege sie auf den Richtbock, markiere mir die Stelle und schlage zu. Hinterher kann ich sehen, ob es ein perfekter Hieb war.«

»Ich verstehe.«

»Für den perfekten Schlag brauchst du das sichere Auge, die sichere Hand und das richtige Schwert. Meines ist ein schwerer Zweihänder. *Henk fecit anno 1539* steht darauf.«

»Du hast es also im Jahre 1539 selbst gemacht?«

»Ja, ich liebe mein Schwert. Es ist mir so vertraut wie meine Tiere.«

»Liebst du auch deinen Beruf, Henk?«

Crassman schüttelte den Kopf. »Wie könnte ich es lieben, jemanden zu töten? Ich tue etwas, das getan werden muss. Mehr nicht. Glaub mir, ich würde gern einen anderen Beruf ausüben, um mein Brot zu verdienen, aber als Sohn eines Scharfrichters nimmt dich niemand in die Lehre. Du hast nur die Möglichkeit, in die Fußstapfen deines Vaters zu treten. Und so wie mir erging es jedem meiner Kollegen. Ich weiß nicht, ob unter ihnen einer ist, der seinen Beruf liebt, aber sicher macht es vielen nichts aus, den abgeschlagenen Kopf zu packen und in einen Korb zu werfen. Mir jedoch fällt das schwer. Ich frage mich immer, ob die Augen, die mich dabei anstarren, schon tot sind, oder ob sie noch leben und mich ansehen. Manchmal glaube ich, einen vorwurfsvollen Ausdruck in ihnen zu erkennen, und ich brauche meine ganze Kraft, um nicht zu zittern und meine Arbeit gut zu Ende zu führen.«

Lapidius sagte sinnend: »Ich glaube, das könnte ich nicht.«

»Das Köpfen ist ein kurzer Vorgang, der blitzschnell getan ist. Anders ist es, wenn die Folter zum Einsatz kommt. Ich bin immer froh, wenn ich für die Durchführung einen Knecht beauftragen kann. Du wirst es vielleicht nicht glauben, Lapidius, aber ich halte nichts vom Tortieren. Jedes Geständnis hängt letztlich nur von der Umdrehungszahl der Daumenschrauben ab. Gleichgültig, ob einer schuldig ist oder nicht.«

»Da hast du sicher recht.«

»Wenn ich die Schrauben ansetze, dann immer zuerst am Ringfinger. Weißt du auch, warum?«

»Nein, das weiß ich nicht.«

»Wenn der Delinquent das Geständnis verweigert und die Schrauben immer fester und fester angezogen werden müssen, ist es im Zweifelsfalle der Ringfinger, auf den sein Besitzer am ehesten verzichten kann. Viel eher jedenfalls als auf den Zeigefinger oder den Daumen.«

Danach schwieg Crassman. Es schien ihm gutgetan zu haben, einmal über seine inneren Nöte sprechen zu können, und Lapidius dachte: Die Arbeit von Crassman ist viel blutrünstiger als die Taten des Mörders auf Zwaanwaard, und doch ist das, was Crassman tut, rechtens, und das, was der Mörder getan hat, in höchstem Maße verdammenswert. Das Leben ist manchmal schwer zu begreifen ...

»Nun habe ich dich aber genug mit meinen Sorgen gelangweilt.« Crassman lächelte schief.

Den Rest des Weges hing jeder seinen Gedanken nach.

An der Mole angekommen, half Crassman Lapidius, das Dreibein im Nachen zu verstauen, und verabschiedete sich danach freundlich. »Pass auf dich auf, Lapidius. Manchmal ist es besser, nichts zu hören und zu sehen.«

»Ich versprech's, Henk.«

»Na dann: Gott befohlen.«

»Gott befohlen, Henk.«

Später halfen die kleinen Jungen ihm wie üblich beim Empfang der Aussätzigenspeise und versprachen darüber hinaus hoch und heilig, besonders gut auf das Dreibein aufzupassen. »Warum kannst du das nicht selbst?«, fragte ein Dreikäsehoch vorwitzig.

»Weil ich noch zum Stadtmedicus Smit will«, antwortete Lapidius.

»Warum willst du zum Stadtmedicus Smit?«

»Weil das Verbandsmaterial auf der Insel zur Neige geht.«

»Warum geht das Verbandsmaterial zur Neige?«

»Alles geht einmal zur Neige«, sagte Lapidius. »Auch meine Geduld. Und nun muss ich los.«

Als er an die Tür von Smits Haus klopfte, stellte sich heraus, dass dieser fort war. Dafür war Willem, der Badergehilfe, da. »Der Doktor ist gestern nach Rotterdam«, sagte er. »Aber mittags wollte er wieder hier sein.«

»Aha. Es macht wohl keinen Sinn, dich um Verbandsmaterial zu bitten?«

»Ob's Sinn macht, weiß ich nicht.«

»Also schön: Kannst du mir Verbandsmaterial für die Aussätzigen geben?«

»Kann ich, tu ich aber nicht.«

»Und warum nicht, wenn ich fragen darf?«

»Weil der Doktor nicht da ist.«

»Der Doktor würde mir das Verbandsmaterial aber aushändigen.«

»Aber der ist nicht da.«

Lapidius gab es auf und beschloss, seinem alten Freund Frans, dem Wirt des *Tien Flesje*, einen Besuch abzustatten. Er musste dazu den halben Weg, den er mit Crassman gekommen war, wieder zurückgehen, aber er wusste sonst niemanden, mit dem er reden konnte.

Als Lapidius eintrat, war Frans gerade dabei, die guten Zinnbecher abzusanden, denn um diese Zeit war die Schenke noch leer. Er hielt in seiner Arbeit inne und sagte: »Lässt du dich auch mal wieder blicken. Komm, setz dich. Siehst gut aus. Die Seeluft auf der Insel scheint dir zu bekommen.« Er schenkte einen Becher randvoll mit Genever und schob ihn Lapidius vor die Nase. »*Proost en gezondheid*, alter Junge.«

Lapidius schluckte. Leckte sich die Lippen. Schluckte nochmals. »Nein danke«, sagte er.

»Nein danke?« Frans riss die Augen auf. »Hast du gerade ›nein danke‹ gesagt?«

»Ich möchte Wasser.«

»Wasser?« Frans lachte gutmütig. »Wasser gibt's bei mir nicht. Warte.« Er ging zum Bierfass und zapfte einen Becher voll. »Hier, trink wenigstens das.«

Lapidius zögerte.

»Worauf wartest du? Schmeckt es dir plötzlich nicht mehr?«

»Doch, doch.« Lapidius beschloss, das Bier zu trinken. Das war einfacher, als lange Erklärungen abzugeben. Er trank ein paar Schlucke und stellte den Becher wieder hin.

»Lass mich raten«, sagte Frans, »irgendetwas ist auf der Insel passiert, das dir die Lust auf einen guten Tropfen vergällt hat. Steckt vielleicht eine Frau dahinter?«

»Ach, Unsinn.«

Frans lachte. »Mir als deinem ältesten Freund kannst du's doch sagen. Ich gönn's dir ja. Hast weiß Gott genug durchgemacht in den letzten Jahren.«

»Also gut. Wenn du schon alles zu wissen glaubst, dann sage mir, was man einer jungen Dame schenken kann. Du kennst dich doch aus in solchen Dingen.«

»Wie heißt denn die Glückliche?«

Lapidius schwieg.

»Nun gut.« Frans überlegte. Dann sagte er: »In der Grootestraat gibt es einen Posamentierer, Jan de Gens heißt der. Er hat sein Haus gleich neben dem Stuhlflechter Schotanus. Du kannst es nicht verfehlen. De Gens hat immer allerlei Flitterkram da, bunte Säume, Borten, Bänder und derlei Plunder. Für einen alten Soldaten ist das nichts, aber die Augen einer Frau beginnen zu leuchten, wenn sie so was sehen.«

»Danke, Frans.« Lapidius dachte an Irits Augen, die ihn stets an die Farbe von Kupfervitriol erinnerten, und machte dabei ein solch entrücktes Gesicht, dass Frans abermals lachte. »Es scheint dich schwer erwischt zu haben, alter Junge, aber ich freue mich für dich.«

»Danke.«

»Wie sieht sie denn aus?«

»Das weiß ich nicht.«

»Was?«, fragte Frans erstaunt. »Du willst mir doch nicht erzählen, dass du dich in eine Frau verliebt hast, deren Aussehen du nicht kennst. Also ich ...« Weiter kam er nicht, denn die ersten Gäste traten durch die Tür, darunter auch Thees, jener Spaßvogel, der Lapidius vor gar nicht langer

Zeit den Inhalt seines Bechers ins Gesicht gegossen und ihn Lappi genannt hatte. Als Thees Lapidius erblickte, verzog sich sein Gesicht zu einem hämischen Grinsen. Er trat heran und sagte: »Sieh an, du liegst ja noch gar nicht besoffen unter dem Tisch, Lappi ...«

Weiter kam er nicht. Denn Lapidius' Hand war blitzartig vorgeschossen, hatte Thees' Hals mit eisernem Griff umfasst und zugedrückt. Thees zappelte und röchelte. Er versuchte, sich zu befreien, aber die Umklammerung war zu stark. Lapidius sagte ruhig: »Wenn ich dich gleich loslasse, sprichst du meinen Namen laut und deutlich und vor allem richtig aus, damit jeder im Schankraum ihn gut verstehen kann.« Wie um seine Worte zu unterstreichen, drückte er nochmals kräftig zu und zog dann seine Hand zurück.

Keuchend und krebsrot stand Thees vor ihm.

»Sag meinen Namen«, befahl Lapidius.

Thees schwieg und blickte sich hilfesuchend um. Doch niemand ergriff für ihn Partei.

»Sag meinen Namen«, wiederholte Lapidius.

Thees krächzte: »La... Lapidius.«

»Sehr schön. Das war zwar nicht besonders laut, aber du darfst jetzt gehen und etwas trinken.«

Unter dem Gelächter der anderen Zecher schlich Thees davon. Lapidius blickte ihm nach, staunte ein wenig über sich selbst und dachte: Das war ein billiger Triumph, herbeigeführt durch schiere Kraft. Aber er hat mir gutgetan.

Dann trank er einen Schluck Bier und war mit sich und der Welt zufrieden.

Am Nachmittag, nachdem er bei de Gens, einem runzelgesichtigen Männchen, gewesen war, versuchte er abermals sein Glück bei Smit. Der Stadtmedicus saß in seinem Behandlungsraum und blätterte in der *Fabrica* von Vesalius. »Tut mir leid, dass Ihr heute Morgen umsonst hier wart«, sagte er. »Willem ist einfach unverbesserlich. Stur wie ein Esel.«

»Das habe ich bemerkt.«

»Wie gesagt, es tut mir leid. Ich musste nach Rotterdam, um dort im Hospitaal op de Rotte eine Vorlesung zu halten. Wenn es Euch interessiert: Es ging um diesen Abschnitt in der *Fabrica*. Sagt selbst, habt Ihr jemals schönere Abbildungen als Anleitung für Sektionsschnitte gesehen?«

»Gewiss nicht«, antwortete Lapidius.

Smit klappte das schwere Buch zu. »Legen wir Vesalius für heute beiseite. Er ist ohnehin dem Klerus ein Dorn im Auge.«

»Warum das?«

»Wenn es nach der allein seligmachenden Kirche ginge, würde es überhaupt keine *Doctores* geben, die sich in der Zergliederungskunst üben. Eine Forderung übrigens, die schon Hunderte von Jahren alt ist. Wenn Ihr es genau wissen wollt, war es Papst Alexander der Dritte, der anno 1163 auf dem Konzil von Tours das Verbot für Geistliche aussprach, chirurgisch tätig zu werden. *Ecclesia abhorret a sanguine,* ›die Kirche schreckt vor dem Blute zurück‹, so hieß es damals. Und so heißt es auch noch heute.« Smit seufzte. »Auch wenn wir Medici schon lange die Stelle der Mönchsärzte eingenommen haben.«

»Das wusste ich nicht.«

»Setzt euch und trinkt ein Kirschwasser mit mir. Sozusagen als Wiedergutmachung dafür, dass Ihr heute Morgen abgeblitzt seid.«

»Danke, vielleicht später.«

»Wie Ihr wollt.« Smit schenkte sich selbst von dem scharfen Brand ein und sprach weiter, nachdem er getrunken hatte: »Jedenfalls beschäftigten sich die studierten Ärzte fortan fast nur mit der Inneren Medizin und waren sich für die praktische Ausübung der ärztlichen Kunst zu fein. Die Chirurgie wird seitdem als mindere Medizin betrachtet und fast ausschließlich den Wundärzten und Badern überlassen. Eine fatale Entwicklung. Mein Willem ist der leibhaftige Beweis dafür. Er bildet sich eine Menge auf seine Künste ein und kann kaum richtig mit einer Bruchlade umgehen. Dabei ist nichts schlimmer als eine schief zusammengewachsene Fraktur. Nein, nein, die schönste Theorie nützt mir nichts, wenn ich in der Praxis nicht helfen kann.«

»Das sehe ich genauso.« Lapidius warf verstohlen einen Blick auf die Karaffe mit dem Kirschwasser, beherrschte sich aber und sagte: »Wenn Ihr gestattet, Smit, möchte ich Euch eine Frage stellen, die ebenfalls mit der Praxis zu tun hat: Habt Ihr an Pater Angelo, dem Inselpfarrer, die Aussatzschau vorgenommen, bevor er nach Zwaanwaard kam?«

»Pater Angelo?« Smit schüttelte den Kopf. »Nein, aber ich bin auch erst seit zwei Jahren der hiesige Stadtmedicus. Warum fragt Ihr?«

»Ach, nur so.«

Smit gab sich mit der Antwort zufrieden und stürzte noch ein Kirschwasser hinunter. »Wo wir gerade von der Aussatzschau reden: Ich habe in der letzten Stunde eine junge Frau untersucht und bin zu der Überzeugung gekommen, dass die Krankheit von ihr Besitz ergriffen hat. Ihr Name ist Friggen. Sie kommt ursprünglich aus Utrecht. Viel mehr weiß ich nicht über sie. Nur, dass sie zur Insel hinübergeschafft werden muss.«

»Durch mich, nehme ich an?«

Smit hob die Karaffe und blickte Lapidius fragend an.

»Wie ist es, wollt Ihr nicht doch einen? Nein? Nun ja, um Eure Frage zu beantworten: Ihr seid der Schellenknecht und damit der Einzige, der für diese Aufgabe in Frage kommt, nicht wahr?«

»Ein zweifelhaftes Privileg.«

Smit grinste und betätigte ein Glöckchen, um Willem zu rufen. Der Badergehilfe erschien und stieß mit einem Stock eine junge Frau in den Raum.

»Das ist Friggen«, sagte Smit. »Friggen ist neunzehn Jahre alt, vielleicht auch zwanzig, so genau weiß sie das nicht. Höre, Willem, ich gebe dir hier die Papiere der Aussatzschau mit dem Vermerk *immundus.* Bringe sie ins Rathaus zum Ratssekretär Mickels, mit einem schönen Gruß von mir.«

»Jetzt gleich?«

»Wenn es dir nichts ausmacht, ja.«

»Es macht mir nichts aus.«

»Dann geh.«

Willem trollte sich und ließ Lapidius mit Smit und Friggen zurück. Die junge Frau machte ein Gesicht, als ginge sie das Ganze nichts an. Lapidius sah, dass sie rotunterlaufene Augen und eine aufgeplatzte Lippe hatte. Sie roch stark nach billigem Fusel. Noch vor wenigen Tagen muss ich genauso auf andere gewirkt haben, dachte er mit Grauen.

»Vermeidet jegliche Berührung mit der Kranken«, ermahnte Smit ihn, »und seht zu, dass Ihr sie auf der Insel anständig unterbringt.«

»Ich tue, was ich kann.«

»Dann auf Wiedersehen, Lapidius.« Smits Blick wanderte zum Schachtischchen, auf dem eine neue Partie mit dem nicht anwesenden Apotheker stattfand. »Leider bleibt keine Zeit, Euch um Euren Rat zu fragen.«

Lapidius warf einen Blick auf die Figuren. »Ich denke, Eure Dame ist schon wieder in Gefahr.«

»Das habe ich kommen sehen! Ach, nebenbei, Lapidius: Mit der Erpressung von dieser Floor habe ich wirklich nichts zu schaffen.«

»Ich glaube Euch. Auf Wiedersehen, Smit.« Lapidius wartete, bis Friggen vor ihm den Raum verlassen hatte, und folgte ihr mit gemischten Gefühlen. Einerseits, weil er sich fragte, wo er sie auf der Insel unterbringen sollte. Andererseits, weil er nicht wusste, worüber er mit ihr reden konnte.

Erst gegen Ende der Überfahrt, kurz bevor sie den Holzsteg auf dem Hoek erreichten, richtete Lapidius das Wort an sie. Die Zwischenzeit hatte er genutzt, um sie verstohlen zu mustern. Sie war von kleinem Wuchs, hatte plumpe Gliedmaßen und war überdies zu dick für ihr Alter. Neben ihrer aufgeplatzten Lippe, die von einem Schlag herrühren mochte, war ihm ihr ungepflegtes Äußeres aufgefallen. Sie trug eine fleckige Haube, unter der dunkles, strähniges Haar hervorquoll, und ihre Hände mit den abgebrochenen Fingernägeln waren schmutzig. Kleid und Mieder waren bunt und eng – zu eng für eine anständige Frau. Am auffälligsten jedoch war ihr Gesichtsausdruck, eine Mischung aus Gleichgültigkeit und Dickköpfigkeit.

»Vielleicht wirst du dich gleich wundern, wenn wir angelegt haben«, sagte Lapidius, um einen freundlichen Ton bemüht, »denn du wirst niemanden sehen, der uns mit Rasselgetöse oder Warnrufen entgegenkommt. Auch wirst du feststellen, dass niemand auf der Insel die vorgeschriebene Aussätzigentracht trägt.« Er lächelte flüchtig. »Doch das tust du ja auch nicht, wie ich sehe.«

»Ich tu sowieso immer, was ich will.« Friggen nestelte in ihrem mitgeführten Bündel und zog eine Kürbisflasche hervor. Sie setzte das Behältnis an den Mund und trank geräuschvoll.

»Was trinkst du da?«, fragte Lapidius.

»Schnaps.« Friggen setzte die Flasche erneut an. Dann wischte sie sich mit dem Handrücken über den Mund. »Tut verdammt gut, so'n Schlückchen, weißt du. Ich hoff nur, dass es auf der Insel nich' so trocken zugeht.«

»Wenn du damit meinst, ob es auf Zwaanwaard Alkohol gibt, muss ich dich enttäuschen«, sagte Lapidius steif. Er fand die Situation, in der er sich befand, alles andere als angenehm. Kaum eine Elle von ihm entfernt saß eine aussätzige Hure, für die er eine Verantwortung hatte, die er eigentlich nicht tragen wollte. Das hatte er Smit zu verdanken. Doch nein, nicht Smit, vielmehr der Stadt. Den hohen Herren im Rathaus, Beenakker, Houtman, van Vliet und wie sie alle hießen. »Sag, Friggen, hat Mickels, der Ratssekretär, dich zu Doktor Smit geschickt?«

»Mickels? Kenn ich nich'.«

»Wer dann?«

Friggen unterdrückte einen Rülpser und verstaute die Kürbisflasche in ihrem Bündel. »Zwei Kerle haben mich geschnappt, waren wohl von der Stadt, die Burschen. Büttel, nehm ich an. War verdammtes Pech, dass sie mich hopsgenommen haben, weil ich grad 'nen Freier aufgegabelt hatt. Die dachten wohl, ich hätt die Franzosenkrankheit.«

»Und dann hat der Stadtmedicus festgestellt, dass du aussätzig bist?«

»So war's. Hat von oben bis unten an mir rumgefummelt, der Bursche, pinkeln musst ich auf Bestellung, singen sollt ich un' kleine Kügelchen greifen, un' weiß der Henker was sonst noch alles, un dann hat er alles aufgeschrieben un' gesagt, das wär sehr wichtig, un' ich könnt nich' zurück in

Tillas Hoerenhuis, ich müsst auf die Insel. Das wär nich' das Schlechteste da. Man wär sicher aufgehoben un' hätt auch immer was zu futtern.«

»Das stimmt im Großen und Ganzen.«

»Dieser Smit sagt, man könnt bei mir noch nix vom Aussatz sehen, oder so gut wie nix, nur hinter den Ohren hätt ich so Knötchen, das wär'n Zeichen. Ich sollt mir keine Sorgen machen, es könnt noch Jahre dauern, bis es schlimmer wird mit der Krankheit. Na, wenn's so is', mir soll's gleich sein, ich hab lieber zehnmal Aussatz als wie ein Mal nix zu fressen. Findste nich' auch?«

»Gewiss, gewiss.«

»Du bist doch der, der den Fraß rüberbringt, oder?«

»Ja, ich bin der Schellenknecht. In dem Kessel hinter mir ist Suppe.«

»Was denn für 'ne Suppe?«

»Ich glaube, eine aus Rüben, Bohnen und Portulak.«

Friggen unterdrückte abermals einen Rülpser. »Portulak is' gut gegen den Sod im Magen.«

Das war Lapidius neu. »Kennst du dich mit Heilpflanzen aus?«, fragte er.

»Nee, tu ich nich'.«

»Was hast du denn bisher gemacht in deinem Leben, ich meine, äh, wenn du keine Freier hattest?«

»Dies un' das.«

»Ich merke, du willst nicht darüber reden?«

»Du hast es erraten. Un' du, was hast du so gemacht?«

»Dies und das.«

Friggen lachte. Es war ein seltsam tiefes, kollerndes Lachen aus der Mitte ihres Leibes, und es war die erste Gemütsregung, die sie zeigte. Doch so rasch, wie die Regung gekommen war, so rasch verschwand sie auch wieder.

»Wir sind gleich da.« Lapidius steuerte den Nachen mit einigen Ruderschlägen an den Holzsteg heran und machte ihn an einem Pfahl fest.

»Is' ja kein Mensch zu sehen«, meinte Friggen.

»Das ist immer so. Wart's nur ab.« Lapidius hob die Speisen aus dem Nachen und brachte sie an Land zur Trennmauer. Wenig später erschien Jörk, der Friggen auf seine unbekümmerte Art begrüßte. Dann folgten die anderen, auch Yanardan, der aber nicht in Begleitung von Irit war.

»Soll ich Floor ihren Anteil bringen?«, fragte Jörk und ergriff einen Holzeimer mit der restlichen Suppe.

»Nein«, sagte Lapidius, »das mache ich.«

»Du?« Jörk lachte. »Du bist doch viel zu schwach auf der Brust.«

»Nein, das bin ich nicht«, beharrte Lapidius und nahm Jörk den Eimer ab. Dann sagte er zu Friggen. »Komm, wir gehen zu Floor.«

»Floor, wer is'n das?«, fragte Friggen, nachdem sie sich auf den Weg gemacht hatten.

»Floor hat früher mal Glücksbringer in Maastricht verkauft.«

»'s gibt keine Glücksbringer.«

»Da könntest du recht haben.«

»Klar hab ich recht, 's gibt ja auch kein Glück.«

Den Rest des Weges gingen sie schweigend nebeneinanderher, wobei Lapidius' Einsilbigkeit eher von der Anstrengung des Tragens herrührte.

Sie trafen Floor vor ihrer Hütte an. Floor hatte die Haube abgenommen und strählte ihre blonden Haare. Sie gab ein hübsches Bild ab.

»Guten Tag, Floor«, sagte Lapidius förmlich, während er

den Eimer absetzte. »Das ist Friggen. Sie ist ebenfalls von der Krankheit befallen. Ich möchte, dass sie bei dir wohnt.«

Floor betrachtete Friggen von oben bis unten und sagte: »Nichts gegen dich, Friggen, aber es wär nicht gut, wenn du bei mir wohnst.«

»Hast wohl Angst, ich würd dir was klauen?«

Floor blickte Lapidius hilfesuchend an, und als dieser stumm blieb, sagte sie: »Bei mir gibt's nichts zu klauen.«

»Was stellst du dich dann so an?«

»Ich stell mich nicht an, es ist nur …«

»Komm schon«, sagte Lapidius zu Floor. »Wo sollte Friggen denn unterkommen, wenn nicht bei dir. Ihr werdet euch schon vertragen.« Er nahm den Eimer mit der Suppe und ging in die Hütte. Friggen folgte ihm und – mit einigem Zögern – auch Floor.

»Das Stroh da in der Ecke reicht für zwei«, stellte Friggen fachmännisch fest. Darfst dich nur nich' zu dick machen, Floor. Ich hoff, du schnarchst nich' allzu sehr?«

Floor schwieg.

»Ich schnarch manchmal, wenn ich einen gezwitschert hab, aber der Schellenknecht sagt, hier gibt's nix Anständiges, brauchst also keine Angst zu haben. Na, ich pack mal meine Sachen aus.«

Während Friggen die wenigen Habseligkeiten aus ihrem Bündel schüttete, nahm Floor Lapidius beiseite. »Komm mal mit vor die Hütte«, flüsterte sie.

»Was gibt's denn?«, fragte Lapidius stirnrunzelnd, als sie vor die Tür getreten waren. »Ich habe schon bemerkt, dass es dir nicht recht ist, wenn Friggen bei dir einzieht, aber …«

»Pst, nicht so laut! Bei meiner Ehre, 's ist nicht so, wie du denkst, Lapidius. 's ist wegen Derkje. Ich muss allein sein mit meinem Kleinen.«

Lapidius schüttelte den Kopf. »Tut mir leid, ich verstehe dich nicht.«

»Ich muss allein sein mit ihm, in Gedanken sozusagen, und wenn die Neue bei mir wohnen tät, wär ich nicht mehr allein mit meinem Derkje, und das würd ich nicht aushalten.« Floor begann zu weinen.

»Hör mal, Floor, es fällt mir schwer, deine Worte ernst zu nehmen. Immer, wenn etwas unangenehm zu werden droht, fängst du an zu weinen. So geht das nicht. Wir alle auf der Insel müssen zusammenhalten. Ich bin sicher, ihr werdet euch vertragen, im Gegenteil: Ein wenig Gesellschaft wird dir sogar guttun. Und nun muss ich gehen.«

Lapidius verhärtete sein Herz, denn es war keineswegs so, dass Floor ihm nicht leidtat, aber was gesagt werden musste, musste gesagt werden. Er nickte ihr noch einmal zu und machte sich auf den Weg zurück.

Spätabends an diesem ereignisreichen Tag saß der Mann, der sich Onbekend nannte, einem Aussätzigen in dessen Hütte gegenüber. »Du musst mir die Vollmacht verlängern«, drängte Onbekend, »oder glaubst du, ich könnte dir sonst weitere Freundschaftsdienste erweisen?«

In der Tat hatte Onbekend in der Vergangenheit durch kleine Gefälligkeiten immer wieder dafür gesorgt, dass es seinem Gegenüber besser erging als den meisten der Todgeweihten auf Zwaanwaard, doch von einem Freundschaftsdienst konnte keine Rede sein, denn Freundschaft bestand zwischen den beiden Männern nicht.

»Geld regiert die Welt«, sagte Onbekend, »das müsstest du doch eigentlich wissen. Ohne Geld kann ich nichts für dich tun, und wenn du glaubst, ich hätte dich betrogen, bist du schiefgewickelt. Alles hat seinen Preis. Billiger ging's nicht.«

Als der andere immer noch zögerte, gab Onbekend auf. Für heute wollte er seine Bemühungen einstellen. Er wusste zwar noch nicht, wie, aber er war sicher, die Unterschrift für die Vollmacht dennoch zu bekommen – notfalls, indem er sie fälschte. »Es ist spät geworden«, sagte er scheinbar versöhnlich, »wir sehen uns bald wieder.«

Er verließ die Hütte und trat hinaus in die Nacht. Nach wenigen Augenblicken hatten seine Augen sich an die Dunkelheit gewöhnt, und er machte sich auf den Weg. Er bewegte sich schnell und gewandt, mit geschärften Sinnen, wie das Leben es ihn gelehrt hatte. So war es nicht verwunderlich, dass er plötzlich ein Geräusch vernahm, das anders war als die gewohnten Laute der Nacht. Er verharrte mitten in der Bewegung. Wieder klang das Geräusch herüber. Schritte. Dann Stille. Wieder Schritte. Leise Schritte im Sand. Onbekend spitzte die Ohren und kniff die Augen zusammen, aber mehr als einen dunklen Schatten konnte selbst er nicht erkennen. Der Schatten bewegte sich zu der Hütte, die er gerade verlassen hatte. Was ging da vor?

Die Tür der Behausung wurde einen Spalt geöffnet, ein Lichtschimmer erhellte die Nacht. Der Schatten schlüpfte ins Innere. Die Tür schloss sich.

Onbekend hatte nicht viel gesehen. Aber genug, um zu erkennen, wer der heimliche Besucher war. Und auch genug, um zu erahnen, was gleich geschehen würde. Lautlos folgte er dem Besucher. In der hinteren Wand der Hütte fand er ein Astloch. Er presste ein Auge dagegen und spähte in den Raum, in dem er vor kurzem noch mit dem anderen verhandelt hatte. Was er sah, überraschte ihn nicht: Aus dem Schatten des Besuchers war eine unmittelbare Gefahr geworden. Ein Angreifer, ein Mörder, der einen schweren Knüppel schwang und damit auf den anderen eindrosch. Der andere versuchte auszuweichen, aber er war zu alt und zu unbeholfen. Der Knüppel traf ihn. Er ging in die Knie, doch er wehrte sich weiter. Der Kampf fand nun am Boden statt. Ein Kampf auf Leben und Tod. Der Mörder umklammerte den Hals des anderen und drückte mit aller Kraft zu. Der andere gab einen gurgelnden Laut von sich. Keuchte. Röchelte. Seine Gegenwehr wurde matter. Mit fahrigen Fingern versuchte er, den neben ihm liegenden Knüppel zu erreichen – vergebens.

Onbekend beobachtete das Todesringen mit kühlem Herzen. Wenn er gewollt hätte, wäre es ihm ein Leichtes gewesen, den anderen zu retten, doch er wollte es nicht. Wozu auch! Er fühlte die Vollmacht in seiner Tasche und dachte: Ja, ich werde die Unterschrift fälschen, und die Leiche, die bekomme ich noch obendrauf. Sie wird mir früher oder später in die Hände fallen. Und sie wird ihren Wert haben. Am besten, ich mache mich erst einmal aus dem Staub …

Kalt lächelnd machte er kehrt und setzte seinen eingeschlagenen Weg fort.

Fünfzehnter Tag

Sonntag, 25. Oktober

Lapidius schlief an diesem Morgen noch tief und fest, als lautes Klopfen ihn jählings weckte. Er fuhr hoch und rief: »Wer ist da?«

»Simon Utenhove, ich komme gerade aus Gent«, näselte es vor der Tür.

»Einen Augenblick.« Lapidius sprang von seinem Lager auf und öffnete.

Draußen stand der schwarz gewandete Utenhove und rang die Hände. Seine Hochnäsigkeit schien wie weggeblasen. »Ich weiß nicht, an wen ich mich sonst wenden könnte, Lapidius! Ich habe dich zur Beförderung vorgeschlagen, jetzt zeige, dass du es wert bist. Meine Familie ist verhindert, und unser berühmtes Kontor in der Graslei hat noch geschlossen. Kein einziger der Schreiber ist erreichbar.«

»Tritt näher.«

»Ich danke dir. Aber meine Zeit ist begrenzt, und die Eilbedürftigkeit ist hoch. Du erlaubst, dass ich sofort zur Sache komme …«

»Nein, das erlaube ich nicht. Erst muss ich mich um das Feuer kümmern.« Lapidius schürte die Glut und legte Holz nach. Es knisterte und knackte. Als die Flammen aufloderten, sagte er: »Nun, was gibt's?«

»Der Mörder hat wieder sein Unwesen getrieben!«

Lapidius verzog keine Miene. »Sicher sprichst du von Logan, dem irischen Seemann. Hatte er es auf Schnucki abgesehen?«

Utenhove riss die Augen auf. »Woher weißt du das? Aber du hast recht: Schnucki ist tot, dahingemeuchelt!«

»Wie schrecklich.«

»Und der arme Laurenssen auch.« Utenhove begann zu zittern. »Beide tot! Laurenssen, Schnucki! Dahingemeuchelt! Du musst kommen. Es hat doch sonst keiner Zeit!«

Lapidius kamen Zweifel. Sollte an Utenhoves Gefasel tatsächlich etwas dran sein? Er warf einen prüfenden Blick auf das Feuer, das ruhig und stetig brannte, und sagte: »Dann lass uns gehen.«

Auf dem Weg zur Zisterne, in deren Nähe das Haus von Laurenssen lag, sprach Utenhove ohne Pause, aufgeregt und gestenreich. Er redete so wirres Zeug, dass Lapidius fast wieder anderen Sinnes wurde und sich fragte, ob die geschilderten Todesfälle womöglich doch nichts anderes als das Produkt eines verschrobenen Gehirns waren. Erst als er das Haus betrat, sah er, dass Utenhove nicht übertrieben hatte. Im Gegenteil. Ihm stockte der Atem. Zu bizarr war der Anblick, der sich ihm bot. Laurenssen lag gekrümmt auf dem Boden, den Mund halb geöffnet, als wolle er sich übergeben. Seine Gesichtsfarbe, die stets der eines gekochten Hummers geglichen hatte, zeigte Totenblässe und bildete einen starken Kontrast zu dem leuchtenden Indigo seines Kosakenkittels. Neben ihm lag Schnuckis blutiger Leib und daneben wiederum Schnuckis Kopf. Abgetrennt, mit seelenlosen Augen und abgeknickten Ohren. Und mit einer Pastinake im Mund.

»Gestern hat er noch mit gutem Appetit gegessen«, näselte Utenhove, und es war nicht ganz klar, ober er Laurenssen oder den Hasen meinte.

Lapidius kniete neben Laurenssen nieder, um ihn zu untersuchen. Er legte einen Finger an die Halsschlagader und stellte zweierlei fest: Erstens, dass Laurenssen wirklich tot war, und zweitens, dass er Würgemale hatte. Da der lübische Kaufmann ein schwerer Mann gewesen war und sich gewiss gewehrt hatte, musste der Täter über nicht geringe Körperkraft verfügen. Was ließ sich daraus schließen?

Lapidius drückte Laurenssen die Augen zu und überlegte, während Utenhove hinter ihm wieder zu näseln begann. Er schwafelte irgendetwas von Importen aus Russland und Schweden, die in der Zisterne lägen, und die herauszuholen dem Verstorbenen nicht mehr vergönnt gewesen sei, und …

»Sei doch mal still!« Lapidius konnte sich bei dem Redefluss nicht konzentrieren. Eines stand jedenfalls fest: Laurenssen kam als Derkjes Mörder nicht mehr in Betracht. Das hatte sein gewaltsamer Tod auf tragische Weise bewiesen. Was konnte sonst noch aus dem Mord geschlossen werden? Dass es sich wahrscheinlich um ein und denselben Täter handelte. Dafür sprachen die Würgemale, die beide Opfer davongetragen hatten. Nun gut, und wer war der Täter? Utenhove, der Laurenssen tot aufgefunden hatte? Der Mann aus Gent galt zwar als Freund Laurenssens, aber aus Freundschaft konnte schnell Feindschaft werden. Außerdem war Utenhove groß und trotz seiner schlaksigen Gestalt sehr kräftig. Und er redete ausschließlich unsinniges Zeug. Wie hatte Floor noch gesagt? Derkjes Mörder sei wie von Sinnen gewesen. »Wie hast du den Toten gefunden?«, fragte Lapidius.

Utenhove hob die Brauen. »Ich habe ihn nicht gefunden, Lapidius, dazu hätte mir die Zeit gefehlt.«

»Aber irgendwie musst du doch auf ihn gestoßen sein?«

»Ich habe ihn nicht gefunden, weil ich ihn nicht gesucht

habe. Ich war mit ihm zum Angeln verabredet. Im Morgengrauen beißen die Bärenfelle am besten.«

»Jedenfalls bist du ins Haus gegangen. Was geschah dann?«

»Ins Haus? Zum Angeln?« Utenhove lachte überlegen. »Wir pflegen an der Zisterne zu angeln, Lapidius. Als ob du das nicht genau wüsstest!«

»Das weiß ich. Du hast also das Haus betreten und Laurenssen tot aufgefunden. Oder lebte er bei deinem Eintreffen noch?«

»Er lebte nicht mehr. Wer lebt denn noch auf dieser Insel? Niemand. Alle sind tot, alle! Schuld hat der Mörder. Er geht um. Er mordet, einmal, zweimal, viele Male. Schnucki hat er mindestens schon dreimal umgebracht.«

»Schon recht.« Lapidius ging nicht weiter auf den Unsinn ein. Er versuchte, einen Arm von Laurenssen zu beugen, was aber nicht möglich war. Die Totenstarre hatte bereits eingesetzt. Das bedeutete, der lübische Kaufmann war mindestens seit sechs Stunden tot. Er musste um Mitternacht herum erwürgt worden sein.

So weit, so gut. Doch führten ihn diese Erkenntnisse auf die Spur des Mörders? Keineswegs. Er war so klug wie zuvor, oder besser gesagt: so dumm. Er fühlte sich elend und nutzlos. Fragen über Fragen türmten sich vor ihm auf, die er allesamt nicht beantworten konnte.

»Du musst noch heute nach Lübeck rudern und Laurenssens Familie benachrichtigen«, sagte Utenhove. »Ich gebe dir ein paar Tage frei. Aber rede nur Gutes über den Verstorbenen, hörst du! Richte den armen Hinterbliebenen aus, er sei mit mir befreundet gewesen und überdies beim Angeln sehr erfolgreich.«

»Jaja.« Lapidius dachte an Crassman, der es gut mit ihm

meinte und der ihm geraten hatte, ein für alle Mal die Finger von der Mörderjagd zu lassen. Er tastete nach dem Messer, das er unter seinem Wams im Gürtel trug. Die Klinge war kühl und glatt und vermittelte einige Sicherheit. »Gehe zu Pater Angelo und richte ihm aus, er möge für ein Begräbnis deines Freundes sorgen«, sagte er zu Utenhove. Und er dachte: Dass der Pater ein falsches Spiel um seine Hände treibt, mag verwerflich sein, aber wenn es darum geht, einen Toten in geweihte Erde zu geben, ist ein Priester unabdingbar.

Der schwarzgekleidete Utenhove stimmte mit wichtiger Miene zu. »Das ist eine gute Anregung, Lapidius! Doch du scheinst zu vergessen, dass es mir an Muße für derlei Botengänge mangelt. Am besten, du gehst selbst.«

Lapidius hatte genug von der salbadernden Hochnäsigkeit, einerlei, ob sie aus Verrücktheit oder aus anderen Gründen geschah. Eine Zornesader schwoll auf seiner Stirn, und er brüllte: »Mach, dass du rauskommst, auf der Stelle! Und tu, was ich dir gesagt habe!«

Utenhove öffnete und schloss den Mund, öffnete ihn wieder – und schluckte. Dann drehte er sich um und lief davon, so schnell ihn seine langen Beine trugen.

Den ganzen Tag über gab Lapidius sich die größte Mühe, nicht an Laurenssens Tod zu denken. Doch je mehr er sich dazu zwang, desto aussichtsloser war es. Am Abend schließlich beschloss er, einen Spaziergang zu machen. Das würde ihn auf andere Gedanken bringen. Er wanderte den Hoek van Zwaanwaard entlang, sich nah am Schilfsaum haltend, und sah Rohrsänger in den Halmen, Wasserkäfer im Schlamm und Möwen in der Luft. Und irgendwann, plötzlich, fiel ihm auf, dass er etwas nicht sah: den zweiten

Nachen, den er vor drei Tagen entdeckt hatte. Er war sicher, er befand sich genau an der Stelle, an der er über das Gefährt gestolpert war. Wo mochte es sein? Nun, es war müßig, darüber nachzudenken. Es war nicht einmal sicher, dass der Besitzer den Nachen fortgerudert hatte. Das Boot konnte sich genauso gut losgerissen haben und in der Merwe treiben.

Lapidius' Blick schweifte über den Fluss, dessen Farbe an diesem Abend wie graues Glas war – grau bis auf einen schwarzen Punkt, der sich in Richtung Crimpen bewegte. Lapidius kniff die Augen zusammen. Zum Lesen musste er die Buchstaben weit von sich halten, doch in die Ferne konnte er nach wie vor gut sehen. Und was er sah, war ein Nachen. Ein Nachen, der nach Norden steuerte.

Nichts sprach dafür, dass es der Nachen war, den Lapidius vermisste, und doch ließ ihm das ferne Gefährt keine Ruhe. »Na warte«, murmelte er, und dann kam Leben in seine lange Gestalt. Mit großen Schritten stürmte er zu seinem eigenen Nachen am Holzsteg, löste die Vertäuung und legte sich in die Riemen. So schnell er konnte, ruderte er in die Mitte des Flusses, wo die Strömung ihn alsbald erfasste und rasch voranbrachte.

Wenig später musste er langsamer rudern, denn er bemerkte, dass er sich dem Nachen zu rasch näherte. Er wollte unerkannt bleiben. Als Schellenknecht durfte er nur zwischen Zwaanwaard und Zwaanshoven hin- und herrudern, alles andere war ihm verboten. Lapidius bewegte sich im gleichmäßigen Takt, Schlag um Schlag tauchten die Riemen in den Fluss, und wieder fiel ihm auf, wie wenig ihn die Ruderarbeit anstrengte. Ja, seine körperliche Verfassung war deutlich besser geworden. Das Exempel, das er an

Thees, dem erbarmungslosen Spötter, statuiert hatte, war ein gutes Beispiel dafür.

Er wandte sich um, blickte nach vorn, um den Abstand zu prüfen, und bekam einen Schreck. Wo war der Nachen geblieben? Er konnte doch nicht verschwunden sein!

Doch halt, da war er. Er lag an der Pier von Crimpen. Die Kaimauer war nur ein dunkler Strich auf dem Wasser, von dem der Fremde, der dem Nachen gerade entstieg, kaum zu unterscheiden war. Lapidius überlegte, wie er sich verhalten sollte, und beschloss, zunächst einmal weiterzurudern und so zu tun, als wolle er nordwestlich den Riederwaard umrunden und weiter nach Rotterdam. Das würde unverdächtig wirken.

Nach dreißig Ruderschlägen hielt er abermals inne und blickte sich um. Der Fremde war verschwunden. Sicher lag sein Ziel irgendwo auf dem Hafengelände. Lapidius wendete seinen Nachen und ruderte zurück. In der einbrechenden Dunkelheit hatte er wenig Hoffnung, den Fremden am Ufer zu finden, aber er musste es auf jeden Fall versuchen.

Wenig später näherte er sich vorsichtig der Pier, und sein Herz tat einen Sprung: Da lag der Nachen! Das bedeutete, der Fremde konnte nicht weit sein. Lapidius machte sein Gefährt fest und stieg geräuschlos an Land. Wohin sollte er sich wenden? Er kannte den Hafen von Crimpen nicht. Doch am meisten Sinn würde es machen, die Suche bei den Speichern in der Nähe zu beginnen. Da immer noch ein wenig Restlicht herrschte, hatte er Sorge, man könne ihn erkennen, und er drückte sich in den Schatten einer verwitterten Holzwand. Nach wenigen Schritten gelangte er zu einem verfallenen Schuppen und hielt mitten in der Bewegung inne. Er hatte ein Klopfen gehört. Und jetzt sah er auch einen Mann, der an die Tür eines windschiefen Gebäudes pochte. Das musste der Fremde sein. Er hatte ein schweres Bündel geschultert, das zu tragen ihn sichtlich Mühe kostete. Wieder klopfte der Fremde. Er tat es in einer bestimmten Abfolge. Die Tür öffnete sich einen Spaltbreit. Das Licht einer abgedunkelten Laterne wurde sichtbar. »Wer ist da?«, fragte eine Stimme.

»Onbekend«, antwortete der Fremde.

Die Tür öffnete sich ganz. »Du kommst spät«, sagte ein tief verhüllter Mann.

»Hör mal, Naamloos, ich komme, sobald die Ebbe einsetzt, das weißt du so gut wie ich.«

»Jaja, schon recht. Was bringst du heute?«

»Erstklassige Ware, du wirst begeistert sein.«

»Das sagst du immer, und noch nie hat es gestimmt. Nun komm schon rein.«

Beide Männer verschwanden mit dem Bündel im Haus, und Lapidius, dem das Herz bis zum Hals klopfte, schlich zur Tür und presste von außen sein Ohr dagegen. Eine Zeitlang hörte er nur Rumpeln und Rumoren, dann erklang die Stimme des Verhüllten, der mit Naamloos angeredet worden war: »Bevor ich die Ware näher untersuche, lass dir gesagt sein, dass ich diesmal höchstens die Hälfte von dem bezahle, was üblich ist. Anderenfalls lohnt sich das Geschäft nicht für mich.«

»Wieso das denn?«, fragte Onbekend.

»Weil du mir letztes Mal ein Kind angedreht hast. Kinder sind bekanntlich nicht ausgewachsen, sie taugen für meine Zwecke nicht.«

»Davon war aber nie die Rede.«

»Ich zahle nur die Hälfte. Wer weiß, woher du den Kleinen hattest. Hast du ihn auch abgemurkst?«

»Du fragst zu viel.« Onbekend wurde hörbar ärgerlich. »Ich murkse niemanden ab, das habe ich nicht nötig. Es geht dich einen Dreck an, woher ich die Ware habe.«

»Einerlei, ich zahle nur die Hälfte.«

»Dann brauchen wir nicht weiterzureden. Ich nehme die Ware wieder mit und schmeiße sie in den Fluss.«

»Das sagst du auch immer. Nun schnür das Bündel schon auf. Hoffentlich hast du mal wieder eine Frau gebracht.«

Lapidius hörte Scharren und Fluchen und dann die Stimme von Naamloos: »Schon wieder ein Mann, der sieht ja aus wie ein Hanswurst, so blau und bunt, wie der gekleidet ist. Und alt und fett ist er obendrein.«

»Du hast auch immer was zu meckern. Die Frau, die ich dir vorletztes Mal gebracht habe, war dir zu hässlich, nur weil sie keinen Mund und keine Nase mehr hatte. Der Bursche hier dagegen hat noch beides. Oder jedenfalls das meiste davon. Auch die Füße und die Hände sind noch recht gut. Außerdem riecht er nicht so stark wie die Frau. Was ist: Willst du ihn nun haben oder nicht?«

»Aber nur, wenn du mir einen anständigen Preis machst.«

»Mache ich. Gib mir einen Gulden, und die Sache ist perfekt.«

»Einen Gulden?« Naamloos lachte schrill. »Willst du die Leiche nach Gewicht bezahlt haben? Da hört bei mir der Spaß auf. Ich gebe dir fünf Pfennige und keinen mehr, das ist die Hälfte von dem, was du für das Kind gekriegt hast, und immer noch genug.«

»Dreißig Pfennige und keinen weniger, oder ich werfe die Ware in …!«

»… den Fluss, ich weiß. Also, meinetwegen fünfzehn Pfennige, aber nur, weil die Ware so groß ist.«

»Fünfzehn? Du willst mich wohl über den Löffel barbieren? Mindestens fünfundzwanzig, und das ist immer noch zu wenig …«

Lapidius hatte genug gehört. Auf leisen Sohlen machte er sich davon, bestieg seinen Nachen und ruderte mit kraftvollen Schlägen gegen den Strom nach Südosten, dorthin, wo die wenigen Lichter von Zwaanshoven in der Ferne schimmerten.

Er war zufrieden mit sich. Er war zwar nicht sicher, wem die Stimme von Naamloos gehörte, aber die von Onbekend hatte er zweifelsfrei erkannt.

Sechzehnter Tag

Montag, 26. Oktober

Lapidius lag auf seinem Bett, hielt sich eine Parfümkugel unter die Nase und sog das würzige Aroma des Duftspenders ein. De Gens, der Posamentierer, bei dem er am vorgestrigen Tage gewesen war, hatte ihm den Hohlkörper mit dem Riechwasser überlassen und das Prinzip der Wirkweise lang und breit erklärt. Die Kugel sei aus bronzenem Metall kunstvoll mit dem Schweifhammer getrieben worden und aus zwei Hälften zusammengesetzt. Wolle man die Hälften auseinandernehmen, müsse man sie entgegengesetzt drehen. Das sei jedoch nur sinnvoll, wenn man die Duftstoffe erneuern wolle. Die Kugel bestehe aus zwei Kammern, von denen die eine für Duftholz aus dem Orient vorgesehen sei, etwa das Holz der Zeder. Die andere Kammer enthalte das ätherische Öl aus der Fruchtschale des Bergamottebaums. Allein das Öl sei eine Kostbarkeit, da es nur in den Breitengraden um den Wendekreis des Krebses gewonnen werde. Wie er sehen könne, würden beide Hälften winzige Löcher aufweisen, um die Duftstoffe freizugeben.

Lapidius hatte das kleine Wunderwerk von allen Seiten betrachtet und gedacht, dass es für Irit genau das richtige Geschenk wäre. Dann hatte er dem runzelgesichtigen de Gens die Kugel zurückgegeben und gesagt: »Ich fürchte, sie ist mir zu teuer.«

De Gens hatte ihn kurzsichtig angeblinzelt und gefragt: »Wie viel könnt Ihr denn ausgeben?«

»Nun, um ganz ehrlich zu sein: Ich habe überhaupt kein Geld.«

De Gens hatte meckernd gelacht. »Hört mal, soviel ich weiß, seid Ihr der neue Schellenknecht, nachdem der alte Janszoon das Zeitliche gesegnet hat. Wollt Ihr mir weismachen, dass die Stadt Euch keinen Obolus für Eure Dienste zahlt?«

»Leider ist es so.« Lapidius hatte es sich erspart, die Hintergründe zu schildern.

»Dann kann es nur an Mickels liegen, dem Halsabschneider. Wenn es darum geht, die Steuer einzutreiben, ist er einer der Eifrigsten – und wenn er den Stadtsäckel öffnen soll, einer der Säumigsten.«

»Ihr mögt ihn wohl nicht besonders?«

De Gens schien eine abfällige Bemerkung auf der Zunge zu liegen, unterdrückte sie aber. »Ach, da fällt mir ein: Könnt Ihr schreiben?«

»Das kann ich, warum?«

»Ich habe hier einen Wisch von Mickels. Der Rathausbote Klaas hat ihn gebracht und gesagt, ich soll Wegegeld für die Zufahrt zu meinem Vorratslager bezahlen. Dabei ist der Weg mein eigener Grund und Boden! Ich soll also Maut für etwas bezahlen, das mir gehört.«

»Das ist Geldschneiderei. Ihr solltet Mickels die passende Antwort geben.«

»Nichts lieber als das, aber wie?« De Gens hatte sich am Kopf gekratzt. »Ich kann zwar Bänder, Schleifen und Borten fertigen, ich kann Parfümkugeln füllen und vielerlei mehr, aber schreiben und lesen kann ich nicht. Hab's nie gelernt. Ich sage Euch was, Lapidius: Wenn Ihr mir eine gepfefferte Antwort an diesen Mickels aufsetzt, soll die Kugel Euer sein.«

Lapidius hatte die Erwiderung aus bekannten Gründen mit Vergnügen geschrieben und anschließend die Parfümkugel erhalten. »Ihr Duft wird jede Frau betören«, hatte der runzelgesichtige de Gens versichert. »Nehmt nur selbst noch eine Nase von dem würzigen Aroma.«

Und das tat Lapidius auch jetzt. Er hoffte, dass Irit den Duft als genauso angenehm empfinden würde wie er. Vielleicht sogar betörend. Es würde wundervoll sein, ihr das Geschenk zu überreichen und die Freude in ihren Augen zu sehen.

Doch bis es so weit war, musste er sich noch gedulden. Er wollte sie und Yanardan um die Mittagszeit besuchen, und bis dahin waren es noch einige Stunden. Er versuchte, sich die Situation vorzustellen, wie er Irit die Parfümkugel überreichte, schmiedete dafür kluge, geistreiche Sätze – und befürchtete dennoch, eine hilflose Figur zu machen, wenn er ihr gegenüberstand.

Ein paarmal noch rang er um die richtigen Worte und gab dann auf. Nicht zuletzt, weil ihn das, was er am vergangenen Abend in Crimpen gesehen und gehört hatte, gedanklich zu sehr beschäftigte. Er wusste seitdem, wer der Mörder war. Und er glaubte auch zu wissen, was mit dem Kerl drüben auf dem Festland, in Zwaanshoven, geschehen würde. Kurzen Prozess würde man mit ihm machen, ihn anschließend aufs Rad flechten, ihm die Knochen brechen, ihn pfählen und eines qualvollen Todes sterben lassen. Kaum vorstellbar, dass Henk, der hilfsbereite Scharfrichter, diese blutige Arbeit verrichten würde.

Sollte er den Mörder dingfest machen und ihn hinüberrudern, damit die Strafe vollzogen werden konnte?

Lapidius hielt es nicht länger auf seinem Lager. Irit, die kluge, sanfte, anmutige Irit, würde ihn auf andere Gedanken bringen. Er stand auf und verließ sein Haus. Das Wetter war wie in den letzten Tagen unbeständig. Ein rauher Wind fegte von Nordwesten her über die Insel, bog das Uferschilf nieder und trieb kurze, kalte Regenschauer vor sich her. Lapidius zog die Jacke fester um die Schultern und stapfte über die schmalen Wege, dabei den Kopf einziehend und die Schultern vorbeugend. Auf halber Strecke hielt ihn plötzlich eine Stimme auf: »Halt, bist du blind?«

Lapidius hob den Kopf. Vor ihm stand Niklot. Der mürrische, wortkarge Fuhrmann machte auch an diesem Tag keinen freundlichen Eindruck. »Geh mal zu Floors Haus«, sagte er.

»Das hatte ich nicht vor«, entgegnete Lapidius.

»Tu's trotzdem.«

»Und warum, wenn ich fragen darf?«

»Frag lieber nicht. Sieh's dir selbst an.« Niklot drehte sich um und ließ Lapidius einfach stehen.

Der sah ihm nach und begann, sich zu ärgern. Niklots Aufforderung war fast einem Befehl gleichgekommen, und befehlen lassen wollte er sich nichts. Schon gar nicht in dem unhöflichen Ton, den Niklot wie üblich angeschlagen hatte.

Lapidius schüttelte den Kopf über so viel Grobheit und ging weiter. Er wollte zu Irit und ihr die Parfümkugel schenken. Und doch: Niklots Worte hatten einen Klang gehabt, in dem mehr als Unhöflichkeit mitschwang ... Lapidius machte noch ein paar Schritte, blieb stehen und änderte dann seine Richtung. Es konnte nicht schaden, bei Floor einmal nach dem Rechten zu sehen, zumal sie seit vorgestern ihre Behausung mit Friggen teilte. Außerdem war bis zur Mittagsstunde immer noch reichlich Zeit.

Als er bei der Hütte mit dem Segeltuchdach ankam, sah er auf den ersten Blick, dass etwas nicht stimmte. Friggen saß vor der Tür, zusammengekauert, mit glasigem Blick, neben sich die Kürbisflasche im Sand.

»Was ist mit dir?«, fragte er. »Bist du betrunken?«

Friggen lallte irgendetwas.

Lapidius untersuchte die Kürbisflasche und stellte fest, dass sie leer war. »Schämst du dich nicht? Dich am helllichten Tag zu betrinken!«

»'s Leben is' manchmal beschissen … beschissen isses.«

»Gewiss, nun ja. Was ist passiert?«

»Da kannste, hupp … kannste dich nur besaufen!« Friggen begann überraschenderweise zu weinen. Ihre runden Schultern zuckten. Sie heulte und schniefte und schlug die Hände vors Gesicht.

Nichts Gutes ahnend, betrat Lapidius die Hütte. »Floor?«, rief er. Und noch einmal: »Floor?«

Dann sah er sie.

Sie lag rücklings im Stroh, bekleidet mit ihrem besten Kittel, die Augen geschlossen. Ein Bild des Friedens. Und ein Bild des Grauens. Denn Floor lag in einer riesigen Lache Blut.

Lapidius stieß einen Laut des Entsetzens aus. »Floor, was hast du gemacht!« Er stürzte vor und untersuchte sie. Sie war tot. Sie hatte sich mit einem Messer die Pulsadern aufgeschnitten, und sie hatte es richtig gemacht: indem sie die Schnitte nicht quer zu den Adern gesetzt hatte, sondern längs. Nun war sie ausgeblutet wie ein geschächtetes Stück Vieh. In Lapidius' Bestürzung mischte sich Zorn. Wie hatte das passieren können?

Er eilte vor die Tür, wo Friggen noch immer saß, die Kürbisflasche am Mund. Mit unsicherer Hand versuchte sie, einen letzten Tropfen aus der Flasche zu klopfen. »Wo warst du, als das passierte?«, rief Lapidius. Und als Friggen nicht gleich antwortete, brüllte er: »Ich will wissen, wo du warst, als das passierte!«

Friggen sagte weinend: »Am Wasser war ich … ich war doch nur am Wasser.«

»Wie lange liegt das zurück? Lebte Floor noch, als du sie fandest? Was hast du unternommen? So rede doch!«

»Aber ich war doch nur am Wasser … hab mir die Pieper angekuckt …« Friggen schluchzte laut auf. »Am Wasser … nur am Wasser …«

Und dann legte Lapidius' Zorn sich übergangslos, denn die ganze Wucht einer schrecklichen Erkenntnis traf ihn. Und diese Erkenntnis hieß: Wenn er Floor nicht gezwungen hätte, mit Friggen zusammenzuwohnen, wäre die Katastrophe nicht geschehen. Er war schuld an Floors Tod!

»War nur am Wasser … un' dann, wie ich zurückkomm, seh ich sie. Tot, mausetot, un' all das Blut …!«

Lapidius konnte nicht antworten. Seine Selbstvorwürfe lähmten ihn.

»… all das Blut, furchtbar!«

»Was sagst du? Ach ja, gewiss.«

»… so furchtbar war's, hab nie nich' so was erlebt.«

»Und dann, was geschah dann?«

»Dann bin ich vor die Tür, un' dann is' einer gekommen.«

»Wer? Niklot?«

»Kann sein.« Friggen beruhigte sich langsam. Das Reden tat ihr offenbar gut.

»Hatte er einen mürrischen Gesichtsausdruck? War er kurzangebunden?«

»Ja, kann sein. Er is' rein ins Haus, hat geflucht un' is' wieder raus, wollte dann gleich weg. Wollte zu dir.«

»Das muss Niklot gewesen sein«, überlegte Lapidius laut. Im Stillen dachte er: Was hatte Niklot für einen Grund,

Floor zu besuchen? Soviel ich weiß, tut er das nie. Warum ausgerechnet an einem Tag, da sie sich die Pulsadern öffnete, um Selbstmord zu begehen? War es vielleicht gar kein Selbstmord?

»Ich werde noch einmal hineingehen«, sagte Lapidius zu Friggen. »Bleib du nur hier.«

Er betrat die Hütte und untersuchte Floor genauer. Doch das, was er suchte, fand er nicht: Würgemale am Hals.

»Was bedrückt dich?«, fragte Irit eine halbe Stunde später, nachdem sie Lapidius die Tür geöffnet hatte.

»Woher weißt du, dass mich etwas bedrückt?«, fragte er überrascht.

»Setz dich erst einmal.« Mit sanfter Entschiedenheit schob sie ihn zu einem Stuhl und gab ihm einen Becher mit gewärmtem Wasser in die Hand. »Trink das.«

Er gehorchte und nickte Yanardan zu, der im Hintergrund in einer Schriftrolle las. Doch der Alte schien so vertieft, dass er seinen Gruß nicht erwiderte.

»Ich habe es dir sofort angesehen«, sagte Irit.

»Nun gut.« Lapidius rang sich ein Lächeln ab. »Es gibt tatsächlich etwas, das mir auf der Seele liegt.«

»Sag es mir.« Sie nahm seine Hand und blickte ihn an.

»Lieber nicht.«

»Es wird dir guttun, darüber zu reden.«

»Vielleicht. Wenn du meinst. Nun ja ...« Er räusperte sich. »Ich habe eine schreckliche Dummheit begangen. Eine unverzeihliche, törichte, nie wiedergutzumachende Dummheit.«

Irit schwieg. Sie brauchte nichts zu sagen, denn sie spürte, wie sehr es ihn drängte, von seiner Not zu berichten.

»Ich habe Floor auf dem Gewissen«, sagte er heiser. »Die

ganze Sache begann mit einer Hure namens Friggen …«
Und er erzählte mit stockender Stimme, was sich zugetragen hatte. Als er geendet hatte, sagte Irit lange nichts. Die Stille im Raum wurde nur unterbrochen von dem Singen des Windes, der draußen über die Dünen strich. Und in diese Stille hinein sagte Yanardan plötzlich: »Es gibt Dinge, die müssen geschehen, denn sie sind vorherbestimmt von einer höheren Kraft. Und wenn sie geschehen, müssen wir sie annehmen. Auch du musst das, Lapidius.«

Irit, die Lapidius' Hand die ganze Zeit gehalten hatte, sagte nachdenklich: »Ich glaube, dass Floor sich in jedem Fall das Leben genommen hätte. Friggen war nur der Tropfen, der bei ihr das Fass zum Überlaufen brachte. Sie weinte viel, gab sich die Schuld an Derkjes Tod und sagte immer wieder, sie hätte sich niemals mit seinem Mörder einlassen dürfen. Mit diesen Selbstvorwürfen konnte und wollte sie nicht länger leben.«

»Meinst du wirklich?«

Yanardan legte die Schriftrolle beiseite. »Irit hat recht. Außerdem konntest du nicht ahnen, was Floor sich antun würde. Alles im Leben geht seinen Gang. Es hat so kommen sollen, wie es ist.«

»Das klingt so einfach.« Lapidius seufzte.

»Wenn man die Dinge auf das Wesentliche zurückführt, sind sie einfach. Die Schwierigkeit besteht nur darin, dass die meisten Menschen dazu nicht in der Lage sind.« Yanardan lächelte. »Du bist ein kluger Mann, Lapidius. Ich bin sicher, du wirst das Wesentliche erkennen, denn dein Weg ist noch weit.«

»Wie meinst du das?«

»Wie ich es sage: Dein Weg ist noch weit.«

Lapidius wog Yanardans Worte ab, konnte mit ihnen aber

nicht viel anfangen. Er wollte nachfragen, spürte jedoch, dass der alte Mann nicht mehr dazu sagen würde. »Vielleicht ist mein Weg noch weit, doch eines weiß ich bestimmt: Wenn ich bisher keinen Grund gehabt hatte, Derkjes Mörder zu finden, dann habe ich ihn spätestens jetzt, wo die arme Floor tot ist. Ich werde nicht eher ruhen, bis ihr und ihrem Kleinen Gerechtigkeit widerfahren ist. Ihnen und Lieke und Laurenssen. Und all den anderen, die ein Opfer des Mörders geworden sind!«

Yanardan stand auf, um hinauszugehen. »Alles wird kommen, wie es kommen soll. Doch sieh dich vor, mein Freund. Wähle jeden deiner Schritte mit Bedacht.« Mit dieser seltsamen Ermahnung verließ er die Hütte.

Lapidius und Irit blieben zurück. »Was meinte er wohl mit seiner Warnung?«, fragte Lapidius nach einer Weile.

»Ich weiß es nicht.« Irit zuckte mit den Schultern. »Er sagt manchmal Dinge, die nur er versteht. Lass uns von etwas anderem reden.«

»Ja, das sollten wir tun.« Lapidius musste an den eigentlichen Grund denken, der ihn zu Irit geführt hatte, und wieder fehlten ihm die einleitenden Worte. »Nun ja«, sagte er schließlich. »Äh, erinnerst du dich noch an die zerbrochene Wellhornschnecke?«

»Natürlich. Es war ein wundervoller Gedanke von dir, sie mir schenken zu wollen.«

»Leider zerbrach sie durch meine Ungeschicklichkeit. Ich dachte mir, ich sollte sie durch eine neue ersetzen.«

»Du hast eine weitere gefunden? Das ist ein seltenes Glück.«

Lapidius dachte daran, dass es auch ein seltenes Glück war, Irit gefunden zu haben, ein seltenes, für ihn noch immer nicht ganz begreifbares Glück, aber er fand den Vergleich zu schlicht, um ihn auszusprechen. Stattdessen sagte er: »Es ist etwas, das ebenfalls rund ist, aber nicht ganz so leicht zerbricht«, und nestelte aus der Tasche die Parfümkugel hervor. »Hier, ich dachte, das wäre ein hübscher Ersatz.«

Irits schöne blaugrüne Augen weiteten sich vor Staunen. »Das nennst du einen hübschen Ersatz?« Sie griff nach der Kugel, hielt sie vor das Tuch, das ihr Gesicht bedeckte, und sog das würzige Aroma ein. »Oh, sie ist viel, viel mehr, sie ist wundervoll!«

»Ich hoffe, du kannst etwas damit anfangen.«

»Natürlich! Jede Frau wünscht sich eine Duftkugel. Wie bist du nur an sie gekommen?«

Lapidius erzählte von de Gens, dem Posamentierer, und was er hatte tun müssen, um in den Besitz der Parfümkugel zu gelangen. Doch Irit schien ihm kaum zuzuhören. Immer wieder hielt sie den duftspendenden Ball vor ihr verhülltes Gesicht und atmete das Aroma ein. »Du siehst, ich musste nur ein wenig schreiben, um dir eine Freude machen zu können«, schloss er.

Im gleichen Augenblick klopfte es.

»Nanu, wer kann das sein?«, fragte Irit.

»Vielleicht Yanardan?«

»Der würde nicht klopfen.« Irit erhob sich und öffnete die Tür. Draußen stand Niklot. »Hast du die Kunde schon gehört?«, fragte er.

»Ja«, antwortete Irit.

»Dann wär es gut, wenn du dich um Friggen kümmerst. Sie ist nur ’ne Hure, aber irgendjemand muss es ja tun. Und du« – er wandte sich an Lapidius – »kannst zum Pater gehen, er soll die Beerdigung von Floor vorbereiten.«

»Warum gehst du nicht selbst?«, fragte Lapidius, der sich einmal mehr über die mürrische Art des Fuhrmanns ärgerte.

»Ich hab anderes zu tun.«

Grußlos stapfte Niklot davon.

»So ein ungehobelter Klotz!«, entfuhr es Lapidius.

Irit schlang sich ein Schultertuch um. Sie schien das Haus verlassen zu wollen. »Niklot ist nicht der Schlechteste«, sagte sie. »Wir sollten tun, was er sagt. Geh du zu Pater Angelo, ich will derweil bei Friggen nach dem Rechten sehen.«

»Ist das dein Ernst?«

»Ja – mein Liebster.« Sie umarmte Lapidius mit überraschender Heftigkeit und verließ schnellen Schrittes das Haus.

Verdutzt schaute Lapidius ihr nach.

Am Nachmittag war es, als wollte Gott ein Zeichen setzen, denn zu Floors Beerdigung regnete es – dem traurigen Anlass entsprechend – in Strömen. Geduckt, zitternd, mit eingezogenen Schultern standen die Inselbewohner vor dem durch Jörk frisch ausgehobenen Grab und lauschten den Worten von Pater Angelo. Er war der Einzige, dem die Regenfluten nichts auszumachen schienen. Mit weithin hallender Stimme verkündete er das Wort Gottes und ließ es wie immer nicht ohne Ermahnungen an seine Schafe abgehen. »*O wehe des sündigen Volks, des Volks von großer Missethat, des boshaftigen Samens!*, so steht es bei Jesaja geschrieben!«, rief er. »Denn wir alle sind Sünder. Wir sündigen am Morgen, am Mittag, am Abend, und unser Weg ist der Weg in die Hölle, wenn wir Gottes Gnade und Barmherzigkeit nicht teilhaftig werden. Sünde, Sünde, siebenmal Sünde!«

Er machte eine Pause, ließ die Macht seiner Worte wirken und setzte dann mit Leidenschaft seine Rede fort: »Hoffart, Habsucht, Neid, Zorn, Wollust, Fresssucht und Überdruss, das sind die sieben Todsünden, die Gott unserem Herrn nicht wohlgefällig sind, und es ist keine unter ihnen, die nicht auf dieser Insel begangen würde …«

Lapidius, der unter den Zuhörern in der letzten Reihe stand, musste daran denken, dass die arme Floor sich gewiss nicht der Fresssucht oder des Überdrusses schuldig gemacht hatte, was man von anderen Bewohnern der Insel nicht gerade behaupten konnte. Die Truhe in des Paters Hütte fiel ihm ein, in der er Pastete, Austern und weißes Brot entdeckt hatte. Leckerbissen, von deren Genuss alle auf der Insel nur träumen konnten. Alle außer Pater Angelo.

Als Lapidius ihn am Vormittag aufgesucht hatte, um ihm vom Tode Floors zu berichten, hatte er den Pater kauend vor seiner Hütte angetroffen. Und kauend hatte dieser verkündet: »Ich weiß schon Bescheid, Lapidius, du brauchst mir nichts zu sagen. Die Sünderin Floor ist tot. Sie hat sich selbst entleibt. Ich werde einen Trauergottesdienst abhalten, auf dass ihr sämtliche Vergehen, Fehltritte und Missetaten vergeben werden und ihre Seele in das Himmelreich des Herrn übergehen kann.«

Wie heuchlerisch musste ein Mann sein, damit er Sünden, die niemand außer ihm selbst beging, anprangern konnte? Wie falsch, wie kaltschnäuzig? Gern hätte Lapidius Irits Meinung dazu gehört, aber Irit war Jüdin und deshalb der Trauerfeier ferngeblieben.

Vor dem Beginn seiner Predigt hatte der Pater den Leichnam Floors mit Jörks Hilfe salben lassen, und bereits zu diesem Zeitpunkt hatte Lapidius sich gewundert, von welcher Glattzüngigkeit das alles begleitet wurde.

»Doch wir wollen unseren Blick nicht nur auf Floor werfen, auch Lieke, die am Strand Unzucht mit Logan trieb, ist verschwunden …«

Unwillkürlich schaute Lapidius in die Runde, aber er

konnte Logan, den irischen Seemann, nirgendwo entdecken.

»… verschwunden wie all die anderen und nicht zuletzt auch Laurenssen. Er war wirren Geistes, wenn er uns begegnete, und wir wissen nicht, wie er zu Gott stand. Doch eines steht fest, meine sündigen Schafe, er war einer von euch. Er wurde von frevelhafter Hand gemeuchelt, doch seid gewiss: Gott hat es gesehen, denn ihm entgeht nichts. Er wird dafür sorgen, dass dem Meuchler die Meuchelhand abfällt! Und er weiß, wo sich Laurenssens Leichnam befindet, auch wenn dieser verschwunden ist. Gott der Herr sieht alles, denn da ist nichts auf Erden, das er nicht sehen würde.«

Mit großen Gesten, die allerdings unter seinem schwarzen Gewand nur erahnbar waren, unterstrich der Pater seine anklagenden Worte. Dann leitete er wieder über zu Floor und sprach von ihrer unsterblichen Seele. »Das Leben geht auf wie die Sonne am Morgen, und es geht zu Ende, wenn der Tag sich neigt. Das Sterben gehört zu dieser Insel wie der Sonnenuntergang im Meer. Sicher ist es unserer lieben Verstorbenen ein Trost, dass sie im selben Grab neben ihrem geliebten kleinen Derkje liegen kann. Beide sind im Tode nun wieder vereint, sie liegen Seite an Seite …«

So sprach Pater Angelo, und Lapidius wurde es fast schlecht ob dieser scheinheiligen Lügen. Er konnte sich nur mit Mühe zurückhalten, um die Wahrheit nicht laut herauszurufen: Die Wahrheit, die da lautete, dass Derkje nicht in diesem Grab lag und dass Floors Leiche allein darin ruhte, nachdem Jörk ihren Sarg eigenhändig in die Grube gesenkt hatte. Doch Lapidius beherrschte sich. Dies war nicht die Zeit und auch nicht der Ort, den falschen Pater mit seinem Helfershelfer Jörk zur Rede zu stellen.

»… doch wo Schatten ist, da ist auch Licht, das Licht

Gottes, unseres Herrn! Höret nun den dreiundzwanzigsten Psalm, Vers vier und fünf, wo es heißt: *Ob ich schon wanderte im finstern Thal, fürchte ich kein Unglück, denn du bist bei mir, dein Stecken und Stab trösten mich. Du bereitest vor mir einen Tisch gegen meine Feinde. Du salbest mein Haupt mit Oel, und schenkest mir voll ein!* Ja, meine sündigen Schafe, er schenket uns voll ein, und wir wollen dankbar sein für alles, was der Herr uns gibt. Denn er gibt uns nicht nur Speise und Trank, er gibt uns auch die Strafe. Die Strafe für den, der ihn und seine Allmacht leugnet. Die Strafe für den, der gesündigt hat und seine Sünden nicht beichten wollte. ›Gott, der unser Herz erleuchtet, schenke dir wahre Erkenntnis deiner Sünden und seiner Barmherzigkeit‹, so lautet der Wunsch des Beichtvaters an seine Schafe …«

Lapidius hielt es nicht länger aus. Er hatte genug von dem frömmelnden Geschwätz. Er drehte sich um und verließ den Friedhof der Todgeweihten.

Siebzehnter Tag

Dienstag, 27. Oktober

Der nächste Morgen sah Lapidius mit grimmigem Gesicht zu Pater Angelos Hütte streben. Er hatte schlecht geschlafen, sich auf seinem Lager herumgeworfen, viele Gedanken gehabt und sich immer wieder gefragt, wie er die Tragödie, die sich auf der Insel abspielte, zu einem guten Ende führen könne. Er war zu keinem Ergebnis gekommen. Er wusste nur, dass Unrecht geschehen war und dass dieses Unrecht gesühnt werden musste.

Als er sich durch das Gestrüpp zwängte, das die Hütte des Paters von allen Seiten umgab, stieß er auf ein paar frisch zugeschnittene Bretter. Sie stammten nicht vom Wrack, das sah er sofort. Sie waren von jener Beschaffenheit, aus der Derkjes Grabkreuz gefertigt worden war. Ebenso wie sein Sarg. Und der Sarg von Floor.

Der Fall schien klar: Entweder hatte der Pater das Kreuz und die Särge gezimmert, und zwar mit seinen gesunden Händen, oder aber Jörk.

Lapidius schüttelte den Kopf. Es war müßig, darüber nachzudenken. Anderes war wichtiger. Entschlossen stieß er die Tür der Behausung auf und rief: »Pater Angelo?« Als die Antwort ausblieb, zögerte er nicht lange und trat ein. Er wollte auf den scheinfrommen Priester warten.

In der Hütte sah es aus wie bei seinem letzten Besuch, doch mit einem Unterschied: Die beiden blutigen Armstümpfe aus Wachs waren nicht versteckt, sondern lagen gut sichtbar auf einer Kniebank, wie sie zum Beten und Beichten Verwendung fand. Lapidius schnaufte verächtlich. Der Pater musste sich sehr sicher fühlen, die Armstümpfe so frei herumliegen zu lassen.

»Sieh da, wir haben Besuch.«

Lapidius fuhr herum. Unbemerkt hatten Pater Angelo und Jörk die Hütte betreten. Der Gottesmann lächelte spöttisch. »Darf ich fragen, was du hier zu suchen hast?«

Lapidius erholte sich rasch von seinem Schrecken. Er ergriff die Armstümpfe und hielt sie dem Pater entgegen. »Vielleicht das?«

Der Pater stutzte. »Du hast also tatsächlich herumgeschnüffelt.«

»Und dabei herausgefunden, dass Ihr den Kranken auf der Insel seit Jahren etwas vorspielt. Ihr habt Dinge zu verbergen, die niemand sehen soll, und nicht zuletzt deshalb einen Platz für Eure Hütte gewählt, der nur schwer zugänglich ist. Aber das wird Euch nun nichts mehr nützen. Ich werde bei nächster Gelegenheit auf dem Versammlungsplatz verkünden, welch falscher Priester Ihr seid.«

»Du willst mir drohen, Schellenknecht?«

»Ich werde nur die Wahrheit sagen.«

»Du vergisst wohl, wer du bist?«, donnerte der Pater. »Wenn du es wagst, dich gegen mich aufzulehnen, werde ich dich exkommunizieren! Ich werde dich ächten und für vogelfrei erklären. Du wirst auf dieser Insel keine Behausung mehr haben und nirgendwo eine Zuflucht finden. Wer dich tötet, wird ein gutes Werk tun, und deine sterblichen Reste sollen den Vögeln und Käfern zum Fraß vorgeworfen werden.«

Lapidius schob das Kinn vor. Er gedachte nicht, sich einschüchtern zu lassen. »Noch lebe ich. Ich werde tun, was getan werden muss, und ich fange in diesem Augenblick damit an.« Er packte die Armstümpfe an beiden Enden und schlug sie nacheinander über seinem Knie entzwei.

Des Paters Gesicht wurde weiß vor Zorn, Jörk jedoch schien unbeeindruckt. Er lachte sein übliches Lachen und sagte: »Ruhig Blut, Angelo, der Schellenknecht kann dir nichts anhaben. Er ist nichts weiter als ein Fährmann für Suppe, und sein Wort wird nirgendwo Gehör finden.«

»Das werden wir sehen«, entgegnete Lapidius. »Auch dich, Jörk, habe ich durchschaut. Du bist genauso gesund wie der Pater. Oder wäre es dir lieber, wenn ich dich ›Onbekend‹ nenne?«

»Verflucht!«, entfuhr es Jörk. Aber Lapidius redete schon weiter: »Unter diesem Namen verkaufst du Leichen in Crimpen, klammheimlich des Nachts, tief vermummt. Ich habe es mit eigenen Augen gesehen. Der Käufer tritt in einer ähnlichen Maskerade wie du auf. Er nennt sich Naamloos. Ich habe seine Stimme nicht erkannt, aber zweifellos kannst du mir sagen, um wen es sich handelt.«

Jörk hatte seine Selbstsicherheit wiedergewonnen. »Ich weiß gar nicht, wovon du sprichst.«

»Oh, das weißt du sehr wohl. Du feilschst um den Preis der Leichen wie ein altes Marktweib. Den Erlös dürftest du dir mit dem Pater teilen. Wahrscheinlich werden die toten Körper nach Rotterdam transportiert. Was dort mit ihnen geschieht, habe ich noch nicht herausgefunden. Ich kann es nur vermuten. Ich hoffe, dass sie nicht perversen Ritualen dienen sollen, sondern der Wissenschaft. Dann würden deine Schandtaten wenigstens noch einen Sinn haben. Schandtaten, Jörk, die allein du zu verantworten hast!«

»Gar nichts habe ich!«

»Du bist ein Mörder, und zwar in mindestens drei Fällen,

denn du hast Lieke, Derkje und Laurenssen getötet und ihre sterblichen Hüllen verkauft. Wahrscheinlich hast du das mit weiteren Kranken ebenso gemacht. Ich werde sämtliche Gräber auf dem Friedhof öffnen, um zu überprüfen, wie viele davon nur Scheingräber sind. Vielleicht willst du mir dabei helfen? Im Ausheben von Gräbern hast du ja Übung, wie man gestern wieder sehen konnte, als du Derkjes Grab erneut öffnetest, um die arme Floor darin zu bestatten.«

»Nun ist es genug.« Pater Angelo, der die ganze Zeit geschwiegen hatte, sprach mit gefährlich leiser Stimme: »Es ist besser, du gehst, Lapidius. Normalerweise würde ich dafür sorgen, dass du einen solchen Unsinn nie wieder behaupten kannst. Ein Wink von mir, und Jörk würde dich töten. Doch es würde auffallen, wenn du plötzlich nicht mehr in Zwaanshoven unser Essen holtest. Verschwinde also – und schweige fortan, wenn dir dein Leben lieb ist!«

»Ich denke nicht daran. Ich werde sagen, was gesagt werden muss. Ihr beide habt von Anfang an unter einer Decke gesteckt! Spätestens seit der vorgetäuschten Beerdigung für Derkje ahnte ich das. Es war entgegen aller Gepflogenheiten, dass Ihr, Pater, die Predigt aus dem Stegreif gehalten habt, ohne Euch vorher mit der Mutter abgestimmt zu haben. Aber Ihr brauchtet ja auch keine Informationen! Ihr kanntet die Mutter, und Ihr kanntet das Kind. Und zwar aus den Erzählungen von Floors Geliebten: von Jörk. Jörk, dem Mörder.«

»Schweig endlich!« Des Paters Augen blitzten. »Verschone uns mit deinem neunmalklugen Geschwätz.« Dann, plötzlich, hob er sein Gewand an und streckte die Arme darunter hervor. Es waren zwei gesunde, stark behaarte Arme mit kräftigen Händen. Er bückte sich, hob die zerbrochenen wächsernen Armstümpfe auf und fügte die Teile fast liebevoll wieder zusammen. »Bei Gott, die wirst du mir reparieren, oder …«

»Oder was? Ihr könnt mir nicht drohen, Pater. Wer in Eurer Lage ist, kann niemandem mehr drohen. Das falsche Spiel ist vorbei. Ich bin gespannt, was die Gerichtsbarkeit in Zwaanshoven zu Euren Verbrechen sagen wird. Du, Jörk, warst sogar so dreist und hast den Mordverdacht auf die Mutter lenken wollen. Als wäre Floor in der Lage gewesen, ihr Kind zu töten! Warum hast du das versucht? Ich will es dir sagen: Du wolltest von deiner eigenen Schuld ablenken.«

Lapidius dachte, mit diesen Worten alles gesagt zu haben, doch als Antwort erntete er nur schallendes Gelächter. Jörk war wieder ganz der Alte. Auch der Pater fiel mit ein. Zögernd zunächst, dann immer lauter.

»Ach was!«, rief Jörk. »Floor war schon immer von leichtem Blut, ihr wäre ein Mord durchaus zuzutrauen.«

»Eine Sünderin unter den Sündern war sie«, bekräftigte der Pater. »*… der Sünder müsse ein Ende werden auf Erden, und die Gottlosen nicht mehr sein,* so steht es geschrieben.«

Lapidius schüttelte den Kopf. Wie war es nur möglich, dass zwei erwachsene Männer, die sich solcher Verbrechen schuldig gemacht hatten, derart gewissenlos und selbstgerecht daherredeten?

Als hätte er Lapidius' Gedanken erraten, sagte der Pater: »Anders als du haben Jörk und ich auf dieser Insel nichts zu befürchten. Wir bilden seit vielen Jahren eine Art Zweckgemeinschaft. Ich bin der Herr, und er ist mein Jünger. Er ist zwar nicht besonders bibelfest, aber sehr nützlich. Er hat mir seinerzeit sehr geholfen, als ich, nun, sagen wir, in Schwierigkeiten steckte. Aber das geht dich nichts an.«

»Vielleicht geht es mich nichts an«, entgegnete Lapidius, aber es mag drüben in Zwaanshoven von Interesse sein, dass Euer voller Name Angelo de Albacete y Cuenca lautet, ferner, dass Ihr als Großinquisitor Karls des Fünften gehasst und gefürchtet wart und dass Ihr als geweihter Priester Unzucht mit Frauen getrieben habt.«

»Schweig und lenke nicht ab!« Der Pater legte die Armstümpfe wieder beiseite, unsanfter, als er beabsichtigt hatte. »Du bist sehr gut informiert, Lapidius, aber das hilft dir hier auf der Insel nicht weiter. Hier gelten eigene Gesetze, Gesetze, die Jörk und ich gemacht haben. Deshalb sind wir hierhergegangen.«

»Ihr wolltet wohl sagen ›geflüchtet‹?«

»Nenn es, wie du willst.«

»Ihr habt Maximilian von Burgund, den Statthalter Hollands und Vasallen Karls des Fünften, herausgefordert, indem Ihr Maximilians Gemahlin Louise de Croÿ zu Eurer Geliebten machtet. Die Ehe von Maximilian und Louise war kinderlos, und es hieß, Louise habe versucht, auf diese Weise einen Sohn zu bekommen. Einen Sohn, den sie später unterschieben wollte.«

»Das sind alte Geschichten, die niemanden mehr hinter dem Ofen hervorlocken. Jedenfalls haben Jörk und ich hier Unterschlupf gefunden, und keiner kann uns mehr gefährlich werden, denn einen sichereren Ort als eine Insel der Todgeweihten, auf die sich niemand traut, gibt es nicht.«

Jörk grinste überheblich. »So ist es. Uns kann nichts passieren. Aber dir, Lapidius, sehr wohl. Vergiss das nicht. Ich glaube nicht, dass der Mörder von Derkje allzu gut auf dich zu sprechen ist.«

»Ich habe keine Angst.« Lapidius gab sich zuversichtlicher, als ihm zumute war. »Der Pater hat eben selbst gesagt, dass es zu sehr auffiele, wenn ich plötzlich nicht mehr zum Essenholen hinüberfahren würde.«

»Wo du gerade davon sprichst: Als Schellenknecht hättest du gar nicht nach Crimpen rudern dürfen. Wenn jemand das in Zwaanshoven erfahren würde, kämst du in Teufels Küche. Da würde es dir auch nichts nützen, wenn du das Märchen von den verkauften Leichen auftischst.«

Lapidius wollte es sich nicht eingestehen, aber er wurde allmählich unsicher. Trotzdem machte er einen weiteren Versuch, Jörk in die Enge zu treiben: »Du bist nicht nur ein Mörder, sondern auch ein Dieb! Du zweigst regelmäßig etwas von dem Essen ab, das ich auf die Insel bringe. Essen, das für die armen Menschen hier bestimmt ist. Oder warum reißt du dich stets darum, die Suppe zu verteilen? Nur, um dir und dem Pater damit den Magen zu füllen! Was natürlich umso besser geht, wenn man sich auf die Frage, wie viele Menschen auf der Insel leben, dumm stellt und so tut, als könne man nicht zählen.«

»Bist du nun fertig?«

»Noch lange nicht! Ich wette, du fährst nicht nur nach Crimpen, um Leichen zu verhökern, sondern auch nach Zwaanshoven, um andere, bessere Speisen zu besorgen. Oder woher stammen die Pastete, die Austern und das weiße Brot, mit denen ihr euch die Bäuche vollschlagt? Woher hatte der arme Laurenssen die Pastinaken, auf denen er und sein Schnucki herumkauten? Und überhaupt: Woher wusstest du, dass der alte Janszoon tot war, als ich am ersten Tag auf die Insel kam? Du sagtest: ›Der alte Janszoon hat uns über zwanzig Jahre lang das Essen gebracht, und trotzdem ist er nicht an Aussatz gestorben.‹ Das konnte nur einer wissen, der Kontakt zur Stadt hat.«

Jörk lachte. »Alle Achtung, du hast ein helles Köpfchen.«

»So hell, dass ich auch das Kreuz aus Heidekraut an der Tür dieser Hütte bemerkt habe. Heide wächst auf der Insel nicht. Du musst sie vom Festland herübergebracht haben.«

»Das hat er«, mischte der Pater sich ein, »und mir ein Kreuz daraus geflochten. Denn dieses ist ein frommes Haus.«

Jörk sagte vergnügt: »Jedes Mal, wenn ich Laurenssen etwas mitgebracht habe, dann war es von dem Geld, das ich im Bankhaus von Zwaanshoven mittels einer Vollmacht für ihn holte. So, und nun haben wir genug geschwätzt, kommen wir zum Schluss.« Er beugte sich vor.

Lapidius wich unwillkürlich einen Schritt zurück und griff nach dem Fischermesser.

»Hoho, was sehe ich? Dem klugen Herrn rutscht das Herz in die Hose? Nicht doch. Ich wollte nur sagen: Warum hätte ich Laurenssen umbringen sollen, wo er doch als Dukatenesel viel nützlicher für mich war? Nein, nein, ich bin kein Mörder. Ein anderer war's.«

»Wer? Nenne den Namen.«

»Ich denke nicht daran. Soll ich etwa den verraten, der mir so wohlfeile Leichen liefert?«

»Ich glaube dir kein Wort.«

»Wie du willst. Es macht keinen Unterschied. Nehmen wir als Beispiel die alte Lieke: Wozu hätte ich sie töten sollen? Um sie anschließend zu besteigen? Nein, nein, ich sage dir, ich habe bessere Möglichkeiten, es mit einer Frau zu treiben. Kennst du *Tillas Hoerenhuis* drüben in Zwaanshoven? Schon mal was davon gehört?«

»Nun, äh …«

»Eigentlich heißt es *Tillas Herberg,* aber alle sagen *Hoerenhuis.* Es liegt in der Vastmakerstraat, direkt am Haupthafen. Da solltest du mal hingehen. Und nicht zu der tugendhaften Irit und ihrem tattrigen Yanardan. Einerlei, wenn ich ein Mörder wäre, hätte ich schon viel mehr Menschen umbringen und für gutes Geld verscherbeln können – auch dich, Lapidius. Ob du's glaubst oder nicht, mit den Morden habe ich nichts am Hut. Und Angelo auch nicht.«

Der Pater nickte.

Lapidius wollte sich noch nicht geschlagen geben. »Du hast doch gerade selbst gesagt, dass sie umgebracht wurden.«

»Weil ich die Male an ihrem Hals bemerkt habe. Aber die sind nicht von mir. Wenn ich Derkje hätte abmurksen wollen, hätte ein einziger Schlag genügt. So wie ich's als Landsknecht gelernt habe. Wozu den Jungen lange würgen? Ich habe ihn tot im Sumpf gefunden und für meine Zwecke mitgenommen, mehr nicht.«

»So trug es sich zu«, sagte der Pater. »Genau so, nachdem ich Jörk von deinem schrecklichen Fund berichtet hatte.« Er versteckte die Hände wieder unter seinem Gewand, eine Handlung, die bei ihm eine unverhoffte Verwandlung auslöste. Sein altes Gebaren kehrte zurück, und er lächelte sein Priesterlächeln. »Wollen wir die leidigen Dinge nicht einfach vergessen?«, fragte er mit öliger Stimme. »*Suche Friede und jage ihm nach* ..., so heißt es im Psalter. Du, Lapidius, vergisst die Leichen, die du gesehen haben willst, und ich vergesse, dass du meine Arme zerbrochen hast. *Wohl dem, dem die Übertretungen vergeben sind* ...«

Lapidius glaubte, nicht richtig gehört zu haben. Eben noch hatte der Pater ihm den Tod angedroht, nun sprach er von Vergebung wie ein Friedensengel. Er hatte eine gepfefferte Entgegnung auf der Zunge, aber er beherrschte sich. Zu vieles sprach dafür, dass die Angaben seiner beiden Gegenspieler richtig waren. Er überlegte, ob er Jörk abermals nach dem Namen des Mörders fragen sollte, doch er entschied sich dagegen. Es würde zwecklos sein. »Noch ist nicht aller Tage Abend«, stieß er hervor, holte tief Luft und eilte zur Tür hinaus.

Auf dem Weg nach Hause schwankte seine Stimmung zwischen Wut, Entschlossenheit und Verzweiflung. Er war so in Gedanken vertieft, dass er kaum bemerkte, wie schnell sich das Wetter verschlechterte. Schwere, schwarze Wolken zogen im Westen auf, Sprühregen schlug ihm ins Gesicht, und ein peitschender Wind zerrte an seinen Kleidern. Schritt für Schritt musste er sich vorankämpfen. Als er seine Hütte erreichte, hatte er keinen trockenen Faden mehr am Leib. Dann sah er das Missgeschick: Die heftigen Böen hatten einen Großteil des Daches abgetragen und zwei der Wände eingedrückt. Die Trümmer lagen verstreut im Umkreis von hundert Schritten. »Bei Hermes, womit habe ich das verdient!«, stieß er hervor. Doch er war zu müde, und es war zu dunkel, um noch an diesem Tag mit den Reparaturarbeiten zu beginnen.

Umso wichtiger war es, nach dem Feuer zu sehen. Gottlob, es war nicht ganz erloschen. Mit wenigen, geschickten Handgriffen fachte Lapidius es an. Die aufflackernden Flammen hatten etwas Beruhigendes. Er beschloss, direkt neben der wärmenden Glut sein Lager aufzuschlagen. Dann zerrte er den Tisch heran und stellte ihn über seine Strohmatratze. So würde er geschützt sein, sollten weitere Teile des Daches herabfallen, und auch der Regen konnte ihm nichts mehr anhaben.

Er kroch unter den Tisch, streckte sich aus und hoffte auf Schlaf.

Achtzehnter Tag

Mittwoch, 28. Oktober

Lapidius unterdrückte eine Verwünschung, als er am nächsten Morgen daranging, die Sturmschäden an seinem Haus zu reparieren. Das Wetter war um keinen Deut besser als am gestrigen Tag. Eher noch schlechter. Doch es half nichts. Er würde sich warm arbeiten müssen.

In den folgenden Stunden erneuerte er einige Pfeiler, setzte Bretter vor die entstandenen Löcher in den Wänden und deckte das Dach. Gern hätte er das Dach mit größeren Steinen beschwert, doch es gab keine auf der Insel, die in genügender Zahl vorhanden gewesen wären. So würde es nur eine Frage der Zeit sein, bis der nächste Sturm seine Arbeit erneut zunichtemachte. Ebenso, wie es nur eine Frage der Zeit sein würde, bis der Mörder wieder sein Unwesen trieb.

Er musste ihn finden!

Wieder und wieder durchdachte er das gestrige Streitgespräch mit dem frömmelnden Pater und seinem dreisten Helfer Jörk. Vieles, wenn nicht gar alles, sprach dafür, dass beide mit den Morden tatsächlich nichts zu tun hatten. Was bedeutete das? Nicht mehr und nicht weniger, als dass er mit seiner Suche wieder ganz von vorn beginnen musste.

Doch wer war der Mörder, wenn nicht Jörk? Naamloos womöglich? Waren der Mörder und Naamloos ein und dieselbe Person? Nein, das machte keinen Sinn. Wenn Naamloos der Täter war, hätte er die toten Körper nicht erst von Onbekend, also von Jörk, kaufen müssen.

Mit diesen Grübeleien ging der Tag dahin. Erst spät am Nachmittag kam Lapidius ein Gedanke, der – je länger er ihn erwog – mehr und mehr zu einem Entschluss heranreifte: Er wollte noch einmal nach Crimpen rudern. Er wusste nicht, was ihn dort erwartete, aber er erhoffte sich einen Hinweis auf den Täter. Irgendein Indiz oder einen Anhaltspunkt.

Da ablaufendes Wasser herrschte, brauchte er nicht sonderlich lange, bis er die verlassene Pier am alten Hafen erreicht hatte. Obwohl die Dunkelheit schon hereinbrach, bewegte er sich mit äußerster Vorsicht. Er rechnete nicht damit, Naamloos zu begegnen, aber er wollte sich auch nicht überraschen lassen.

Als er das windschiefe Gebäude erreicht hatte, vor dem die Übergabe der Leichen erfolgt war, spähte er noch einmal nach allen Seiten und drückte dann vorsichtig die Tür auf. Wie erwartet, war es im Inneren des Hauses stockdunkel. Doch darauf war er vorbereitet. Er holte eine Kerze aus der Tasche und entzündete sie, indem er mit Stahl, Stein und etwas Stroh ein Feuer entfachte. Als geübter Alchemist brauchte er dazu nur wenige Augenblicke.

Er sah sich um. Er befand sich im Vorraum eines Gebäudes, das in besseren Tagen als feiner Wohnsitz gedient haben mochte. Vielleicht hatte hier einst ein Hafenmeister oder ein Schiffseigner mit seiner Familie gelebt. Doch von der vergangenen Pracht war wenig übrig geblieben. Lapidius leuchtete in alle Ecken, konnte aber nicht mehr als ein paar leere Fischkisten erkennen. Sie waren sicher der Grund für den fauligen Gestank, der im gesamten Raum herrschte.

Er rümpfte die Nase und forschte weiter. Es gab ein angrenzendes Zimmer, das eine Stufe tiefer lag. Auch hier war außer ein paar Spinnweben kaum etwas zu entdecken. Nur der üble Geruch schien sich verstärkt zu haben. Trotzdem leuchtete Lapidius sorgfältig in jeden Winkel. Nichts. Doch halt, was war das? Im schummrigen Licht konnte er den Gegenstand nicht auf Anhieb erkennen, doch dann wusste er es. Er hatte ein kleines geschnitztes Kreuz gefunden. Ein Kreuz, wie man es um den Hals trug, weil man sich Frieden und Erlösung durch Jesus Christus erhoffte. Wer hatte dieses Kreuz getragen?

Derkje! Die Erinnerung kam ihm wie ein Blitz. Der kleine Derkje hatte es getragen, als er ihn nackt und tot im Sumpf fand. Wenn es noch eines Beweises bedurft hätte, ob Naamloos wirklich den Leib des Knaben gekauft hatte, dann war er hiermit erbracht. Naamloos hatte ihn erworben wie einen Gegenstand. Wie ein Stück Holz, ein Fuder Heu oder eine Kiste mit Fisch. Der letzte Gedanke erinnerte ihn wieder an den pestilenzialischen Gestank. Irgendwo musste doch die Ursache dafür zu finden sein!

Lapidius machte sich daran, nochmals den ganzen Raum zu untersuchen. Quadratzoll für Quadratzoll. Und als er schon glaubte, er würde nichts finden, stieß er plötzlich ein triumphierendes »Ha, da haben wir's!« aus. Er hatte unter dem Staub eine schmale Ritze ausgemacht, einen kaum wahrnehmbaren Spalt zwischen zwei Bodenbrettern.

Hastig begann Lapidius, eines der Bretter hochzuhebeln. Und je mehr er das Brett anhob, desto stärker wurde der Gestank.

Und dann musste er sich übergeben.

Er hatte unter dem Bodenbrett eine Leiche entdeckt. Den Rest einer vom Aussatz zerfressenen Leiche. Lapidius keuchte und würgte. Am liebsten wäre er fortgelaufen. Fort, nur fort von dieser Stätte des Grauens! Doch er beherrschte sich. Er hatte etwas angefangen, und das musste er zu Ende führen. Er zwang sich, die Leiche abermals zu betrachten. Es war eine Frau. Klein. Nackt. Alt. Von ihrer Nase waren nur noch die Löcher übrig, und ihre Lippen waren vollständig weggefault, so dass ihn ihre gebleckten Zähne schauerlich angrinsten. Lieke! Bei der Leiche musste es sich um Lieke handeln, jene Frau, die Logan so sehr vermisste. Dabei war Logan selbst seit mehreren Tagen verschwunden. Wo mochte der schottische Seemann nur sein?

Lapidius gab das nutzlose Herumrätseln auf, denn er hatte im schwachen Licht der Kerze etwas entdeckt, das mindestens genauso grauenvoll war wie das bisher Gesehene: Lieke fehlten Arme und Beine. Jemand hatte sie mit einer Säge oder einem Beil abgetrennt. Er hatte es mit einem menschlichen Rumpf zu tun!

Das war zu viel. Er musste sich erneut übergeben. Nach geraumer Zeit gewann er seine Fassung zurück. Er wollte nicht aufgeben. Er musste dem Geheimnis des Mörders auf die Spur kommen. In der folgenden Stunde hob er Brett auf Brett an und entdeckte drei weitere Leichname. Alle wiesen Spuren des Aussatzes auf – und alle waren auf die eine oder andere Art verstümmelt.

Was hatte das zu bedeuten? Warum trennte Naamloos – denn um ihn handelte es sich zweifellos – Arme, Beine oder Köpfe von den Leichen ab? Die Antwort konnte nur sein: Es handelte sich um jene Teile des Körpers, die von der Krankheit verschont worden waren. Jene Teile, bei denen es sich noch lohnte, sie weiterzuverkaufen. Das mochte auch der Grund dafür sein, warum Laurenssen sich nicht unter den Toten befand. Sein gesamter Leib war noch gut intakt gewesen. Gleiches galt für den kleinen Derkje, von dem nur noch ein kleines Holzkreuz Zeugnis ablegte. Ein kleines Holzkreuz, das von Floor geschnitzt worden war. Als Glücksbringer.

Lapidius bemerkte, wie ihm die Tränen kamen. Das Grauen, der Schrecken, die Anstrengung, alles das hatte ihn überwältigt. Er wünschte sich, Irit wäre bei ihm. Irit, die warmherzige, verständige, freundliche Irit. Was ihr Name wohl bedeutete? Er nahm sich vor, sie bei nächster Gelegenheit zu fragen. Und er schwor sich, sie nicht weiter in die Sache hineinzuziehen. Denn die Suche nach dem Mörder war gefährlich, wenn nicht gar lebensgefährlich. Er musste sie allein durchstehen. Und niemand konnte ihm, dem einsamen Schellenknecht, dabei helfen.

Seit Jahren hatte er nicht mehr geweint, und er spürte, wie gut, wie befreiend der Tränenfluss wirkte. Nach einer Weile beruhigte er sich. Die Gedanken kehrten zurück, und mit ihnen der Versuch, den Grund für die Verstümmelungen zu finden.

Das Einzige, was ihm nach längerer Überlegung logisch erschien, war die Annahme, dass die abgetrennten Gliedmaßen in der Wissenschaft Verwendung finden sollten. Sie waren gut genug erhalten, um sich für medizinische Sektionen zu eignen. Lapidius wusste, dass die Zergliederungskünstler am liebsten komplett erhaltene Leichen für ihre Zwecke verwendeten, doch nichts sprach dagegen, dass sie im Zweifelsfalle auch mit Teilen des Körpers vorliebnahmen.

Nur: Wo fanden die Sektionen statt?

Im Hospitaal op de Rotte. Das war die einzig denkbare Antwort. Ebenso klar schien, dass Smit, der Stadtmedicus von Zwaanshoven, wieder zu den Verdächtigen gezählt werden musste. Doch musste er das wirklich? Was, außer dass er im Hospitaal Vorlesungen hielt, sprach dafür, dass er der Mörder war? Als Mörder hätte er mehrfach auf die Insel der Todgeweihten kommen müssen. Warum hätte er das tun sollen? Nur damit Onbekend, also Jörk, die Leichen anschließend nach Crimpen brachte und sie dort an Naamloos verkaufte, der sie wiederum an das Hospitaal veräußerte? Das machte keinen Sinn.

Doch halt: Konnte Smit nicht derjenige sein, der sich Naamloos nannte? Das würde bedeuten, dass Smit die Leichen von Onbekend entgegengenommen, bezahlt, verstümmelt und nicht zuletzt transportiert hätte, um sie im Hospitaal op de Rotte vor seinen Studenten und anderen Wissensdurstigen zu zerlegen. War das denkbar?

Theoretisch ja. Aber äußerst unwahrscheinlich. Smit, der sich abends gern dem Schachspiel hingab, sollte stattdessen zum Hafen nach Crimpen fahren, sich hier verkleiden und anschließend um tote Körper feilschen? Nein, nein, Lapidius, du vergaloppierst dich mal wieder! Und Willem, der wenig hilfsbereite Hilfsbader, was war mit dem? Kam der in Frage? Nein, wohl ebenfalls nicht. Der Mann war geistig viel zu träge. Und dann war da noch Henk Crassman, der Scharfrichter. Der transportierte in jedem Fall Leichen. Eine von ihnen hatte er nach Rotterdam bringen wollen, so viel war gewiss. Aber vielleicht kutschierte er sie auch nach Crimpen? Verhökerte er sie dort? Nein, er war nicht Onbekend. Onbekend war Jörk. Lapidius hatte seine Stimme zweifelsfrei erkannt.

Und wer war noch verdächtig?

Lapidius kam nicht mehr dazu, den Gedanken zu Ende zu spinnen, denn plötzlich spürte er einen Windstoß, durch den die Kerze am Boden verlöschte. Bevor er richtig begriffen hatte, was geschehen war, traf ihn ein heftiger Schlag an der Schulter. Er wurde umgerissen, was sich jedoch als Glücksfall erwies, denn dadurch entging er um Haaresbreite dem zweiten Schlag. »Wer bist du?«, keuchte er, während er sich weiterer Hiebe zu erwehren versuchte. »Bist du Naamloos? Nenne deinen wahren Namen!«

Doch die Antwort war nur ein Keuchen, das aus der Finsternis zu ihm drang. Sein Gegner schien neue Kraft zu sammeln, schien abzuschätzen, wo er sich befand, um sich erneut auf ihn zu stürzen. Lapidius verspürte Todesangst. Er wollte nicht sterben, wollte nicht so enden wie die Leichen unter den Bodenbrettern, wollte nicht als Objekt wissenschaftlicher Sektionen herhalten, wollte nicht ... Und dann wandelte sich seine Angst plötzlich in helle Wut. Wer war dieser verfluchte Naamloos, dass er es wagte, die Ruhe der Toten zu stören, indem er sie verstümmelte und verhökerte? Wer war es, der sich am Elend anderer schamlos bereicherte? Lapidius richtete sich auf. Die ganze Anspannung der letzten Tage entlud sich in einem Hagel heftiger Schläge, mit dem er seinen unsichtbaren Gegner blindlings bedachte. Er schrie und schlug und schlug und schrie, und irgendwann spürte er einen Widerstand. Er hörte ein Stöhnen, dann ein Fallen. Lapidius stürzte vor, hinein in die Finsternis, schlagend, fluchend, seinen Gegner mit unflätigen Ausdrücken beschimpfend, und dann, plötzlich, hörte er ein Knirschen unter seinen Sohlen und eiliges, sich entfernendes Getrappel. Sein Gegner war geflüchtet. Er hatte ihn vertrieben!

Sollte er den Kerl verfolgen? Nein, das wäre viel zu gefährlich. Die Flucht könnte eine Finte sein und der Hundsfott ihm hinter der nächsten Ecke auflauern. Es war klüger, ihn laufenzulassen.

Lapidius tastete nach der Kerze, entzündete sie mit zitternden Händen, blinzelte und versuchte, etwas zu erkennen. Er sah nichts. Sein Widersacher war spurlos verschwunden. Nichts deutete mehr auf den eben stattgefundenen Kampf hin. Nichts außer ein paar Glasscherben am Boden.

Lapidius bückte sich und hob sie auf. Mit einiger Mühe setzte er sie zusammen. Sie ergaben zwei kleine, kreisrunde Scheiben. Kleine, kreisrunde Glasscheiben? Er grübelte, welche Bewandtnis es mit ihnen haben könnte, aber der Fund sagte ihm nichts.

Mit sich und seiner Ahnungslosigkeit hadernd, warf er die Scherben zurück auf den Boden und machte sich auf den Heimweg zur Insel.

Zurück in seiner Hütte, durchdachte Lapidius noch einmal das Erlebte. Wenn er ehrlich war, musste er zugeben, dass er bei seiner Jagd nach dem Mörder nichts erreicht hatte. Nun gut, er wusste wenigstens, wer nicht der Mörder war. Naamloos etwa, der unbekannte Leichenverstümmler. Der Pater und Jörk schieden ebenfalls aus. Smit und Crassman wohl auch. Wer also? Logan, der aus unerfindlichen Gründen seit Tagen verschwunden war? Utenhove, der rastlose Verrückte? Oder Niklot, der einsilbige, unhöfliche, mürrische Fuhrmann, der Floor am Tage ihres Todes einen Besuch abstatten wollte?

Lapidius rätselte weiter, während er am Feuer saß und in die Glut blickte. Wie immer übten die Wärme und die Farben der Flammen eine beruhigende Wirkung auf ihn aus. Er musste sich jede Begebenheit, jede Einzelheit, die er in den Tagen, die er auf der Insel verbracht hatte, noch einmal vor Augen führen. Wenn er es recht bedachte, hatte Floor zwei Mal große Angst gehabt, dem Mörder des kleinen Derkje zu begegnen. Ein Mal bei seiner Beerdigung, deren Teilnehmer sich jedoch nicht mehr genau feststellen ließen, weil alle, die er dazu befragt hatte, sich nicht mehr genau erinnern konnten – oder wollten. Und beim zweiten Mal auf dem Holzsteg, als sie so plötzlich verstummt war. »Hattest du Angst, es könnte jemand hören, der es nicht hören soll?«, hatte er sie tags darauf gefragt, und sie hatte seine Vermutung bestätigt. Wer also kam als Mörder in Frage? Lapidius versuchte, sich zu erinnern. Richtig, Niklot! Vieles sprach dafür, dass er der Täter war, nicht zuletzt seine finstere, schroffe Art. Überdies hatte er an Derkjes Beerdigung teilgenommen.

Lapidius fiel ein, dass er Niklot das von Crassman geschmiedete Dreibein noch nicht ausgehändigt hatte. Er beschloss, das Versäumnis gleich morgen früh nachzuholen.

Und Niklot bei der Gelegenheit auf den Zahn zu fühlen.

Neunzehnter Tag

Donnerstag, 29. Oktober

Lapidius musste mehrfach an Crassman denken, als er am nächsten Tag das Dreibein schulterte, um es zu Niklots Hütte zu tragen. Sie lag im Süden der Insel, und der Weg dorthin wurde ihm lang. Crassman hatte recht gehabt: Das Dreibein war auf die Dauer wirklich sehr schwer.

Als er heftig atmend sein Ziel erreicht hatte, setzte er das eiserne Gerät ab und rief: »Niklot?«

Der Fuhrmann steckte den Kopf zur Tür heraus. »Was willst du?«

Lapidius überhörte den barschen Ton. »Ich habe dir das Dreibein gebracht, um das du gebeten hattest.«

»Das wurde aber auch Zeit. Dachte schon, du hättest es vergessen.«

Lapidius wollte sagen, dass es ihn durchaus einige Mühe gekostet hatte, die Eisenstangen nebst Kette und Kessel zu besorgen, unterließ es aber. Da sich sein Atem halbwegs normalisiert hatte, schulterte er das Dreibein erneut und schickte sich an, die Hütte zu betreten.

»Bleib, wo du bist!«

»Ich wollte dir das Dreibein hineintragen. Sag bloß, du hast etwas dagegen?«

»Du hast es erraten.«

»Und was, wenn man fragen darf?«

»Das geht dich nichts an.«

Lapidius überlegte kurz und tat so, als ramme er das

Dreibein in den Sand. Das schwere Gerät stand für einen Augenblick in der Senkrechten, dann kippte es zur Seite und schlug krachend gegen die Hauswand.

»Du Tölpel, was hast du gemacht?«, rief Niklot wütend. Er sprang vor, um den Schaden in der Wand zu untersuchen.

Genau das hatte Lapidius beabsichtigt. Er nutzte den Augenblick der Ablenkung und betrat die Hütte. Im Halbdunkel erkannte er mehrere Betten aus Stroh, auf denen jammervolle Gestalten lagen. Sie waren schwer vom Aussatz gezeichnet. So schwer, dass sie nicht mehr in der Lage waren zu gehen. Nackte, verzweifelte Gesichter wandten sich ihm zu, Gesichter ohne Nasen und Lippen, Gesichter, in denen trotz aller Verzweiflung auch Hoffnung stand, denn die Kranken hatten Niklot erwartet. Doch es war nicht Niklot, der vor ihnen stand, es war Lapidius.

Arme ohne Hände reckten sich ihm entgegen, lappenumwickelt, dreckig, schmutzig, von kranken Säften durchtränkt. Das Schlimmste aber war der Gestank, der wie ein schweres Tuch über dem gesamten Raum hing. Er erinnerte Lapidius an den Verwesungsgeruch in Naamloos' grausigem Leichenzimmer. Eine der erbarmungswürdigen Gestalten richtete sich halb auf, blickte ihn aus blinden Augen an und krächzte: »Hast du frische Verbände dabei, Niklot?«

»Nein, der Schellenknecht hat beim letzten Mal zu wenig mitgebracht«, sagte eine Stimme hinter Lapidius. Sie klang freundlich und fürsorglich. Zu Lapidius' Überraschung gehörte sie Niklot.

»Sag dem Schellenknecht, er soll beim nächsten Mal mehr bringen. Die Wunden schmerzen sehr.«

»Das werde ich«, antwortete Niklot. »Kannst dich drauf verlassen, Piet.«

»Gottes Segen über dich, Niklot.«

»Rede lieber nicht so viel, Piet. Ich habe trotzdem eine gute Nachricht für alle: Wir haben jetzt ein Dreibein. In dem Kessel kann ich genügend Wasser heiß machen, um für alle die Verbände zu waschen, ich kann auch Suppe kochen und Fische rösten, und wenn mir ein paar Eiderenten in die Falle gehen, gibt es sogar Braten.«

Beifälliges Gemurmel begleitete Niklots Worte. Einer der Erblindeten sagte: »Wer ist der andere neben dir, Niklot? Ich spür's, da ist einer.«

»Hast recht, Baas«, sagte Niklot, »aber der Bursche hat sich nur in der Tür geirrt.« Er packte Lapidius beim Arm und schob ihn zum Ausgang.

Draußen vor der Hütte knurrte er: »Hast du nun gesehen, was du sehen wolltest?« Sein Tonfall war wieder ganz der alte.

Lapidius fühlte sich beschämt. »Nein«, stotterte er, »ich wollte eigentlich …«

»Du wolltest dich nur an dem Anblick der armen Gestalten ergötzen, gib's zu!«

»Nein, bei Hermes, nein! Ich wollte nur … ach, es ist ja einerlei, was ich wollte.« Lapidius gab sich einen Ruck. »Jedenfalls hätte ich nicht von dir erwartet …«

»… dass ich die armen Schweine da drinnen mit dem Nötigsten versorge? Hast du dich schon einmal gefragt, wer es sonst auf dieser gottverlassenen Insel tun könnte? Wir haben kein Spital und kein Siechenhaus, falls dir das entgangen sein sollte. Niemand kümmert sich um die, die kurz davor sind, für immer von dieser Welt zu gehen. Auch der Pater nicht mit seinem frommen Getue. Niemand, außer mir und manchmal Irit und Yanardan.«

»Das wusste ich nicht.«

»Dann weißt du es jetzt. Und nun geh besser. Und denk an frische Verbände. Auch eine gute Salbe könnte nicht schaden, wenn es dir gelingt, eine aufzutreiben.«

»Das werde ich«, versprach Lapidius. Er machte kehrt und ging raschen Schrittes zurück zu seiner Hütte. Und während er ging, dachte er, dass Niklot sicher alles Mögliche war, nur kein Mörder.

Am frühen Nachmittag ruderte Lapidius hinüber nach Zwaanshoven. Wie üblich nahm er zunächst die Verpflegung an Bord seines Nachens, nachdem er sich das unvermeidliche Wortgefecht mit Elsa, dem unwirschen Mütterchen, geliefert hatte. Danach befahl er den kleinen Jungen, auf das Essen Obacht zu geben, und strebte zum Haus des Stadtmedicus. Dort angekommen, öffnete ihm Willem: »Ja, was willst du?«, fragte der Hilfsbader misstrauisch.

»Ist Doktor Smit zu Hause?«

»Nein, der ist weg.«

»Wann kommt er wieder?«

»Weiß ich nicht. Ich steck nicht in ihm drin.«

Lapidius' Geduld erschöpfte sich. Er dachte an die »armen Schweine«, wie Niklot sie genannt hatte, und sagte: »Ich brauche Verbandsmaterial, und ich werde es bekommen. Jetzt gleich.«

»Ich seh keinen, der es dir geben könnte.«

»Ich gebe es mir selbst.« Lapidius stieß Willem beiseite und betrat das Haus. Da er wiederholt bei Smit gewesen war, kannte er sich hinlänglich in den Räumen aus. Er steuerte den Behandlungsraum an, von dem der Nebenraum abging, wo Smit das Gewünschte verwahrte. Es war eine halbdunkle Kammer, die ein wenig unheimlich wirkte, da sie zahlreiche Glasbehälter barg, in denen seltsame Gebilde schwammen. Es waren in Spiritus eingelegte, menschliche Organe: Herzen, Lungen, Lebern, Nieren und – gewissermaßen als Krönung des Ganzen – ein Embryo, kaum größer als zwei Zoll. Der winzige Körper erinnerte in seiner gekrümmten Haltung an eine Raupe. Er hatte einen riesigen Kopf, schwarze punktgleiche Äuglein und zwei Ärmchen und Beinchen, die eher Stummeln glichen als ausgebildeten Gliedmaßen. Lapidius riss sich von dem Anblick los und öffnete aufs Geratewohl den ersten von zwei Schränken. Er hatte Glück. Er enthielt das Benötigte.

»Das werde ich dem Doktor sagen«, drohte Willem, der Lapidius gefolgt war.

»Dann grüße ihn auch gleich von mir. Und sage ihm, du hättest mir bei der Aushändigung des Materials sehr geholfen.«

»Aber das hab ich doch gar nicht!«

»Doch, doch, indem du es nicht verhindert hast. Das ist ja schon ein Fortschritt, oder?« Lapidius klopfte Willem auf die Schulter. »Im Grunde genommen bist du ein sehr hilfsbereiter, freundlicher Mensch. Man muss dich nur zu nehmen wissen.«

»Hä?«

»Schon gut. Und nun lass mich vorbei.« Lapidius verließ Smits Haus und lenkte seine Schritte zur Mole, an der sein Nachen lag. Auf dem Weg dorthin glitt sein Blick hinüber zur Vastmakerstraat, die auf der anderen Seite des Havens lag. Die Vastmakerstraat? Irgendetwas hatte es doch mit dieser Straße auf sich? Dann fiel es ihm ein: Jörk hatte steif und fest behauptet, er habe es nicht nötig, zu töten und Leichen zu schänden. Er habe andere, bessere Möglichkeiten, es mit einer Frau zu treiben. In *Tillas Hoerenhuis,* in der Vastmakerstraat.

Auch Friggen hatte das Bordell erwähnt. Es war ihr Arbeitsplatz gewesen. Vielleicht lag dort der Schlüssel des Geheimnisses um die Morde auf Zwaanwaard? Lapidius überlegte nicht lange, dann war sein Entschluss gefasst. Er umrundete das Hafenbecken, bis er die Vastmakerstraat erreicht hatte, bog in die Straße ein und stand wenig später vor Tillas Haus. Energisch klopfte er an. Nach kurzer Zeit öffnete sich eine Klappe in der Tür. Ein Gesicht erschien im Rahmen. Es war das Gesicht einer Hure. Jung, leidlich hübsch, doch mit einer Haut, der man ansah, dass sie selten mit Tageslicht in Berührung kam. »Was willst du?«, fragte die Hure. »Wenn's dich da unten juckt, ist's noch zu früh. Komm später noch mal.«

»Ich möchte Tilla sprechen.«

»Das wollen viele.«

»Es ist wichtig.«

»Ha, das glaub ich. Für euch Kerle gibt's nix Wichtigeres, als eine von uns aufs Kreuz zu legen. Wer bist du überhaupt?«

»Ich bin Lapidius, der Schellenknecht.«

Die Hure wollte die Klappe schließen, aber Lapidius hielt rasch die Hand dazwischen.

»Lass das!«, zischte sie.

»Wie gesagt, ich möchte Tilla sprechen. Dringend.«

»Hör mal, ich glaub nich', dass Tilla mit jemandem reden will, der eine von uns verschleppt hat un' dann mit ihr auf seine Insel gefahren is'.«

»Was sagst du da?« Lapidius brauchte einen Augenblick, um den Unsinn zu begreifen. Dann sagte er: »Ich habe niemanden verschleppt, am allerwenigsten Friggen.«

»Was ist denn da draußen los?« Aus dem Inneren des Hauses erklang eine harte Stimme.

»Hier is' einer, der will dich sprechen, Tilla«, rief die Hure nach hinten.

Lapidius ergriff die Gelegenheit beim Schopf. »Das ist richtig!«, rief er. »Es ist sehr dringend. Bitte, lasst öffnen.«

Wenig später betrat er einen schummrigen Raum, in dessen Mitte ein schwerer, mit rotem Samt ausgeschlagener Sessel stand. In ihm thronte Tilla, umgeben von vielen weichen, bunten Kissen. Sie gab sich wie eine Königin, und in gewisser Hinsicht war sie das auch. Sie war eine Frau mit verlebten Gesichtszügen, deren fünfzigster Geburtstag gewiss schon mehrere Jahre zurücklag. Ihre Augen jedoch waren flink wie die einer Zwanzigjährigen, und mit diesen flinken Augen musterte sie Lapidius abschätzend. »Siehst nicht gerade wie ein Freier aus«, begann sie das Gespräch. »Irgendwie anders. Aber was soll's. Der abgerissenste Kerl kann 'n Ehrenmann sein und der vornehmste Kerl 'n Schuft. Wollen tun sie alle das Gleiche.«

»Ich nicht«, entgegnete Lapidius. »Es tut mir leid, wenn dein Geschäft schlechter läuft, weil Friggen nicht mehr bei dir arbeitet. Aber ich hatte keine Wahl. Friggen hat die Krankheit, und als Schellenknecht musste ich sie hinüber nach Zwaanwaard schaffen.«

»Ja, ich hab's gehört. Aber nur um drei Ecken. Man hat's ja nicht nötig, unsereiner zu benachrichtigen.« Tilla griff in ein irdenes Schälchen, das auf einer Armlehne des Sessels stand. Mit einer gezierten Bewegung führte sie eine kandierte Frucht zum Mund. Auf den Gedanken, auch Lapidius eine der Leckereien anzubieten, kam sie nicht. Sie hatte nie gelernt zu teilen und war stets gut damit gefahren. Nachdem sie eine Weile auf der Frucht herumgekaut hatte, meinte sie: »Um Friggen ist's nicht schade.«

Lapidius schwieg. Er spürte, dass Tilla noch nicht alles gesagt hatte.

»Friggen hat den Schnaps mehr gemocht als die Männer. Viel mehr. Wenn sie keinen Schnaps bekam, hatte sie keine Lust, und wenn sie einen geladen hatte, war sie bockig und wollte noch mehr. Wie man's bei ihr anfing, war's verkehrt. Man musste ihr öfter eine verpassen.«

Lapidius nickte und tat so, als verstehe er das Problem. Friggens aufgeplatzte Lippe fiel ihm ein. Von Tilla also stammte die Verletzung. Sie schien nicht zimperlich zu sein und ein strenges Regiment zu führen.

»Und was willst du nun?«, fragte Tilla unverblümt.

So genau wusste Lapidius das selbst nicht. Er konnte Tilla schlecht fragen, ob Jörk ihr gegenüber einmal erwähnt hatte, wer der Mörder auf Zwaanwaard war. Aber vielleicht kam er weiter, indem er ein wenig über die Insel und das Leben darauf schilderte und auf diese Weise Tillas Vertrauen gewann. »Ich wollte dir berichten, dass es Friggen so weit gutgeht«, sagte er und kam sich recht scheinheilig vor. »Ich habe sie bei einer jungen Frau namens Floor untergebracht. Floor handelte früher mit Glücksbringern. Ihre Hütte steht im Südwesten der Insel, dort, wo das Schilf ins Watt übergeht.«

»Ja, und?« Tilla nahm eine weitere Frucht. »Bist du gekommen, um mir das zu erzählen?«

»Nein, äh, es ist nur so, dass Floor sich das Leben genommen hat und Friggen deshalb sehr verzweifelt war.«

»Ich denke, Friggen geht es so weit gut? Das hast du doch eben selbst gesagt?«

»Sicher, gewiss.« Lapidius sah ein, dass er so nicht weiterkam. »Am Anfang jedenfalls. Sag, warst du dabei, als Doktor Smit, der Stadtmedicus, bei Friggen die Aussatzschau vornahm? Ich meine, war Doktor Smit hier, als er die Untersuchung durchführte?«

Tillas Augen verengten sich. »So fragt man Leute aus, wie? Aber wenn du's unbedingt wissen willst: Nein, war er nicht. Bin immer froh, wenn er sich nicht blicken lässt. Schlimm genug, dass er meine Mädchen alle Naslang zu sich bestellt, weil er nachgucken will, ob sie die Franzosenkrankheit haben. Das dauert jedes Mal 'ne halbe Ewigkeit und geht alles von der Arbeitszeit ab.«

»Das heißt, Doktor Smit kümmert sich um deine Mädchen nur, äh, beruflich?«

Tilla schwieg und griff zur nächsten Frucht.

»Nun ja ...« Lapidius dachte an Jörk und machte einen weiteren Versuch. »Ist dir ein großer Kerl bekannt, der bunt wie ein Landsknecht gekleidet ist und bei jeder passenden und unpassenden Gelegenheit lacht?«

Tilla schwieg.

»Der Kerl nennt sich Jörk.«

»Jörk? Schöner Name.«

»Sagt er dir etwas?«

Tilla zuckte mit den Schultern. »Vielleicht ja, vielleicht nein. Mein Gedächtnis ist nicht mehr das beste.«

Lapidius gab noch nicht auf. »Ist dir bekannt, ob einer der Freier einen Nachen besitzt, wie ihn der alte Janszoon hatte? Ich meine, einen Nachen, mit dem er manchmal nach Zwaanwaard hinüberfährt? Oder vielleicht sogar von Zwaanwaard herüberkommt?«

»Zur Insel der Todgeweihten rüber? Davon weiß ich nichts, und ich will's auch nicht wissen. Und wenn ich's wüsste, würde ich's dir nicht auf die Nase binden. In meinem Geschäft lebt man von Verschwiegenheit.«

»Ich verstehe.« Lapidius unternahm noch einen letzten

Versuch. »Vielleicht könntest du trotzdem eine Ausnahme machen? Nur ein einziges Mal, denn es ist sehr wichtig. Kennst du einen Mann, der sich Naamloos nennt?«

»Naamloos?« Tilla schaute ungläubig. Dann lachte sie glucksend. »Verrücktes Wort für einen Namen! Aber ich will dir antworten.«

»Ja?« Begierig beugte Lapidius sich vor.

»In meinem Haus heißen alle Freier Naamloos. Weil ich ihre Namen nicht kenne. Und wenn ich mal einen kenne, dann vergesse ich ihn ganz schnell wieder. Dasselbe gilt für meine Mädchen. Du brauchst sie also gar nicht erst zu fragen. Aus denen kriegst du nichts raus.«

»Gewiss, natürlich.« Lapidius spürte Enttäuschung. Er ärgerte sich, dass er so ungeschickt vorgegangen war. Doch nun war es zu spät. Aus Tilla würde nichts mehr herauszuholen sein. »Ich denke, ich gehe jetzt.«

»Ja, lass dich nicht aufhalten. Und komm am besten nicht wieder.«

Lapidius ging mit staksenden Schritten hinaus.

Tilla sah ihm nach, schüttelte den Kopf und griff zur nächsten Frucht.

Auf dem Weg zum Kleinen Bootshafen traf Lapidius unverhofft auf Smit. Der Stadtmedicus schickte sich gerade an, einen Gasthof in der Kerkstraat zu betreten. Der Gasthof hieß *De Paalsteek* und wurde gern von Fischern und Seefahrern besucht. »Sieh da, der Schellenknecht Lapidius!«, rief Smit gut gelaunt. Habt Ihr Lust, mit mir einen Topf Suppe zu teilen? Ich komme gerade von einem Patienten und habe seit Stunden nichts gegessen.«

Lapidius zögerte. Er wusste, dass man drüben auf der Insel auf das Essen von St. Vitus wartete.

»Nun macht schon, wer weiß, wie oft wir uns noch sehen können!«

»Wie meint Ihr das?«

»Das erzähle ich Euch drinnen.«

Sie betraten das Gasthaus, das im Wesentlichen aus einem einzigen, mit schweren Eichenbalken errichteten Schankraum bestand. Der Raum war so niedrig, dass Lapidius den Kopf einziehen musste.

Smit steuerte zielstrebig einen Tisch an und ließ sich nieder. »Mein Stammplatz«, verkündete er, »hier sitze ich immer, wenn mir der Junggesellenmagen knurrt. Kommt schon, nehmt Platz.«

Lapidius setzte sich Smit gegenüber und dachte daran, dass er keinen Pfennig besaß. Smit schien seine Gedanken erraten zu haben, denn er sagte: »Selbstverständlich seid Ihr mein Gast. Ich weiß nicht, was die Küchenmagd alles in ihren Kessel wirft, aber die Fleischsuppe, die sie macht, ist aller Ehren wert.« Er winkte dem Wirt und bestellte.

»Auch was zu trinken, Mijnheer?«, fragte der Wirt.

»Kirschwasser«, sagte Smit.

»So was hab ich nicht.«

Smit hob in gespielter Verzweiflung die Hände. »Großer Gott, Kees, ich sitze jeden zweiten Tag hier und bestelle ein Kirschwasser, und jedes Mal sagst du mir, du hättest so was nicht. Ich rate dir: Schaff dir ein Fässchen davon an, du könntest das Geschäft deines Lebens damit machen.«

»Ihr seid hier in Holland, Mijnheer. Kirschwasser könnt Ihr im Schwarzwald trinken. Was darf's also sein?«

»Bier«, befahl Smit und blickte Lapidius fragend an.

Lapidius wandte sich an den Wirt. »Wenn du kein Kirschwasser hast, lass einfach die Kirschen weg.«

»Hä?«

»Gib mir einen Krug Wasser.«

Kees entfernte sich, etwas Unverständliches, das nicht besonders freundlich klang, murmelnd.

Smit pfiff anerkennend durch die Zähne. »Täusche ich mich, oder habt Ihr dem Alkohol abgeschworen, Lapidius?«

»Ich trinke nichts mehr.«

»Das ist löblich, aber – verzeiht meine Offenheit – bei Trinkern wie Euch höchst selten. Ich weiß, wovon ich rede. Der Patient, den ich gerade zur Ader ließ, steckt wie so viele die Nase zu tief ins Glas. Ich habe ihm gesagt, wenn er so weitermacht, wird ihn bald der Schlagfluss treffen.«

»Das soll mir nicht passieren.«

»Das hoffe ich mit Euch. Ah, da kommen die Suppe und das Bier.«

»Und das Wasser«, sagte der Wirt säuerlich und knallte einen Holzkrug auf den Tisch. *»Smakelijk!«*

Smit lachte. »Keine Sorge, Kees, den guten Appetit, den haben wir, was, Lapidius?«

Gemeinsam aßen und tranken sie. Smit führte einen Löffel zum Mund, pustete auf die Suppe, weil sie sehr heiß war, und fragte: »Wie steht's auf der Insel, Lapidius?«

Lapidius überlegte einen Augenblick, ob er die gelöste Stimmung trüben sollte, und entschied sich dafür, es zu tun. »Floor ist tot«, sagte er.

»Floor?«

»Die junge Frau, die in Maastricht einsaß und die vom dortigen Stadtphysikus zum Beischlaf gezwungen wurde.«

»Ach ja, die. Ich erinnere mich.«

»Ich erzählte Euch schon, dass ihr kleiner Junge auf der Insel ermordet wurde. Nun ist sie selbst tot.«

»Oh, das tut mir leid.« Smit wirkte ehrlich betroffen. »Woran starb sie?«

»Es war ein Freitod.«

Smit musterte Lapidius und schien etwas in dessen Gesicht zu lesen, das ihn zu der Frage veranlasste: »Jeder Freitod hat seine Gründe. Ich nehme an, Ihr kennt sie in diesem Fall?«

»Ja«, sagte Lapidius, »ich kenne sie, und sie beschäftigen mich sehr.«

»Mögt Ihr darüber sprechen?«

»Nein«, sagte Lapidius. Aber dann überlegte er es sich anders. »Es hat mit Friggen zu tun«, sagte er und schilderte die Geschichte in allen Einzelheiten. »Ich hätte Friggen niemals bei Floor unterbringen dürfen«, schloss er.

Smit trank einen großen Schluck Bier und wischte sich den Schaum vom Mund. »Es ehrt Euch, dass Ihr die Schuld für Floors Tod bei Euch sucht«, sagte er. »Aber das ist ein Trugschluss.«

Lapidius dachte an Irit und erwiderte: »Das habe ich, wenn auch mit anderen Worten, schon einmal gehört.«

»Und trotzdem ist es wahr! Stellt Euch vor, wie ich mich bei jedem Patienten, der mir unter den Händen stirbt, fühlen müsste. Jedes Mal müsste ich mir die Schuld an seinem Tod geben, dabei liegt der wahre Grund im Menschen selbst. In seiner Lebensweise, wenn er sich seit Jahren falsch ernährt und taub ist für jeden guten Ratschlag; in seiner Denkweise, wenn er zu Unsicherheit und Selbstvorwürfen neigt. Macht nicht denselben Fehler wie Floor, lasst Euch von Euren eigenen Gedanken nicht auffressen! Glaubt mir, es ist falsch und sinnlos, und niemandem ist damit gedient!«

Lapidius schwieg, doch die eindringlichen Worten Smits verfehlten ihre Wirkung nicht. Irit und auch Yanardan hatten recht gehabt. Im Stillen leistete er ihnen Abbitte. Er trank einen Schluck Wasser und beschloss, dem Gespräch eine andere Wendung zu geben. »Ehe ich es vergesse, Smit«, sagte er, »vielen Dank für die Einladung. Ich habe Eure Großzügigkeit heute schon einmal in Anspruch genommen.«

»Wie das?« Smit trank den Rest seines Bieres aus und bestellte einen neuen Becher.

»Ich habe mir Verbandsmaterial von Euch besorgt.«

»Augenblick mal« – Smit trank einen weiteren Schluck –, »wollt Ihr damit sagen, Ihr habt Willem dazu gebracht, das Material herauszurücken?«

Lapidius nickte.

»Lasst mich raten: Ihr habt ihm im Falle der Weigerung die Todesstrafe angedroht?«

Lapidius musste lächeln. »Ganz so war es nicht«, sagte er und berichtete von der Begegnung mit dem Hilfsbader.

»Das habt Ihr richtig gemacht«, sagte Smit erheitert, als Lapidius geendet hatte. »Welch ein Glück, dass ich zu jener Spezies *Doctores* gehöre, die immer von allem genügend im Hause hat. Ich bin nun mal ein Jäger und Sammler.«

»Als ich die Leinenbinden und Salben einsteckte, fiel mir ein Embryo im Glas auf. Ich weiß nicht, warum, aber sein Anblick hat mich sehr berührt.«

»Oh, der Embryo.« Smit setzte seinen Becher ab und wurde wieder ernst. »Mit ihm hat es eine besondere Bewandtnis. Ich habe ihn vor vielen Jahren zu Anschauungszwecken von einem verstorbenen Kollegen bekommen. Sein Name war Lukas Nufer. Er wirkte als Pestarzt während der großen Seuche, die anno 1505 die Stadt Erfurt in Deutschland heimsuchte.«

»Ich habe den Namen schon einmal gehört«, sagte Lapidius. »Nufer soll der erste Medicus gewesen sein, der eine

Schnittentbindung durchführte, bei der sowohl die Mutter als auch das Kind überlebten.«

»So ist es. Eine Großtat der Medizin, die bis heute nicht wiederholt werden konnte. Nufer war ein begnadeter Arzt, überdies bescheiden und freundlich zu jedermann. Aber das will ich gar nicht erzählen. Der Embryo jedenfalls stammt von einer Schwangeren, die an der Pest starb. Ihr Körper war, wie Nufer mir berichtete, übersät mit schwärzlichen Eiterbeulen, den sogenannten Bubonen. Und nun, Lapidius, führt Euch noch einmal den Embryo vor Augen: Wies er auch nur das kleinste Merkmal solcher Beulen auf?«

»Nein, aber was soll das zu bedeuten haben?«

Smit hob den Zeigefinger. »Überlegt doch einmal: Die Mutter hatte die Pest, das Kind jedoch nicht. Das heißt, sie hatte ihre Leibesfrucht nicht angesteckt. Wir fragen uns: Warum tat sie das nicht, wo doch nichts kontagiöser ist als der verfluchte Schwarze Tod?«

Lapidius blickte ratlos.

Smit redete mit Feuereifer weiter: »Ich will es Euch sagen: Nufers These war, dass die Ursache für die Nichtansteckung in der Schutzfunktion des Fruchtwassers liegt. Dieses besondere Wasser, in das ein Embryo eingebettet ist, wirkt wie ein Bollwerk! Und wisst Ihr, was das für den Pestarzt bedeutet?«

»Ihr werdet es mir gleich sagen.«

»Einen ebenso großen Schutz vor Ansteckung, vorausgesetzt, er tränkt die Kräuter in seiner Schnabelmaske mit dem Fruchtwasser einer Schwangeren.«

Lapidius wog jedes von Smits Worten ab und sagte dann: »Das würde bedeuten, dass der Arzt, wenn er die Pest schon nicht heilen kann, sich wenigstens selbst zu schützen in der Lage wäre. Ich habe gehört, dass bei einem Pestausbruch die Sterblichkeit unter den Ärzten regelmäßig am höchsten ist«

»Ihr sagt es, Lapidius! Und Ihr könnt gewiss sein: Sollte ich eines Tages in Heidelberg den Kampf gegen die Pest aufnehmen müssen, werde ich genau das befolgen, was Nufers These besagt.«

»Nanu?« Lapidius zog fragend die Stirn in Falten. »Sagtet Ihr eben ›Heidelberg‹?«

»Ach, das könnt Ihr ja nicht wissen.« Smit senkte die Stimme. »Und es ist auch noch nicht spruchreif. Aber mein Kontrakt läuft am Jahresende aus, und ich werde die Stadt verlassen. Deshalb auch meine Bemerkung vorhin, dass wir uns zukünftig nicht mehr sehen werden.«

»Oh, das kommt ein bisschen plötzlich. Und das täte mir leid. Sagt, wie kam es dazu?«

»Nun, da die Wände im Rathaus Ohren haben, erfuhr ich, dass unser Bürgermeister hinter meinem Rücken in Verhandlungen mit einem jüngeren Medicus steht, der meine Nachfolge antreten soll. Ich muss nicht hinzufügen, dass der jüngere Kollege selbstverständlich mit einem kleineren Salär als ich zufrieden wäre. Ich habe mich deshalb beizeiten nach einem neuen Tätigkeitsfeld umgesehen und eine Professur an der Ruperto Carola, der ehrwürdigen Heidelberger Universität, erhalten können. Genauer gesagt, eine ›Ordentliche Professur der Artzeney‹, wie es offiziell heißt. Die gute Nachricht kam gestern, und heute habe ich Bürgermeister Beenakker – natürlich mit meinem größten Bedauern – mitgeteilt, dass ich mich leider nicht in der Lage sehen würde, meinen Kontrakt zu verlängern. Er fand das in hohem Maße betrüblich und wünschte mir für die Zukunft alles Gute.«

Lapidius schüttelte belustigt den Kopf. »Dann war es so,

dass zwei Menschen sich aus verschiedenem Anlass zerknirscht gaben, aber insgeheim ›Hosianna‹ riefen?«

Smit grinste zustimmend. »Die Welt ist voller Falschheit, das müsstet Ihr doch eigentlich wissen. Aber Spaß beiseite: Ich verlasse in spätestens zwei Monaten die Stadt und bitte Euch, darüber Stillschweigen zu bewahren. Niemand soll es zum jetzigen Zeitpunkt wissen. Am allerwenigsten Willem. Der kriegt es fertig und geht mit der Neuigkeit hausieren.«

Lapidius nickte zustimmend.

»Mein Fortgang bedeutet nicht nur, dass meine Schachniederlagen gegen den Apotheker ein Ende haben werden, sondern auch unsere anregenden Gespräche.«

»Ich muss gestehen, Ihr werdet mir fehlen.«

»Ihr mir auch, mein Freund. Doch bevor wir beide vor Rührung zerfließen, sollten wir noch etwas trinken. Ich ein Bier und Ihr ein ›Wasser ohne Kirschen‹.«

»So soll es sein«, sagte Lapidius.

Zwanzigster Tag

Freitag, 30. Oktober

Wieder einmal hatte Lapidius in der Nacht schlecht geschlafen, was weniger daran lag, dass er noch immer den Mörder nicht gefunden hatte – das würde ihm wahrscheinlich nie gelingen –, als vielmehr daran, dass er trotz Irits Zuspruch und trotz Smits überzeugender Worte über Floors Freitod nicht hinwegkam. Die arme Floor. Wie unglücklich war sie gewesen, und wie oft hatte sie geweint! Und nun war sie tot, und in ihrer Hütte mit dem Segeltuchdach lebte Friggen. Friggen, die Hure, die aus einer Kürbisflasche soff und angesichts von Floors Tod genauso geheult hatte wie diese.

Aber Friggen war nicht Floor. Sie war eigennütziger und dickfelliger. Und ganz gewiss hätte sie ihm niemals einen selbstgeschnitzten Löffel als Glücksbringer geschenkt. Überhaupt war Floor nicht ungeschickt gewesen. Einige ihrer persönlichen Habseligkeiten mussten immer noch in ihrer Hütte liegen. Wahrscheinlich würde Friggen sie sich zu eigen machen. Das störte Lapidius. Er beschloss, Friggen aufzusuchen, Floors Habseligkeiten zu holen und auf ihr Grab zu legen. Der Gedanke hatte etwas Tröstliches, und er wollte ihn sofort in die Tat umsetzen.

Der Tag war ein wenig freundlicher als der gestrige, und Lapidius schritt zügig aus. Er beabsichtigte, die Sachen auf Floors Grab zu legen, ein Gebet zu sprechen – ein einfaches, das von Herzen kam, nicht so einen Sermon, wie der Pater ihn predigte – und danach Irit einen Besuch abzustatten. Irit … Seitdem er ihr die Parfümkugel geschenkt hatte, war schon wieder eine kleine Ewigkeit vergangen. Statt mit ihr zusammen zu sein, hatte er sich in die Suche nach dem Mörder verbohrt. Immer wieder. Wie dumm er gewesen war. Und wie leichtsinnig!

Als er sich südlich des Versammlungsplatzes befand, glaubte er, zu seiner Linken eine Bewegung wahrgenommen zu haben. Er blieb stehen und spähte in die Richtung, doch alles sah so aus wie immer. Ein paar Möwen kreisten in der Luft und ließen sich vom Wind über die Dünenkämme treiben, mehr nicht.

Wahrscheinlich hatte er sich getäuscht.

Er schritt wieder aus und erreichte bald darauf Floors Hütte. »Friggen«, rief er, »bist du zu Hause?«

Als die Antwort ausblieb, ging er hinein und sah sich um. Die Gegenstände im Inneren waren dieselben wie zu Floors Lebzeiten, doch die nachlässige Art, in der sie herumlagen, zeigte sofort, dass jemand anders hier wohnte. »Friggen?«

Auch hinter der Hütte, dort, wo der Abtritt war, schien die Hure nicht zu sein. Lapidius machte sich daran, Floors wenige Habe zusammenzusuchen, darunter ein paar selbstgefertigte Armbänder und ein hübsch geschnitzter Kamm, und barg die Utensilien in ihrer guten Haube, die er ebenfalls fand. Er überlegte, ob und wie er Friggen eine Nachricht hinterlassen könne, dass er die Dinge mitgenommen hatte, kam aber zu dem Schluss, dass es nicht möglich war. Bei seinem nächsten Besuch würde er die Sache aufklären.

Mit der Haube in der Hand strebte er dem Ausgang zu. Die Tür öffnete sich. »Friggen, ich habe …«, begann er, doch weiter kam er nicht. Etwas Helles blitzte auf, schoss auf ihn zu und traf ihn in den Oberarm. Lapidius stieß einen Schreckenslaut aus, ließ die Haube fallen und sah einen zweiten Stoß auf sich zukommen. Gottlob ging er daneben, auch deshalb, weil der Angreifer aus einer sicheren Deckung heraus handelte. Er stand draußen neben der Tür und stieß ein drittes Mal zu. Lapidius jedoch hatte sich so weit von seinem Schrecken erholt, dass er ausweichen konnte. Dann, einen Herzschlag später, geriet er in Panik. Er nestelte nach seinem Fischermesser, bekam es nicht zu fassen, blickte auf die am Boden liegende Haube, sah, dass sie voller Blutspritzer war, erkannte, dass es sein eigenes Blut sein musste, geriet darüber noch mehr in Panik, schrie laut auf und ergriff die Flucht. Er lief, so schnell er konnte, und erst, als er mehrere hundert Schritte zwischen sich und den heimtückischen Angreifer gebracht hatte, machte er keuchend halt und blickte zurück.

Floors Hütte stand friedlich da, als wäre nie etwas geschehen. Nur die noch immer vor der Tür liegende Haube zeugte von dem Überfall. Lapidius bemerkte, wie ihm die linke Hand feucht wurde. Er blickte hinunter und sah, dass sie voller Blut war. Was sollte er tun? Weiter davonrennen? Nein, das kam nicht in Frage. Er wollte den Kampf gegen den Mörder aufnehmen. Denn es musste der Mörder sein, der ihn überfallen hatte. Wer sonst?

Aber wer war der Mörder?

Langsamen Schrittes ging Lapidius die Strecke zurück, die rechte Hand am Messer. Das Herz schlug ihm bis zum Hals, als er vor dem Eingang der Hütte angelangt war. Hier an der Seite des Türpfostens musste der Mörder gestanden und auf ihn eingestochen haben. Genau hier. »Komm heraus!«, rief Lapidius und hoffte, das Zittern in seiner Stimme würde nicht allzu sehr auffallen.

Er wartete.

Nichts geschah.

Lapidius zögerte. Was sollte er tun? Nein, er würde auf keinen Fall ins Innere der Hütte vordringen. Er war nicht lebensmüde. Er hatte es mit einem Unhold zu tun, der vor nichts zurückschreckte. Und doch: Er konnte nicht ewig hier herumstehen. Er musste die Sache zu Ende bringen. »Komm heraus!«, rief er abermals. Aber wie erwartet, tat sich nichts.

»Ich weiß, dass du da drin bist!« Ohne sich zu besinnen, sprang Lapidius vor und war mit zwei, drei großen Schritten mitten in der Hütte. Wild blickte er um sich und sah – nichts. Vom Mörder keine Spur. Hatte der Unhold sich davongemacht, während er selbst geflüchtet war?

Es konnte nicht anders sein.

Lapidius spürte Enttäuschung, aber auch Erleichterung. Wenn es zum Kampf gekommen wäre, hätte er womöglich einen Menschen getötet und wäre nicht viel besser gewesen als der Mörder selbst.

Was konnte er noch tun? Er beschloss, Irit und Yanardan in ihrer Behausung aufzusuchen. Bei ihnen würde er Wärme und Verständnis finden. Und Geborgenheit. Er machte sich auf den Weg nach Norden, nicht ohne sich dann und wann argwöhnisch umzudrehen, aber niemand ließ sich blicken. Es schien, als sei die Insel der Todgeweihten ausgestorben. Als er die sorgsam gebaute Hütte erreicht hatte, atmete er tief durch. Erst jetzt bemerkte er, wie schwach und erschöpft er war. Tausend Gedanken kreisten in seinem Kopf herum. Er wollte nach Irit rufen, doch plötzlich wurden ihm die Knie weich, und er stürzte der Länge nach zu Boden.

»Du hast den ganzen Nachmittag geschlafen«, sagte Irit lächelnd, als Lapidius erwachte.

»Wo … wo bin ich?«, krächzte er.

»In meinem Bett.«

»Oh …?«

Sie lachte leise unter ihrem Gesichtstuch. »Erinnerst du dich nicht mehr? Du lagst vor unserem Haus und stammeltest wirres Zeug von Bluthauben und Glücksbringern. Yanardan untersuchte dich, fühlte lange deinen Puls und kam zu dem Ergebnis, dass deine Doshas von Vikriti bestimmt sind. Er hielt es für das Beste, als Erstes die Ausgeglichenheit deiner Energien wieder herzustellen, und gab dir ein sedierendes Medikament.«

Lapidius unterdrückte ein Stöhnen. »Allmählich dämmert es mir.«

»Danach hast du geschlafen, und während du schliefst, habe ich deine Wunde versorgt.«

»Die Wunde? Ach so.« Lapidius schielte auf seinen linken Oberarm, der sorgfältig verbunden war.

»Zum Glück hatte ich noch genügend Leinenstreifen.« Irit setzte sich mit einer anmutigen Bewegung zu Lapidius ans Bett. »Ich habe mir große Sorgen um dich gemacht«, sagte sie ernsthaft. »Du musst mir erzählen, wie alles passiert ist.«

»Ach, es ist nicht der Rede wert.«

»Bitte!«

»Wo ist eigentlich Yanardan?«, versuchte Lapidius abzulenken.

»Yanardan hat einen Platz auf dieser Insel, den er stets allein aufsucht, um zu beten. Dort ist er vermutlich. Und nun erzähle mir, was geschehen ist.«

Notgedrungen schilderte er, was ihm widerfahren war, und als er gesprochen hatte, begannen Irits Augen sich mit Tränen zu füllen.

»Um Gottes willen, du weinst ja?«

»Ja«, flüsterte sie, nachdem sie sich etwas beruhigt hatte, »ich weine. Ich hätte es nicht ertragen, wenn dem Kerl gelungen wäre, was er vorhatte.«

»Ich bin davongelaufen wie der größte Feigling.«

»Du bist an den Ort des Überfalls zurückgekehrt. Du bist kein Feigling!«

»Ich fürchte, doch.«

»Unsinn! Ich, Irit da Silva, sage dir, dass du ein tapferer Mann bist.«

Er musste schmunzeln, weil sie auf einmal so heftig sprach. Aber er fühlte sich auch geschmeichelt, weil eine Frau wie sie so entschieden zu ihm stand. »Was bedeutet eigentlich der Name Irit?«, fragte er.

»Er bedeutet ›Blume‹ oder ›Lilie‹.«

»Das passt sehr gut zu dir. Ein schöner Name.«

Statt einer Antwort streichelte sie sanft über seine verbundene Wunde. »Findest du?«

»Ja, äh, gewiss.« Um seine Verlegenheit zu überspielen, fragte er: »Und was bedeutet Yanardan?«

»Es bedeutet ›Der, der den Menschen hilft‹.«

»Auch das passt sehr gut. Glaubst du, er kommt bald zurück?«

»Ich glaube nicht.«

Lapidius räusperte sich und nahm all seinen Mut zusammen. »Würde es dir etwas ausmachen, mir dein Gesicht zu zeigen?«

Irit schwieg. Dann, mit plötzlicher Entschlossenheit, löschte sie mit dem Finger die Kerze. Lapidius hörte ein Rascheln.

»Jetzt habe ich mein Gesicht entblößt«, flüsterte sie in die Dunkelheit hinein. »Du darfst es fühlen.«

Zögernd streckte Lapidius seine Hand vor. Er war versucht zu sagen, dass er eigentlich nicht fühlen, sondern sehen wollte, aber er schwieg. Seine Hand ertastete ihre Wange. Sanft strichen seine Finger über die zarten Konturen, verhielten hier und da, wanderten weiter, gelangten zum Kinn und von dort hinauf zu den Lippen, zur Nase, zu den Augen, zur Stirn. Es war ihm, als könne er mit jeder seiner Fingerspitzen sehen, und irgendwann flüsterte er: »Du bist schön.«

»Nein, das bin ich nicht«, antwortete sie. Und dann geschah etwas, mit dem er niemals gerechnet hätte. Sie legte sich neben ihn und schmiegte ihren Kopf in seine Halsbeuge.

Lange lagen sie so, das Glück des Augenblicks kaum fassend. Dann richtete Lapidius sich halb auf und küsste Irits Augen, wie er es schon einmal getan hatte. Er tat es unendlich sanft, und er spürte, wie Irit erbebte.

»Bitte, belasse es dabei«, wisperte sie.

»Nein, ich werde alles küssen, dein ganzes Gesicht. Ich habe gespürt, dass der Aussatz sich an einigen Stellen darin festgesetzt hat, aber ich liebe auch den Aussatz an dir. Ich liebe alles an dir. Ich weiß es, denn ich habe lange nicht geliebt, und ich glaubte, nie wieder lieben zu können.«

»Oh, mein Liebster.« Irits Stimme zitterte. »Wir dürfen uns nicht küssen, wir dürfen überhaupt nichts. Ich würde dich anstecken, die Geißel würde von dir Besitz ergreifen, und das würde ich mir nie verzeihen.« Doch sie schien ihre eigenen Worte nicht ernst zu nehmen, denn nachdem sie das gesagt hatte, presste sie ihre Lippen auf die seinen, und sie küssten sich lange und innig.

»Es ist mir einerlei, ob der Aussatz mich schlägt«, flüsterte er danach, »denn das, was du hast, will auch ich haben.«

Er musste an Smit, den Stadtmedicus, denken, der einmal gesagt hatte, dass die Krankheit sich bis zu ihrem Ausbruch viele Jahre Zeit nahm, der aber ebenfalls gesagt hatte, dass die Inkubationszeit nach dem Ausüben der Fleischeslust nur wenige Monate betragen konnte. Doch was waren Monate oder Jahre gegen diesen einen Augenblick! »Komm zu mir, meine Blume, meine kleine Lilie«, flüsterte er. »Komm zu mir, komm ganz nah zu mir, ich möchte dich sehen, spüren, tasten, schmecken, riechen. Ich möchte, dass du mein bist.«

Und Irit kam zu ihm.

Danach, als sie glücklich und erschöpft nebeneinanderlagen, sagte Lapidius: »Wenn die Zeit gekommen ist, will ich mit dir fortgehen. Fort von dieser Insel und irgendwo da draußen in der Welt mit dir glücklich sein, jeden Tag, morgens, mittags, abends – und ganz besonders in der Nacht.«

Irit lachte leise. »Aber wir können doch auch hier glücklich sein. Hier bei Yanardan. Ohne ihn kann ich mir ein Leben nicht vorstellen.«

»Das brauchst du auch nicht. Aber ich will eine gesunde Irit. Und ich will Kinder. Ich habe lange überlegt, und ich bin zu dem Schluss gekommen, dass es nur eine Möglichkeit gibt, wie du gesunden könntest: durch die Gnade Gottes. Ich bin kein großer Kirchgänger, und ich halte nicht viel von Gottes Vertretern auf Erden, jedenfalls von einigen, aber ich will an Gottes Allmacht und Barmherzigkeit glauben. Wir werden ins Morgenland pilgern, du, Yanardan und ich, wir werden nach Jerusalem reisen, der heiligen Stadt der Juden, Christen und Muselmane. Wir werden dort an der Klagemauer für deine Gesundung beten. Ich glaube fest daran, dass Gott uns erhören wird.«

»Oh, mein Liebster«, murmelte Irit. »Gott ist doch überall. Wenn der Erhabene, dessen Name gepriesen sei, es will, werde ich gesund. Auch hier auf dieser Insel.«

Lapidius hatte eigentlich nicht darüber sprechen wollen, aber nun sagte er es doch: »Diese Insel ist verflucht. Der Mörder, der auf ihr umgeht, ist noch immer auf freiem Fuß, und er wird es, wie es scheint, auch bleiben. Ich jedenfalls werde ihn nicht fangen können.« Er deutete auf seinen verletzten Oberarm. »Du siehst ja, was dabei herauskommt.«

Irit legte ihm den Finger auf die Lippen. »Pst, sag so etwas nicht. Ich glaube an die Kraft der Gerechtigkeit. Einer wird den Unhold zur Strecke bringen.«

»Das werde nicht ich sein.«

»Doch, mein Liebster, dieser eine bist du. Du bist kein Feigling, ich sagte es. Wer das Notwendige tut, obwohl er dabei Angst verspürt, ist tapferer als jemand, der tollkühn sein Leben aufs Spiel setzt. Ich weiß, du kannst es schaffen. Du wirst den Mörder unschädlich machen.«

Lapidius seufzte und dachte über ihre Worte nach. »Das ist leichter gesagt als getan«, meinte er dann. »Bevor ich dem Kerl das Handwerk legen kann, muss ich erst einmal wissen, wer es ist. Seit Tagen zermartere ich mir das Hirn darüber, doch ich bin keinen Schritt weitergekommen.«

»Denk noch einmal nach.«

»Ich fürchte, es ist zwecklos.« Lapidius ging zum wiederholten Mal im Geiste die Männer durch, die für die Morde nicht in Frage kamen. Der Letzte war Niklot gewesen. Niklot, der schroffe Fuhrmann mit dem Samariterherzen. Er war wie die anderen an jenem Tag auf dem Holzsteg gewesen, als Floor den Namen von Derkjes Mörder nennen wollte und dann jählings verstummte – weil sie ihn unter den Anwesenden entdeckt hatte. Aber wer war außer ihm da gewesen? Richtig, zwei oder drei Männer, die er damals wie heute kaum kannte. Und Yanardan, der ihn gebeten hatte, genügend Verbandsmaterial von Zwaanshoven mitzubringen. »Ich bin sicher, du wirst daran denken«, hatte er gesagt, »aber bitte sorge auch dafür, dass es ausreichend ist. Es gibt viele bei uns, die unter offenen Wunden leiden.«

Je länger Lapidius darüber nachdachte, desto genauer erinnerte er sich. Natürlich: Auch Pater Angelo war dabei gewesen. Er hatte Floor beiseitegedrängt und gerufen: »Da kann ich ja von Glück sagen, dass du noch nicht losgefahren bist, Lapidius!« Dann hatte der Pater von ihm verlangt, er möge Altarkerzen von Pfarrer de Kok in Zwaanshoven mitbringen sowie »genügend Leib und genügend Blut unseres gebenedeiten Herrn«. Und als er nicht gleich wusste, was damit gemeint war, hatte der Pater mit einigem Befremden erklärt, darunter seien die Oblaten und der Wein für die Feier des Abendmahls zu verstehen.

Lapidius grübelte weiter. Pfarrer de Kok … Irgendetwas verband sich darüber hinaus mit seinem Namen. Aber was?

Fettaugen! Richtig, jemand hatte gefordert, auf der Suppe, die seine Gemeinde regelmäßig den Aussätzigen zur Verfügung stellte, sollten künftig ein paar Fettaugen mehr schwimmen. Und dann hatte dieser Jemand noch von Fleiß, Askese und Bescheidenheit geredet, auf die es im Leben ankomme …

»Fruchard!«, rief Lapidius.

»Fruchard? Was ist mit ihm?«, fragte Irit.

»Er könnte es sein!«, stieß Lapidius aufgeregt hervor. »Fruchard war im Übrigen auch auf Derkjes Beerdigung, zu der Floor nicht kommen mochte, aus Angst, sie könnte dort dem Mörder ihres Jungen begegnen.«

»Bist du sicher?«

»Ganz sicher. Oder besser: Utenhove war es, als ich ihn nach den Teilnehmern fragte. Er konnte sich nicht mehr an alle Namen erinnern, aber Fruchard war auf jeden Fall dabei.«

»Ich kann mir nicht vorstellen, dass es Fruchard war. Théo ist ein tiefgläubiger Mann. Er würde nie im Leben gegen das Fünfte Gebot verstoßen und einen Menschen töten.«

»Meinst du wirklich?«

»Das meine ich. Théo ist kein Mörder.«

Lapidius seufzte und überdachte Irits Argument. »Nun, vielleicht hast du recht. Und trotzdem … Könnte es nicht genau umgekehrt sein? Ich meine, dass ihn seine tiefe Gläubigkeit zum Mörder werden ließ? Bedenke, sein Glaube ist so stark, dass ihm etwas Fanatisches anhaftet. Er ist ein Jünger Calvins, dem ich es zutraue, jeden gnadenlos zu bestrafen, der sich in seinen Augen nicht gottgefällig verhält.«

»Auf mich machte er immer einen ruhigen, gefassten Eindruck.«

»Ja, das stimmt. Gewöhnlich ist er freundlich und hilfsbereit. Er war es auch, der mir den Rat gab, mich mit der Bitte um ein Trinkgefäß an dich zu wenden, weil er wusste, wie geschickt du im Anfertigen von *botas* bist. Andererseits: Wenn ihm etwas gegen den Strich geht, ist er ein großer Hitzkopf.«

»Wenn dein Verdacht stimmt, müsste Théo der Liebhaber von Floor gewesen sein und den kleinen Derkje getötet haben. Aber der Kleine hat doch gewiss nicht Théos religiöse Gefühle verletzt?« Irit zweifelte noch immer.

Lapidius musste an das gemeinsame Fischetreten im Watt denken und daran, wie Fruchard angesichts seines Misserfolgs völlig die Beherrschung verloren hatte. *Merde, merde,*

merde!, hatte er mit wutverzerrtem Gesicht geschrien und dabei wie von Sinnen auf die Stelle im Watt eingetreten, an der zuvor der Butt gelegen hatte. Gut vorstellbar, dass er bei einem ähnlichen Wutausbruch den kleinen Derkje würgte und seinen Kopf am Türpfosten von Floors Hütte zerschmetterte, nachdem ihn der Junge durch sein ständiges Geschrei gereizt hatte. »Nein, das gewiss nicht«, sagte Lapidius nachdenklich, »aber Fruchard neigt zu bösem Jähzorn. Er hat zwei Seelen in seinem Leib. Er ist Engel und Teufel zugleich.«

»Und was ist mit Laurenssen? Was kann ihm der arme Laurenssen denn angetan haben?«

»Ich weiß es nicht«, musste Lapidius einräumen. Gedankenverloren liebkoste er Irits Gesicht. »Ich weiß es nicht«, wiederholte er. »Vielleicht hast du recht. Ich wüsste nicht, womit Laurenssen Fruchards Jähzorn entfacht haben könnte. Es sei denn …« Er hielt mitten in der Bewegung inne. »Es sei denn, nicht seinen Jähzorn, sondern seinen Zorn. Verursacht durch unsittlichen Lebenswandel! So gesehen hatte der fanatische Fruchard sehr wohl einen Grund, Laurenssen zu töten.«

»Und welcher Grund sollte das sein?«

Lapidius dachte an seinen Besuch bei dem lübischen Kaufmann, als er diesen mit geöffneter Hose antraf und nur Schnuckis buschiger weißer Schwanz zwischen seinen Beinen hervorstand. »Laurenssen trieb Unzucht mit seinem Hasen. Für einen Eiferer wie Fruchard wäre das mehr als ausreichend, ihn mit dem Tode zu bestrafen. Ihn und sein unschuldiges Tier.«

Irit erschauerte und schmiegte sich an Lapidius. »Dann hat Laurenssen wahrhaftig eine Todsünde begangen. Glaubst du, dass auch Lieke zu Fruchards Opfern zählt? Sie war doch nur eine alte, vom Aussatz schwer gezeichnete Frau?«

»Und sie war Logans Gefährtin.«

»Ja, ich weiß. Als die beiden zueinanderfanden, sprach die halbe Insel darüber, weil sie ein so ungleiches Paar abgaben. Höre, Liebster, könnte es nicht auch Logan gewesen sein? Du hast mir erzählt, er wäre seit Tagen verschwunden. Vielleicht versteckt er sich aus Angst vor Entdeckung?«

»Ganz auszuschließen ist es nicht.« Lapidius kramte in seinem Gedächtnis. »Aber damals auf dem Holzsteg war er nicht dabei. Das weiß ich genau. Und er war auch nicht Floors Geliebter. Nein, nein, ich glaube, er kommt nicht in Frage. Bleiben wir bei Fruchard. Wenn ich es recht bedenke, gab es für ihn einen ausreichenden Grund, auch die arme Lieke zu ermorden.«

»Welcher Grund könnte das sein?«

»Logan hat mir viel von Lieke erzählt. Er sagte, sie sei wunderbar gewesen, sie hätten viel am Feuer geredet, und es hätte ihnen gutgetan. Sie hätten sich gegenseitig gestützt und das Essen geteilt und zusammen gesungen, irische und holländische Lieder. Lieke wäre gern nackt am Strand spazieren gegangen, so wie Gott sie erschaffen hat, ohne Scheu, als wäre sie Eva aus dem Paradies. Bei dieser Gelegenheit hätte er sie auch kennengelernt.«

»Aber was hat das mit Fruchard zu tun?«

»Nun, ich denke, bei einem solchen Strandspaziergang hat auch Fruchard die arme Lieke beobachtet. Er hat sie nackt gesehen! Für einen fanatischen Glaubensstreiter wie Fruchard eine unerhörte Tat. Ein Verbrechen, das nur durch den Tod gesühnt werden konnte.«

»Er muss verrückt sein.«

»Ja, vielleicht ist er der eigentliche Verrückte auf dieser

Insel.« Lapidius lachte freudlos. »Und nicht der arme Laurenssen und auch nicht der rastlose, hochnäsige, stets in Eile befindliche Utenhove.«

»Küss mich vorher noch einmal.«

Lapidius küsste Irit. Er tat es lange und zärtlich und ohne einen Gedanken an die möglichen Folgen zu verschwenden, denn in diesem Augenblick fühlte er sich stark und unbesiegbar. Danach fragte er: »Was meintest du eben mit ›vorher‹, meine kleine Blume?«

Irit lachte leise. »Damit meinte ich, bevor wir einschlafen. Morgen wird für dich ein anstrengender Tag.«

»Anstrengend? Wie meinst du das?«

»Morgen wirst du Fruchard, den Mörder, stellen. Und ich werde stolz auf dich sein.«

Einundzwanzigster Tag

Samstag, 31. Oktober

Lapidius hatte tief und traumlos an Irits Seite geschlafen. Durch ihr Vertrauen in seine Stärke war eine große Ruhe über ihn gekommen. Und ruhig war er auch jetzt, da er mit langen Schritten über die Insel eilte. Ruhig und voller Zuversicht. Sein Ziel war die Hütte von Fruchard, in der er den Unhold anzutreffen hoffte. Während er kräftig ausschritt, zog er die Kopfbedeckung tiefer in die Stirn, denn der eisige Wind war noch stürmischer als an den vorangegangenen Tagen. Es war früh am Morgen, aber die tiefhängenden Wolken verdunkelten den Himmel, als wäre es Nacht. Da lag die Hütte schon. Auf dem Vorplatz flackerte unruhig ein Feuer. Fruchard saß daran und röstete einen Fisch am Spieß. Lapidius grüßte knapp.

Fruchard antwortete nicht. Seine ganze Aufmerksamkeit schien dem Fisch zu gelten. »Wir haben uns lange nicht gesehen, Lapidius«, sagte er nach einer Weile, und seine Worte klangen wie beiläufig.

»Das stimmt. Vielleicht liegt es daran, dass du mir aus dem Weg gegangen bist?«

Fruchard blickte auf. In seine Augen trat etwas Lauerndes. »Ich gehe nur ab und zu ins Watt, um einen Fisch zu fangen, mehr nicht.«

»Was du nicht sagst. Hast du den Butt selbst getreten?«

»Traust du mir das etwa nicht zu, Schellenknecht?«

»Doch, das tue ich«, antwortete Lapidius. »Ich traue dir

sogar noch viel mehr zu. Ich weiß ja, wie blindwütig du werden kannst, wenn dir etwas nicht passt.«

»Was willst du damit sagen?«

Lapidius reckte das Kinn vor. »Ich will damit sagen, dass du ein Mörder bist. Ein skrupelloser, gnadenloser Mörder!«

Fruchard drehte den Spieß nach links und nach rechts und begann plötzlich, lauthals zu lachen. »Was mir an deinem Satz nicht gefällt, ist die Wortwahl. Denn ich bin kein Mörder. Ich bin ein Forderer. Ein Forderer von Sühne, ein Vollstrecker von Strafe!«

Er ist tatsächlich verrückt, schoss es Lapidius durch den Kopf. Laut sagte er: »Und ich dachte immer, du seist Calvinist und hättest das Kredo: ›nur Christus‹, ›nur die Bibel‹, ›nur die Gnade‹ und ›nur der Glaube‹?«

Fruchard winkte ab. »Es heißt auch ›Auge um Auge, Zahn um Zahn‹, und das bedeutet, dass dem Gläubigen ein angemessener Schadensersatz zu gewähren ist, wenn seine Werte verletzt werden. Und meine Werte, die Werte Jesu, sind verletzt worden. Ja, Jesu selbst ist verletzt worden! Dafür gibt es nur eine Strafe: die Höchststrafe.«

»Du gibst die schrecklichen Morde, die auf der Insel geschahen, also zu?«

»Ich gebe zu, ein Sühneforderer und Strafvollstrecker zu sein.« Fruchard schlug sich an die Brust. »Ich gebe es zu, denn es ist gut, was ich getan habe. Ich gebe alles zu! Ja, ich habe dich nachts auf dem Friedhof beobachtet, als du das Grab neben Derkjes Grab öffnetest. Ja, ich fand es sehr ergötzlich, wie du da standest, vor Angst schlotternd angesichts der bleichen Knochenreste in der Gruft. Ja, ich habe kaum an mich halten können vor Lachen, als du danach wie ein kleiner Junge Reißaus nahmst.«

»Es ist genug.« Lapidius legte keinen Wert darauf, noch länger auf sein peinliches Verhalten hingewiesen zu werden.

»Auch der gestrige Überfall auf dich geht auf meine Kappe!«

»Es ist genug, sagte ich.«

»O nein, ich bin noch nicht fertig! Ja, ich habe Lieke und Laurenssen bestraft, denn sie waren Sünder, schandbare Häretiker, die das Wort Gottes mit Füßen traten. Ich dagegen bin ein Geretteter! Wer einmal von Gott gerettet wurde, so die Lehre Calvins, ist für immer gerettet, und es ist unmöglich, Gottes Gnade wieder zu verlieren. Ich, Théodore François Fruchard, wurde von Gott für das Heil auserwählt.«

»Soso, dann war der kleine Derkje wohl auch ein Sünder? Oder gar ein schandbarer Häretiker?«

»Nein, Derkje kam durch einen Unfall zu Tode. Ich wollte ihn nicht töten, aber warum musste der verdammte Bankert auch ständig so schreien!«

»Du hast Derkje getötet und anschließend in den Sumpf geworfen, um dich seiner zu entledigen. Er sollte für immer darin versinken, damit deine abscheuliche Tat nicht ruchbar würde. Aber die Rechnung ging nicht auf. Erst war ich es, der das Kind fand, später Jörk. Er nahm es an sich und verkaufte seine Leiche auf dem Festland, ebenso, wie er es mit den anderen armen Menschen tat, die du auf dem Gewissen hast.«

»Na und?« Fruchard blieb ungerührt. »Manche Dinge passieren eben.«

Das war zu viel für Lapidius. Voller Grimm rief er: »Du bist Abschaum, Fruchard! Du hast nicht nur das unschuldige Kind getötet, du hast anschließend deine Geliebte, die arme Floor, mit dem Tode bedroht, so dass sie vor Angst wie gelähmt war und nicht wagte, zur Beerdigung ihres eigenen Kindes zu gehen. Mittlerweile ist sie wirklich tot, weil sie sich das Leben nahm, und du, Fruchard, trägst auch daran die Schuld!«

»Kümmere dich um deinen eigenen Dreck.«

Lapidius holte tief Luft. »Ich kümmere mich um den Dreck, der auf dieser Insel geschehen ist, denn außer mir tut es keiner! Ich will dir sagen, was mit dir geschehen soll, Fruchard: Ich werde dich zum Festland hinüberschaffen und dich in Zwaanshoven der Gerichtsbarkeit übergeben. Ich bin gespannt, ob die Richter deine Meinung teilen, nach der du nur Gottes Willen durchgesetzt hast. Oder ob sie nicht vielmehr einen heimtückischen Mörder in dir sehen.«

Fruchard drehte den Spieß mit dem Fisch eine Weile hin und her, und Lapidius dachte schon, seine Worte hätten den Unhold beeindruckt, als dieser antwortete: »Deine Hoffnung, ich würde als Mörder verurteilt werden, ist ein Hirngespinst, Schellenknecht. Sie wird sich niemals erfüllen. Du scheinst zu vergessen, dass ich aussätzig bin. Die Krankheit hat mich ohnehin schon zum Tode verurteilt. Sie schützt mich, denn niemand kann zweimal sterben.«

»Ich werde dich hinüberschaffen, Gott ist mein Zeuge! Und dann wird sich zeigen, ob man einen Aussätzigen nicht rädern und vierteilen kann.«

Fruchard begann wieder zu lachen, und sein Lachen klang dreist und selbstsicher zugleich.

Lapidius hatte genug. Er hatte ruhig und besonnen bleiben wollen, doch nun spürte er, wie eine Welle des Zorns über ihm zusammenschlug. Er riss sein Fischermesser und einen Strick aus dem Gürtel und ging drohend auf Fruchard zu.

Dessen Lachen verstummte. »Das bringst du nicht fertig.«

»Das werden wir ja sehen!« Zum ersten Mal bemerkte Lapidius so etwas wie Unsicherheit in Fruchards Augen. »Steh auf und strecke deine Arme vor, damit ich dich fesseln kann. Anschließend werde ich dich nach Zwaanshoven hinüberrudern. Ich werde dich bei Henk Crassman, dem Scharfrichter, abliefern. Er wird dich einsperren, bis entschieden wurde, auf welche Art du getötet wirst. Bist du geständig, darfst du darauf hoffen, mit einem schnellen Schwerthieb geköpft zu werden. Leugnest du, wirst du auf der Streckbank landen und unter Qualen in die Länge gezogen werden. Vielleicht werden dir auch die Daumenschrauben angelegt, bis dir das Blut aus den Fingern quillt. Oder man zieht dir die spanischen Stiefel an. Es sind Stiefel von besonderer Passform, die noch jedem, der sie trug, die Schienbeine brachen.«

Lapidius hielt inne und wurde sich bewusst, dass ihm die Aufzählung der Folterwerkzeuge und ihrer Auswirkungen auf Fruchard durchaus gefiel. Er wusste, dass derlei Gedanken sich nicht für einen guten Christen ziemten, aber er wollte an diesem Tag kein guter Christ sein. »Nicht zu vergessen die Ziegenfolter, die Mundbirne und den Trockenen Zug.«

»Du kannst mir keine Angst einjagen, Schellenknecht«, zischte Fruchard.

»Bei der Ziegenfolter wird dir Salz auf die Fußsohlen gestrichen und von einer rauhen Ziegenzunge abgeleckt werden. Wieder und wieder, bis die Ziege auf deinen blanken Knochen angelangt ist. Die Mundbirne dagegen hat sechs Flügel und in der Mitte ein Gewinde mit Mutter. Sie wird mit dem dicken Ende zuerst zwischen deine Zähne gepresst werden, und je weiter man die Mutter anzieht, desto weiter werden sich die Flügel spreizen, bis deine Wangen platzen. Beim Trockenen Zug schließlich wirst du an deinen hinter dem Rücken gebundenen Händen in der Luft aufgehängt werden, so lange, bis deine sämtlichen Glieder ausgerenkt sind und du nur noch an deinen Sehnen baumelst. Ein wahrhaftes Vergnügen, wie ich dir versichern kann.«

Fruchard schwieg. Doch in seinen Augen glitzerte es.

»Hast du alles das überstanden, wird man dir das Büßerhemd überstreifen und eine Leiter in die Hand drücken, die du zum Scheiterhaufen tragen musst. Dort wird man dich auf die Leiter binden und sie an den Pfahl des Scheiterhaufens lehnen. Dann wird das Feuer entzündet werden, und es wird sich zeigen, wie ›gottgefällig‹ deine Taten waren, wenn am Ende die Aschesammlerinnen kommen, um aufzulesen, was von dir übrig ist.«

Während Lapidius voller Zorn sprach, hatte Fruchards Gesichtsausdruck sich mehr und mehr verändert. Aus Unsicherheit war Schrecken geworden, aus Schrecken Angst und aus der Angst Tücke. Statt die Arme vorzustrecken, damit er gefesselt werden konnte, riss er plötzlich den Spieß mit dem heißen Fisch hoch und stieß ihn Lapidius ins Gesicht. Lapidius taumelte, blind für einen Wimpernschlag, durchzuckt von einem heftigen Schmerz.

Dann traf ihn ein fürchterlicher Hieb. Er stürzte um wie ein gefällter Baum und verlor augenblicklich das Bewusstsein.

Lapidius schlug die Augen auf und sah nur Dunkelheit. Er blinzelte, was ihm große Schmerzen bereitete. Der Schmerz erinnerte ihn an Fruchards hinterhältigen Stoß mit dem Bratspieß. War er erblindet? Wo war er überhaupt?

Er versuchte, sich aufzurichten, und stieß mit dem Kopf gegen etwas Hartes. Es hörte sich an, als sei er gegen ein Stück Holz gekommen. Holz?

Wieder blinzelte Lapidius. Doch es half nichts. Um ihn herum herrschte schwärzeste Finsternis. Er schien irgendwo zu liegen, völlig allein. Nur der Schmerz war da. Fruchard, du heimtückischer Unhold, wohin hast du mich gebracht?

Lapidius begann, seine Umgebung abzutasten. Über ihm schien sich auf ganzer Länge ein Brett zu befinden. Ein Brett aus Holz. Unter ihm ebenfalls. Und an den Seiten auch. Was war das, in dem er lag? Ein Sarg vielleicht? Ein Sarg! Fruchard hatte ihn lebendig begraben.

Würgende Angst kroch in ihm hoch und schnürte ihm die Kehle zu. Er schlug um sich, wollte hinaus aus dem tödlichen Gefängnis, hinaus in die Freiheit, hinaus ans Licht, hinaus, hinaus … doch er schlug nur gegen Holz, bis ihm die Hände bluteten. »Fruchard, du Bestie, was hast du mit mir gemacht?«, schrie er. »Lauerst du da oben und erfreust dich an meinem Elend?« Wieder schlug er um sich. Er schlug und schrie und schrie und schlug, bis er völlig erschöpft war.

Und mit der Erschöpfung kehrte sein Verstand zurück. Er sagte ihm, dass alles Schreien umsonst sein würde. Wahrscheinlich befand er sich in einem Grab, und niemand konnte ihn hören. Niemand außer Fruchard, falls der noch in der Nähe war. Fruchard, dieser verrückte, irregeleitete Unhold …

Du musst stark sein, Lapidius!, ermahnte er sich. Denke an Irit und an das Glück, das du gefunden hast. Es darf nicht vorbei sein. Es muss weitergehen. Es wird weitergehen! Etwas anderes ist undenkbar.

Er zuckte zusammen. Etwas Nasses hatte ihn getroffen.

Es war von oben auf ihn herabgefallen. Ein Wassertropfen. Woher kam der Wassertropfen? Wieder ein Tropfen. Er klatschte ihm ins Gesicht und kühlte die Verbrennungen darin. Lapidius begann, den Sarg über seinem Kopf zu untersuchen. Ein Loch schien da im Holz zu sein, ein rundes, handbreites Loch, das an seiner Innenwand feucht war. Die Feuchtigkeit musste sich gesammelt und einen Tropfen gebildet haben. Aber woher kam die Feuchtigkeit?

Halt, da war noch etwas. Es fühlte sich dünn und länglich zwischen den Fingern an. Ein Faden? Was hatte ein Faden in dem Loch über ihm zu bedeuten? Lapidius' Hand tastete sich vor, und zu seiner Überraschung spürte er, wie das Loch sich nach oben weitete. Das Loch war nicht nur ein Loch, sondern ein Rohr! Und aus dem Rohr hing der Faden herab. Ohne darüber nachzudenken, zog Lapidius kräftig daran. *Pling-pling!*

Dieses Geräusch hatte er schon mehrmals gehört. Auf dem Friedhof war es gewesen, als er wissen wollte, wie viele der Gräber nur Scheingräber waren. Auch in der Ruine der alten Kapelle hatte er es vernommen. Irgendjemand musste es betätigt haben, und nur einer kam dafür in Frage: Fruchard, der Eiferer. Fruchard, der Unhold! Lapidius unterdrückte einen Fluch und zwang sich, ruhig zu bleiben. Klar schien, dass sich die Gruft, in der er lag, irgendwo im Bereich zwischen den Gräbern und der Kapellenruine befand. Und ebenso zweifelsfrei stand fest, dass es ein ganz besonderes Grab war. Eines, in dem sich der Beerdigte bemerkbar machen konnte. Wahrscheinlich mit einem Glöckchen, das sich am Ende des Fadens befand.

Das also war des Rätsels Lösung.

Wieder zog Lapidius. *Pling-pling … pling-pling.*

Und während er weiter an dem Faden zog, fiel ihm ein, was oftmals behauptet wurde: Nur unheimliche Wesen, so der Volksmund, nutzten solche Särge. Wesen, die man als Untote, Wiedergänger oder Nachlebende bezeichnete. Besonders geschätzt aber wurde diese Art Sarg von Hexen, die sich am Tage unsichtbar machen wollten. Nach ihnen nannte man die Art auch »Hexensarg«.

Pling-pling … pling-pling.

Bei Leichen in Hexensärgen, so hieß es, bedürfe es besonderer Anstrengungen, um den Tod sicher festzustellen. Man müsse ein Insekt, etwa eine Fliege, eine Mücke oder eine Bremse, in den Gehörgang setzen. Zeige der vermeintlich Tote dabei keine Regung, sei er tatsächlich tot. In Ermangelung eines Insektes könne man auch kaltes Wasser in beide Ohren gießen, was zwangsläufig ein Zucken der Augen zur Folge habe, sogar bei tiefster Bewusstlosigkeit. Ferner könne man die Hornhaut des Auges mit der Fingerkuppe berühren, dann würde sich bei einem noch Lebenden zwangsläufig das Augenlid schließen.

Pling-pling … pling-pling.

Eine weitere Methode bestünde darin, mit einem Messer in die Fußsohle zu schneiden. Der daraus entstehende Schmerz vermöge selbst Tote wieder zu erwecken. Ähnliches gelte für den Schmerz, der entstünde, wenn eine Hand mit der Innenfläche über ein offenes Feuer gehalten würde …

Ein seltsames, rumpelndes Geräusch, das an das Mahlen eines Mühlsteins erinnerte, unterbrach Lapidius' verworrene Gedanken. Das Geräusch war über ihm, kein Zweifel. Es schien durch das Rohr zu ihm nach unten zu dringen. Es wurde lauter und lauter, dröhnte in seinen Ohren, und er glaubte schon, ein Erdbeben würde sich ankündigen, als plötzlich grelles Licht in seine Augen fiel.

Er riss die Hände vors Gesicht und stieß einen Schreckenslaut aus. »Hab keine Furcht«, sagte eine Stimme freundlich zu ihm. »Es ist vorbei.«

Lapidius' Augen tränten. Er blinzelte, schirmte mit der Hand das Tageslicht ab und erkannte schließlich eine Gestalt über sich – Yanardan.

»Yanardan«, krächzte er, »bist du es wirklich? Dich schickt der Himmel.«

Der alte Arzt lächelte. Über seinem Kopf jagten dunkle Sturmwolken am Firmament dahin. Ein steifer Wind fuhr in seine weißen Haare und blies sie ihm vors Gesicht. Er strich sie zur Seite und sagte: »Genau genommen war es Irit, die mich schickte. Sie machte sich Sorgen um dich, nachdem du mehrere Stunden fort warst.«

»Irit – ich habe immer wieder an sie gedacht, während ich in dieser grässlichen Grube steckte, und es hat mir Kraft gegeben.« Lapidius setzte sich mühsam auf. Das Blut begann wieder, in seinen Adern zu zirkulieren. Als er sich halbwegs dazu in der Lage fühlte, ergriff er Yanardans ausgestreckte Hand und kletterte mit steifen Gliedern aus der Gruft. »Welch ein Glück, dass du das Glöckchen gehört hast«, sagte er erleichtert.

»Ich habe es gehört, mein Freund. Doch erst auf den letzten Schritten hierher.«

»Nanu, woher wusstest du dann, wo du mich finden würdest?«

Wieder lächelte Yanardan. »Ich wusste es nicht, aber ich habe es gesehen. Ich sehe manches, was andere nicht wahrnehmen.«

Lapidius beließ es bei der seltsamen Antwort. Er nahm

Yanardan in die Arme und sagte herzlich: »Ich danke dir für meine Rettung. Ich danke dir mehr, als Worte es ausdrücken könnten! Du ahnst nicht, was ich in dem Loch da unten durchgemacht habe.« Er betrachtete das Grab, das ihm fast zum Verhängnis geworden wäre. Eine Steinplatte hatte es bedeckt. Es war die Platte mit den drei eucharistischen Fischen in der Kapellenruine. Yanardan hatte sie zur Seite geschoben, wobei das rumpelnde Geräusch entstanden war. Lapidius erkannte, dass er sich mit einiger Mühe selbst hätte befreien können. Er hätte nur den Sargdeckel an einer Seite anheben und die Steinplatte beiseiteschieben müssen, mehr nicht. Doch wenn dem so war, wozu hätte es noch des Glöckchens bedurft, das von außen Hilfe herbeiholen sollte?

Die Antwort lag auf der Hand: So mancher Kranke befürchtete, als Scheintoter begraben zu werden. Ruhte er erst einmal sechs Fuß tief unter der Erde, nützte ihm alles Rufen und Klopfen nichts mehr. Schwach, wie er war, konnte er sich nicht selbst befreien, allenfalls an einem Faden ziehen und ein Glöckchen betätigen …

Lapidius' Augen suchten und fanden das kleine Geläut, das halb verborgen unter einem Sanddornbusch aufgehängt war. *Pling-pling* machte es leise, als er mit dem Finger dagegentippte. Und abermals: *Pling-pling*.

»Dein Klang ist nicht ohne Ironie, kleines Glöckchen«, murmelte Lapidius versonnen. »Fast wäre der Schellenknecht trotz all seines Schellens zugrunde gegangen.«

»Du grübelst zu viel, mein Freund«, sagte Yanardan sanft.

»Wahrscheinlich hast du recht.« Lapidius richtete sich auf. »Ich frage mich nur, wer ein solches Grab auf der Insel anlegen ließ.«

»Wir werden es nie erfahren. Doch die Insel war nicht

immer eine Insel der Todgeweihten. In früheren Zeiten, bevor die Heilige-Elisabeth-Flut sie überschwemmte, war sie viel größer. Es gab sogar ein Dorf auf ihr, mit Menschen, die nicht an Aussatz litten. Und nun komm. Verbanne die schweren Gedanken aus deinem Kopf. Irit wartet.«

»Ja«, sagte Lapidius, »ich komme.«

Zweiundzwanzigster Tag

Sonntag, 1. November, Allerheiligen

Der November machte seinem Ruf, der dunkelste und trübste der zwölf Monate zu sein, alle Ehre, als Lapidius sich an diesem Morgen aufmachte, Fruchard zu fangen und seiner gerechten Strafe zuzuführen. »Ich weiß, dass du es schaffen wirst«, hatte Irit ihm zum Abschied gesagt und ihn fest in die Arme genommen. »Pass auf dich auf.«

»Das werde ich«, hatte er versprochen und das Fischermesser an seinem Gürtel zurechtgerückt. Noch einmal wollte er sich nicht von Fruchard überrumpeln lassen. »Es wird Zeit, dass dieser Unhold von der Insel verschwindet.«

»Ja, das wird es. Damit wir alle wieder in Ruhe leben können.«

Yanardan hatte bei diesen Worten gelächelt und gesagt: »Suche ihn, wo du ihn am wenigsten vermutest, dann wirst du ihn finden. Und alles wird seinen Lauf nehmen.«

»Was meinst du damit?«, hatte Lapidius gefragt, aber der alte Mann hatte nur geantwortet: »Alles wird seinen Lauf nehmen. Und nun geh. Wir sehen uns bald wieder.«

Über diese seltsamen Worte dachte Lapidius nach, während er durch die Dünen streifte. Fruchard konnte überall auf der Insel sein. Am ehesten in seiner Hütte. Das war am naheliegendsten. Aber auch am unwahrscheinlichsten, wenn man Yanardans Andeutungen ernst nahm. Dennoch lenkte Lapidius als Erstes seine Schritte zu Fruchards Behausung. Als er dort eintraf, war das Feuer davor erloschen. Nur weißgraue Asche war noch übrig. Auch ein paar Fischgräten lagen herum. Sie mochten von dem Butt herrühren, den Fruchard sich am Spieß gebraten hatte.

Der Gedanke an den Spieß ließ Lapidius voller Ingrimm an den hinterlistigen Angriff auf ihn denken. Nein, noch einmal würde er sich nicht überrumpeln lassen!

Er drang in die Hütte ein, das Fischermesser in der Hand. Wie erwartet, war von Fruchard nichts zu sehen. »Der Vogel ist ausgeflogen«, murmelte er. »Ich hatte es mir schon gedacht.« Ohne sich besonders vorzusehen, rückte er Gegenstände und Möbelstücke hin und her, in der Hoffnung, einen Hinweis auf den Verbleib des Unholds zu erhalten. Doch das einzig Nennenswerte, was er fand, war ein abgegriffenes Buch, ein Psalter mit Glaubensversen und Wechselgesängen. Der fromme, verblendete Fruchard! Lapidius ließ das Buch liegen, wo es war, und verließ die Hütte.

Wo konnte er sonst noch suchen?

An einem Ort, wo er ihn am wenigsten vermutete, hatte Yanardan gesagt. Wo konnte das sein? Womöglich nicht auf der Insel, sondern auf dem Festland?

Lapidius eilte mit langen Schritten zum Hoek van Zwaanwaard, um am Holzsteg nach seinem Nachen zu sehen. Er lag noch da. Fruchard konnte sich also nicht über die Merwe davongemacht haben. Allerdings: Es gab noch einen zweiten Nachen – den von Jörk. Das Gefährt, mit dem der gewissenlose Landsknecht die Leichen nach Crimpen gebracht hatte!

Lapidius durchforschte das Schilf an der Stelle, wo er Jörks Nachen entdeckt hatte, doch er konnte das Gefährt nirgendwo aufspüren. Er beschloss, Jörk aufzusuchen. Auf seinem Weg über die Insel kam er am Versammlungsplatz vorbei. Pater Angelo stand hochaufgerichtet in der Mitte des Platzes und hielt eine flammende Predigt, um an diesem besonderen Tag alle Heiligen zu ehren. Es waren nicht viele Menschen, die ihm zuhörten, wahrscheinlich wegen des scheußlichen Wetters. Es war so stürmisch und eisig, dass die Kälte in alle Knochen kroch. Lapidius eilte weiter zu des Paters Hütte und hatte Glück. Er traf Jörk darin an. »Wo liegt dein Nachen?«, fragte er ohne Umschweife.

Jörk saß neben der Truhe mit den köstlichen Speisen und tat sich an einer Pastete gütlich. »Warum willst du das wissen?«, fragte er mit vollem Mund.

Lapidius ärgerte sich. Dieser Kerl saß hier und stopfte sich mit Speisen voll, während andere auf der Insel nichts hatten oder sich mit schmaler Kost begnügen mussten. »Sag mir einfach, wo er liegt«, antwortete er gereizt.

»Im Schilf.«

»Da habe ich schon nachgesehen.«

»Ich meine, im Schilf am Südwestufer, in der Nähe von Floors Hütte.« Jörk grinste. »Ist dein Nachen etwa leck? Soll ich dir vielleicht etwas mitbringen, wenn ich nächstes Mal zur Stadt rüberfahre?«

Lapidius schluckte seinen Ärger hinunter. Es würde Jörk nur freuen, wenn er ahnte, wie sehr sein Verhalten ihn erboste. »Wo ist Fruchard?«, fragte er.

»Fruchard?« Jörk biss ein großes Stück von der Pastete ab und schob ein Stück Weißbrot hinterher. Er kaute und schluckte und ließ sich mit der Antwort Zeit. »Bist wohl endlich drauf gekommen, dass er der Mörder ist?«, fragte er dann. »Hast wohl Angst, er könnte übers Wasser verschwinden?«

»Weißt du, wo er ist, oder nicht?«

Jörk lachte. »Fruchard hat mir gesagt, er wäre da, wo du ihn niemals finden wirst.«

»Wo ist das?«

»Dreimal darfst du raten.«

Lapidius musste sich beherrschen, um Jörk nicht an die Kehle zu springen. Dann hatte er einen Einfall. »Nun gut, ich gehe«, sagte er und machte auf dem Absatz kehrt. Draußen hielt er inne und steckte den Kopf noch einmal durch die Tür. »Ach, übrigens, der Pater verlangt nach dir. Er ist auf dem Versammlungsplatz.«

»Was will er denn?«, fragte Jörk, der schon auf dem nächsten Bissen herumkaute.

»Dreimal darfst du raten.«

»Werd bloß nicht witzig.«

»Beeile dich.« Lapidius ging rasch über den Vorplatz und verbarg sich in den angrenzenden Büschen. Wenig später beobachtete er Jörk, wie dieser sich auf den Weg zum Versammlungsplatz machte.

Kaum war der Landsknecht außer Sichtweite, betrat Lapidius abermals die Hütte. Hastig durchsuchte er alle Räume, aber seine Vermutung, Fruchard könne sich in einem davon versteckt halten, erwies sich als falsch.

Bei Hermes, wo konnte der Unhold nur sein?

Lapidius sagte sich, dass es so nicht weiterging. Er musste Methode in seine Suche bringen. Er musste das gesamte Eiland zielgerichtet durchkämmen. Am besten, indem er sich von Süden nach Norden vorarbeitete. Also stapfte er in die entsprechende Richtung und begann seine Suche erneut. Diesmal von der Südspitze aus.

Die erste Hütte auf seinem Weg war Floors Hütte mit dem Segeltuchdach. Nur dass die arme Floor nicht mehr darin wohnte, sondern Friggen. Die ehemalige Hure lag angekleidet auf dem Bett, als Lapidius die Behausung betrat. »Entschuldige, wenn ich dich geweckt habe«, sagte er zur Begrüßung.

»Haste nich'.« Friggen gähnte. Sie machte keine Anstalten aufzustehen. »Bei dem Wetter mag man keinen Hund vor die Tür jagen, nich'?«

»Äh, da hast du wohl recht.«

»Was willst du?«

»Ich bin auf der Suche nach Fruchard und wollte dich fragen, ob du weißt, wo er ist.«

»Fruchard? Kenn ich nich'. Wer soll'n das sein?«

Lapidius beschloss, Friggen nicht zu sagen, dass er einen Mörder suchte. Er wollte sie nicht beunruhigen. »Es ist nicht so wichtig«, sagte er. »Ich gehe dann wieder.«

»Von mir aus.« Friggen drehte sich auf die andere Seite.

Als Lapidius die Hütte verließ, rief sie ihm nach: »Ach, bevor ich's vergess: Bring nächstes Mal 'n anständigen Schluck aus der Stadt mit, hörste? Is' doch verdammt trocken auf so'ner Insel.«

Die nächste Hütte gehörte Niklot. Lapidius war ziemlich sicher, dass er Fruchard nicht bei dem mürrischen Fuhrmann antreffen würde, aber vielleicht konnte er einen Hinweis erhalten. »Ich habe keine Ahnung, wo Fruchard steckt«, knurrte Niklot in der Tür. »Was willst du von ihm?«

»Ich will ihn festnehmen«, antwortete Lapidius. »Er ist derjenige, der den kleinen Derkje, Laurenssen, Lieke und wahrscheinlich noch mehr von uns getötet hat.«

Niklot pfiff durch die Zähne. »Das ist ein schwerer Vorwurf. Bist du sicher?«

»Ganz sicher.«

»Nun ja, denkbar ist es. Fruchard war schon immer ein Eigenbrötler. Und aufbrausend ist er obendrein.«

»Würdest du mir helfen, ihn zu suchen?«

Niklot schüttelte den Kopf. »Ich kann nicht weg. Die da drinnen brauchen mich.«

»Ich verstehe.« Lapidius griff in seinen Mantel und förderte zwei große Weißbrote und ein Stück Wildpastete hervor. »Gib ihnen das.«

Niklot nahm die Speisen entgegen und blickte ihn fragend an.

Lapidius grinste. »Ein unfreiwilliger Gruß von Jörk.« Dann drehte er sich um und ging.

»Warte mal …«

»Ja?« Lapidius hielt inne.

»Danke.«

»Gern geschehen.«

Lapidius stemmte sich gegen den Wind, der womöglich noch stärker geworden war, und kämpfte sich weiter über die schmalen Inselpfade. Nach einiger Zeit hatte er das Buschwerk erreicht, das Pater Angelos Hütte umgab. Er zwängte sich hindurch und machte vor der Tür mit dem Kreuz aus Heidekraut halt. Seiner Schätzung nach konnten weder der Pater noch Jörk bereits wieder zu Hause sein. Sie waren sicher noch auf dem Versammlungsplatz. Eine willkommene Gelegenheit, sich noch einmal ungestört in den drei Zimmern umzusehen.

Wenig später verließ er enttäuscht die Hütte. Er hatte nicht den kleinsten Hinweis auf den Aufenthalt Fruchards gefunden. Nur die beiden blutig roten Armstümpfe des Paters hatten abermals achtlos auf der Kniebank gelegen, ein Umstand, der erneut Ärger und Empörung in Lapidius aufwallen ließ. Umso grimmiger war er entschlossen, seinen Weg fortzusetzen und Fruchard zu finden. Es gab ein paar armselige Hütten, die er bislang nur aus der Ferne gesehen hatte. Diese besuchte er jetzt. Er traf in ihnen ähnlich bedauernswerte Gestalten an wie in Niklots Behausung, doch waren die meisten von ihnen noch in der Lage zu gehen. Fruchard jedoch hatte keiner gesehen.

Die nächste Station seiner Suche wäre der Versammlungsplatz in der Mitte der Insel gewesen, aber da er schon von weitem erkannte, dass der Pater dort noch immer predigte, passierte Lapidius den Platz im Windschatten eines Dünenkamms, was ihm Gelegenheit gab, die Versammelten unbemerkt zu beobachten. Nein, Fruchard war nicht unter ihnen.

Der weitere Weg führte Lapidius an der Zisterne vorbei zur Hütte von Simon Utenhove. »Weißt du, wo Fruchard sich aufhält?«, fragte er den hochnäsigen Kaufmann aus Gent.

Utenhove machte sich an einer Angel zu schaffen und schien erfreut, ihn zu sehen. »Bist du schon zurück, Laurenssen?«, fragte er.

»Ich bin nicht Laurenssen, ich bin Lapidius.«

Der Kaufmann kniff die Augen zusammen, um Lapidius besser mustern zu können, dann rief er: »Natürlich, Laurenssen ist ja tot, und du hast ihn nach Lübeck gerudert. Ich hoffe, du konntest seine Verwandten über den schmerzlichen Verlust hinwegtrösten?«

»Jaja«, sagte Lapidius. Ihm fehlten Lust und Zeit für Erklärungen, die sein Gegenüber ohnehin nicht verstanden hätte. »Wo ist Fruchard?«

»Fruchard?« Utenhove zog die Stirn in Falten und nestelte an seinem schwarzen Gewand herum. »Wenn mich nicht alles täuscht, in der Zisterne.«

»In der Zisterne?«

»Ja, wo denn sonst!« Utenhove lachte überlegen. »Ich sag dir was: Das hier ist Laurenssens Angel. Ein sehr erfolgreiches Gerät, wie ich dir versichern darf. Damit fischen wir ihn uns heraus. Vielleicht sollten wir eine Bibel als Köder dranhängen, so fromm, wie der Kerl ist. Hast du eine Bibel?«

»Nein, ich ...«

»Ich auch nicht. In meiner Familie kriechen wir nicht vor der Kirche zu Kreuze. Dafür fehlt uns allen die Zeit. Sag, was willst du eigentlich von Fruchard?«

»Nichts«, sagte Lapidius und ging. Er beschloss, dem Wrack einen Besuch abzustatten, und nahm im selben Augenblick Abstand von seinem Vorhaben. Das Wrack würde kaum aus dem Wasser herausragen, denn die Flut stand kurz vor ihrem Scheitelpunkt. Selbst die Nord- und die Süddüne erschienen ihm bereits viel flacher als gewöhnlich. Wohin sein Blick auch ging, überall schickte das Meer krachende Brecher an den Ufersaum der Insel.

Den Weg zum Wrack konnte er sich sparen. Doch vielleicht konnte er Logan an seinem Lieblingsplatz antreffen? Dort, wo er ihm das Mundstück seines Dudelsacks ins Gras gelegt hatte?

Lapidius verschränkte die Arme vor der Brust, um dem heulenden Sturm weniger Angriffsfläche zu bieten, und marschierte los. Nach wenigen Schritten kam er an dem ausgetrockneten Brunnen vorbei. War der Brunnen ein Versteck für Fruchard? Jedenfalls war es eines, auf das man nicht so leicht kam. Ich werde nachsehen, nahm er sich vor.

Er schwang die langen Beine über den Brunnenrand und begann vorsichtig, über die an der Innenmauer eingelassenen Stufen hinabzusteigen. Je weiter er vordrang, desto dunkler wurde es. Als er schließlich spürte, dass es nach unten nicht weiterging, blieb er stehen und wartete, bis seine Augen sich an die Dunkelheit gewöhnt hatten. Was er sah, war nicht viel. Einen sandigen Grund, der modrig roch, und ein paar Muscheln, bei denen es sich wahrscheinlich um Herzmuscheln handelte. Und einen Stein. War es der Stein, den er damals hinuntergeworfen hatte, um festzustellen, ob der Brunnen Wasser führte? Vielleicht. Auf jeden Fall war sein Unterfangen ergebnislos verlaufen. Wieder einmal.

Lapidius seufzte und machte sich an den Aufstieg. Oben angelangt, riss es ihm fast den Kopf zur Seite, so stark war mittlerweile der Wind geworden. Er musste Orkanstärke erreicht haben. Regentropfen trafen ihn wie Nadelstiche ins Gesicht. Das nahe Meer dröhnte. Lapidius dachte an Irit und schwor sich, nicht aufgeben zu wollen. Sie glaubte an ihn, und diesen Glauben durfte er nicht enttäuschen.

Er kämpfte sich Schritt für Schritt voran, denn der Wind kam jetzt direkt aus Westen. Es war so gut wie aussichtslos, Logan bei diesem Wetter an seinem Lieblingsplatz im Gras anzutreffen, aber es musste versucht werden. Logan war viel auf der Insel herumgekommen, er lebte schon lange hier. Vielleicht wusste er mehr als andere über Fruchard.

Doch Logan war nicht an seinem Platz. Natürlich nicht. Er schien sich in Luft aufgelöst zu haben. Lapidius schluckte seine Enttäuschung hinunter und nahm die Suche wieder auf. Er ließ die Süd- und die Norddüne zu seiner Linken hinter sich und kam nach kurzer Zeit zu Yanardans und Irits Hütte. Für einen Augenblick war er versucht, hineinzugehen und sich aufzuwärmen, aber das wäre ein Zeichen der Schwäche gewesen, und schwach wollte er nicht sein. So strebte er wieder nach Norden, erkannte zu seiner Rechten hinter Regenschleiern den Hoek van Zwaanwaard, ging weiter und weiter und gelangte zum Friedhof der Todgeweihten und zur Kapellenruine. Es war keine Stätte, die er in guter Erinnerung hatte, deshalb ließ er sie rasch hinter sich und erreichte schließlich die alte, durch eine Wanderdüne halb versandete Mühle. Es war die letzte Möglichkeit, Fruchard aufzuspüren. Eine andere gab es nicht. Er hatte alles bis ins Kleinste untersucht und bedacht, viele Menschen befragt und immer wieder sein Hirn zermartert, wo der Unhold sich verbergen könnte. Er musste in der Mühle sein. Etwas anderes war nicht denkbar.

Mit äußerster Wachsamkeit kroch Lapidius über die Sandverwehungen durch das Loch, das einmal die Tür gewesen war, dabei heftig blinzelnd, denn der Wind trieb ihm immer wieder Sand in die Augen. Im Inneren des verfallenen Gebäudes konnte er wieder einigermaßen sehen. Doch was er erblickte, war wiederum Sand, nichts als Sand. Er türmte sich mannshoch an den morschen Wänden empor und wirkte wenig einladend. Hatte Fruchard sich im Sand eingegraben, um sich vor ihm zu verstecken?

Ein raschelndes Geräusch ließ Lapidius zusammenfahren. Was war das? Es hatte sich angehört, als käme es von oben. Sein Blick wanderte hinauf in die Dunkelheit des Gebälks, dorthin, wo früher einmal der Steinboden gewesen war. Fruchard, du Unhold, hockst du da oben zwischen Stangen und Kammrädern? Fürwahr, das wäre ein prächtiges Versteck! Aber nicht gut genug, um dich nicht zu fassen!

Ohne nachzudenken, begann Lapidius, die Treppe zum Steinboden zu erklimmen, packte dort oben einen verwitterten Querbalken und hangelte sich weiter daran empor. Die Kletterei bereitete ihm wegen seines verletzten Arms Schmerzen, doch er scherte sich nicht darum. Ein Gewirr aus staubbedeckten Rädern, Stangen und sonstigen Teilen empfing ihn, ein Gewirr, in das er kaum hineinsehen konnte, geschweige denn hineinsteigen. »Fruchard, komm heraus, ich weiß, dass du da drinsteckst!«, rief Lapidius. »Komm heraus, wenn du kein Feigling bist!«

Wieder raschelte es. Das Geräusch kam von einer Stelle schräg über Lapidius' Kopf. Um etwas zu erkennen, war es zu dunkel, aber genau dort musste Fruchard sitzen.

Lapidius frohlockte. Er spürte das Fischermesser in seinem Gürtel und machte sich kampfbereit, als ihn unvermittelt ein heftiger Stoß traf. Er verlor das Gleichgewicht, ruderte mit den Armen, suchte Halt, fand ihn nicht und fiel zehn Fuß hinunter in die Tiefe. Sein Glück war, dass er im Sand landete, so dass er sich nichts brach. Er wollte sich aufrappeln, aber das ging nicht. Plötzlich wurde aus dem Rascheln ein Rauschen, ein Schlagen, ein gewaltiges Flattern, und Dutzende aufgeschreckter Fledermäuse umkreisten ihn, flogen dicht über den Boden und verließen die Mühle zielstrebig durch die halb versandete Tür.

Lapidius saß da und kam sich dümmer vor als der dümmste Tor. Er hatte einen Mörder stellen wollen, zu diesem Zweck die ganze Insel nach bestem Wissen abgesucht und dennoch nichts erreicht. Nichts, außer ein paar Fledermäuse aufzuschrecken.

Es dauerte geraume Weile, bis er in der Lage war, sich die Niederlage einzugestehen. Sie war endgültig. Er hatte auf ganzer Linie versagt. Er würde Irit nie wieder unter die Augen treten können.

Am liebsten wäre er einfach in der morschen Mühle sitzen geblieben, doch der Wind heulte und toste so sehr durch das altersschwache Gebälk, dass die hölzerne Konstruktion jederzeit über seinem Kopf zusammenbrechen konnte. Es half nichts. Er musste den schweren Gang antreten und Irit seinen Misserfolg beichten. Mit bleiernen Gliedern erhob er sich und kroch durch die Tür hinaus ins Freie. Er wollte sich aufrichten und wurde augenblicklich umgeworfen. Der Orkan hatte ihn wie eine Faust getroffen.

Mühsam richtete er sich wieder auf. Machte sich klein, um den tosenden Winden kein Ziel zu bieten, und kämpfte sich zurück nach Süden.

Nach hundert Schritten erkannte er vor sich eine schattenhafte Gestalt, die heftig winkte. Konnte das Fruchard sein? Lapidius blieb unschlüssig stehen.

»Lapidius!«

Der Ruf drang schwach durch das Heulen des Orkans zu ihm herüber. Es war nicht Fruchards Stimme. Irit war es, die da rief. Irit?

»Oh, Liebster!« Sie fiel ihm taumelnd in die Arme. »Ich habe mir solche Sorgen um dich gemacht. Wo warst du nur die ganze Zeit?«

»Ich habe versagt!«

»Was sagst du da?«

»Versagt habe ich!«

Sie schüttelte den Kopf.

Er berichtete von seiner erfolglosen Jagd, stockend, manchmal unverständlich, weil der heulende Wind viele seiner Worte forttrug. Als er fertig war, rief Irit: »Du hast nicht versagt! Fruchard ist vor dir geflohen, er hat den offenen Kampf gescheut. Ich bin sicher, er wird es nicht wagen, noch einmal zu morden. Deine Beharrlichkeit hat gesiegt. Ich wusste, dass ich stolz auf dich sein würde.«

»Ich komme mir so lächerlich vor.«

»Du bist nicht lächerlich. Du bist stark! Yanardan hat gesagt, alles wird sich zum Guten wenden. Ich glaube ihm. Ich kenne ihn.«

»Wo ist er überhaupt?«

»Er sucht dich auch. Ich weiß nicht, wo er steckt. Lass uns nach Hause gehen.«

Sie hakte sich bei ihm unter, und sie stemmten sich gemeinsam gegen den Wind. Als sie auf Höhe der Kapellenruine waren, schien der Orkan für einige Herzschläge innezuhalten, gleichsam, um neue Kraft zu sammeln, und in die trügerische Ruhe hinein hörten sie ein heftiges *Pling-pling*.

Lapidius blieb wie angewurzelt stehen und rief: »Das Glöckchen des Hexensargs!«

»Was bedeutet das?«, fragte Irit.

»Ich weiß es nicht. Vielleicht hat es der Wind zum Klingen gebracht?« *Pling-pling … pling-pling-pling-pling-pling …*

Irit rief: »Nein, dieses Schellen klingt anders. Es klingt regelmäßiger, so regelmäßig, wie kein Wind ein Glöckchen je betätigen könnte!«

»Fruchard!«, entfuhr es Lapidius. »Sollte Fruchard sich in den Hexensarg geflüchtet haben?« Sein Blick wanderte hinüber zu der Stelle, wo die Steinplatte mit den drei eucharistischen Fischen lag. Wenn Fruchard diesen Fluchtort gewählt hatte, musste er die Steinplatte selbst über sich geschlossen haben. Wahrlich ein Versteck, auf das man nicht kommen konnte, weil es viel zu naheliegend war. Genial erdacht. Aber auch töricht. Denn das halbe Grab war schon mit Flugsand bedeckt. Fruchard, damit hattest du nicht gerechnet! Du hast es verstanden, mich und viele andere auf der Insel zu täuschen, indem du ihnen den frommen Calvinisten vorspieltest. Dabei bist du gar nicht fromm. Du bist fanatisch und böse. Und schlau. Jedenfalls glaubtest du, es zu sein. Aber du warst nicht schlau genug, denn du hast dich in eine Lage gebracht, aus der du dich nicht mehr selbst befreien kannst! *Pling-pling-pling-pling-pling …*

Irit rief: »Wir müssen ihn da herausholen!«

Lapidius war hin- und hergerissen. Sollte er seinen ärgsten Widersacher wirklich befreien? Sollte er einen Mörder retten? Noch immer stieg die Sturmflut unaufhaltsam. Auf ihrem höchsten Stand würde sie den gesamten Friedhof samt Kapellenruine überflutet haben. Spätestens dann würde Fruchard ersaufen wie eine Ratte.

»Wir können ihn nicht ertrinken lassen!«, rief Irit.

»Aber es bleibt keine Zeit, ihn zu retten!«, hielt Lapidius ihr entgegen. »Wir müssen fort von hier, jetzt gleich, dies ist der tiefste Punkt der Insel!«

»Ich werde ihn befreien.« Wie aus dem Nichts stand Yanardan plötzlich vor ihnen. Wie immer lächelte er, und wie immer sprach er mit ruhiger Stimme: »Macht euch keine Sorgen, lauft nur schon vor. Lauft zum Holzsteg, wo der Nachen liegt. Er ist die einzige Rettung, die bleibt.«

Lapidius und Irit zögerten. Doch Yanardan war bereits auf dem Weg zur Ruine und winkte ihnen noch einmal zu.

»Er lässt uns keine Wahl«, sagte Lapidius, und kaum waren seine Worte verklungen, brach das Inferno um sie herum erneut aus.

Sie hakten sich abermals unter, zogen die Köpfe ein, schoben die Schultern nach vorn und kämpften sich nach Osten über die Insel. Sie begegneten Menschen, von denen Lapidius glaubte, sie noch nie gesehen zu haben. Es waren armselige Gestalten, tief vermummt, in zerlumpter Kleidung, humpelnd an Krücken, krank auf den Tod und doch auf der Flucht. Auf der Flucht vor der alles vernichtenden Flut.

Sie stolperten weiter und immer weiter, schon lange sprachen sie kein Wort mehr miteinander. Sie brauchten den Atem zum Laufen, zum Überleben. Als sie endlich mehr tot als lebendig am Steg ankamen, galt Lapidius' erster Blick dem Nachen. Gottlob, er lag noch da, auch wenn er wie wild geworden an der Bugleine zerrte. Lapidius' zweiter

Blick galt Yanardan. Wo blieb der alte Arzt nur? »Siehst du Yanardan?«, rief er Irit zu.

Sie schüttelte wild den Kopf. »Nein, ich sehe ihn nicht!«

Flugsand wehte mit unvorstellbarer Geschwindigkeit über die Insel, raste über die Dünen, türmte sie auf zu neuen bizarren Formationen. Das Meer brüllte. Der Orkan dröhnte wie tausend Orgeln. Wie mit Peitschen schlug er das Schilf und bog es bis aufs Wasser hinunter. Lapidius und Irit konnten sich kaum noch auf den Beinen halten.

»Yanardan, wo bist du? Yanardan …? Yanardan …?« Irit rief verzweifelt nach dem geliebten alten Mann, schluchzte und schlug die Hände vors Gesicht.

Dann sah Lapidius die Wellen. Es waren drei gewaltige, aufeinanderfolgende Brecher, Wassermassen, hoch wie Berge, die von Westen her auf die Insel zurasten. Es blieb keine Zeit. Wenn sie die Insel erreichten, würden sie alles Land und alles Leben darauf verschlingen.

»Wir müssen fort!«, rief Lapidius. »Wir können nicht länger warten! Der Nachen und der Fluss sind unsere einzige Rettung. Vertrau mir. Ich bringe uns hinüber nach Zwaanshoven, hinüber zu den rettenden Deichen!«

Irit rief verzweifelt: »Nein!«

»Doch, es muss sein!«

»Nein!«

Lapidius achtete nicht auf sie. Mit letzter Kraft hob er sie in den Nachen. Dann stieß er ab. Augenblicklich riss der Strom das Gefährt mit sich fort, der Orkan aus Nordwesten zwang es wie mit einer Riesenfaust in südliche Richtung und machte eine Überfahrt zur Stadt unmöglich. Wie eine Nussschale tanzte der winzige Nachen auf den tosenden Wellen. Schon verschwanden Deiche, Dächer und die Türme von St. Vitus und St. Johannis. Rechts tauchte hinter

Gischt und Regenschleiern der Swindrechtswaard auf, dann das Leuchtfeuer von Swindrecht, verschwommen die Stadt Dordrecht, der Tijsselinswaard, der Groote Waard …

Lapidius und Irit kauerten am Boden des Gefährts, fest aneinandergeklammert. Zwei hilflose Menschen inmitten der tosenden Gewalten, einsam, frierend, betend, bis auf die Haut durchnässt. So trieben sie dahin und verloren jegliches Gefühl für die Zeit.

Irgendwann jedoch – Stunden mochten vergangen sein –, als ein fahler Sonnenstrahl für kurze Zeit durch das finstere Gewölk brach, richtete Lapidius sich auf, stemmte sich gegen den Orkan und rief ihm mit aller Kraft etwas entgegen. Er rief es wieder und wieder, bis Irit ihn trotz des Höllensturms verstand.

Er rief: »Auf nach Jerusalem!«

Epilog

Niemand auf Zwaanwaard überlebte die Sturmflut, die später einmal die »Große-Allerheiligen-Flut« genannt werden sollte. Niemand außer Logan, der sich aus Kummer über den Verlust von Lieke ins dichte Schilf zurückgezogen hatte und sich am Tage der Katastrophe auf den höchsten Punkt der Insel, die Norddüne, rettete. Doch auch er wäre jämmerlich umgekommen, wenn er nicht seinen Dudelsack gehabt hätte. Die Missklänge, die er seinem Instrument entlockte, hörte man über eine Meile entfernt auf der anderen Seite der Merwe und schickte Hilfe aus der Stadt.

Die Insel selbst war bis auf eine Sandbank vollständig verschwunden. Das Meer hatte sie sich geholt – sie und alles Leben darauf. Als Erstes wohl Fruchard, den blindwütigen Eiferer, der hilflos in seinem selbstgewählten Erdversteck lag. Der Hexensarg war ihm zum Verhängnis geworden.

Yanardan, der großmütig versucht hatte, Fruchard zu retten, wurde ebenso von den Fluten verschlungen wie der schroffe Niklot, der hochnäsige Utenhove, die trunksüchtige Friggen und all die anderen Kranken. Unter den Toten waren auch der scheinfromme Pater Angelo und sein Gehilfe Jörk, der gewissenlose, ewig lachende Landsknecht, der sich Onbekend genannt hatte.

Und Naamloos? Naamloos überlebte, denn er war kein Inselbewohner. Er besaß ein bescheidenes Haus in Zwaanshoven. Es handelte sich um niemand anderen als Mickels, die miese, kleine Spinne. Mickels, dessen Stirnbandbrille beim nächtlichen Kampf mit Lapidius zerbrochen war. Er hatte werden wollen wie die Herren Räte, denen er täglich diente, er hatte reich werden wollen wie sie, indem er die von Onbekend gelieferten Leichen an einen Mittelsmann des Hospitaals op de Rotte verkaufte. Wie viele Leichen insgesamt durch seine schmutzigen Hände gegangen waren, sollte für immer ein Rätsel bleiben, denn Mickels' Taten blieben unentdeckt. Er arbeitete weiter im Rathaus, als sei nie etwas geschehen – nach unten tretend, nach oben katzbuckelnd.

Beenakker, der Bürgermeister, sah in der Katastrophe zunächst mehr ein Glück als ein Unglück, denn er war das Insel-Leprosorium, das für ihn ein einziges Sündenbabel darstellte, endlich losgeworden. Allerdings konnte er sich nicht lange an diesem Umstand erfreuen, denn bei der nächsten Wahl wurde er abgewählt, und van Vliet trat seine Nachfolge an.

Smit, der Stadtmedicus und Anhänger der Zergliederungskunst, überlebte ebenfalls, wie überhaupt die meisten Einwohner von Zwaanshoven mit heiler Haut davonkamen. Sie überlebten, weil die Insel der Todgeweihten den Riesenwellen einen Großteil ihrer Kraft genommen hatte und dadurch die Deiche hielten. Allerdings musste Smit seine Vorlesungen in Rotterdam für einige Zeit unterbrechen, da der Hörsaal des Hospitaals op de Rotte zerstört worden war. Doch das kümmerte ihn nicht weiter, da er ohnehin nach Heidelberg zu gehen beabsichtigte, wo ein freierer Geist für seine Forschungen herrschte. Ob er seine Vorträge unter Zuhilfenahme der Leichen von Zwaanwaard gehalten hatte, sollte niemals ans Licht kommen. Ebenso wie niemals geklärt wurde, ob eine Verbindung zwischen ihm und Mickels bestanden hatte.

Crassman, der hilfsbereite Scharfrichter, der das Hospitaal op de Rotte in gleicher Weise mit toten Körpern versorgt hatte, um sein schmales Salär aufzubessern, wurde ebenfalls ein Opfer der Fluten. Denn sein Haus lag außerhalb der Stadt vor den schützenden Deichen. Es hieß, in seinem letzten Stündlein habe er die Linde umklammert, die er am Grab seiner Frau und seines Sohnes gepflanzt hatte. Mit ihm ertranken sein treuer Wotan und sämtliche anderen Tiere.

Frans, der Wirt, brauchte viele Wochen, das *Tien Flesje* wieder aufzubauen, denn große Teile der Grootebrug, die über die Alblas führte, waren auf das Dach seines Wirtshauses geschleudert worden. Er war der Einzige, der manchmal noch an Lapidius dachte. Immer dann, wenn er die guten Zinnbecher absandete.

So hatte jeder sein eigenes Schicksal durch die Sturmflut erfahren, was sicher auch für Lapidius und Irit galt. Doch man hörte nie wieder etwas von ihnen. Nur die Kunde, ein schiffbrüchiger Mann und seine Frau seien nach dem Inferno viele Meilen südlich der Stadt Brügge ans Ufer getrieben worden, drang irgendwann nach Zwaanshoven.

Doch kaum jemand nahm davon Notiz.

Ein Nachwort
für den interessierten Leser

Zwaanshoven, die Stadt, die ihren Namen einem Schwanenpaar verdankte, hat nie existiert. Wohl aber das Flüsschen Alblas, das im sechzehnten Jahrhundert in die Merwe mündete und noch heute so heißt. Aus der Merwe wurde mittlerweile der Fluss Noord, und an der Stelle, an der ich Zwaanshoven ansiedelte, steht heute die Stadt Alblasserdam. Sie hat rund zwanzigtausend Einwohner, führt einen Löwen im Wappen und ist ein bedeutender Industriestandort für die Rheinschifffahrt und den nur wenige Kilometer entfernten Hafen von Rotterdam.

Man sieht, Alblasserdam hat außer dem Flüsschen Alblas kaum etwas mit Zwaanshoven gemeinsam.

Warum habe ich dann diesen Ort als Schauplatz für meinen Roman gewählt?

Um das zu erklären, muss ich etwas ausholen: Wie meine Leser wissen, gebe ich meinen Büchern gern einen medizinischen Hintergrund, wobei es mir wichtig ist, immer wieder ein neues, noch nicht behandeltes Feld zu finden und darüber zu erzählen. Deshalb war ich froh, den Aussatz, auch Lepra genannt, als Thema entdeckt zu haben. Der Aussatz war in früheren Zeiten wie die Pest eine unheilbare Krankheit, die unsagbares Leid über die Menschen brachte.

Im Rahmen meiner weiteren Recherchen stieß ich auf die sogenannten Leprosorien. Das waren Häuser für

Aussätzige, in denen die Kranken unter klosterähnlichen Bedingungen streng isoliert wurden. Man nannte die Leprosorien auch Siechenhäuser, Kottenhäuser oder Gutleutehäuser. Es gab sie zu Hunderten in ganz Europa.

In einer solchen Umgebung sollte dieser Roman spielen. Nur nicht in einem Haus, sondern auf einer Insel.

Eine Insel als Leprosorium, auf der schon wegen ihrer Größe keine strengen Regeln durchsetzbar waren, auf der neben großer Not auch Willkür und Gesetzlosigkeit herrschten – das schien mir die ideale Voraussetzung für einen spannenden historischen Roman zu sein.

Doch wo gab es eine solche Insel?

Ich studierte Karten und Atlanten und kam zunächst nicht recht voran. Selbst in den großen Flüssen wurde ich nicht fündig. Sie waren zu schmal für meine Insel. Also, so schlussfolgerte ich, musste es ein Flussdelta sein – das Rheindelta.

So landete ich bei meiner Suche im Süden der Provinz Holland. Auf einem Stich aus dem fünfzehnten Jahrhundert entdeckte ich in der Rheinmündung die Merwe, die Waarde und die weitere Umgebung mit den Städten Crimpen op de Merwede (heute: Krimpen aan de Lek), Riederkerk (heute: Ridderkerk) und Dordrecht. Und je mehr ich entdeckte, desto besser gefiel mir der Schauplatz. Ich erfand die Stadt Zwaanshoven und die davor in der Merwe gelegene Insel Zwaanwaard, die »Insel der Todgeweihten«. Ich erfand Straßen und Plätze, Kirchen und Kapellen, ersann Wege, Dünen und Ruinen.

Das Einzige, was mir am Ende noch fehlte, war ein geeigneter Protagonist. Ich fand ihn in Lapidius, dem Jünger der Alchemie, der schon in meinem Roman »Hexenkammer«

die herausragende Rolle spielte. Er sollte zum Dreh- und Angelpunkt der Geschehnisse werden.

So war irgendwann alles beisammen, alles, außer der Geschichte selbst. Sie zu erfinden und niederzuschreiben, machte mir diesmal besondere Freude.

Ich hoffe, Sie haben ein wenig davon gespürt.

Dank

Ich danke zuerst meiner Frau, die mich in gewohnt kreativer und intensiver Weise unterstützte. Sie war es, mit der ich bereits im Jahre 2011 die ersten Ideen für »Hexensarg« entwickelte. Die Arbeit fand in unserem dänischen Ferienhaus statt, einem Ort, wie er passender nicht sein konnte, denn Flora und Fauna an der jütländischen Küste entsprechen weitgehend jener im holländischen Rheindelta.

Mein besonderer Dank gilt außerdem meinem Verleger Hans-Peter Übleis, der die Idee von »Hexensarg« spontan unterstützte und das Projekt wie immer mit Rat und Tat begleitete.

Schließlich, so denke ich, ist es an der Zeit, auch einmal den vielen klugen und kundigen Köpfen zu danken, die hinter Wikipedia, dem kostenlosen Internet-Lexikon, stehen. Ohne ihr Wissen hätte jeder Autor von historischen Romanen es bedeutend schwerer.

Wolf Serno,
im September 2015

Zwaanwaard

Die Insel der Todgeweihten

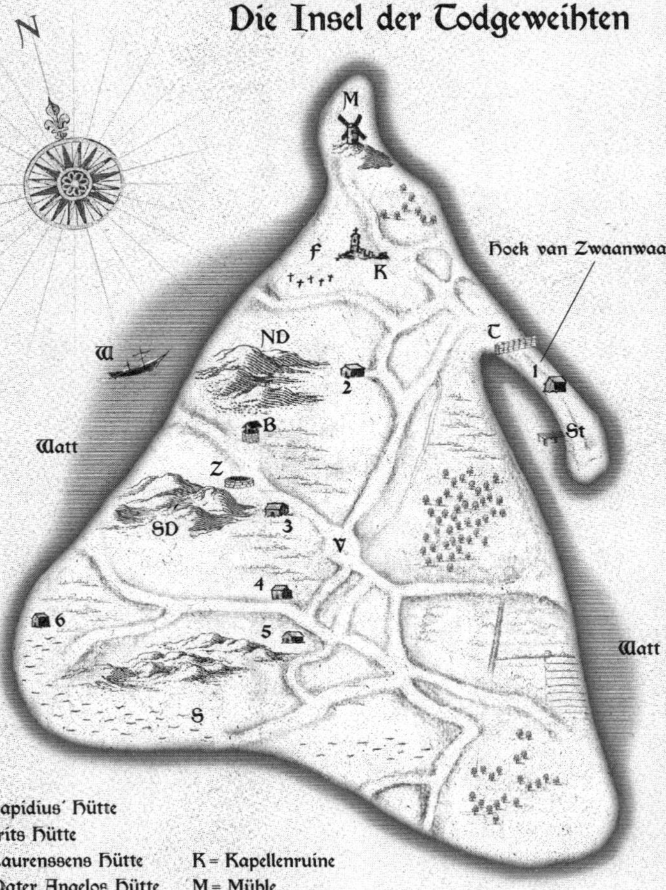

1 = Lapidius' Hütte
2 = Irits Hütte
3 = Laurenssens Hütte
4 = Pater Angelos Hütte
5 = Niklots Hütte
6 = Floors Hütte
B = Brunnen
F = Friedhof

K = Kapellenruine
M = Mühle
ND = Norddüne
SD = Süddüne
S = Sumpf
St = Steg

T = Trennmauer
W = Wrack
V = Versammlungsplatz
Z = Zisterne

Zwaanshoven

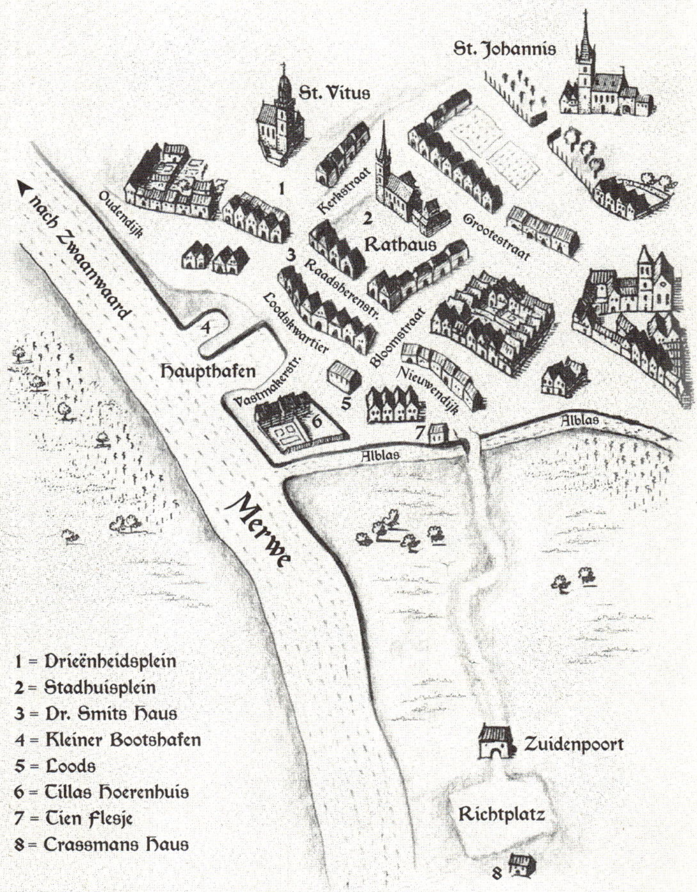

Historische Spannung vom Meister des Genres

WOLF
SERNO

HEXENKAMMER

ROMAN

Kirchrode im Harz im Jahre 1547: Die Kräuterhändlerin Freyja steht unter einem schrecklichen Verdacht: Sie ist der Hexerei angeklagt. Dem zudem schwerkranken Mädchen kann nur einer helfen: der Alchemist Lapidius, der sie bei sich aufnimmt, um eine neue Heilmethode an ihr auszuprobieren. Doch ihm bleibt nicht viel Zeit, die Unschuld seines Schützlings zu beweisen ...